U0651851

黑 色 睡 莲

[法] 米歇尔 · 普西——著

刘天爽——译

CTS 湖南文艺出版社 HUNAN LITERATURE AND ART PUBLISHING HOUSE 博集天卷 CS-BOOKY

为纪念

——雅克 · 吕卡——

黑色睡莲

“我们无法从莫奈的作品中看到真实的世界，
却可以看到世界所呈现出来的样子。”
——《曙光》，F. 罗伯特－肯普夫，1908

“不！不！瞧啊，莫奈的作品中没有黑色！
黑色不是一种颜色！”
——乔治·克列孟梭，
在克洛德·莫奈的棺材旁

《克洛德·莫奈》，米歇尔·德·德克尔，2009

在接下来的篇章中，您会看到对吉维尼村最为精准的描述。以下这些地方都是真实存在的：博迪旅馆、埃普特河、大麻磨坊、吉维尼小学、圣－拉德贡德教堂、墓地、克洛德－莫奈大街、罗伊大街、荨麻岛。当然啦，还有粉红色的莫奈故居以及睡莲池。吉维尼村的周边环境也是真实存在的，如维农博物馆、鲁昂美术博物馆和科契尔小村。

克洛德·莫奈的一生、他的画作和继承人的信息也是真实的。其他印象派画家的信息，特别是关于西奥多·罗宾逊和欧仁·米雷的信息，也都是真实的。

小说中提到的艺术品失窃案也是真实的社会新闻。

至于其他，都是出于我的想象。

目录

第一幕
印象

第二幕
真相

有三个女人生活在同一座村庄。

第一个女人很恶毒，第二个女人爱说谎，第三个女人很自私。

她们的村庄有着像花园一样美丽的名字——吉维尼。

第一个女人住在罗伊大街河边的一座磨坊里；第二个女人住在布朗什－奥修德－莫奈大街、吉维尼小学上方的一座复式公寓里；第三个女人住在水之城堡大街的妈妈家——那是一座墙皮都脱落了的小房子。

她们的年龄各不相同，就是说她们根本不在同一个年龄段。第一个女人已经八十多岁了，是个寡妇——或者说，几乎是个寡妇了；第二个女人三十六岁，她从没背叛过自己的丈夫——至少目前来看，是这样的；第三个女人即将十一岁，学校里的所有男孩子都对她心存爱慕。第一个女人总是穿着一身黑衣裳，第二个女人会为自己的心上人化妆，第三个女人编着辫子，让辫子在风中飞扬。

现在，您明白了吧，这三个女人完全不同。但是，她们之间却有着一个共同点，从某种意义上来说，她们拥有一个共同的秘密——她们三个都梦想着离开这里。是的，离开吉维尼，离开这座著名的小村庄。然而，单单是“吉维尼”这个名字，就吸引着无数人穿越整个世界，只为到这儿走上一会儿。

您一定知道这是为什么，那就是出于对印象派画家的景仰。

第一个女人，也就是最年长的那个，她拥有一幅漂亮的油画；第二个女人对艺术家非常感兴趣；第三个女人，也就是最年轻的那个，她喜欢画画，可以说，画得非常好。

她们想离开吉维尼，这多奇怪呀！您不这样认为吗？这三个女人都认为吉维尼村就像一座监牢。一座安装着铁栅栏的美丽大花园，就是一家收容所的后花园，就是一种骗人的假象，就是一幅无法摘掉边框的油画。实际上，第三个女人，也就是最年轻的那个，她是在寻找爸爸；第二个女人在寻找心上人；第一个女人，也就是年纪最大的那个，她知道另外两个女人的秘密。

然而有一次，花园的铁栅栏敞开了，敞开了十三天，只敞开十三天。确切地说，是从 2010 年 5 月 13 日至 5 月 25 日。吉维尼的铁栅栏是为她们而敞开的，只为她们三个而敞开，这也恰恰是她们想要的。但是，游戏规则却很残酷，她们当中只有一个人能逃脱，其他两个都得死。事实也是如此。

这十三天，就像人生中的一段小插曲，从她们的生命中溜走了，非常短暂，也非常残酷。第一天，这段“插曲”是由一起凶杀案而展开；最后一天，又由一起凶杀案而终结。奇怪的是，警察们只对第二个女人感兴趣，她是最漂亮的；第三个女人是最无辜的那个，只好独自一人展开调查；第一个女人，也就是最谨慎的那个，可以安静地监视着每一个人，她甚至会杀人！

这一切持续了十三天。这是一场越狱的时间。

有三个女人生活在同一座村庄。

第三个女人是最有天赋的；第二个女人是最狡猾的；第一个女人是最果敢的。

您觉得，她们当中谁会成功逃离呢？

第三个女人，也就是最年轻的那个，她叫法奈特·莫雷勒；第二个女人叫斯特凡妮·迪潘；第一个女人，也就是年纪最大的那个，就是我。

第一幕

印象

第一天

2010年5月13日　吉维尼

围观

1

清澈的河水被几缕细流染红，就像有人在河水里涮过毛笔上的颜料似的。

“别过去，尼普顿！”

这抹红色随着水流渐渐稀释，附着在河岸边疯长的青草上，依偎在杨树和柳树赭石色的根基上。一抹清透的渐变色……

漂亮极了。

只是，这抹红色并不是哪位画家在河水里清洗调色板时留下的，而是从热罗姆·毛赫瓦勒被砸破的头颅中流出来的血。破裂的头颅，惨不忍睹。鲜血从他头顶深深的创口中流出，他的脑袋浸在水里，被埃普特河水清洗得干干净净。

我的德国牧羊犬跑了过去，在上面嗅了嗅。我又喊了一声，这次的语气更加坚定：

“别过去，尼普顿，快回来！”

很快就会有人发现这具尸体的。虽然现在才早上6点钟，但可能会有散步的人从这儿经过，或许是位画家，或许是位晨跑者，也可能是个捡蜗牛的人……总之，路人很快就会发现这具尸体的。

我心里担心着，也就不再往前走了，站在原地，用身子抵住拐杖。前方的地面很泥泞，由于最近经常下雨，河岸都松动了。我都是八十四岁的人了，我可不想蹚这趟浑水。这是一条不到一米宽的不知名的小河，一半的水流曾经用来灌溉莫奈的花园。但现在不同了，这里修建了一条暗渠，用来灌溉睡莲的池塘。

“走啊，尼普顿，往前走。”

我举起拐杖，不让它在热罗姆·毛赫瓦勒灰色外衣上敞开的窟窿里闻来闻去——这是他的第二处伤口，正中心脏！

“走啊！别待在那里。”

我又看了一眼河岸对面的洗衣池，随后沿着小路继续向前走去。洗衣池被修缮一新，真的无可挑剔。那些长势特别茂盛的树木都被齐根砍倒了，堤岸上寸草不生。我想说的是，每天都会有几千名游客从这条小路上经过，或许也会有一个坐着轮椅的残疾人、一个拄着拐杖的老年人经过这里——我说的正是我自己啊！

“来吧，过来，尼普顿。”

我又往远处走了走，只见埃普特河分流成两支，被堤坝和瀑布环绕了起来。河的另一端，我想那便是莫奈的花园、睡莲、日本桥和温室大棚了……说来也巧，我是 1926 年在这里出生的，正是克洛德·莫奈去世的那一年。莫奈去世后的许多年间，大约有五十年吧，这个花园已经被人关闭、遗忘、废弃掉了。如今却时来运转，每年都有几万个日本人、美国人、俄国人和澳大利亚人穿越半个地球，只为到吉维尼逛一逛。莫奈的花园成了他们的神庙、麦加圣地和大教堂……成千上万的“朝圣者”很快就要到来了。

我看了一下表，6 点 02 分。还要再等几个小时。

我继续向前走去。

在杨树和巨大的蜂斗菜之间，克洛德·莫奈的雕像不怀好意地盯着我，像是一个脾气暴躁的邻居。他的下巴被胡须遮盖，一顶帽子挡住了脸，隐约像是一顶草帽。象牙底座上记载着，这座半身雕像落成于 2007 年。矗立在旁边的小木板上注释着，这位艺术大师是在守护着这片“草原”——守护着他的家园！田野从小河延伸到埃普特河，再从埃普特河延伸到塞纳河，一排排白杨树装点护卫着山丘，重峦叠嶂，绵延起伏。远远望去，就像微风中一片片柔柔的波浪。他曾经画过这些奇妙的地方。莫奈的手笔堪称点石成金……一经成画，便会成为流传百世的经典！

没错，虽然现在才早上 6 点钟，但这个地方同样会让人浮想联翩。我看着前方圣洁的地平线，那片由麦田、玉米田和丽春花构成的地平线。但是我不想骗您，实际上，莫奈的草原几乎整天都被人当作停车场。确切地说，这里有四个停车场。这四个停车场并排围绕在一条柏油马路的上端，酷似一朵“沥青睡莲”——我都这把年纪了，还有什么不敢说的。我亲眼见证了这里的景致一年不如一年，如今，莫奈的花园不过是一家大型超市的点缀罢了！

尼普顿跟着我走了几步，随后就向前方奔跑起来。它穿过停车场，在一个木栅栏上撒了泡尿，又继续向田野里、埃普特河与塞纳河交界的地方跑去。这片夹在两条河流之间的田野，被人们莫名地称作“荨麻岛”。

我叹了口气，继续前行。都这把年纪了，我可追不上它。眼看它越跑越远，忽而又跑了回来，就像故意在捉弄我似的。我迟疑了一下，没有叫住它。时间还早，它再一次消失在麦田里。尼普顿很喜欢这样在田野里跑来跑去，它落下我一百多米！吉维尼的所有居民都认识这条狗，但是我想，知道狗主人是谁的，恐怕并不多。

我沿着停车场，向大麻磨坊的方向走了过去，我的家就住在那里。我是想赶在人群到来之前回到家中。从远处看，大麻磨坊是莫奈花园附近最美丽的建筑，它也是河边的唯一一座建筑。但是自他们把这片草原改造成停车场之后，我就感到自己变成了一只笼中等死的困兽。每天都有许多好奇的人到大麻磨坊这里参观、游览、拍照。小河上有四座将停车场连接到村庄的小桥，其中一座，就在我家门前的小河上方。每天 18 点之前，我就像被人群包围了起来。随后，整个村庄像是熄了灯似的，整片草原如同一棵棵柳树，肃穆寂静。此时，克洛德·莫奈的铜像又能重新睁开眼睛，他也无须在那沾满碳氢化合物的胡须中喘息了。

前方，微风吹起层层绿色的水波，绿波中夹杂着丽春花瓣的红。如果有人沿着埃普特河，从正面欣赏这里的景象，那他一定会觉得这是一幅印象派画作：太阳冉冉升起，万物的色彩都与太阳的橘黄色光芒交相辉映，只是在这和谐之中还夹杂着一丝哀伤，那是背景中一个黑色的圆点。

那是一个衣着暗淡的老人，便是我！

我就像一笔微妙的悲伤色调。

我仍然在呼喊着：

“尼普顿！”

我站在那儿，待了很久，细细品味着这稍纵即逝的宁静。也不知过了多久，至少有好几分钟吧，一位晨练者跑了过来。他从我面前经过，耳朵里塞着 MP3 耳机，穿着 T 恤衫、篮球鞋。他的出现，像是给草原带来一个不和谐的音符。他是今天第一个扰乱这画面的人，其他的人很快便会接踵而至。我向他点头致意，他也向我点了点头，从耳机中传来的一阵蝉鸣般的窸窣声渐行渐远。看着他向莫奈半身像、水坝和小瀑布的方向转了个弯，我就猜想他还会沿着小河跑回来的。他小心翼翼，生怕路边的泥水溅到自己身上。

我坐在长椅上，静候着接下来将要发生的一切，那不可避免的一切。

在此之前，草原的停车场上一辆车都没有。忽然，一辆警车驶到罗伊公路的旁边，停在了洗衣池和我的磨坊之间，距离热罗姆·毛赫瓦勒的尸体只有二十步远。

我站起身来。

正犹豫着要不要再招呼一声尼普顿，却叹了口气。毕竟，它是认识路的，大麻磨坊就在旁边。我又看了一眼走下警车的警察，然后向远处走去。我回到家中，透过磨坊塔楼四楼的窗子，可以更加清晰地看到周围发生的一切。

并且，这样观察也更加隐蔽。

2

洛朗斯·塞内纳克警官在尸体周围画出一圈几米长的界线，并将一条长长的橘黄色警戒带挂在河流上方的树枝上。

犯罪现场的气氛异常紧张，请相信这些警察一定会仔细调查一番的。维农警局的电话铃一响，塞内纳克便与其他三个同事风风火火地赶了过来。想到这点，塞内纳克便也感到心安了许多。警察卢韦尔现在的首要任务，是将小河旁边越来越多的围观群众疏散开来。让人不可思议的是，在警车穿过空旷村庄的短短几分钟时间里，似乎所有的村民都向案发地点聚集了过来。这确实是一桩凶杀案，这一点即使没有在图卢兹警校学过三年的专业知识，也可以判断出来。塞内纳克重新观察了一下死者心脏处的伤口、开花的脑袋以及水中的头颅。莫利警官是维农警局最资深的技术专家了，这会儿，他正小心翼翼地测量着在尸体前方草地上留下的脚印，并用速凝水泥对脚印进行塑模。塞内纳克要求他在尸检之前，先把周边泥地上的信息记录下来。人已经死了，谁也救不活他了，也就是常说的那句话：人死不能复生。因此在拍照和塑模取证之前，绝对不能破坏犯罪现场。

西勒维奥·贝纳韦德警官上了桥，吹了声口哨。几个吉维尼村民立马散开，让他从这里过去。塞内纳克把他派到吉维尼村，是让他拿着死者的照片从村头跑到村尾，以获取第一手资料，也就是说，确认死者的身份。虽说维农警局的塞内纳克警官上任不久，但他很快就了解到西勒维奥·贝纳韦德警官的一些特点：工作勤恳，执行力强；做事有条理；细心谨慎。从某种意义上来说，他是一个很理想的助手。贝纳韦德警官或许缺少了那么一点儿主见……塞内纳克觉得他腼腆有余，魄力不足。他是一个忠心耿耿的警察，他特别忠诚于自己的职业。而实际上，贝纳韦德警官却觉得他的上司——刚从图卢兹警校毕业的洛朗斯·塞内纳克——是一个有点儿“另类”的警察……虽然塞内纳克被任命为维农警局的局长已经四个月了，但他至今都没有获得警衔。他想，人们真的可以信任这样一位来自塞纳河北方，年龄还不到三十岁，无论跟乞丐说话还是跟同事聊天都夹杂着一口北方口音，勘查犯罪现场时总是带着一种玩世不恭态度的人吗？

至少目前还无法确定这桩命案究竟是怎么一回事，塞内纳克心想。这里的村民实在是太紧张了……不仅仅警局的人紧张，似乎到处都能感受到紧张的气氛，维农这里更是如此！明明是巴黎的郊区，却偏说自己是诺曼底人。他了解地图上的行政区划，巴黎大区的边界一直延伸到吉维尼，距离河水主流的另一端只有几百米。但是只要来到这里，你就算是一个诺曼底人了，而不是巴黎人。人们坚持要这样划分，多少有点儿附庸风雅的意思。有人曾严肃地对他说，在历史的长河中，死在埃普特河——这条国界线、这条流在法国和盎格鲁－诺曼底王国之间的小河里的人，比死在默兹河和莱茵河上的人还要多……

这群笨蛋！

“警官……”

“叫我洛朗斯，笨蛋……我不是说过了吗……”

西勒维奥·贝纳韦德愣了一下。在卢韦尔、莫利警官、十五个围观群众和一具浸泡在自己血泊中的尸体面前，塞内纳克警官居然这样说话，这可真是个改口用“你”来称呼彼此的好时机。

“呃，是，呃，好的，老大……我觉得应该按照线索继续追查……”辨认死者的身份并不难，这里的所有村民都认得他。看来他的人缘还不错。他叫热罗姆·毛赫瓦勒，是一位著名的眼科医生，他的诊所就在巴黎第十六大区的普律东大街。他住在莫奈大街 71 号，那是全村最漂亮的一幢房子。

“他住在……”塞内纳克警官喃喃地说道。

西勒维奥闷闷不乐。他耷拉着脸，看那架势，就像要把他送到俄国前线去服兵役，调到北方当公务员，送到诺曼底当警察似的……看到他这副样子，倒把塞内纳克警官逗笑了——应该摆脸色的人是他，而不是他的助手啊。

“好啦，西勒维奥，”塞内纳克警官说道，“这可是个好差事。现在没有必要紧张兮兮的了。我们一会儿把死者的资料补充完整……”

塞内纳克警官摘下了橘黄色的警戒带。

“鲁多，脚印勘测得怎么样了？可以不穿鞋套进去了吗？”

鲁多维克·莫利说可以。塞内纳克警官就踏进了河岸边的泥地。鲁多维克·莫利带着各式各样的石灰模具离开了。塞内纳克用一只手紧紧抓住离他最近的一根白蜡树的树枝，另一只手指了指那具毫无生机的尸体。

“过来，西勒维奥。你看，你不觉得凶手的作案手法很特别吗？”

贝纳韦德走了过去。卢韦尔和莫利也转过身来，就像接受上司的录取考试一样。

“小伙子们，你们看看死者身上的伤口，凶器直接刺穿外衣！显然，毛赫瓦勒是被利器所杀。尖刀，或是尖刀之类的东西，直接刺穿心脏，血都凝固了。就算法医不来检测，我们也能推断出，这便是他的死因。只是，如果我们仔细看看泥地上留下的痕迹就会发现，尸体是被拖行了几米远后放到水边的。凶手为什么要费这么大的力气？他为什么要搬动尸体呢？随后，凶手举起一块石头，或是石头一般大小的重物，砸破了死者的头顶和太阳穴。这又如何解释呢？”

卢韦尔怯怯地举起了手。

“或许是因为毛赫瓦勒当时没有死？”

“哎哟，”塞内纳克唱歌似的说道，“从尸体伤口的大小来看，我觉得不太可能……如果当时毛赫瓦勒还活着的话，那凶手为什么不在他的胸口上再捅一刀？干吗要把他转移到河边，再砸烂他的头颅？”

西勒维奥·贝纳韦德什么都没说。鲁多维克·莫利观察了一下案发现场。小河边有一块石头，足球大小，上面沾满了血迹。他已经在这块石头上提取了所有可能获取的信息。他给出了自己的答案：

“因为附近正好有一块石头，他便随手举起，当作凶器……”

塞内纳克警官目光闪烁。

“鲁多，这点我可不敢苟同。小伙子们，好好看看犯罪现场吧，还有更加离奇的呢。请看这条小河，在方圆二十米的范围内，你们都能看到什么？”

贝纳韦德警官和其他两名警察都沿着河岸看了起来，他们都不知道塞内纳克到底想要说什么。

“河岸边再没有其他的石头了！”塞内纳克得意扬扬地说道，“整个河岸边，连第二块石头都找不到。如果我们再近距离观察一下这块石头的话，就会发现，毫无疑问，刚才这块石头也是从别处带过来的。这块石头上没沾一点儿干泥土，就连石头下压着的泥土也是新鲜的……这块从天而降的石头到底是个什么鬼？如果说是凶手把它带到这里来的，那可真是让人大跌眼镜……”

卢韦尔警官试着把吉维尼的村民疏散到小河右岸，让他们站到村边的小桥前。人群似乎并没有打扰到塞内纳克。

“小伙子们，”塞内纳克继续说道，“我们可不可以做出如下假设：热罗姆·毛赫瓦勒在路上被人用尖刀刺杀，对他来说，这无疑是致命的一击。随后，凶手把他径直拖到了河边，又将他向前拖行了六米。凶手是一个完美主义者，随后，他在周围找了一块石头，一块差不多二十公斤重的石头，他把石头带了回来，砸烂了毛赫瓦勒的头颅……这还没完……请注意尸体在河水中的位置：他的脑袋几乎整个淹没在水中。你们觉得这个姿势正常吗？”

“警官，您刚刚已经说过了，”莫利回答道，他的语气中带着些许不快，“凶手在水边用石头砸烂了毛赫瓦勒的脑袋，随后，尸体滚落到了河里……”

“这看起来像是一个偶然，”塞内纳克警官打趣地说道，“在毛赫瓦勒的脑袋上击打一下，他的脑袋就沉入了水底……不，小伙子们，我敢和你们打赌，请你们举起石头，去砸一下毛赫瓦勒的脑袋试试。石头就在那儿，在河岸上呢。尸体的脑袋能够沉入水底的概率不足千分之一，他的脑袋整整沉入水底十厘米深……先生们，我觉得答案非常简单，凶手将被害人杀死了三次：第一次将他捅死；第二次砸烂他的脑袋；第三次把他拖到水里淹死……”

他的嘴角浮起一抹苦笑。

“我们必须找到杀人动机。杀人者是个偏执狂，他对热罗姆·毛赫瓦勒恨之入骨。”

洛朗斯·塞内纳克微笑着转向西勒维奥·贝纳韦德。

“把一个人杀死三次，这对我们的视觉冲击实在是太震撼了。但是至少，总比凶手一次杀死三个不同的人要好吧，是不是？”

塞内纳克向越来越拘谨的贝纳韦德警官眨了眨眼。

“我可不想在村里制造恐怖气氛，”他继续说道，“但是我要说，犯罪现场出现的一切都不是偶然的。不知道为什么，我觉得这是一个刻意安排的结果，所有的情节都像是被人事先设计好的。似乎所有细节都是有意选择的结果。凶手有意选择了这个地点——吉维尼。还有事情发展的全部进程：尖刀、石头和溺亡……”

“是复仇吗？”贝纳韦德问道，“是一种仪式吗？您是这样认为的吗？”

“我什么都不知道，”塞内纳克回答道，“我们等着瞧吧……从目前来看，这点似乎没有任何意义，但可以确定的是，这点对凶手来说却是有意义的……”

卢韦尔无精打采地推开桥上看热闹的人群。西勒维奥·贝纳韦德一直沉默着，思索着，似乎正在对塞内纳克刚才的一箩筐话语进行筛选，从他那富有启发性的、打趣的话语中筛选一番。

突然，从草原的杨树林中冒出一个棕色的身影，从橘黄色的警戒带底下钻了进来，踩在河岸的泥浆上。莫利警官伸手想抓住它，但是没抓到。

是一只德国牧羊犬！

这只狗狗好像很兴奋，在塞内纳克的牛仔裤上蹭来蹭去。

“瞧啊，我们的第一位目击证人来了……”警官说道。

他转身向桥上的吉维尼人问道：

“有认识这条狗的吗？”

“我认识。”一位老者回答道。他穿着画师制服，一条天鹅绒裤子和一件粗呢马甲。“它叫尼普顿，是我们村里的狗。我们这里的所有村民都见过它。它总是追着村里的小朋友们跑。也会追着游客跑。可以这样说，它是我们村风景的一部分……”

“过来，小胖胖。”塞内纳克蹲了下来，蹲到和尼普顿一样的高度，“那么，你是第一位目击证人喽？请告诉我，你见没见过凶手？你认识凶手吗？你等会儿过来做一下证吧。我现在还有工作要做。”

警官折下一根柳条，把它扔出几米远。尼普顿立刻朝柳枝的方向奔跑过去。它跑向远方，又折返了回来。西勒维奥·贝纳韦德惊讶地看着他的上司在和狗狗玩耍。

最终，塞内纳克直起身来，仔仔细细地查看着四周。他观察了好一会儿：洗衣池就在小河的对面，是用砖头和胶泥砌成的；小桥在河流的上方，小桥后面是一座奇妙的不规则建筑，木筋墙壁，四层楼，呈塔状，可以看清刻在墙壁上的文字——大麻磨坊。任何细节都不能遗漏，他开动起大脑，快速地记录着，他要把所有能想到的目击证人都想一遍，这起谋杀案很有可能发生在今天早上6点钟。

“米歇尔，你去把人群疏散开。鲁多，把胶皮手套给我，我去看看这位眼科医生的衣服口袋里都有什么，如果你不想搬动尸体的话，就别沾湿了脚。”

塞内纳克甩掉篮球鞋，脱掉袜子，将牛仔裤挽到了小腿的位置。他戴上莫利递给他的手套，光着脚走进了河水里。他左手扶着毛赫瓦勒的尸体保持着身体平衡，右手在他的上衣兜里翻了翻。他翻出一个皮钱包，把它交给贝纳韦德。他的助手打开钱包，查看了一下里面的证件。

没错，死者正是热罗姆·毛赫瓦勒。

塞内纳克继续在死者的口袋里翻动着。手绢、车钥匙。这一切动作都是塞内纳克戴着手套完成的，最后，他把这些东西装进一个透明的口袋里。

“妈的。这是什么……”

塞内纳克费力地从尸体外衣兜里掏出一张皱巴巴的卡片，他低头看了看，这只是一张普通的明信片。上面的图案是莫奈的睡莲，蓝色的图案，和市面上的几百万张印刷品没什么两样。塞内纳克将明信片翻转过来。

明信片上的文字很简练，用印刷体写着：“十一岁。生日快乐。”

就在这些文字的下方，有一小块纸是从别处剪下来又粘贴到明信片上的，上面只有八个字：“我赞同将做梦立罪。”

“妈的……”

突然，河水像两只铁脚铐似的冻僵了塞内纳克警官的脚踝。对面，看热闹的人群挤在诺曼底洗衣池旁，像在等公交车似的。塞内纳克向他们喊道：

“毛赫瓦勒有孩子吗？十一岁的孩子？”

穿天鹅绒裤子和粗呢马甲的老头儿又是第一个回答：

“没有，警官先生。肯定没有！”

“妈的……”

塞内纳克将明信片递到贝纳韦德的手中。他抬起头，观察着周围的一切：洗衣池、小桥、磨坊、刚刚苏醒的吉维尼村庄、稍远处的莫奈的花园、草原和杨树林。

枝繁叶茂的山丘上方悬挂着云朵。

我赞同将做梦立罪。

这八个字在他的脑海中挥之不去。

他突然坚定地认为，在这张印象派的明信片中，一定有什么地方不对。

3

我从大麻磨坊的塔楼顶层看到了警察。那个穿着牛仔裤的，便是他们的老大，他还下了河；其他三个警察站在岸边，周围都是傻乎乎的围观者。现在已经有三十多个人了，他们就像看戏似的，一直站在那里，每一幕好戏都不想错过，这里简直就是个露天剧场。确切地说，是个河岸剧场。

我暗自笑了笑。真愚蠢，您不觉得他们这样自娱自乐的方式很愚蠢吗？那站在阳台上的我呢？我就不比那些看热闹的人愚蠢吗？相信我，我这里可是个最佳观看点。我能看到他们，他们却看不到我。

我迟疑了一下。刚刚的暗自发笑，也是因为迟疑。感觉有点紧张兮兮的。

我该怎么做呢？

警察们从白色的警车里拿出一个大塑料袋，可能是想把尸体装进去。有一个问题依然萦绕在我的脑际：我该怎么做呢？我该去见警察吗？我该把我所知道的一切都告诉维农警局的警察吗？

警察能相信我这个老疯子的话吗？安静地等待是不是最佳的选择呢？再等几天，就几天。我要像一只黑老鼠一样静观其变，看看事态会怎样发展。然后，我得跟热罗姆·毛赫瓦勒的老婆帕特里夏聊聊。没错，我要和她聊聊。

但是，如果去跟警察讲，我的心里还是有些发怵……

在楼下的小河边，三个警察弯着腰，正在将热罗姆·毛赫瓦勒的尸体拖进口袋。那具尸体就像一块刚刚解冻的肥肉，还滴滴答答地淌着血。这些可怜的警察啊，他们可真是不容易。他们就像在打鱼似的，刚刚捞上一条“大鱼”。另一位警察一直待在水里，看着他们忙活。从我的塔楼阳台，甚至可以看到他在捧腹大笑。是的，据我观察，他至少是露出了笑容。

说到底，或许我真的是在白伤脑筋。如果我跟帕特里夏说了，那么所有的人就都会知道这件事，这一点是可以肯定的，尤其是警察。这个寡妇话很多……而我呢，我目前还不是寡妇，至少不完全算是寡妇。

我闭上眼睛，或许过了一分钟，只有一分钟。

我终于做出了决定。

不，我不能跟警察说！我要像来去无踪的黑老鼠一样将自己隐藏起来。至少在这几天，我决定这么做。总之，如果警察想找我的话，他们肯定能找到。我都这把年纪了，我又逃不掉。他们只要跟着尼普顿就可以……我睁开眼睛，看了看我的狗，它就趴在距离警察几十米远的地方，趴在蕨菜地里。它也是连一幕好戏都没有错过。

是的，就这么决定了。我会再等几天，至少，在没有尼普顿的日子里，我会保持沉默。这样做才算是中规中矩，对不对？我想这是应当把握的最起码的分寸。然后，我可以灵活地选择一个好的时机，伺机而动，随机应变……我看过一本相当不可思议的侦探小说，那个故事发生在英国的一个庄园，或是庄园之类的地方。整个故事都是通过一只猫的视角来讲述的。是的，您没看错，是一只猫。猫是整个案件的目击者，但却没人注意过它。猫用自己的方式展开了调查！它倾听着、观察着、搜寻着。那本小说的结局也让人大跌眼镜：猫便是杀人犯！好啦，我可不想扫了您的兴致，在这里我就不剧透啦。如果您有兴趣的话，就自己读读这本书吧……我说起这本书，只是为了让您了解我接下来想要做什么：在我的小城堡里，做一个无懈可击的目击者，就像庄园里的那只猫一样。

我再一次把头转向了河边。

毛赫瓦勒的尸体已经被装进一个大塑料袋里，几乎不见了踪影。就像一只吃饱了的大蟒蛇，只有头颅的顶部，从没有拉紧的塑料袋拉链处露了出来。河岸上的三个警察看起来都气喘吁吁的。从塔楼高处看，我觉得他们似乎只是等着老大的一个指令，便可掏出烟来。

第二天

2010 年 5 月 14 日　大麻磨坊

以“你”相称

4

有关医院的所有资料都让我感到厌烦。我将五颜六色的印刷品一股脑儿地堆在大厅的桌子上——诊断书、医疗保险证、结婚证、房产证以及考试证书。我将它们通通丢进了一个牛皮纸袋里。去医院只要几个证件，其他的并不需要。我称了称重量，我想把它们通通寄到维农邮局去。我将那些没有用的证件裹到一件白色衬衫里。我没能把所有的表格都填满，也不是所有的表格都能看得懂，我得去问问护士怎么填。护士们现在都认识我了，昨天，整个下午和大半个夜晚，我都待在医院里。

待在 126 病房的我，已经算是半个寡妇了——我的丈夫快要不行了。医生和护士们宽慰着我，尽说些谎话。

我的丈夫没救了！这个我很清楚。如果他们知道我对此真的无所谓，那可就好了！

让一切都快点儿结束吧，这就是我想要的一切！

出门前，我径直走到房门左侧镶着金色鳞片的镜子跟前，看了看自己苍老的、皱巴巴的、冷冰冰的脸，真是死气沉沉。我在辫子周围扎起一条长长的黑围巾，几乎把自己打扮成了伊朗女子的模样。在伊朗，老年人只有躲在围巾里的份儿，她们可不受人待见。是这样的。在吉维尼也是如此。可以说，在吉维尼这个光线与色彩交织的城镇，情况要更糟。老年人就应当躲在阴影里、黑暗里、深夜里，大家对这些无用之人视而不见。等这些老太太一死，人们很快就会将她们遗忘。

我不是正处于这种境遇之中吗？！

在走下塔楼的楼梯之前，我又转身看了看。在吉维尼，大家习惯把这座塔楼称为“大麻磨坊”——那是我的城堡塔楼。我不禁提醒自己不要再拖延下去了，同时，我也暗骂自己愚蠢。再也不会有人到这里来了，再也不会有人到这里来了，再也不会了。此时，任何一个放错位置的东西，都会使我心神不宁。做事的时候总有一种挥之不去的心烦意乱，电视里经常这样说。比如听到敲门声，其他人都不会觉得厌烦，但却会让我心烦不已。

在那个最昏暗的角落里，有一个细节让我很是不快：与房梁的位置相比，我觉得这幅画有点儿歪了。我慢慢地走过客厅，托着画的右下角，将它轻轻扶正。

睡莲啊。

黑色睡莲。

我将这幅画挂到了一个精准的位置上，这样一来，任何人透过任何一扇窗子都不会发现它，只能从大麻磨坊的诺曼底式小塔楼的四楼看到它。

那是我的洞穴……

我将这幅画挂在光线最暗的角落，可以说，挂在了一个“死角”。屋内昏暗的光线使灰暗水面上的深色斑点显得更加阴森。

悼亡之花。

从未有人画过如此哀伤的花朵。

我吃力地从楼梯上走了下来，走出屋子。尼普顿正在磨坊的院子里等着我呢。还没等它扑到我的裙子上，我就用拐杖把它轰开了：狗狗不会明白，我的身体越来越难以保持平衡了。我花了很长时间才锁好三道锁，把钥匙串丢进口袋，确认三道锁都锁好了。

我终于转过身子。磨坊院子里的大樱桃树散尽了最后的繁华，它似乎是一棵百年古树了，它应该认识莫奈吧。在吉维尼，樱桃树非常讨人喜欢。在美国艺术博物馆的停车场旁边就种着一排樱桃树，一年来，那里已经变成印象派博物馆了。我听说那是日本的樱桃树，树木非常娇小，就像袖珍的一样。我觉得这些从外乡引进的树种有点儿奇怪，在我们村，这种树并不多。那您还想怎样，事实就是如此啊。美国游客似乎很喜欢春天樱桃树上绽放出的粉红色花朵。如果有人问我对这一现象怎么看，我就会说，停车场和车顶上都覆盖着一层粉红色的花瓣，如同芭比娃娃的世界一般。可是时至今日，从来没人问过我。

我将信封抓在胸前，以免被尼普顿咬坏。我艰难地走到哥伦比亚大街上，慢慢悠悠地向前走着，在一家旅店的常春藤门廊的阴凉处喘息了一下。发往维农的大客车需要再过两个小时才能到。我有的是时间，所有的时间我都可以扮演小黑鼠。

我转到了克洛德 - 莫奈大街。蜀葵和鸢尾像绊脚草似的，整齐地开放在柏油马路边，沿着石阶的正面绽放着。这是吉维尼最大的特色了。我继续以八十岁老人的步伐缓慢地前行着，与往常一样，尼普顿已经落得我老远了。最后，我终于走到了博迪旅馆。在吉维尼著名建筑物的玻璃窗上，几乎都张贴着展览、画廊或节日的海报。窗子的大小正好就如海报那么大。说来也怪，看到这点，我时常暗自思索这是否是个巧合，是不是有人故意把所有的海报都做成了玻璃窗的大小，或者，是不是博迪旅馆的建筑师在 19 世纪的时候就先知先觉，在设计窗子的时候，他就预见到未来的海报会是这般大小了？

但是我觉得，您才不会对这样的谜团感兴趣呢……对面的桌子旁坐着几十位游客，他们坐在绿色的铁椅上，躲在橘黄色的太阳伞下，体会着一个世纪前成群结队来到这家旅馆的美国画家的心境。想到这儿，我倒也觉得有些纳闷儿了：19 世纪，美国画家来到吉维尼，来到这座微不足道的诺曼底村庄，寻求的是一份宁静和专注；而如今，吉维尼的情形却截然相反。我实在不明白，今天的吉维尼到底怎么了。

我坐到一张空桌旁，点了一杯黑咖啡。给我送咖啡的是一个新服务生，她是一个暑期工，穿着一条短裙和一件印象派小背心，后背上还印着一朵淡紫色的睡莲。

把淡紫色的睡莲印在身后，也算是个奇葩，您说是不是?

这些年来，我将吉维尼的变化都看在了眼里。有时候，我觉得它已经变成了一个大型的游乐场。确切地说，是一个印象派公园。我想，是他们创造了“印象派”这个概念！我叹息着，像是一个喃喃自语、不断抱怨、搞不清状况的老毒妇。我仔细看了看周围喧嚣的人群：一对儿情侣用四只手正捧着一本绿皮的旅行指南在看；三个不到五岁的小孩儿正在沙砾地上打闹，此时他们的父母势必在想，干吗要把这些小鬼头带到一个跳着癞蛤蟆的池塘，还不如带他们去游泳池呢；一位神情黯淡的美国妇人正在一家好莱坞式的法国餐馆点一杯比利时咖啡。

大家都在。

又有两个人在桌子旁边坐了下来，与我相隔三张桌，距离我有十五米远。当然啦，我能认出他们，我在磨坊窗子的窗帘后面见过他们。那正是下到水里、站在热罗姆·毛赫瓦勒尸体旁边的警官和他那有些腼腆的助手。

当然啦，他们正在看着另一个方向，看着那个小服务生。他们根本没朝我这只老黑鼠的方向瞥一眼。

5

透过塞内纳克警官的太阳镜，博迪旅馆的正面犹如染上了一层墨汁，酷似“美丽年代”[1]时的景象；漂亮的服务生在过道上走来走去，一双大长腿晒成了古铜色，像烤得金黄的羊角面包一般。

“好的，西勒维奥。你代我负责小河沿岸的排查工作。当然，所有物证资料都送到检验室了，脚印、石头、毛赫瓦勒的尸体……但是或许我们还遗漏了点儿什么，我也说不清楚。洗衣池、树木或者小桥。你再跑一趟，再去案发现场勘查一下，看看能不能找到目击证人。我呢，就没的选啦，看来我得拜访一下那个寡妇帕特里夏·毛赫瓦勒了……你能再跟我简单说说这个热罗姆·毛赫瓦勒吗？”

“好的，洛……呃，老大。”

西勒维奥·贝纳韦德从桌子底下拿出了一个文件夹。塞内纳克的目光紧紧地追随着那个女服务生。

“您点好了吗？茴香千层糕？白葡萄酒？”

“呃，没有，没有。我还什么都没点呢。”

“咖啡也没点吗？”

“没有，没有。您别介意……”

贝纳韦德支支吾吾地说道。

“好吧，帮我来一杯茶……”

洛朗斯·塞内纳克果断地举起手。

“小姐，来一杯茶和一杯白葡萄酒。我还想要一杯盖亚克，您这儿有吗？”

他转向助手。

“对我用‘你’相称就那么难吗，西勒维奥？我跟你有什么不同，我比你大七岁还是十岁？我们是平级！并不是因为这四个月来我接管了维农

[1] 巴黎的“美丽年代”（belle époque）指19世纪末20世纪初。当时，法国已从几次战争中恢复了元气，工业革命带来的经济发展也使社会一派繁荣。——译者注

警局，你就一定要称我为‘您’。在南方地区，新警员都称警官为‘你’。”

“可是在北方，却要等一阵子……我会习惯的，老大。您瞧，很快就会习惯的……”

“你说得当然没错。也许还有人说我要入乡随俗呢……虽然，他妈的，我的助手叫我‘老大’，听上去怪怪的。”

西勒维奥掰弄着手指，似乎在犹豫着应当怎样回应他的上司。

“如果您不介意的话，我要说，这可不是南北差异的问题。给您举个例子吧，我父亲现在已经退休了，他在葡萄牙和法国之间奔波了一辈子，为那些比他还年轻的老板建房子，老板称他为‘你’，可他却要称呼老板为‘您’。我也不知道这个比喻恰不恰当，在我看来，这就是白领和蓝领之间的差别，是精致地修过指甲的人与满手机油的人之间的差别，您明白我在说什么吗？”

洛朗斯·塞内纳克张开双臂，理了理他那灰色T恤衫外面的皮夹克。

“西勒维奥，这里有白领吗？我俩都是刑侦人员，妈个蛋的……”

他爽朗地笑了。

“总之，正如你所说，随着时间的推移，你总会习惯用‘你’称呼我的……这样就可以了，至于其他的，我也没辙，我很欣赏你这位葡萄牙后裔的谦逊。好啦，言归正传，说说这个毛赫瓦勒是怎么回事。”

西勒维奥低下头，认真读起了工作笔记。

“热罗姆·毛赫瓦勒是当地一个村庄的村民，现在，这个村庄已经修好了公路。早先他住在吉维尼，但是当他还是个毛头小子的时候，他的家就搬到了巴黎。毛赫瓦勒的父亲是个全科医生，但他却没什么钱。热罗姆·毛赫瓦勒结婚很早，娶了一个叫帕特里夏·谢隆的女子。当年他们还都不到二十五岁。接下来，他就很成功了。小热罗姆学了医，眼科专业，他先是跟五位同事在阿涅尔合伙开了一家诊所，后来，在毛赫瓦勒的父亲去世的时候，他就用父亲的积蓄在巴黎第十六大区开了一家独立的眼科诊所。看来，他的生意还是不错的。据我了解，他是一位白内障专家，所以呢，他的顾客年纪都比较大。十年前，他回到了故乡，买下了吉维尼一幢最漂亮的房子，就在博迪旅馆和教堂之间……”

“他没有孩子吗？”

女服务生把他们点好的饮品放下，走开了。没等助手回答，塞内纳克抢先说道：

“哟，这妹子挺漂亮啊！裙子底下那两只金色的方向盘可真漂亮啊！”

贝纳韦德警官不知如何应对，到底是应该附和唏嘘呢，还是应该尴尬地微笑？

“是的……啊不……哎哟，我想说的是毛赫瓦勒家的事，他们从没有过孩子。”

“好吧……那仇家呢？”

“作为一个名人，毛赫瓦勒的生活算是很低调的了。他远离政治，在他的诊所里也没有类似责任制之类的东西……他的朋友也不多……相反，他有……”

塞内纳克突然转过身去。

“嘿！你好啊……”

贝纳韦德感觉到有一个毛茸茸的东西钻到了桌子底下，这次他真的深深地吸了口凉气。塞内纳克伸出手去，尼普顿过来舔了舔。

“我唯一的目击证人来了，”洛朗斯·塞内纳克小声嘟哝着，“你好啊，尼普顿！”

狗狗知道自己的名字叫尼普顿。它贴着警官的腿，渴望地看着西勒维奥茶托里的糖块儿。塞内纳克向狗狗伸出手去。

“它可真挺乖的。我们好好听贝纳韦德警官说吧，他还有几句话没说完呢。西勒维奥，你刚刚说到……”

西勒维奥凝神看了看笔记，淡定地继续说道：

“热罗姆·毛赫瓦勒一生有两个爱好。可以这么说，他对此乐此不疲。他在这两个爱好上很是花费了一番功夫。”

塞内纳克摸了摸尼普顿。

“继续说……”

“两个爱好，怎么说呢……简言之，一个是绘画，一个是女人。在绘画这方面，他可称得上是个真正的收藏家。他很有天赋，自学成才。当然啦，他对印象派画作有着一种特殊的偏爱。我听说，他还有一个怪癖，热罗姆·毛赫瓦勒总是梦想着自己能够拥有一幅莫奈的作品！如果可能的话，哪幅都可以。其实他最想得到一幅《睡莲》，这是我们这位眼科医生日思夜盼的事情……”

塞内纳克在狗狗的耳边说道：

“他不过就是想要一幅……莫奈的作品嘛！就算巴黎十六区的所有富人都到他的诊所去看病，但是我觉得《睡莲》还是超出了我们这位好医生毛赫瓦勒的能力范围啊……你刚刚说他有两个爱好——正大光明的爱好，是印象派的画作；而难以启齿的爱好，应当是女人喽？”

“据说……据说是这样的……虽然毛赫瓦勒遮遮掩掩，但是他的邻居和同事都跟我讲过他老婆帕特里夏的处境。她结婚很早，在经济上依赖于她的丈夫。她是不可能离婚的。她对丈夫睁一只眼闭一只眼，老大，您懂我的意思吗……”

洛朗斯·塞内纳克将杯子里的白葡萄酒一饮而尽。

“如此说来，他还真是个情种……”他一边做着鬼脸，一边脱口而出，“我知道你想说什么，西勒维奥，说到底，我还是挺喜欢这个医生的。那么他的情妇和被戴了绿帽子的丈夫就有可能是犯罪嫌疑人喽，你知道他们都是谁吗？”

西勒维奥将茶杯放到茶托里。尼普顿用一双湿润的眼睛看着他。

“还没查到……但是很显然，在情妇这方面，热罗姆·毛赫瓦勒也有自己的梦中情人，那是他的执念……”

“啊？还有他不能攻破的堡垒？”

“可以这样说……老大，稳住，她是村里的一位小学教师。看来，这位教师是村里最漂亮的姑娘了，他把这个姑娘列入了猎艳的名单之首。”

“于是呢？”

“于是，我也不知道了。这只是我和他的同事、他的助理以及三个经常和他在一起的画廊商人聊天时得到的信息……这便是毛赫瓦勒的情况……”

“那个小学教师结婚了吗？”

“结了。她的丈夫特别小心眼儿，据说是这样的……”

塞内纳克转向尼普顿：

“你去吧，小胖胖。它壮实着呢，你说是不是，西勒维奥？它看起来有点儿拘谨，实际上，它可是个淘气鬼，它的脑袋像电脑一样聪明呢。”

他站起身。尼普顿跑开了，跑到了稍远一点儿的大街上。

“西勒维奥，别忘了带上到埃普特河蹚水时用的靴子和网兜。我要去向那个寡妇——毛赫瓦勒太太表达一下哀悼……克洛德－莫奈大街，71号，是吧？”

“是的，没错。吉维尼是一个在山丘侧翼形成的小村庄。概括地说，它由两条平行的大街构成：贯穿整座村庄的克洛德－莫奈大街和罗伊大街——那是山谷深处、小河旁边的省际大道。如果需要补充的话，在这两条主干道之间，还有一些陡峭的小路可以快速上山。就这些了。”

女服务生的一双美腿穿过克洛德－莫奈大街，朝酒吧的柜台处走去。蜀葵装饰着博迪旅馆的墙壁、地砖和热乎乎的地面，就像火光闪烁的壁炉深处那五彩斑斓的火焰一般。塞内纳克觉得眼前的景象美极了。

6

西勒维奥说得没错，克洛德－莫奈大街71号，果然是整条街区最漂亮的房子。黄色的百叶窗，房子正面有一半面积都被葡萄秧子遮住了，大小相同的石块儿与木筋墙的搭配堪称绝妙，天竺葵从窗子中倾泻而出，地上的花盆也比比皆是。印象派的外观设计，真的不错。帕特里夏·毛赫瓦勒应该是个花草达人，至少，她指挥得了善于园艺的能工巧匠。吉维尼这个地方可不缺花匠。

木栅栏门的铁链子上挂着一个铜钟。塞内纳克敲了敲，只过了几秒钟，帕特里夏·毛赫瓦勒就出现在了橡木门的后面。显然，她是特意在家等待塞内纳克的到来。塞内纳克推开木栅栏门，帕特里夏闪到一边，让他进来。

在平常办案的时候，塞内纳克警官特别喜欢这样的时刻：第一印象。短短几秒钟的纯粹心理认知往往非常管用。这个女人到底属于哪一种人呢？绝望的爱人，还是性情干涩冷漠的小资女？受到命运重创的爱人，还是欢心快活的寡妇？她现在很富有，并且，终于自由了。出轨丈夫毛赫瓦勒的死，也算让她出了口气。那么她对亡夫的哀伤是装出来的吗？从目前来看，这些还都不好判断。帕特里夏·毛赫瓦勒戴着一副厚厚的眼镜，镜片后面的红棕色瞳孔看上去模糊不清……

塞内纳克来到走廊。这个走廊实际上是一条浩浩荡荡的长廊，狭窄而深邃。他突然停了下来，满脸惊愕。整整两面五米长的墙壁上，挂着两张巨幅《睡莲》，这两幅画的版本都非常罕见，红金相间的笔触，没有天空，也没有柳枝。塞内纳克判断，这或许是莫奈生前最后几年画作的复制品，原版画创作于1920年后，属于莫奈生前的遗作系列。其实做出这样的判断并不难，因为莫奈的创作逻辑非常简单：将观赏者的目光聚拢起来，淡化背景，让观赏者的目光集中在池塘中的某个点上，只画几平方米的面积，似乎观赏者的目光能从这个点上穿越一般。塞内纳克在这奇怪的装饰风格中继续往前走，这条走廊或许是想模仿橘园美术馆的墙壁，虽然毛赫瓦勒家的《睡莲》与巴黎的橘园美术馆展出的《睡莲》相差甚远。

塞内纳克走进一间客厅。客厅的装饰风格非常古典，里面摆满了奇形怪状的小件古玩。来访者的目光被客厅里陈列的画卷吸引住了：共有十来幅，都是原版的。据塞内纳克所知，这些画作现在正在升值，无论是艺术价值还是经济价值。一幅是格勒波瓦勒的，一幅是凡幕德的，一幅是贾巴尔的……显然，毛赫瓦勒很有品位，并且很有投资意识。塞内纳克警官暗自想道：就算毛赫瓦勒太太不是贪得无厌之徒，但是时间久了，她也早晚会成为欲望的俘虏。

塞内纳克警官坐了下来，帕特里夏却没有待在原地。她紧张地摆弄着那些原本已经摆放得相当整齐的物件，她身上的紫色裙装与她暗淡的乳白色皮肤形成了鲜明对比。塞内纳克觉得她有四十多岁，或许还不到四十岁的样子。虽然称不上漂亮，但是她腰板儿笔直，举手投足之间，显得颇具魅力。与其说是“高雅”，倒不如说是“古典”，警官心里这样想着。这个女人属于对异性的吸引力不大，但却很耐看的那种类型。

“警官，您能确定我丈夫是被人谋杀的吗？”

她话里带刺儿，还带着一丝不快。

她接着说道：

“已经有人为我描述过案发现场的情形了，这应该不是一场意外吧？跌倒在石头上，并且是一块火石，然后热罗姆把自己给淹死了……”

“怎么不可能呢，女士？一切皆有可能！不过，还要再等一下法医的尸检报告。但是就目前的情形来看，我要承认，谋杀是最有可能的。初步看来是这样的……”

帕特里夏·毛赫瓦勒摆弄着碗橱上的女猎手戴安娜的小雕像，是铜制的。塞内纳克向他们刚刚见面的方向走了过去。他提了些问题，帕特里夏·毛赫瓦勒几乎都是用拟声词回答的，每句话不超过三个词，有些词还是重复的，她的语调几乎没有变过，一直又高又尖。

“他没有仇人吗？”

“没有，没有，没有。”

“最近几天，您没发现他有什么异常吗？”

“没有，没有。”

“您的房子看起来很大，您丈夫生前也住在这儿吗？”

“是的……是的。也是，也不是……”

塞内纳克没有给她留什么余地，这一次，他可听不懂了。

“毛赫瓦勒女士，您得跟我说实话。”

帕特里夏·毛赫瓦勒吞吞吐吐，一副惜字如金的样子。

“热罗姆每星期很少住在这里。在他的工作室旁边有一套公寓，在第十六大区，叙歇大街。”

警官迅速将这个地址记录下来，同时，他意识到这个地方距离马尔莫丹艺术陈列馆只有几步之遥，这绝不应当只是巧合。

“您丈夫经常在别处过夜吗？”

一阵沉默。

“是的。”

帕特里夏·毛赫瓦勒又紧张地摆弄起一束插在日式图案长口花瓶中的鲜花。洛朗斯·塞内纳克的脑海里突然浮现出这样一幅画面：花朵将在根茎处腐烂；死亡将冰封整个客厅；时光的灰烬将覆盖住色彩的和谐。

“您没有孩子吗？”

“没有。”

一阵沉默。

“您的丈夫也没有孩子吗？我想说，一个都没有吗？”

帕特里夏·毛赫瓦勒先是一阵犹豫，接下来声音降低了八度。

“没有。”

塞内纳克不慌不忙，翻出了在热罗姆·毛赫瓦勒的口袋里发现的那张“睡莲”明信片，把它翻过来交到毛赫瓦勒太太的手上。在读这几个印刷体字的时候，帕特里夏·毛赫瓦勒显得局促不安：“十一岁。生日快乐。”

“我们在您丈夫的口袋里找到了这张明信片，”警官进一步解释说，“或者说，您有表兄吗？会是朋友的孩子吗？您的丈夫生前想把这张生日贺卡寄给哪个孩子呢？”

“不，我也不知道，真的。”

塞内纳克给帕特里夏·毛赫瓦勒一点时间思考了一下，随后，他说道：

“那么这条引文是什么意思呢？”

她的目光游移到这张明信片上，读了读底下那段奇怪的文字。“我赞同将做梦立罪。”

“我也不知道！很抱歉，警官……”

看来，毛赫瓦勒太太对此真的一无所知。塞内纳克把卡片放到了桌子上。

“这是卡片的复印件，您可以留着，原件在我们那儿。我给您时间思考……如果您想起什么的话……”

帕特里夏·毛赫瓦勒在房间里走动得越来越少了，就像意识到自己是一只无法逃出玻璃广口瓶的苍蝇一样。塞内纳克继续说道：

“您丈夫最近有过什么烦心的事情吗，我想说，在工作方面？我也说不好，比如说他有没有外科手术失败的案例？有没有哪个患者对他不满？有没有人投诉他？”

这只苍蝇突然又变得暴躁起来。

“没有！从来都没有！您到底想说什么？”

“没什么啊。没什么。我向您保证。”

他看了看墙上的画。

“您的丈夫一定是对油画情有独钟吧？您觉得他会不会牵扯进……怎么说呢，牵扯进某桩不正当交易或某个窝藏赃物的事件中，甚至连他自己都不清楚其中的原委？”

“您到底想说什么？”

寡妇的声音又升高了八个分贝，比上一次更加让人不爽。警官心想，这倒是很经典。帕特里夏·毛赫瓦勒一口否认了谋杀。因为如果承认有人谋杀了她丈夫的话，那就等于承认有人因恨而杀害了她的丈夫……从某种角度来说，那也就相当于承认了她的丈夫生前曾有过错。塞内纳克对这一切都了然于心，他觉得自己应该还受害者一个清白，而不是揪住一个寡妇不放。

“我没想说什么，真的没什么特别的。毛赫瓦勒女士，我向您保证，我只是在寻找线索。我听说他……怎么说呢，他追求过别的女性……他还想拥有一幅莫奈的画……那是……”

“这没错啊，警官先生，那是他的梦想。很多人都知道，热罗姆是最懂克洛德·莫奈作品的人。是啊，他确实想拥有一幅莫奈的画作，他也为此一直努力工作着。他是一个医术高超的外科医生，他值得拥有一幅莫奈的画作，他甚至为莫奈的画而着迷。无论得到莫奈的哪一幅作品都行，警官先生。一幅莫奈的《睡莲》——我不知道您是否能够理解，那就是他想要的。他想在吉维尼寻找的，就是一幅画，这里是他的故乡。”

寡妇长篇大论地说着，塞内纳克的大脑飞快地运转了起来：第一印象！在同帕特里夏·毛赫瓦勒对话的几分钟里，他对这个寡妇的性格有了大致了解。与他的预期不同的是，他的第一印象越来越倾向于她是在发泄一种激烈的情绪、一种被现实压垮的爱人的情绪，而不是在表达一位在灰暗中黯然凋零的、被人抛弃的妇人的漠然。

“毛赫瓦勒女士，很抱歉前来打扰您。但是我们的目标是一致的，那就是找出杀害您丈夫的凶手。我不得不再向您提出几个问题……几个更加私密的问题。”

帕特里夏·毛赫瓦勒似乎定格在对面墙壁上贾巴尔的裸体人像画里。

“您丈夫对您，怎么说呢……总是不忠。您觉得……”

塞内纳克发现了帕特里夏的不安。她似乎想用内心苦涩的泪水浇灭胸中的火焰。

她打断了塞内纳克：

“我和我丈夫年轻的时候就认识了。他追了我很长时间，非常长的时间。他不仅追我，也追别人。过了很多年，我才向他妥协。年轻的时候，他并不是那种能让女孩子怦然心动的类型。我不知道您听没听懂我的意思。或许他有那么一点儿严肃，那么一点儿无聊。他……他在异性面前缺乏自信，情况就是这样。后来，随着年岁的增长，他变得越来越自信了，也更有魅力、更有情趣了。警官先生，我觉得，我对他的影响很大。当然，他也变得更加富有了。热罗姆成年以后，他就想对女性展开报复……对女性报复，警官先生。他的复仇对象不是我，我不知道您是否能够明白。”

塞内纳克警官心想，我倒希望是那样；但一边还在想，我需要知道这些女性的姓名，他们之间都做了些什么以及毛赫瓦勒的出轨时间。

随后……

帕特里夏·毛赫瓦勒郑重地说道：

“我希望您把握好分寸，警官先生……毕竟吉维尼是一个只有几百人的小村庄。请您别让热罗姆死第二次，别玷污了他的名声。他不该受到那样的待遇，真的不该。”

洛朗斯·塞内纳克以确定的姿态点了点头。

第一印象……在塞内纳克的心里已经做出了判断。是的，帕特里夏·毛赫瓦勒爱她的丈夫热罗姆。不，她不会做出谋财害命的举动来。

但是因爱，你要知道……

塞内纳克注意到最后一个细节，日式花瓶中的鲜花使他确信：这栋房子里的时间已经停止了。挂钟昨天就被打碎了！在这间客厅里，每一平方厘米的地方都能感受到热罗姆·毛赫瓦勒用心倾注的爱。那都是毛赫瓦勒自己热爱的事情。所有的一切都将保持原状，直到永远。墙上的油画再也不会被摘下来了，书柜上的图书再也不会被翻开了。所有的一切都将这样悄无声息，就像一间纪念着一个被人遗忘的人的废旧博物馆、一个什么也没有留下的艺术爱好者、一个“女人爱好者”。可是大概没有一个女人会为他哭泣，除了他的原配、那个曾经被他忽视的女人。

他的一生都在收集复制品。他没有孩子。

克洛德－莫奈大街的光线照亮了警官的脸。他等了不到三分钟，西勒维奥便出现在大街的尽头。他没穿靴子，裤脚都在地面上磨脏了，塞内纳克见状觉得好笑。西勒维奥·贝纳韦德是个潮男，平时他总是一副小心翼翼的样子，不想表现出潮男的一面，可是他现在这个样子却显得更加机灵。戴着太阳镜的洛朗斯·塞内纳克仔细打量着助手纤细的身躯，西勒维奥身体长长的倒影投射在房子的山墙上。确切地说，西勒维奥算不上瘦弱，说他“紧致”也许更合适一些，因为，他那格子衬衫下的身躯显得丰满有型。他的衬衫扣子一直扣到脖子，衬衫塞在浅褐色的裤子里。从侧面看，西勒维奥比从正面看显得更加结实。洛朗斯心想，他可真是个圆柱体！可是这样的身材不仅没有使他显得臃肿，恰恰相反，还使他看起来有些瘦弱，像是一株年轻的树干，光滑而柔软，似乎可以弯折，但绝不会被折断。

西勒维奥走了过去，嘴角挂着微笑。其实，洛朗斯最不喜欢他助手身上的一点就是西勒维奥喜欢把他那又短又直的头发直接往后梳，或是梳成偏分的怪癖，那条分印线使他看起来就像一个神学院的学生，至少，他不喜欢这样的造型。总之，他真想把西勒维奥的头发剃成板寸，好让他改变一下形象。西勒维奥·贝纳韦德在他面前停了下来，双手叉腰。

“怎么样，老大……那个寡妇？”

“可真是个寡妇，货真价实的寡妇！你的鉴定报告书做得怎么样啦？”

“没有什么新进展……我跟周围的几个村民聊了聊，案发当天他们都在睡觉，谁都没听见声音。至于其他物证，还得再等等，它们都在玻璃罩子和塑料袋子里……我们回去吧，怎么样？”

塞内纳克看了看表，16 点 30 分。

“好的……你自己回去吧，我还有一场约会要去……”

看着助手惊讶的神情，他又补充说道：

“我可不想错过学生放学的时间。”

西勒维奥·贝纳韦德似乎明白了。

他要去找那个将要过十一岁生日的孩子？

塞内纳克会心地向西勒维奥眨了眨眼。

“可以这样说……也是为了会会那位印象派的珍宝——那位在热罗姆·毛赫瓦勒的心目中与莫奈的画作同等重要的女教师。”

7

我在市政府和学校前方小广场的椴树下等候着客车。这是村里最阴凉的地方，沿着克洛德 - 莫奈大街再往前走几米就到了。这里似乎只有我一人。说真的，这座村庄很奇怪：几米长的小路，却容得下在博物馆和画廊前等待着的那些拥挤的人，大家一下子都挤到这几条荒芜的乡间小道上来了。

车站就在学校的正前方，或者说，几乎就在学校的正前方。孩子们在铁栅栏后面的院子里玩耍着。尼普顿站在稍远一些的地方，它就站在一棵椴树下，迫不及待地等待着孩子们冲出“牢笼”的那一刻。尼普顿很喜欢在孩子们的身后追逐奔跑。

城镇学校的对面建起了一座艺术画廊工作室。墙上印着一句巨幅格言：“带着想象力观察。”又是一拨参观的人！整天都能看到那些一瘸一拐、戴着扁平窄边小草帽或是巴拿马草帽的退休老人从画廊里走出，溜达到村庄的各处去。他们要去寻找那神圣的灵感！在整个城镇，想不看见他们都难。他们戴着红色的徽章，推着祖传的手推车，车里装着画架。

您不觉得这很诡异吗？我希望有一天有人能为我解释一下，为什么这里的干草、树上的鸟儿和河里的水都与世界其他各地的颜色不同？

这个问题似乎超出了我的理解能力。也许是我的智商问题吧，再不就是因为我在这里居住得太久了，一定是这样的。常听人说，与一位帅哥生活久了，也就不觉得他帅了，说的就是这个道理。总之，这些入侵者不会像其他人那样，每天 18 点前就乘大客车离开，他们会一直游荡到夜幕降临，然后席地而睡，拂晓时分又开始行动。在这些人当中，大多数是美国人。虽然我只是一个透过白内障的眼睛来看这场大戏的老太婆，但是您不能阻止我这样想，学校前的这群老画家一定会影响村里的孩子们的，他们一定会让孩子们的脑袋里产生一些想法的。您不这样认为吗？

警官发现了椴树下的尼普顿。一见面，他俩就再也分不开啦！警官一会儿与尼普顿打闹嬉戏，一会儿又抚摩起来。我一声不响地坐在长椅上，就像一座乌木雕像。您可能觉得有些奇怪，像我这样的老太太，即便在吉维尼满大街闲逛，都没有人，或者说几乎没有人能认得出来，更别说警察了。我要跟您说，这绝对是经验之谈。您坐在街角，不管哪一条街的街角都行，无论是巴黎大街，还是村庄的教堂广场，您只需要找个有人的地方。您就在那儿待十分钟，数一数从那儿经过的路人，您一定会被老年人的数量之多惊讶得目瞪口呆。总之，老年人可比其他年龄段的人多多了。首先，这是一个事实，总有人拉着我的耳朵反复地讲，世界上的老年人越来越多了；其次，老年人只有这一件事情可做——满大街地闲逛；最后，是因为人们不认识这些老人，事实就是这样。大家会去看一个女孩子露在外面的肚脐；会挤到快步行走的行人前面，或是挤到占满整个人行道的年轻人前面；会目光紧紧地追随着一个婴儿车看车里的孩子和推车的妈妈。但是一个老头儿或者老太太……肯定没人看得见。因为我们走得太慢了，慢得几乎成为背景的一部分，就像一根树干或一盏路灯。如果您还不相信，那就试试看：停下脚步，只需要十分钟，您就会看到刚才我所说的一切。

言归正传，正是因为我有这种让人视而不见的特权，我要承认，不得不说，这个年轻警察确实颇有魅力，他穿着短皮衣、紧身牛仔裤，蓄着一口小胡子，一头乱蓬蓬的金色头发很像暴风雨过后的麦田。不言而喻，比起我这个乡村里的老疯子，他一定对那些多愁善感的女教师更感兴趣。

8

洛朗斯·塞内纳克又摸了摸尼普顿，这次他抚摩了很久。随后，他放开手，向学校的方向走去。当他走到距离学校的大门还有十米远时，大约二十个孩子从他面前经过，边跑边叫嚷着，他们当中多大年龄的都有。这群孩子就像见到了他才逃跑似的。

一群终于获得了自由的小兽。

一个十来岁的小姑娘跑在最前面，辫子飘在风中。尼普顿紧跟着她的脚步，就像脚下踩着弹簧一般。其他人跟在小姑娘身后，一直跑到布朗什－奥修德－莫奈大街，随后消失在克洛德－莫奈大街。此时的克洛德－莫奈大街一下子热闹起来，而市政府广场却变得静悄悄的。警官又向前走了几步。

请相信即使是多年以后，洛朗斯·塞内纳克仍然还会想起这个神奇时刻。他甚至一生都不会忘记这个时刻。他会想起此刻的每一种声响，孩子们渐行渐远的叫喊声，椴树林里穿梭回荡的风声，甚至是这里的每一种味道、每一处光亮，市政府门前的洁白石子，沿着楼梯栏杆紧紧缠绕在七级台阶上的牵牛花……

然而，他当时却没想过这些。他当时什么都没想。

也许很久以后他会明白，此时让他感到震惊的，其实就是一种反差，一种微小的反差，只有几秒钟。斯特凡妮·迪潘站在学校的门前，她并没有看见塞内纳克。一瞬间，洛朗斯撞见了她那追随着孩子们的嬉笑而远去的目光，似乎那些孩子书包里承载着的，就是她的梦想。

那是一缕轻柔的忧伤，如同一只脆弱的蝴蝶。

随后，斯特凡妮发现了她的来访者。她立刻报以微笑，一双淡紫色的眼睛炯炯有神。

“先生？”

斯特凡妮·迪潘让这位陌生人倍感清新。那是一股清新的巨流，一股迎着四面风的清新，一幅艺术家风景画般的清新，一幕游客们沉思般的清新，一种在埃普特河边玩耍的小孩子般的清新。这可不是装出来的，这是一种天赋！

是的，正是这种反差让洛朗斯·塞内纳克心绪大乱。这彬彬有礼的忧郁，不露痕迹。就像在某一瞬间，他突然瞥见了一个藏满宝藏的洞穴，而他现在所要做的，就是找到洞穴的入口。

塞内纳克也笑了笑，他有些含糊地说：

“洛朗斯·塞内纳克警官，维农警局。”

她伸出一只细嫩的手。

“斯特凡妮·迪潘。村里小学唯一班级的唯一老师……”

她的眼睛在笑。

她很漂亮。可以说，不只是漂亮。阳光下，她那双闪耀着睡莲般光芒的眼睛，带着一种介于蓝、紫之间的色调。她那苍白的粉红色嘴唇，像是涂上了一层粉笔灰。她那轻薄的小裙子上方，裸露着一双洁白的香肩，肌肤光滑得如同陶瓷一般。她那长长的浅褐色头发后面，扎着一个略显凌乱的发髻。

一种低调的别致。

热罗姆·毛赫瓦勒确实品位非凡，不只在油画方面。

“请进。别客气。”

校园的温馨与马路的喧嚣形成了鲜明对比。洛朗斯走进小教室，他看到书桌后面有二十多把椅子。突然置身于这种私密的独处中，他竟感到一阵舒适的暧昧。他的目光移向墙上粘贴着的三张巨幅地图：法国地图、欧洲地图和世界地图。这些漂亮的地图古色古香。警官的目光突然汇聚到办公桌旁的一张小布告上：

未来之星绘画大赛

国际小画家挑战赛

罗宾逊基金会

布鲁克林艺术学院和费城的宾夕法尼亚美术学院

他觉得，这个切入点不错。

“您班里的孩子们报名了吗？”

斯特凡妮目光闪烁。

“是的，我们每年都报！这几乎是我们班的传统。西奥多·罗宾逊是曾经到过吉维尼跟克洛德·莫奈一起绘画的美国画家之一。他是博迪旅馆最忠实的旅客！随后，他成为美国著名的艺术大师……如今，让吉维尼的孩子参加罗宾逊基金会绘画比赛，这是我们能做的一件很微不足道的事情，您不觉得吗？”

塞内纳克点了点头。

“获奖的孩子会得到什么奖励呢？”

“他们可以得到几千美元……还可以到世界最负盛名的美术学校实习几个星期……纽约、东京、圣彼得堡……实习学校每年都不一样……”

“真了不起……有吉维尼的孩子得过奖吗？”

斯特凡妮·迪潘爽朗地笑着，在洛朗斯·塞内纳克的肩膀上拍了一下。

她是自然而然的。而他却微微地颤抖了一下。

“不，您以为……世界上有成千上万所学校参加比赛。但总还是要试一下的嘛，是不是？您是知道的，克洛德·莫奈的孩子——米歇尔和让也曾是我们这儿的学生呢！”

“我想，西奥多·罗宾逊此后再也没有回过诺曼底……”

斯特凡妮·迪潘惊愕地凝视着这位警官的脸。她睁大眼睛，警官在她的眼神中察觉到了一丝崇拜：

“警校有艺术史课程吗？”

“没有……但是谁说警察不能喜欢油画呢？”

她的脸红了。

“警官，我很感动……”

她那瓷器般的面颊染上了一层野花般的红晕，泛起了几朵橙红色的彩霞。她那双淡紫色的眼睛淹没了整个房间。

“警官，您说得太对了，西奥多·罗宾逊四十四岁时就因哮喘病发作，死在了纽约，在那之前的两个月，他刚刚给他的朋友克洛德·莫奈写过信，说他准备回吉维尼看看……可是他从此再也没能回到法国。在他去世几年之后，他的继承人创办了这个基金会和国际油画大赛。我可能说多了，警官先生。我想，您到这儿来，可不是听我讲课的吧……”

“可是，我喜欢。”

塞内纳克这么说，只是为了再看一眼她脸红的样子。他赢了，这超乎了他的意料。

警官追问道：

“斯特凡妮，那您呢？您也画画吗？”

年轻女子的手指再一次举到空中，这次几乎放在了警官胸脯的位置。

警察克制着自己不去多想。这是教师对孩子们说话时倾身向前的习惯性动作，是与孩子们眼神交流的方法，也是触摸他们的一种方式。

她是个无心的调情者吗？

塞内纳克希望自己的脸不要像她刚才的那样红。

“不，不。我不画画。我可……一点儿天赋都没有。”

就在这短短的一瞬间，一朵云霞从盛开的鸢尾前方飘过。

“那您呢？听您的口音可不像维农本地人啊！就像您的名字一样，洛朗斯。在我们这儿可不常见。”

“是的……在奥克语中，与洛朗斯相对应的名字是洛朗。确切地说，我的方言是阿尔比方言……我是刚刚调到这儿来的。”

“哇哦，欢迎您！是阿尔比吗？这么说来，您在油画方面的品位是来自图卢兹-洛特雷克啦？每个人都有自己喜欢的画家！”

他们都笑了。

“您说对了一半。洛特雷克是阿尔比人，而莫奈是诺曼底人……”

“您知道洛特雷克是怎么评价莫奈的吗？”

“这可能要让您失望了。我承认，我甚至都不知道他们认识。”

“他们是认识的！但是洛特雷克却把印象派当成野兽。他甚至还把克洛德·莫奈说成傻子，是的，他用过这个词——‘傻子’，因为他把自己极大的天赋浪费在画风景上，而不是浪费在画人物上！”

“好在洛特雷克在莫奈隐居之前就去世了，在莫奈隐居之后的三十年间，他就只画睡莲了……”

斯特凡妮爽朗地笑了。

“这也是看问题的一种方式。实际上，也可以这样说，洛特雷克和莫奈在两种截然相反的命运之间做出了选择……对图卢兹－洛特雷克来说，稍纵即逝的一生只是为了追逐人类灵魂的情欲，而莫奈却用尽沉静的一生来追逐自然。”

“他们两个属于互补，而不是对立，不是吗？您真的要做出选择吗？就不能同时拥有这两种不同的人生吗？”

斯特凡妮的微笑使他心醉神迷。

“我真是无药可救了，警官先生。我想，您到这儿来，不是为了找我聊油画的吧。您是来调查热罗姆·毛赫瓦勒的死因的，对吗？”

她轻巧地坐到办公桌上，几乎与塞内纳克的上半身一般高。她自然地将两条腿叠放在一起，棉布裙子上提到大腿中部。洛朗斯·塞内纳克感到一阵呼吸困难。

“可是，这件事与我有什么关系呢？”女教师一脸无辜地轻声问道。

9

大客车就停在市政府广场的正前方。方向盘后面坐着一个女司机，她看起来并不像假小子或长途客车司机，不，她就是一个漂亮姑娘。这模样无论是做护士，还是做秘书，都没什么不妥。我不知道您注意过没有，现在，女性开这种大型客车的越来越常见了，尤其在乡村。以前，从未见过女孩子当司机的，一定是因为村里有越来越多的老人和孩子需要乘坐公交车。没错，这就是为什么客车司机现在已经不再是男人的专属职业了。

我艰难地踏上客车的脚踏板，把钱付给了开车的女孩儿，她找了我零钱，动作中带着售货员般的麻利。我坐在了前排。车上坐了一半人，但是根据以往的经验，在吉维尼村口，还会上来很多人，他们当中的大多数会在维农火车站下车。随后，从维农火车站一直到维农医院，中途就再也没有站点了。但司机通常都会可怜我这双老腿，在汽车到站之前就会停车让我下来。现在您明白我的意思了吧，如果是女司机开车的话，她们就能这样做。

我想尼普顿了。昨天，我是搭出租车从维农回来的，居然花了我三十四欧元！对不足十千米的路程来说，这可算是天价了，您说是不是？坐在雷诺汽车方向盘后面的那个家伙对我说，那是夜间的价格。这些司机肯定是利用了这一点，他们准是知道晚上 21 点以后，就再也没有发往吉维尼的客车了。此外，在来来往往的车辆当中，您也会注意到，驾驶出租车的都是男性，从来没有女性。他们整个晚上都像盘旋着的秃鹫一样围着医院打转，这样就能截获我们这些从没开过车的老寡妇了；这样，他们就觉得我们不会再讨价还价了！总之……话虽然这么说，但是一会儿如果能找到一辆回家的车，我还会感到很幸运，因为医生对我说，我丈夫或许活不过今天晚上了，今晚肯定会折腾大半宿。

想到尼普顿还在外面游荡，我真是心烦意乱。

10

在吉维尼学校的教室里，洛朗斯·塞内纳克警官努力地克制着自己不要紧盯着女教师裸露的大腿。当斯特凡妮·迪潘满脸纯真地看着他的时候，他就笨拙地翻着衣服口袋。斯特凡妮就那样坐着，似乎将两条腿交叉着坐在办公桌上，这是所有姿势中最自然的，她对这种坐姿好像是习以为常了。洛朗斯·塞内纳克心里琢磨着，她班里的孩子们如果见到这种姿势，并不会对老师产生邪念吧。这很自然……

“那么，这件事和我有什么关系呢？”女教师又一次问道。

最后，警官从口袋里掏出一张画着“睡莲”的明信片复印件。

十一岁。生日快乐。

他将卡片递给了斯特凡妮。

“这张明信片是在热罗姆·毛赫瓦勒的口袋里翻出来的。”

斯特凡妮仔细辨读着这句话。当女教师弯下腰向一旁微微转过身去的时候，一束阳光从窗子照射进来，照在洁白的纸张上，也照亮了她的脸颊。她就像一位笼罩在光环之中的朗读者，让人不禁想到了弗拉戈纳尔、德加、维梅尔。就在这一瞬间，塞内纳克突然产生了一种奇怪的感觉：在这位年轻女子的一系列动作中，没有一个动作是她的本能反应，她的每一个动作都优雅得近乎完美。她一定是为此精心设计过、研究过。她是为他而摆的造型！斯特凡妮·迪潘姿态优雅，她那略显苍白的嘴唇微微张开，轻轻吐了口气，这便将警官心中的疑虑打消得无影无踪了。

“毛赫瓦勒家没有孩子……这么说来，您是怀疑在学校……”

“是的……这便是神秘之处。您班里有十一岁的孩子吗？”

“当然啦，好几个呢。从六岁到十一岁，多大年龄的孩子我都会收。但是据我所知，没有最近要过生日或前几星期过完生日的孩子啊。”

“您能帮我列个名单吗？写上那些孩子的父母是谁，他们的生日，以及其他一切可能对案件有用的信息……”

“这会对破案有帮助吗？”

“这个……也许有用，也许没用……目前我们还在尝试。我们正在追踪不同的线索。您瞧，这句话是否能让您想到些什么？”

塞内纳克指引着斯特凡妮的目光看向明信片的下方。她集中精力思考着，微微皱了皱眉头。她无论做什么动作，他都喜欢。

她还在默读着，眨着眼，嘴唇微微颤动，脖颈弯弯。阅读时的女性，总会使塞内纳克警官浮想联翩。她怎么那么会捉弄他呢？她怎么知道他喜欢什么样的女性呢？

我赞同将做梦立罪。

“那么……您什么都没想到，是不是？”塞内纳克结结巴巴地问道。

斯特凡妮·迪潘突然站了起来，向书架走去，她弯了弯腰，随后笑容可掬地转过身来。她递给他一本白色封皮的书。洛朗斯感到，女教师的胸部在棉布裙子后面猛烈地震颤了一下，就像一只战战兢兢的小麻雀不敢从敞开门的笼子里飞出来似的。下一秒，塞内纳克心想，自己的脑海中怎么会冒出这种奇怪的画面？他试着让自己的注意力集中在这本书上。

“路易·阿拉贡，”斯特凡妮用清澈的声音说道，“很抱歉，警官先生，我得再为您上一课了……”

洛朗斯将一本练习册推到一边，坐在学生的课桌上。

“我说过，我喜欢……”

她依然是笑。

“警官，您在诗歌上的造诣可不如在绘画上深哦。明信片上的这句话出自路易·阿拉贡的一首诗。”

“您可真让人难以置信……”

“不，不，这可不是我的功劳。首先，路易·阿拉贡是吉维尼的常客，克洛德·莫奈死后，他于 1926 年只身来到吉维尼村；其次，这句话是出自阿拉贡的一首著名的诗歌，那是 1942 年第一首被维希政府查禁的诗。警官，很抱歉我还得为您补课，但是如果我告诉您这首诗叫什么，您就知道为什么学校的孩子们每年都要学他的诗啦……”

“《印象》，是吗？”塞内纳克试探着问道。

“不对，但是已经很接近了。阿拉贡把这首诗命名为《睡莲》。”

洛朗斯·塞内纳克试着从中获取信息，并将它们排好序。

“如果我是您的话，我会认为，从常理来讲，热罗姆·毛赫瓦勒应该也知道这些奇怪的诗句出自哪里……”

他沉思了片刻，思考着应该采用什么词语来应答。

“谢谢您。如果没有您的帮助，我们可能要花好几天的时间才能找到诗句的出处。虽然现在即便知道了出处，我还是不知道该怎样把案子向前推进……”

警官绕着女教师转了一圈。她就站在他的面前，他们的脸几乎处于同一高度，相距三十厘米左右。

“斯特凡妮……我可以叫您斯特凡妮吗？您认识热罗姆·毛赫瓦勒吗？”

她用那双淡紫色的眼睛看着他。他迟疑了一下，试探着问。

“吉维尼这里太小啦，只有几百个村民……”斯特凡妮说道。

这个，警官早就听说过了。

“斯特凡妮，这不算回答……”

一阵沉默。现在，他们相距二十厘米了。

“是的，我认识他。”

那双淡紫色的瞳孔里泛着光，警官漂浮在泛着微光的水面上。此时，他必须挺住，否则就会被淹没。他那张厚脸皮此刻竟然毫无招架之力了。

“我听到……一些传闻。”

“您有话就直说吧，警官。当然，我也听到过。那些传闻说……热罗姆·毛赫瓦勒是一个好色之徒，他们是这样说的吗？我不否认他曾试图接近过我……但是……”

她那泛着睡莲般光芒的眼睛此刻有些纠结，像是荡起一阵微风。

“我已经结婚了，塞内纳克警官。我是村里的教师，毛赫瓦勒是村里的医生，如果你们按照这条线索疯狂地追查下去，那可真是荒唐透顶……我和热罗姆·毛赫瓦勒之间什么都没有发生过。在我们这样的小村庄，总会有人热衷于窥探别人的隐私，杜撰一些所谓的秘密，然后到处去散布……”

“都是我不对。如果我冒犯了您，还请您原谅……”

她在他嘴唇的前方笑了笑，随后，又向书架那边走去。

“警官，这个给您。您有一颗艺术之心……”

洛朗斯惊讶地看到斯特凡妮又给他递过来一本新书。

“这是给您在私下里阅读的，《奥雷利安》。这是路易·阿拉贡最动人的小说啦，最重要的情节都发生在吉维尼，从第 60 章至第 64 章都是。我确定，您一定会喜欢。”

“谢……谢谢……”

警官竟然不知该说什么好了，只能在心里暗自咒骂。斯特凡妮出其不意地赢得了主动权。在整个事件中，阿拉贡扮演的到底是个什么角色呢？他觉得自己似乎错过了什么，他有一种跑偏和失控的感觉。他带着十足的把握抓住这本书，放在自己的大腿上，他摇摆着双臂，随后将手递向斯特凡妮。女教师抓住了他的手。

有点儿紧。

有点儿久。

一秒或两秒，他的思绪在狂奔。斯特凡妮紧紧抓着他的手，好像心中在呼唤着：“别松开，别丢下我，洛朗斯，您是我唯一的希望。别让我独自一人沉沦在深渊。”

斯特凡妮对他笑了笑，目光闪烁。

当然，刚刚是他自己恍惚了。他疯了。这是他在诺曼底主办的第一个案子，他的心绪就乱了。

这个女人什么都没有隐瞒……

她很漂亮，这是显而易见的。但是她属于另一个人。

这很正常嘛！

他后退了一步，结结巴巴地说：

“斯特凡妮，您……别忘了帮我准备一份班里孩子们的名单，明天我会派一个警员来取……”

其实他俩心里都明白，塞内纳克是不会派别人来取的，他一定会亲自来，她也希望。

11

维农的客车在克洛德－莫奈大街转了个弯，向教堂的方向驶去。教堂那儿的游客没那么集中。说心里话……我非常喜欢坐着大客车穿越村庄，喜欢坐在前排看整座村庄在车窗玻璃上慢慢展开：客车经过德马雷和康提教堂、房产信用中心、克罗斯弗勒里旅馆和博迪旅馆，追上了一群走在马路上、背着书包的孩子。司机一按喇叭，孩子们就立刻挤到一边，毫无顾忌地踩在蜀葵和鸢尾上。另外两个孩子奔跑着，跑到稍远一些的地方，跑进了博迪旅馆对面的田野里。我认得他们，这两个孩子总在一块儿，他们叫保罗和法奈特。我也看见了尼普顿，它就在他俩身边奔跑，一直跑到干草地里。这只狗才不会放过小孩子呢，尤其是法奈特，那个扎着马尾辫的小姑娘。

我要跟您说，我想，我真是老糊涂了，整天都为它担心得要死，可是在没有我的时候，它跟村里的小朋友们玩儿得也挺开心啊。

街道的尽头便是客车的下一个站点。我不由自主地叹了口气。终于出城啦！二十多个乘客等待着，人人都装备着滑轮箱子、背包和睡袋，当然，还有装在牛皮纸口袋里的大画纸。

12

法奈特拉着保罗的手。他们藏在草垛后面，草垛就在大田野里。大田野把罗伊大街和克洛德－莫奈大街分割开来，草垛有博迪旅馆那么高。

“嘘，尼普顿，快走开！别人会发现我们的……”

狗狗看了看两个十一岁的孩子，没明白他们在说什么。它的毛上沾满了稻草。

“走开啊！傻瓜！”

保罗爽朗地笑着，他的大衬衫敞着怀，书包扔在身边。

我真是好喜欢听保罗笑哦，法奈特心想。

“他们在那儿呢！”小姑娘突然喊道，“在街角！快过来……”

他们跑掉了。保罗抓起书包就跑。他们的脚步声回荡在克洛德－莫奈大街上。

“保罗，再快点儿！”法奈特一边喊，一边拉起男孩儿的手。

他们的头发飘荡在风中。

“在那里！”

她突然跑到圣－拉德贡德教堂的位置，然后继续向前跑去，即使跑在满是砾石的林间小道上，也没有放慢脚步，随后在厚厚的绿树篱后面躺下了。这一次，尼普顿没跟着他们，它闻着道路另一侧的地沟，在“矮房子”上撒了几泡尿。由于山丘是有坡面的，这些“矮房子”看起来就像被掩埋了起来。保罗笑得喘不过气来。

“嘘，保罗，他们很快就会过来的。你这么笑，我们会被发现的。”

保罗后退了一步，坐在身后的白色坟头上。一半屁股坐在克洛德·莫奈的墓碑上，另一半屁股坐在莫奈的第二个老婆爱丽丝的墓碑上。

“保罗，你看！你都坐在莫奈的墓碑上啦……”

“抱歉……”

“没关系啦！”

每当我和保罗有分歧的时候，他都会腼腆地道歉，这点我也好喜欢哦。

这次轮到法奈特哈哈大笑了。保罗走向前去，又一屁股坐到别人的墓碑上——莫奈其他亲属的墓碑。

法奈特透过树枝窥视着，她听见了脚步声。

他们来啦！

卡米耶、文森和玛丽。

文森是第一个到的。他神情专注地窥视了一下四周，一副不信任的样子看了看尼普顿，随后喊道：

“法……奈特！你在哪儿？”

保罗又“扑哧”笑出声来。法奈特用手堵住他的嘴。

这一次，卡米耶也爬到了教堂的高度。他比文森矮一些，他的手臂浑圆，肚子从敞开的衬衫里露了出来，气喘吁吁的。似乎在每一群孩子中，都有一个这样的小胖墩儿。

“你看见他们了吗？”

“没有！他们肯定是走远了……”

两个男孩儿继续赶路。文森喊着，这次声音更大了：

“法……奈特！你在哪儿啊？”

玛丽尖锐的声音传得更远一些：

“等等我呀！”

卡米耶和文森已经离开差不多一分钟了，这时，玛丽在教堂前停了下来。这个女孩儿才十来岁，个子却比同龄的孩子高，戴着眼镜的双眼流着泪。

“哥们儿，等等我啊！我才不管什么法奈特呢！等等我呀！”

法奈特转身看了看墓碑，她突然想躺到保罗的身上去。玛丽什么都没看见，仍然径直走在克洛德－莫奈大街上，凉鞋在柏油马路上踢里踏拉地响了一路。

哎哟……

法奈特满脸笑容地站起身来，重新扎了扎辫子。保罗掸了掸落在裤子上的石子。

“你为什么不想见他们呢？”男孩儿问道。

“我一看他们就烦！你看他们不烦吗？”

“嗯，确实有点儿……”

“啊……你看，等一下。卡米耶，他总是不停地显摆自己有学问，‘这个是这么回事……那个是那么回事……我是班里的第一名，听我的……’文森就更讨厌啦，我烦透了他总是黏着我，让我感到好沉重，好沉重，好沉重！他连一米的距离都不留给我喘息。至于玛丽，我就不用跟你描述她什么样了，除了爱哭，她还爱对老师献殷勤，还说我的坏话……”

“她嫉妒你，”保罗轻声细语地说，“那我呢？我是不是也总黏着你？”

法奈特用黄杨叶子在保罗的脸上轻轻一划。

保罗，你跟他们不同。我不知道该怎么说，但你就是不一样。

“笨蛋。你知道的，我最喜欢的就是你啦。永远不变。”

保罗闭上眼睛，品尝着心中的喜悦。法奈特又补充道：

“至少，通常是那样的。但是今天可不行！”

她直起身子，看了看周围有没有人。保罗的眼珠转来转去。

“什么？你连我都不要了吗？”

“是的，今天我有个约会，一个非常秘密的约会！”

“跟谁啊？”

“我都说啦，非常秘密！你可不许跟着我，听到没？只有尼普顿可以跟着我。”

保罗绕着手指，搓着手，交叉着双臂，似乎想要驱散极大的恐惧。

是因为那起谋杀案。从今天早上开始，全村都对此议论纷纷！警察在街上游荡，似乎我们也身处于危险之中……

法奈特坚持说道：

“一言为定？”

保罗感到很遗憾，但他还是发誓说道：

“一言为定！”

第三天

2010 年 5 月 15 日　维农医院

推理

13

床头上的荧光闹钟显示着 1 点 32 分。我还没有睡着。我见到的最后一个护士都已经离开一个多小时了，她应该觉得我已经睡着了吧。睡觉？让您见笑了！在这样不舒服的椅子上，我怎么可能睡得着？

我看着点滴管里的液体一滴一滴地落下来。如果就这样一直给他输液，他还能撑多久？

几天？几个月？还是几年？

他也没睡着。从昨天开始，他就不能说话了，至少医生们是这样说的。他的肌肉也不能活动了，但是他的眼睛依然圆睁着。护士们说，他的心里什么都明白。她们已经跟我重复过一百多遍了，如果我跟他说话，如果我读东西给他听，他一定还听得到："这对您丈夫的精神状态非常重要。"

茶几上摆放着一摞杂志。当护士们在的时候，我就装模作样地高声朗读；她们一出去，我就停下来。

就像护士们说的那样，他心里什么都明白，那么他会理解我的这些做法的……

我又看了一眼点滴瓶。输液有什么用呢？护士们跟我解释过，输液可以维持他的生命，但还说过别的什么，我就不记得了。

时间一分一秒地过去，我开始担心尼普顿了，我那可怜的狗狗还独自待在吉维尼呢。我不会一个晚上都留在医院的。

护士们很悲观，他已经有十分钟没眨眼了。他就那样两眼直勾勾地盯着我。我感觉自己快要被他逼疯了。

2 点 12 分。

一位护士又过来一趟。她让我试着睡一觉，我假装听了她的话。

我已经做好了决定。

我又等了一会儿，听了听，确保走廊里没有一点儿声音后，便站起身来。我又等了一会儿，随后，用颤抖的手将点滴管一个接一个地拔了下来，总共有三支！

他满眼惊惶地看着我。他明白我在做什么。至少，对于我的这种举动，他的心里一定清楚这意味着什么。

那么他会预料到什么呢？

我等待着。

等了多久？十五分钟？三十分钟？我拿起椅子上的一本杂志——《诺曼底杂志》。这些杂志让我想到了今年夏天的一个大型画展——“印象派的诺曼底”。从 6 月开始，大家都在街头巷尾议论着这个话题。我肆无忌惮地朗读着，无声地朗读着！似乎我对身边这个人的生死毫不在乎。怎么说呢，事情本来就是如此嘛。

我时不时地从杂志顶端瞥他一眼。他盯着我的脸，眼珠都快冒出来了。我盯着他看了几秒钟，随后，又投入到阅读之中。他的脸扭曲得一次比一次厉害，这已经够恐怖的了，您要相信我。

将近凌晨 3 点的时候，我感觉他真的死了。我丈夫的眼睛一直圆睁着，但是现在他不动了。

我站起身，将点滴管重新插好，就像什么都没发生过一样。随后，我仔细想了想，又重新将点滴管拔了下来，拉响了警报铃。

护士跑了过来，很专业的样子。

我表现出一副慌张的神情。不是特别慌张，但还是挺慌张的。我解释说我睡着了，醒来的时候就突然发现是这个样子了。

护士仔细地看了看拔下来的管子，满脸懊恼，好像是她的错似的。

我希望她不要为此自责。总之，我也不想给她惹麻烦。

她跑去找医生了。

我有了一种奇怪的感觉：气愤的同时，也感到了解脱。

还有一丝忧虑。

现在应该怎么做？

去找警察？还是继续在吉维尼的小巷里扮演一只黑老鼠？

14

五张照片平放在警察局的办公桌上。洛朗斯·塞内纳克手里拿着一个栗色的牛皮纸信封。

“我的天啊，到底是谁寄来的呢？”西勒维奥·贝纳韦德问。

“我也不知道……今天早上这个信封就在邮箱里了，是从维农寄来的，昨天晚上寄的。”

“只有照片，没有信件也没有留言吗？”

“没有，没有任何说明，但是我们再清楚不过了。这个信封里装的都是热罗姆·毛赫瓦勒情妇的照片。他真是太……西勒维奥，拜托你也看一看，我已经欣赏过了……”

西勒维奥·贝纳韦德耸了耸肩，随后弯下腰看了看这五张照片：每张照片上都有热罗姆·毛赫瓦勒，但是每次陪在他身边的女人都不同……这五张照片上的女人没有一个是他自己的老婆。热罗姆·毛赫瓦勒站在办公桌后，扶着一个女孩儿的膝盖，深吻着那个女孩儿，那个女孩儿可能是他诊所的私人秘书；热罗姆·毛赫瓦勒坐在迪厅的长沙发上，一只手抚摩着一个穿着亮片连衣裙的女孩儿的胸部；热罗姆·毛赫瓦勒赤裸着上身，躺在一个皮肤白皙的女孩儿身边，他们躺在一片沙滩上，身后的背景让人想到爱尔兰；热罗姆·毛赫瓦勒站在一间挂满油画的客厅里，看起来是他自己家的客厅，一个身穿及膝长裙的女孩儿背对着摄影师、正对着眼科医生；热罗姆·毛赫瓦勒走在吉维尼山坡的泥路上，可以看出来那是圣－拉德贡德教堂的大钟……他与斯特凡妮·迪潘手牵着手。

西勒维奥·贝纳韦德吹了一声口哨。

“我实在是无语了，他可真够专业的！”

塞内纳克笑了笑。

“我也这么觉得。这个眼科医生也真够可以的，只可惜，他没有偶像剧中男主角的身材……”

贝纳韦德显得有些窘迫，他看了上司一眼，随后补充说道：

“我说的不是毛赫瓦勒，我说的是给我们寄照片的人！”

塞内纳克向他眨了眨眼。

“西勒维奥，你可真了不起。你总是能发现问题！抱歉，来吧，继续……”

贝纳韦德红着脸，结结巴巴地继续说道：

“我……我是想说，老大，毫无疑问，这是一家专业私家侦探公司做的。我想说，这些照片，至少那些在办公室和客厅里拍的照片，是透过窗子拍到的，用的是变焦镜头，就算新闻采访时用的那种标准镜头，也拍不出这样的照片。”

塞内纳克又仔细看了看这些照片，挤出一个无赖的鬼脸。

“没错。我不会觉得你这人难缠。室内的照片都很模糊是不是？这份工作不错嘛，我不会看不起这种工作的。做私家侦探是一件很酷的事，是不是？显然，毛赫瓦勒挑的都是漂亮姑娘。我可真应该去做私家侦探，而不是来这儿当警察。”

西勒维奥没有反驳。

“依您所见，除了他老婆，还有谁会拍这些照片呢？”他问道。

“我不知道。我们稍后问问帕特里夏·毛赫瓦勒吧，但是我上次见到她的时候，她并没有对她丈夫的出轨行为说得太多。我甚至觉得，在整个案件中，这些桃色事件都无关紧要。”

“您想说什么？”

“好吧，西勒维奥。比如说，你应当注意到了吧，这五张照片给人的感觉非常不同。夜总会那张、客厅里那张以及办公室那张，毛赫瓦勒大概和照片上的姑娘发生了性关系……”

贝纳韦德皱了皱眉头。

“好吧，”塞内纳克补充道，“我承认我可能扯得有点儿远了。我要说的是，被毛赫瓦勒抚摩胸部或亲吻的女孩儿无疑与他的关系非常亲密。但是如果你单独拿出海边那张或吉维尼山坡上那张，就无法断定这两个女孩儿就是毛赫瓦勒的情妇。”

“最后一张照片上的女孩儿，是唯一一个我们认识的。”贝纳韦德说道，“她是斯特凡妮·迪潘，村里的小学教师，我说得没错吧？”

塞内纳克点了点头。西勒维奥继续说道：

“老大，您到底是怎么看待毛赫瓦勒的风流韵事的呢？误会，是误会，对不对？”

“告诉你我的真实想法吧。我不喜欢，一点儿都不喜欢收到这种匿名礼物，尤其不喜欢别人用几张照片来告诉我应当朝哪个方向展开调查。你是知道的，作为一个成年人，我真的不喜欢一个不愿现身的人告诉我应该怎样调查。”

“简单点儿，您想说什么？”

“我想说，比如，不能因为看到斯特凡妮·迪潘在这组照片里，就断定她是毛赫瓦勒的情妇。说不定有人希望我们混淆视听……”

西勒维奥·贝纳韦德一边抓着脑袋，一边琢磨着上司的话。

“好吧，在这一点上，我同意您的意见。但我们还是不能忽视这些照片……”

“当然不能……尤其是在我们还没有将案件查个水落石出之时。拿着，西勒维奥，看看背面。”

塞内纳克将这五张照片一一翻了过来。在每张照片的背面，都标记着一组数字。

23-02 是办公室那张；15-03 是夜总会那张；21-02 是海滩那张；17-03 是客厅那张；03-01 是吉维尼山坡那张。

“妈的，”贝纳韦德叹了口气，“这是什么意思？”

“不清楚……”

“是不是日期？或许是这些照片的拍摄日期？”

“嗯……这些照片都是在每年 1 到 3 月之间拍摄的？你不觉得这位白内障克星的身体很棒吗？我敢打赌，爱尔兰海边那张不是冬天拍的……”

“然后呢？”

“西勒维奥，我们去找找吧！我们别无选择了，先去四处打探一番看看啦。我教你玩儿个游戏怎么样？”

贝纳韦德面带不屑地笑了笑。

“不，我可不想……”

“好吧，那我告诉你，你已经别无选择了……”

塞内纳克弯下腰，把五张照片归拢到一起，将它们的顺序打乱，然后就像拿扑克牌那样，将照片展开成一个扇形。他把这些照片交给了西勒维奥。

“西勒维奥，我们轮着来，每人抽取一张。然后，我们就分头去找照片上女孩儿的名字、基本信息以及她在毛赫瓦勒被杀那天不在现场的证明。我们两天后再见面，看看谁找到的信息多……”

“老大，有时候您可真奇怪……”

“才不是呢，西勒维奥，这只是我的一种工作方法。至于其他事项，除了查明这几个女孩儿的身份，你还想做点儿什么？在我们调查这五个尤物的时候，千万不要让莫利和卢韦尔介入进来，听见没有？”

塞内纳克放声大笑起来。

“好吧，如果你还没想好，那我就先抽啦。”

洛朗斯·塞内纳克首先抽到的，是热罗姆·毛赫瓦勒在办公室扶着女孩儿膝盖的那张。

“秘书和自己的老板玩儿医患角色扮演，”他评论道，“等着瞧吧，该你了……”

西勒维奥叹了口气，随手抓起一张高出一截的照片。

“别作弊啊，别看背面的数字！”

西勒维奥将照片翻过来，是夜总会那张！

“你运气真好！”塞内纳克喊道，“是那个穿着亮片裙的女孩儿！”

西勒维奥脸都红了。又轮到洛朗斯·塞内纳克了，这次他抽到的，是露膝盖的女孩儿那一张。

“老大，这可是个惊喜。背影女孩儿归你了……”

塞内纳克把最后两张照片也放到贝纳韦德面前。他又抽了一张，这次抽到的是在海滨那张。

“爱尔兰海边的陌生女子，”塞内纳克评价道，“你倒是挺会选的。”

西勒维奥·贝纳韦德轻轻地敲了敲办公桌上的照片，随后用一种略带讥讽的微笑打量着他的上司。

“老大，您不用谢我。我也不知道您是怎么做到的，但是从一开始，我就确信您会接管斯特凡妮·迪潘的。”

塞内纳克冲他笑了笑。

“我也不是故意抽到这张的，不是吗？我就不告诉你我是怎么办到的了，但是你说得没错，这是老大的特权，我就收下这位美丽的女教师啦。别在照片背面那些密码上费脑筋啦，西勒维奥，15-03，21-02……我确定，如果我们也知道其他四个女孩儿的数字编码所对应的名字的话……”

他将照片放进办公桌的抽屉里。

“接下来，我们就开始行动吧？”

“好的，开始。老大，等等，在行动之前，我还给您带了一份小礼物。怎么说呢，虽然您总指使我跑腿，但我这人不记仇。”

不等塞内纳克辩驳，贝纳韦德就站了起来。他离开办公室，几分钟后又回来了，手里拿着一个白色塑料袋。

“吃吧，这可是刚出炉的，可以这样说……”

西勒维奥·贝纳韦德将塑料袋放在桌子上，然后将它翻转过来，二十几块巧克力布朗尼蛋糕散落在桌子上。

“这是给我老婆烤的，”西勒维奥继续说道，“在正常情况下，她很喜欢吃这些东西，但是最近半个月，她什么都吃不下去了……就算涂上优质的英国奶油她都不吃。”

塞内纳克一屁股坐到滑轮椅上。

“西勒维奥，你可真行啊！告诉你，我调到这个破败的北方国度来，就是为了让你当我的助手！”

“您不要太担心啦……”

“你是想说，我担心得还不够！”

他抬头看了看自己的助手。

“宝宝什么时候出生？”

“就是最近……确切地说，预产期是五天后……然而，您是知道的……”

塞内纳克嚼碎了第一块蛋糕。

“我 ×！多神圣啊。这是你老婆的错！”

西勒维奥·贝纳韦德倾身看了看椅子上的文件。当他直起身子的时候，塞内纳克已经站了起来。

“要配一杯咖啡才行啊，”塞内纳克继续说道，“不跟你说了，我这就下去买一杯咖啡，也给你带一杯？”

西勒维奥手里的文件一直拖落到地上。

“呃，不用了，谢谢。”

“真的什么都不要吗？”

“好吧，我要一杯茶，不加糖。”

足足过了好几分钟，塞内纳克警官才带着两杯饮料回来了。散落在桌子上的巧克力布朗尼蛋糕屑被清理得干干净净。塞内纳克叹了口气，仿佛在对助手说，他有权利小憩片刻。他刚坐下，贝纳韦德就开始总结起来：

“老大，那我就简单地说一下吧。尸检结果表明，毛赫瓦勒起初是被刺杀的，他在遭到刺杀后立刻丧了命。随后，有人用石头砸烂了他的脑袋，然后又将他的脑袋沉溺在河水里。案件就是以这样的顺序进行的，法医已经给出了明确的结论。”

塞内纳克拿起一块蛋糕，在咖啡里蘸了蘸，随后，面带微笑地评论道：

“看看眼科医生排行表，如果真是这样，就说明有三个嫉妒他的人，他们组成了一个绿帽子联盟。这样，事情也许就能说得通了，也许就像《东方快车谋杀案》那样。”

贝纳韦德惊讶地凝视着塞内纳克的脸。

“我是开玩笑的，西勒维奥。我是开玩笑的……”

他又将蛋糕在咖啡里蘸了蘸。

“好啦，现在我要严肃两秒钟啦。不得不承认，在这个案件中有一个疑点，那就是：所有线索都联系不起来。”

西勒维奥的眼中闪过一缕微光。

“老大，我完全同意您的看法……”

说到这儿，他迟疑了一下，随后说道：

“另外，我还要给您看一样东西……这个东西肯定会让您大吃一惊的。”

15

法奈特就像在学校门前那样跑了起来。她放开伙伴们的手，随后，他们在吉维尼的小路上玩儿起了捉迷藏，这样就不会再遇到文森、卡米耶和玛丽了。这个游戏对她来说简直是如鱼得水，因为她对这里的每一条小路都了如指掌。保罗还是想陪着她，他不想陪别人，只想陪她一个，他说他不会让她自己走的，因为罪犯可能在这些小路上出没。但是她坚持要自己走，她什么都没说。

那是我的秘密！

好了，就要到了。她过了桥，走过洗衣池，这座古老的、带塔楼的不规则磨坊让她感到害怕。

保罗，我保证，明天我就告诉你这一个星期以来和我秘密约会的人是谁。我明天就告诉你。

也可能是今天下午。

法奈特在小路上继续走着，朝着草原的方向径直向前走去。

詹姆斯在那儿等着她呢。

他站在稍远处的麦田里，麦穗飘荡在他的膝盖下方，他站在四个画架中间。法奈特轻盈地向他走去。

“是我！”

詹姆斯咧开大白胡子哈哈笑了起来，他把法奈特搂在怀里，只是片刻。

“来吧，快点儿吧，小泼妇。干活儿吧！用不了多久，太阳就要下山了。你们学校今天放学可真晚。”

法奈特坐在一个小画架前，那是詹姆斯专门为她准备的，那个画架是最小的，和她的身高很匹配。她躬下身，在一个木制的、涂着油漆的大颜料盒里拿出了颜料管和画笔。

一个星期以来，法奈特每天都来见这位老画家，但是她对他依然不是很了解，她只知道他是个美国人，名叫詹姆斯，他几乎每天都在这儿作画。他周游世界，认识很多女孩儿，但是他说法奈特是他见过的最有绘画天赋的。他在美国做过油画教师，这些也是他自己说的。他总对她说，她的话太多啦，就算在绘画上再有天赋，也需要专心致志。就像莫奈那样，要学会观察和想象。这是詹姆斯的老生常谈了——要学会观察和想象，还要学会快速作画，这就是为什么他带了四个画板来——为了让她一直画到夕阳西下，一直画到疏影横斜，一直画到天色变幻。他还说过，莫奈曾带六个画架在田野间奔波，他雇了几个跟她一般大的孩子帮他背画板，早出晚归。

这简直是胡说八道！詹姆斯也是这么对待她的，他也让她背画架。她早就猜到这一点了，但是她假装相信了他的话。詹姆斯人很和善，只是他总以“老莫奈”自居。

而且，他还把我当成傻瓜！

“法奈特，别胡思乱想了，快作画！”

小女孩儿正在画诺曼底的洗衣池，河水的上方是一座桥，桥旁有一个磨坊。她已经画了很久了……

“你知道西奥多·罗宾逊是谁吗？我们老师说过……”

“怎么说起这个啦？”

“他创立了一项比赛，我们班的学生也可以参加，那是一项国际大赛，詹姆斯先生。没错，没错，国际的……那便是罗宾逊基金会大奖赛！如果我能取胜，我就可以去日本、去俄罗斯或者澳大利亚了……到时候再说吧……我还没决定好去哪儿呢……”

“只有这个奖励吗？”

“还能得到美元呢……”

詹姆斯轻轻地把调色板放到画笔盒中。他的胡子会时不时地沾到油画上，就像往常一样。

今天沾上的是绿色。

我可真有点儿浑蛋，他的胡子沾在油画上的时候，我从来都没有告诉过他。我觉得这太好笑啦。

詹姆斯走了过来。

“法奈特，你应当知道，如果你真的努力了，如果你相信自己能成功，那你就真的有机会赢取这个奖项……”

说到这儿，他让我感到一丝害怕。

法奈特斜眼看着他的胡子，詹姆斯应该是发现了，他用手指在胡子的颜料处蹭了蹭。

“别骗我了……”

“我没有骗你，法奈特。我已经告诉过你了，你很有灵性。你也不是故意表现的，可这是事实，你的天赋是与生俱来的，这个你应该是知道的。此外……你在绘画方面也很有天赋，甚至比在别的事情上更有天赋。你简直就是一个小天才。但是这一切都没有用，如果……”

“如果我不努力的话，是不是？”

“是的，是要努力学习，这是必不可少的。当然啦，否则，天赋……一文不值……但是我想跟你说的不是这个……”

詹姆斯慢慢地移动着身体。他试着跨过麦穗，不把麦穗压倒。他挪动了一个画架，于是，高处的阳光瞬间穿射到他们面前。

“法奈特，我想说的是，天赋一文不值，如果我们不能……怎么跟你说呢？如果我们不能自私一点儿的话……”

“什么？”

有时候，詹姆斯真是喜欢胡言乱语。

“自私一点儿！我的小法奈特，天赋会让没有天赋的人讨厌你，也就是说，它几乎会让所有的人讨厌你。天赋会让你远离那些你喜欢的人，并且会使另一些人发疯。你能明白吗？”

他捋了捋大白胡子。他总是嘲笑别人，但是他自己却意识不到。他老了，詹姆斯。老了、老了、老了。

“不，我什么都没听懂！”

“那我换一种方式跟你说吧。就比如说我吧，以前，我坚不可摧的梦想，是来到吉维尼作画，到这儿亲眼看看莫奈画中的风景。你想象不到，我在康涅狄格村花了多少时间端详莫奈画作的复制品，又多少次梦想着到这儿来看一看。杨树、埃普特河、睡莲、荨麻岛……我都六十五岁了，却要扔下妻子、孩子和孙子们背井离乡，你觉得这样做值得吗？什么才是最重要的？我的油画梦还是跟我的家人一起过万圣节、感恩节……”

“这个……”

“瞧，你犹豫了。而我呢，我从来都没犹豫过！相信我，法奈特，我一点儿都不后悔。然而，我却要像个流浪汉一样在这里生活，或者说几乎像流浪汉一样。我的天赋还不及你的四分之一……所以，当我说‘自私’这两个字的时候，你能理解其中的含义吗？你是怎么看待莫奈时期那些率先入住到博迪旅馆的美国画家的呢？你觉得他们就没有冒任何风险吗？他们不应该离开家乡，是不是？”

我不喜欢詹姆斯说这样的话。每当他这样说的时候，我都觉得他的意思正好相反。他就像是在说，实际上，他悔恨、苦恼至极；就像是在说，他一直在思念着美洲的亲人。

法奈特抓起一支画笔。

“好吧，詹姆斯先生，我要开始好好作画啦。很抱歉，我要扮演一个自私的人啦，因为我想赢得罗宾逊大奖赛。”

詹姆斯哈哈大笑起来。

“你说得对，法奈特。我是一个爱抱怨的疯老头儿。”

“并且还有点儿老年痴呆。你还没有告诉我罗宾逊是谁呢！”

詹姆斯向前走去，他看着法奈特作画，眯起了眼睛。

“西奥多·罗宾逊是一位美国画家。他是美国——我的祖国最著名的印象派画家，他是唯一一位成为莫奈挚友的美国艺术家。克洛德·莫奈像躲避鼠疫似的躲着其他人。罗宾逊是八岁到吉维尼的……他甚至还画了克洛德·莫奈最心爱的继女与年轻的美国画家西奥多·巴特勒的婚礼。嗯……说来也怪，法奈特，他另一幅最著名的画，画的就是你现在画的场景……”

法奈特手中的画笔差点儿掉到地上。

“什么？！”

“同样的场景。你没听错！那是他 1891 年的一幅老油画，那幅著名的油画画的就是埃普特河、河上的小桥以及大麻磨坊。远处，可以看到一个穿裙子的女人，头发用纱巾包裹起来……小河中央，有一个饮马的男人。这幅油画的名字叫作——《桥上的特罗尼翁老爹和他的女儿》。他给这幅画取了这样一个名字，那个骑马的人是吉维尼的村民……特罗尼翁老爹。”

听到这儿，法奈特克制着，不让自己笑出声来。

有时候，詹姆斯可真是把我当成傻子看。特罗尼翁老爹。我管他是谁呢！

詹姆斯时不时地看看小女孩儿的画布。老画家的胡子几乎要挡住了她的眼睛。他那粗大的手指距离潮湿的画布只有几毫米远。

“画得真好啊，法奈特。我非常喜欢你画的磨坊周围的阴影，真是太棒了。那是命运的标记，法奈特。你和西奥多画了同样的场景，但是我要说，你画得比他好多了。相信我，你会赢得这场比赛的！你知道吗，法奈特，人这一生也只有两三次机遇，不要让它们跑掉了。人的一生就是如此，我的小美人！不过如此。”

詹姆斯又挪动了一下画架。他挪画架的时间比他在画布上作画的时间还要长。太阳下山的速度可比他画画的速度快多啦。

即便如此，他也没有怨言。

一个小时过去了。这时，尼普顿来到他们身边。德国牧羊犬警惕地闻了闻颜料盒，随后就在法奈特的脚边睡下了。

“这只狗是你的吗？”詹姆斯问道。

“不，不是我的……我想，它是村里每一个人的，但是我收养了它。它最喜欢的就是我啦！”

詹姆斯笑了。他在一个画架前的小板凳上坐了下来，但是法奈特每次看他的时候，他的鼻子都贴在画布上。他的胡子很快就要染成彩虹了。她在等待着合适的发笑时机……

不，不。我应该集中注意力才对。

法奈特继续观察着大麻磨坊。她把带木筋墙的小塔楼画扭曲了，她又加强了一下对比度——赭石、砖瓦、石块儿。詹姆斯把这座磨坊称为“女巫的磨坊”，因为里面住着一个老太太。

女巫……

有时候，詹姆斯还真是把我当成了小孩儿看。

其实，法奈特还是有点儿害怕的。詹姆斯向她解释了一下为什么他不喜欢这座房子。他说，就是因为这座磨坊，莫奈的《睡莲》差点儿就不存在了。莫奈的磨坊和花园建在同一条河上。莫奈想修一座堤坝，再安一些闸门，把水流引过来，好修建自己的池塘！由于疾病和污泥等原因，当时村里没有一个人同意他这么做。莫奈的邻居和磨坊的居民反对得更加激烈。这便引发了很多事端，莫奈投入了大量金钱，他也很生气，还给市长写过信，就连莫奈的朋友克列孟梭都不认识这个市长。最后，莫奈终于拥有了睡莲池塘。

这或许会是个遗憾呢！

但是如果詹姆斯因为这个原因就不喜欢这座磨坊，那他还是太蠢了。

莫奈和邻居之间的隔阂，都已经过去太久太久了。

有时候，詹姆斯可真够蠢的。

她打了个寒战。

除非这座磨坊里真的住着一个女巫吧！

法奈特又画了几分钟，光线彻底暗淡了下来，使得磨坊看起来更加阴森。她很喜欢。詹姆斯已经睡着很久了。

突然，尼普顿猛地站了起来，低声哼哼着。法奈特一个转身跃进身后的小杨树林，一个跟她年纪相仿的男孩儿钻了出来。

是文森！他两眼空洞。

"你来这儿干什么？"

詹姆斯醒了，他也吓了一跳。法奈特继续喊道：

"文森！我很讨厌你从我背后出现，像个间谍似的。你在我背后站多久了？"

文森什么都没说，他仔细看了看法奈特的画——磨坊和桥，似乎看得很着迷。

"我已经有一只狗了，文森。我已经有尼普顿了，这就够了。别这么看着我，你让我感到害怕……"

詹姆斯在胡子里咳嗽着。

"呃……嗯。好的，孩子们，你俩正好聚到一起。从亮度来看，我觉得我们今天应该收工了。帮我一把！莫奈说过，智慧便是日升而作，日落而息。"

法奈特的眼睛没有离开文森。

每当文森不知从哪里突然冒出来的时候，都会让我感到害怕。他在我身后，像在监视我似的。有时候，我觉得他疯了。

16

洛朗斯·塞内纳克警官紧紧握着杯子。他的助手像在家多做了一份功课的小学生似的，想把作业拿给不动声色的老师看，但是心里又很害怕。贝纳韦德警官的右手拿着一摞厚厚的文件，从中抽出一张 A4 纸。

“老大，您瞧，为了让整个案件看起来清晰一些，我是这么做的……”

塞内纳克又拿起一块巧克力蛋糕，放下咖啡杯，身体前倾，满脸惊讶。西勒维奥继续说道：

“这只是我理清思路的一种方法。写笔记、做综述、画草图，这是我的怪癖。您瞧，我把这张纸分成了三栏。我认为，这是三条最可能的线索：第一条，这是一桩情杀案，所以这件事可能跟毛赫瓦勒的某个情妇有关。当然，我们也可以怀疑是他老婆干的，或者是某个被戴了绿帽子的丈夫干的，也可能是某个遭到拒绝的情妇干的……在这方面，我们并不缺乏线索。”

塞内纳克向他眨了眨眼。

“感谢你的黑蛋糕……来吧，继续说，西勒维奥……”

“第二栏的线索，是油画。也就是说，他收集的油画、他想得到的油画、莫奈的作品、《睡莲》。这也可能是一起窝赃案，对不对？或者涉及黑市交易？总之，是与艺术和金钱有关的案件……”

塞内纳克又嚼了一块布朗尼蛋糕，随后喝光了杯子里的咖啡。贝纳韦德条件反射般地把桌子上的蛋糕屑聚成一小撮。他抬起头，看了看墙上的十几幅画。他的上司一到维农警局，就坚持把这几幅画挂在了墙上，图卢兹－洛特雷克、毕沙罗、高更、雷诺阿……

“我想说，我们还挺幸运呢，”西勒维奥补充道，“油画是您擅长的领域，警官。”

“西勒维奥，这纯属偶然……我在维农警局接管的第一起案子就是河水死尸案，但愿我真的在艺术上有点儿天赋……上警校前，我就对艺术感兴趣，因此，我经常去巴黎的艺术警局实习。”

贝纳韦德似乎知道有艺术警局这样一个部门。

“西勒维奥，你对艺术不感兴趣吗？”

“我只对烹饪艺术感兴趣……”

洛朗斯哈哈大笑起来。

“看出来啦！这完全显而易见……我已经联系了艺术警局的同事，我要看看……盗窃……窝赃……可疑的收藏品……平行市场……我对这其中的玄机不太了解……当时我有很多机会去了解这个领域。你绝对想象不到，那里周转着数以百万、千万计的资金。我在等待着他们的消息。好啦，这第三条线索呢？”

西勒维奥·贝纳韦德弯下身，看了看那张 A4 纸。

“我认为，第三条线索，老大，您可别嘲笑我，第三条线索就是孩子。尤其是十一岁的孩子。这一点，我们也不缺证据：生日贺卡和阿拉贡的引言。毛赫瓦勒可能和某个情妇认识十二年了，他们可能生了一个孩子，但是他老婆并不知道……此外，法医鉴定结果表明，另一个让人感到困惑的细节是，从毛赫瓦勒口袋里找到的那张生日贺卡很古老。这张卡片至少是十五年前的，甚至更旧。打印的文字，‘十一岁。生日快乐。’也应该是那时候的十一岁，但是底下的文字，也就是阿拉贡的引文，却是最近新加上去的……这很奇怪，是不是？”

塞内纳克警官对助手啧啧称赞。

“我要坚持之前说过的话，西勒维奥，你真是个理想的助手。”

他突然笑着站了起来。

“只是有点儿吹毛求疵。但是你跟我在一起，我俩正好能中和一下。”

他朝门口走去。

“走吧，西勒维奥，动起来吧，你跟我去检验室？”

贝纳韦德没有说话，跟上了塞内纳克的脚步。他们穿过走廊，走下一段昏暗的楼梯。塞内纳克一边走，一边转向他的助手。

“在所有待办事项中，有一个首要任务，便是在你的那张纸上写上‘寻找目击证人’。在这样一个大家都夜以继日作画的村庄，居然没有一个人看到毛赫瓦勒被杀那天发生了什么，这也很不可思议。冒出来的两个目击证人，一个是给我们邮寄下流照片的匿名摄影师，一个是寻求抚慰的狗。你去了解过洗衣池旁边的那栋房子吗，就是那个形状怪异的磨坊？”

塞内纳克从口袋里掏出红色防火墙的钥匙，防火墙上详细标记着里面三间屋子的功能：“检验室—档案室—资料室”。

“还没呢，”贝纳韦德回答道，“我得有时间才能去啊。”

警官打开红色的大门。

“这会儿，我又想到了一个能让整个警局都忙起来的任务。回头我要发动一支由几名警员组成的队伍……老大要给你们一个惊喜！”

他们走进一个昏暗的房间，一张桌子上摆放着一个纸盒。塞内纳克打开纸盒，从里面拿出一只石膏脚印。

“43码呢，”他骄傲地说，“是一只长靴的脚印。世界上不会有两个相同的人！莫利警官说，他做的模型比电子脚印还精确，这个脚印是毛赫瓦勒被杀后，从埃普特河岸的泥地上采集的。我就不给你画图了，这靴子的脚印至少是一个直接目击证人留下的……这个人很有可能就是凶手本人！”

西勒维奥睁大了眼睛。

“那我们现在拿这个做什么？”

塞内纳克笑了。

“我要正式开启‘灰姑娘’计划啦！”

“老大，我保证，我已经很努力了，但是有时我对您的幽默真是有点儿吃不消……”

“会习惯的，西勒维奥。慢慢就适应了，别担心。”

“我才不担心呢。说实话，我甚至并不介意。那么，您的‘灰姑娘’计划到底是什么呢？”

“看看这个遍布淤泥和沼泽的村庄吧……我们的任务就是到吉维尼村的三百个村民家中，把所有的靴子都收集过来。”

“仅此而已！”

西勒维奥抓了抓头发。

“算一算，总共会有多少双靴子呢？”塞内纳克继续说道，“一百五十双？顶多两百双……”

“我 ×。警官……这个主意有点儿像超现实主义啊。”

“没错！我觉得正是因为这样，我才喜欢这个主意的。”

“但是，老大，我还是不明白。凶手可能已经把这双靴子扔了啊。总之，天底下最大的蠢蛋，也不至于把作案时穿的靴子交到警察手里吧……”

“你说得没错，老兄……只是……我们会用排除法。如果吉维尼村民说他们家没有靴子，或者有人说他们的靴子丢了，又或者有人恰好交上来一双貌似昨天才买的新靴子，那么他们就有极大的犯罪嫌疑……”

贝纳韦德看了看石膏脚印，他笑得脸都大了。

“说实话，老大，您这个馊主意还真不赖……最坏的结果也能把案子向前推进一步！另外，过两天就是毛赫瓦勒的葬礼了，咱们想象一下激流在雨水中翻滚的样子吧……所有吉维尼人都会骂我们的！”

“因为诺曼底人都穿靴子参加葬礼吗？”

“如果下雨的话，是的……”

贝纳韦德哈哈大笑起来。

“西勒维奥，我要说，我也招架不住你的幽默。”

他的助手没站起来，他还在摆弄着那张 A4 纸。

“一百五十双靴子，他嘟哝着。这个要写在哪一栏里呢？”

他们沉默了一会儿。塞内纳克看了看这间幽暗的屋子，三面墙上都摆放着厚重的档案架，角落是一个小型检验室，第四面墙是放文件用的。贝纳韦德抓起一个红色的空档案盒，一边在档案盒的标签上写上“毛赫瓦勒”，一边整理好第一批资料。

他突然转向上司。

“老大，您去学校收集十一岁孩子的名单了吗？这也是第三条线索的一部分……目前这条线索是最薄弱的，但是……”

塞内纳克打断了他：

“还没呢。斯特凡妮·迪潘会帮我准备……看看我们收到的那些照片吧，从毛赫瓦勒的情妇的排名来看，她并不是首要嫌犯……”

“除非我去了解一下她老公的情况，”贝纳韦德不服地说道，“雅克·迪潘这个人，可以说是一个完美的嫌疑人。”

塞内纳克皱了皱眉。

“你说说看，什么叫作‘完美的嫌疑人’？”

贝纳韦德看了看笔记。

“啊……有时候，有一名助手还是挺管用的……”

塞内纳克对这句话倒是饶有兴趣。

“雅克·迪潘，今年四十多岁，维农一家房产中介公司的职员，这个人并无出奇之处。之前，他和维农的其他几个村民一起做过猎手。他对和他老婆接近的所有人，都表现出一种变态的敌意。这一点您怎么看？”

“帮我监视他！近距离监视他！”

“真的吗？”

“是的……这好像是，怎么说呢，像是一种直觉。不，比直觉更加强烈，可以说是一种预感。”

“哪种预感？”

塞内纳克的手指从一个架子的档案盒上划过。E，F，G，H……

“西勒维奥，你不会喜欢的……”

“但我还是想知道原因。到底是哪种直觉？”

他的手指还在移动。I，J，K，L……

“另一场悲剧正在潜滋暗长的直觉……”

“老大，请您再说得清楚点儿。总的来说，我并不信奉警察的直觉，我更愿意相信如山的铁证。但是刚刚您那么一说，这倒激起了我的好奇。”

M，N，O，P。塞内纳克突然放开了手指。

“斯特凡妮·迪潘……她现在有危险。”

西勒维奥·贝纳韦德皱了皱眉头，似乎这间屋子比以前更加昏暗。

“您怎么会这样想呢？”

“我不是跟你说过了嘛，直觉……”

Q，R，S，T。洛朗斯·塞内纳克紧张地在房间里踱着步，他从口袋里掏出自己负责的那三张婚外情的照片，把斯特凡妮·迪潘的照片扔在桌上，扔在了那个石膏脚印旁边。贝纳韦德摆出一副审讯者的样子，塞内纳克继续说道：

“我也不知道。她的眼睛直勾勾的，紧紧握着拳头。我感到那是求救的信号。就是这样，这说得通！”

贝纳韦德向前走了一步。他比塞内纳克矮一些。

“紧握的拳头……求救的信号……老大，我们暂且把尊卑放到一边，因为您是一个喜欢直言不讳的人，我觉得您把一切都弄混了，您完全是在胡说八道。”

西勒维奥拿起桌子上的照片，盯着斯特凡妮·迪潘优雅的身姿，看了很久。她和毛赫瓦勒手牵着手。

“老大，我最多可以做到理解您，但是您休想得到我的认同。”

第五天

2010 年 5 月 17 日　吉维尼公墓

葬礼

17

下雨了，每当吉维尼有葬礼的时候，都会下雨。

雨点儿细腻而冰冷。

我独自一人站在坟前，雨水将周围的土地翻新了一遍，使得这里的背景看起来如同废弃的工地。雨水滚落成小泥珠，弄脏了新刻的大理石墓碑——“致我的丈夫。1926—2010”。

依托灰色的混凝土墙边，我找到了一点儿安全感。墓地修在很高的地方。吉维尼的墓地修建在教堂后面的山丘侧面，坐落在一块平台上。墓地是一层一层慢慢展开的，死去的人渐渐吞噬了这片山丘。那些名声显赫的人、富人和获得过某些荣誉的人，会被安葬在山丘的低处，更靠近教堂、更靠近村庄、更靠近莫奈。

总之，都是一些好地方！

这个是绝对不会弄混的，大家会把社会名流的墓穴集中到一起，那些文学艺术支持者、收藏家和画家会或多或少地捐一笔钱，将他们安葬在这里，好让他们永生。

这群傻瓜！

他们这样做，就像是在月圆之夜为鬼神们组织了一场小型晚会……我转过身去，山丘低处、墓地的另一端，他们也刚刚埋葬了热罗姆·毛赫瓦勒。那是一座漂亮的墓穴，坐落在它应有的位置上，位于范肯普家族、奥斯彻德-莫奈家族和博迪家族之间。整个村庄的人都来了，或者说几乎整个村庄的人都来了，足有一百人。大家都穿着黑色的衣服，没戴帽子，打着雨伞。

一百多人，外加我，只不过我是独自一人站在墓地的另一端。如果死去的是一个老头儿或老太太，才不会有人在意呢。总之，只有英年早逝的人，才会有人为你悲泣。即便你是流氓恶棍，也要早早离开人世，才会有人为你扼腕叹息。用了不到半个小时，神父就将我丈夫的葬礼草草了事了。这个神父是来自加斯尼的年轻人，我以前从未见过他。而毛赫瓦勒却由来自埃夫勒的主教为他主持葬礼！这可能是他妻子给他托的关系吧……他的葬礼进行了两个小时。

我看到您来了，或许您觉得有点儿奇怪。同一场雨、同一片墓地的两场葬礼，只相距几十米远。在您看来，这样的巧合是不是有点儿让人心烦意乱？有点儿过于夸张？请您相信一点，唯一的一点：在这一系列的事件中，没有一件事是巧合，没有一件事是意外。恰恰相反，每个事件都处于它自身的位置，发生在合适的时机。这起错综复杂的案件的每一个环节，都是经过精心安排的。相信我，我可以对着我丈夫的坟墓发誓，没有什么能够阻止它。

我抬起了头，相信我。从高处俯瞰，这幅景色真是值得一看。

帕特里夏·毛赫瓦勒跪在丈夫的坟前，泣不成声。斯特凡妮·迪潘站在她的身后，神色凝重，她的双眼也暗淡无光。她丈夫搀扶着她，他的手臂环绕在她的髋部，面无表情，他那浓厚的眉毛和胡子都被雨水浸湿了。在他们旁边，是一群不知道姓名的人，应当是雅克·迪潘的亲友及家眷。塞内纳克警官也来了，他站在稍稍靠后的位置，离莫奈的坟墓不远。主教念完了祷告词。

草地上放着三只柳条篮子，每人手里都有一朵鲜花，需要把鲜花从墓穴的洞口扔到棺材上：蜀葵、鸢尾、石竹、丁香、郁金香、矢车菊……我从那儿经过……只有帕特里夏·毛赫瓦勒才能想出这么变态的主意，给人一种世界末日的感觉……

连莫奈都不敢……

这场葬礼精致到要在毛赫瓦勒巨大的花岗岩墓碑上雕刻一朵灰色的睡莲。

那是品位的象征……

至少，就没有阳光这一点而言，这场葬礼是失败的。吉维尼著名的阳光，没能最后一次照亮这个黑暗的洞口。即使有钱，也不是什么都能买到的。或许这就是上帝存在的证据吧。

墓穴的地面湿漉漉的。我走在坟墓旁边的小道上，脚底沿着赭石路滑动起来……当然，山丘下方的吉维尼人，没有一个穿靴子的！塞内纳克警官站在角落里，他倒是可以窃喜了，可以在那里尽情地发笑了……

我将黑纱巾裹在头上，这条纱巾早已湿透了，甚至可以拧出水来！孩子们站在稍远一些的地方。几个孩子跟父母站在一起，其他孩子自己站着，我认得其中的几个。法奈特哭着，文森站在她的身后，不敢去安慰她。他们都很严肃，让一个十一岁的孩子感受死亡，这可真够残酷的。

雨下得小一些了。

观看葬礼的时候，我想起一件怪事，那是一个一直以来都没人能解开的谜，那是我小时候的事，发生在守灵期间。一个人为他的家庭成员举行葬礼，几天后，这个男人没有任何缘由地杀死了他的一个邻居。这个谜团的关键所在，就是凶手的杀人动机。这个问题我想了几个小时……不，这个男人并不认识他的邻居……不，他并不是想复仇；不，这跟金钱没什么关系；不，这跟家族矛盾也没有关系……在黑夜里，我裹着被单思考着，整整想了一夜……

雨停了。

三个装满鲜花的篮子也空了。

雨滴轻轻落在我丈夫墓穴的大理石板上。山下的人群也终于散去了。

雅克·迪潘一直搂着他妻子的腰。她长长的头发垂在胸前，遮住黑裙前方凸起的胸脯。人群从洛朗斯·塞内纳克前方经过。警官的眼睛一刻也没有离开过斯特凡妮·迪潘。

我想，正是这种贪婪的眼神，使我又想起了童年的谜团。我终于在第二天清晨想出了答案，那时我已疲惫不堪……这个男人在参加葬礼的时候，疯狂地爱上了一个陌生女子，还没等他上前搭话，这个女子就消失了。若想再次见到这个女子，只有一个办法，就是杀死出现在葬礼上的另一个人，并希望这个漂亮的陌生女子能在下一次葬礼上出现……几个小时里，大多数探寻过事件真相的人都咒骂起这桩丑闻，咒骂这种行为，骂什么的都有，但是我却没有骂。在这个故事、这桩案件里，那无法更改的逻辑让我着迷。真奇怪，我是怎么找回这段记忆的呢？这么多年来，我一直没有回想过这件事……我是说，在我丈夫的葬礼前。

最后一批人的身影也远去了。

现在我要承认，我知道这是怎么一回事了。

这样的场合、这样的背景，再合适不过了。

死亡将再次袭击吉维尼。

这是巫婆的咒语！

我等待着。看了看我丈夫墓穴周围松动的泥土，我几乎可以确定，今后我再也不会来这儿了，至少在我活着的时候，不会再来了。我无事可做，也没有别的葬礼可看了。几分钟过去了，或许是几个小时。

最后，我往回走去。

尼普顿乖乖地在墓地前等着我，我走上克洛德－莫奈大街。天色渐渐暗了下来，在反射镜路灯的照耀下，沿途墙壁下的花滴着水珠。某位才华横溢的画家或许从这个雨水渐渐蒸发的村庄里拿走了什么明暗交替的东西。

小茅屋里渐渐亮起了灯光，照亮了方格窗子。我从学校门前经过，离我最近的一间屋子也亮起了灯，这幢房子的天窗是圆形的，带隔层，有屋檐。这是斯特凡妮和雅克·迪潘的屋子。当他们在拧自己衣服上的水的时候，他们会做些什么、说些什么呢？

我想，您也很好奇吧，您也想爬到屋顶去监视他们吧。但是这一次，很抱歉，我可当不成黑老鼠了，因为我不会爬屋檐。

我只是在几秒钟里放慢了脚步，随后又继续向前走去。

18

洛朗斯·塞内纳克小心翼翼地在黑暗中走着，只有脚踩砾石的摩擦声才会让他有些安全感。他乖乖地按照西勒维奥·贝纳韦德的“吩咐”，毫不费力地找到了助手的家：沿着厄尔省的山谷一直走到科契尔，走过通往教堂的桥，再沿着道路左边走上来。他的家是村里 22 点过后唯一一户还亮着灯的。塞内纳克停好摩托车，那是一辆悍虎 T100。他打开前车灯，确认了一下信箱上的名字，随后，将摩托车停放在两个花坛之间。接下来的事情可就麻烦了：前方五十米的距离，既没有门铃，也没有灯光，只有一条砾石小道和建筑物的影子。所以，他胡乱地向前迈着步……

“哎哟！”

塞内纳克在黑暗里叫了一声，他的膝盖撞在了砖墙上。这堵墙不足一米高，就在他面前。他摸索着，摸到了冰冷的石头、铁栏杆和些许灰尘。他明白自己撞在了一个烧烤架上。一束光线从远处照了过来，随后，一个大阳台的灯亮了起来。他的叫声会把邻居们吵醒的。西勒维奥·贝纳韦德的身影出现在玻璃门前，花园四周昏暗极了。

“老大，接着往前走，沿着砾石小路一直走，注意别碰到烧烤架。”

“好的，好的。”想到这建议来得太迟，塞内纳克低声抱怨了几句。

他走在昏暗的砾石上，又一次相信起自己的耳朵和自己的脚，按照助手的指引向前走着。在还剩不到三米的地方，他的腿结结实实地撞到了另一面墙上。警官猛地弯下身子，身体向前摔去，他的胳膊肘又狠狠地撞在另一条铁栏杆上。因为疼痛，塞内纳克再一次大叫了起来。

“老大，还好吗？”西勒维奥羞愧而担心地问道，“我都告诉您要当心烧烤架啦……”

“妈的，”塞内纳克抱怨着站了起来，“我怎么知道你家有那么多烧烤架？你家到底有多少个烧烤架？你是收集烧烤架的吗？”

“十七个！”西勒维奥肯定地说，“您说对啦，我是在收集烧烤架，是跟我爸一起收集的。”

西勒维奥暗淡的眼神将上司的满脸惊愕尽收眼底。来到走廊的时候，他还在咒骂着：

“西勒维奥，你是不是没把我放在眼里啊？”

“您怎么这样说呢，老大？”

“你真想让我相信你是在收集烧烤架吗？”

“这有什么不可以呢？您很快就会明白的，在这个世界上可能有几千个烧烤架控呢……”

洛朗斯·塞内纳克弯下身子揉了揉膝盖。

“烧烤架控？我猜这个词的含义是‘烧烤架收集者’吧？”

“对啊！反正我也不确定词典里有没有这个词。以我现在的水平，也就算是个业余爱好者吧，但是我跟您说，阿根廷有个人拥有源于一百四十三个国家的三百个烧烤架，最古老的一个可以追溯到公元前 1200 年。”

塞内纳克又揉了揉撞疼的胳膊肘。

“你是逗我玩儿呢，还是认真的？”

“老大，您还不了解我吗？您觉得我是能编出这种故事的人吗？您知道吗，自人类发现了火以来，世界各地的人就都开始吃熟肉啦。您想象不到，收集烧烤架是一件很有乐趣的事。没有哪个东西比烧烤架更全球化、历史更悠久啦……”

“所以，你的花园里有十七个烧烤架……这倒很正常……你说得有道理，总之，这比装饰花园的矮树有品位得多……”

“当然。有品位、有创意、有文化、装饰性强，还有……归根结底，邀请邻居们来家里玩儿也很方便……”

塞内纳克把手插进头发里，把头发向上立了立。

“我被调到了一个疯人国……”

西勒维奥笑了。

“才不是呢……我要再跟您说一遍讲奥克语地区的传统，以及清洁派教徒与塞文人的烧烤架有什么不同……”

他迈上走廊的三级台阶。

“来，进来吧老大……您这一路找得顺利吗？”

“最后二十米不太顺利，嗯！如果不看烧烤架的话，这边的风景还是挺别致的。磨坊和茅屋……”

“是的，我也很喜欢，尤其从这里站在阳台上就可以看到外面的美景。”

塞内纳克迈上最后三级台阶。

“天黑了，就什么都看不见了，”西勒维奥解释道，“但是白天的时候，景色棒极了。对了，老大，科契尔是一个挺奇特的地方。”

“比烧烤架俱乐部还奇特吗？你说说看！”

“是‘烧烤架控俱乐部’啦。但是与这个没什么关系。实际上，那里死过很多人。百年战争期间的一场大战就是在对面山坡上展开的，尸体成千上万。随后，这一幕又在第二次世界大战中重演了。在这当中，最奇怪的是，您知道谁被安葬在后面那个教堂的陵墓里了吗？”

“圣女贞德吗？”

贝纳韦德笑了。

“阿里斯蒂德·布里昂。”

“真的吗？”

“说到底，您是不是不知道阿里斯蒂德·布里昂是谁啊？”

“是个歌唱家……”

“不，不是，您说的是阿里斯蒂德·布鲁昂。大家总把他俩弄混。阿里斯蒂德·布里昂是一位政治人物，是一个和平主义者，是唯一一个获得诺贝尔和平奖的法国人。”

“西勒维奥，你真可爱，你居然用这种方式对我进行诺曼底教育……”

他看了看亮着灯光的茅屋的木筋墙。

“咱们言归正传吧，我想，对一个普通小警察那点儿微薄的薪水来说，你这栋多功能的房子已经算是很奢华了。”

西勒维奥神气活现，是因为被上司的赞扬所触动。他抬头看了看阳台顶棚的十字钢架构，上面还缠绕着铁丝。随着时间的推进，阳台上那些没有种在方格里的葡萄树就可以沿着这些铁丝爬上去。

“您知道吗，老大，在我买下这里的时候，这里只是一片废墟，我已经买了五年多了。然后，我就修葺了起来……”

“真的吗？你都做了些什么？”

“一切……”

“不可能吧？”

“怎么不可能……这种天赋是写在基因里的。老大，您知道吗，葡萄牙人，甚至连警察，都有这种天赋。您知道吗，这是南北方的共性……”

塞内纳克哈哈大笑了起来。他脱下了皮夹克。

“您都湿透了，老大。”

“是啊，他妈的诺曼底葬礼。”

“进来吧，别愣着了，快进来擦干。”

两个男人都更喜欢待在阳台上。洛朗斯·塞内纳克把皮夹克搭在塑料椅背上，椅子因受到衣服的压力而略微向后倾斜。他自己坐在旁边的椅子上。贝纳韦德几乎在用道歉的语气说：

“这种塑料椅子很不舒服。这是我从一个表哥家拿的，正好给我救急用，它们早晚会变成厄尔河谷的古董，等到我升职为警察局局长的那一天……”

他笑了笑，也坐了下来。

“葬礼进行得怎么样了？”

“没什么特别的，雨水……人群。所有吉维尼的村民都来了，从年龄最小的到年龄最大的，所有年龄段的人都来了。我让莫利警官拍了些照片，看看从照片里能获得一些什么信息。西勒维奥，你可真该去看看，葬礼上有一朵花岗岩睡莲，篮子里装满了鲜花，甚至还请来了埃夫勒地区的主教。我确定，没有一个吉维尼村民是穿着靴子来的。你瞧，这事闹的！”

“老大，说到靴子，我在警局看到卢韦尔在处理着这方面的工作呢，说不定明天就能得出初步的结论啦。”

“是啊……但愿通过这一步，可以缩小嫌疑人的范围，”塞内纳克边说着，边像取暖似的搓着手，“至少，这场冗长的葬礼的好处就是，我可以到我最心爱的助手家里坐一会儿……”

“说得倒好听，可是您只有一个助手啊！老大，很抱歉把您折腾到这儿来，只是大晚上的，我实在不忍心把贝亚特丽斯一个人扔在家里。”

“我理解，别介意。再说回这该死的葬礼，帕特里夏，就是那个寡妇，自始至终都在哭。说实在的，如果她是装出来的话，我就推荐她去领恺撒奖的‘最具潜质的女演员奖’。相反，毛赫瓦勒的情妇却没有一个在他的坟前掉泪的……”

“除了那个小学教师——斯特凡妮·迪潘。”

“你开玩笑的吧？”

“我保证，我不是故意的……”

他垂下眼帘，挤出了一抹勉强的微笑。

“我知道这个话题很敏感。”

“我的天啊，我心爱的助手在家的时候，居然放松得多！是的，西勒维奥，斯特凡妮·迪潘参加了葬礼……并且我可以这么跟你说，她比以往任何时候都漂亮，那副梨花带雨的样子让这场雨都显得清新怡人了，可是她那爱嫉妒的老公始终都将她搂在怀里。”

“您还是要当心啊，老大。”

“谢谢你的建议，我也是个成年人了，你说是不是？”

“我是认真的。”

“我也是。”

洛朗斯·塞内纳克有点儿局促不安，他转了转眼睛，环顾了一下阳台：橙红色砖头的墙壁，接缝处处理得如鬼斧神工，房梁被彻底清洗过了，粗陶石井栏光洁白皙。

“这里的一切真的都是你自己做的？”

“所有的周末和休假时间，我都在和爸爸一起修葺这座房子，是我们两个人慢慢修建的。你看这墙角。”

“我 ×。西勒维奥，你真让我吃惊。我只能容忍你们葡萄牙的坏天气，因为你的家乡与我的家乡相距八百千米……”

他们都笑了。西勒维奥不安地转了转眼睛，大概是因为他们的笑声太大了。

“好啦，放在这儿行吗？”

洛朗斯将热罗姆·毛赫瓦勒情妇的三张照片放在塑料桌子上。西勒维奥也把自己的两张拿了出来，眼神充满沮丧。

“对我来说，我真不明白怎么会有人欺骗自己的老婆，这可超出我的理解能力了。”

“你认识贝亚特丽斯多久了？”

“七年。”

“你从来都没有欺骗过她吗？”

“没有。”

“她睡在楼上，是吗？”

“是的，我真不是怕她听见才这么说的……”

“你为什么从不欺骗她呢？你老婆是世界上最美丽的人，对不对？所以你就不再奢望拥有另一个女人啦？”

西勒维奥摆弄着照片，他已经后悔把上司带到自己的领地了。

“老大，快别说了，我让您过来可不是为了……”

“你家贝亚特丽斯长得怎么样？”塞内纳克打断了他，“你是想说，她不漂亮吗？”

西勒维奥把双手平放在桌子上。

“其实问题不在于她漂不漂亮！事情也根本不是这么个逻辑。如果谁希望自己的老婆是全世界最漂亮的女人，那可太愚蠢了！这有什么意义呢，你又不是在选美！在外面，总会遇到比你老婆更漂亮的女人，就算你娶的是世界小姐，到最后，世界小姐也会变老呀。难道每年都要把新当选的世界小姐搞到床上云雨一番吗？”

听着助手的长篇大论，洛朗斯的脸上浮现出一抹微笑，西勒维奥觉得这微笑很诡异，他似乎在观察着自己肩膀上方的什么东西，他在看走廊大门的方向。

“真的吗？我不是最漂亮的女人吗？”

西勒维奥转过身去，就像突然松开了拧在他脖子上的弹簧，现在要转个十圈八圈似的。

西勒维奥满脸通红。

贝亚特丽斯就站在他的身后，似乎是从阳台的瓷砖地面上一路滑过来的。洛朗斯觉得她长得很有“喜感”，虽然这个词用得不太贴切。更确切地说，是令人振奋。她个子很高，棕色的皮肤，一头黑色的长发和睫毛混杂在一起，像窗帘一样挡住了她那惺忪的睡眼。贝亚特丽斯裹着一条乳白色的毯子，毯子在她滚圆的肚子上堆起褶皱，让人想起了古代女子的雕像。桃粉色的皮肤，仿佛和她那棉质披肩是用同一种材质编织出来的。她的眼睛里闪烁着嘲讽的光芒。塞内纳克不知道她是一直这么美呢，还是因为怀了孕，过几天就要当妈妈了才这么美。她的孕肚已经完全隆起，就像体内蕴藏着某种幸福，最后这幸福会露出头来一样。经常会在杂志上看到这样的话。塞内纳克觉得自己可能是老了，他居然会对女人产生这样的看法。几年前，他会觉得孕妇性感吗？

“西勒维奥，你能不能帮我拿一杯果汁来，什么果汁都行。”贝亚特丽斯一边说着，一边拽过一把椅子。

西勒维奥迅速站起身来，快速冲进厨房。他完蛋了，就像一只绕着老婆打转的陀螺。贝亚特丽斯把披肩往上拽了拽，搭在了肩膀上。

“如此说来，您就是大名鼎鼎的洛朗斯·塞内纳克啦？”

“‘大名鼎鼎’？此话怎讲？”

“西勒维奥总跟我说起您。您……您让他吃惊，甚至还会使他混乱。您的前任更加……更加中规中矩……”

厨房里传来西勒维奥的声音：

“凤梨汁，行吗？”

“好呀！”

两秒钟过后：

“凤梨是切开的吗？”

“是啊，昨天切的。”

“那我就不要了。”

一阵沉默。

“好吧，那我去地窖里看看还有什么吧……”

这个孕妇很性感，也很难缠。披肩滑到她的右肩膀。塞内纳克心里生出一丝邪念，他暗自猜想，贝亚特丽斯的打扮是不是一直都这么妖娆？她转向塞内纳克。

“他很可爱，您不觉得吗？他可是个绝世好男人。您知道吗，洛朗斯，我已经盯上我们家西勒维奥很久啦，我心里总会冒出这样一些想法，如‘这个男人可真是为我专门打造的啊’……”

“他绝对抵挡不住您的魅力，您真是美得无与伦比……”

“谢谢。”

披肩又滑下来一些，随后又被她拽了上去。

“这样的赞美倒是让我很吃惊，尤其是从您的嘴里说出来。”

“从我嘴里说出来？”

“是的，从您的嘴里说出来。您……您很会看女人。”

说这话的时候，她的眼角泛起一丝嘲讽的微光，披肩再一次滑落下来，在这之后，洛朗斯只好转过身来欣赏西勒维奥和他爸爸的手工大作——房梁、砖瓦和玻璃窗。

“我也很喜欢西勒维奥，”塞内纳克又接起话茬，“并不是因为他会做布朗尼蛋糕、会搜集烧烤架。”

她笑了。

“他也很喜欢您。但是我不知道自己应不应该放心。”

“你这话是什么意思？难道我会把他带坏吗？”

贝亚特丽斯拢了拢披肩，倾身看了看摆在塑料桌上的照片。

“哦。看来您是喜欢上其中的一个嫌疑人喽？”

“他跟你说的？”

“这是他唯一的缺点。所有性格腼腆的人都有这个毛病，他总是在我的耳边絮絮叨叨地说个不停。”

“杧果汁行吗？”西勒维奥走出地窖，对她喊道。

“可以啊，如果只有杧果，那就杧果汁吧，但要确保新鲜。”

她对塞内纳克笑了笑：

“洛朗斯，您可别见怪。我还能再当几天女王，您说是不是？”

塞内纳克警官像狮身人面像似的点了点头。这个孕妇真是超级性感，也相当难缠。

“他只有这么一个缺点，都被您发现了。”洛朗斯说道。

“您说对啦，警官！”

“还有点儿缺乏创意，是不是？”

“没错！”

西勒维奥回来了，手捧一只大号的鸡尾酒杯，杯上插着一根吸管，一块粽叶形饼干和一片橙子切片。贝亚特丽斯轻轻地把杯子放到嘴边。

“我的呢？”塞内纳克问道，“你可能觉得我淋湿了，所以不会渴……”

“抱歉啊，老大。您想喝点儿啥？”

“你都有什么？”

“来杯啤酒吧，行吗？”

“好的，完美。嗯，很清爽。我也要一块粽叶形饼干和一根吸管。”

贝亚特丽斯一只手拽着披肩，另一只手举着杯子，吮吸着吸管。

“西勒维奥，告诉他，他会被人笑话的……”

贝纳韦德咧开嘴笑了起来。

“吸管您要褐色的、金色的，还是白色的？”

“褐色的。”

西勒维奥又一次消失在房子里。贝亚特丽斯弯下身子看了看照片。

“是她吧，那个小学教师？”

“没错。”

“我能理解您，警官。她确实很，怎么说呢……优雅、迷人。就像从浪漫主义画作里走出来的人物一样。如果让她摆一个造型，几乎就跟画里的人物一模一样。”

这样的想法让洛朗斯大吃一惊。说来也怪，第二次见到这位小学教师的时候，他也曾冒出过这样的想法。贝亚特丽斯又执意看了看其他几张照片，她抚弄了一下挡在眼前的刘海，微微皱了皱眉。

“警官，您想听听我的看法吗？”

“与案件有关吗？”

“是的。在这些照片上，有一处很明显。总之，作为女人是比较容易看出来的。”

19

斯特凡妮·迪潘透过圆形的天窗，向外望着行走在吉维尼村的一个个湿漉漉的身影，随后，向后退了一步。一袭黑色的长裙沿着她的身体滑落下来。雅克赤裸着上身，躺在她身边的床上。他的目光从安德里大区的卖房广告上移开。他们的房子是复式的，一只小灯泡从橡木房梁上垂了下来，微弱地照着这个连光线都散发着木头香气的房间。

斯特凡妮赤裸的肌肤染上了一层桃花心木般的棕红色。她又一次弯下身，朝天窗望去，看着夜幕降临在大街上、看着市政府广场、看着椴树和学校的院子。

别人会看到你的。雅克将目光从广告上移开，心里这么想，但是他没说。斯特凡妮将肌肤贴在方格窗上，她全身赤裸，只穿了一件文胸、一条黑色的三角裤和一双灰色的长筒袜。

她疲惫地说：

“怎么一有葬礼天就下雨呢？”

雅克放下手里的杂志。

“我也不知道。斯特凡妮，吉维尼经常下雨。有时候雨水恰好和葬礼赶到一块儿。我们会想到……这会让我们想起……”

他盯着斯特凡妮看了很久。

“你想躺下吗？”

她没有说话，慢慢向后退了几步。她抬起脚转了转身，在天窗里端详着自己四分之三的身影。

“我胖了。你不觉得吗？”

雅克笑了。

“你笑一笑嘛。你是……”

他搜索着此时能够描述自己感觉的最美的词汇：瀑布似的长发垂落在蜜糖般的后背上，窗子中的身影只能粗略地勾勒出她的线条。

“你简直就是圣母玛利亚……”

斯特凡妮终于笑了。她将双手滑到身后，解开文胸。

“不，雅克……圣母玛利亚很美，那是因为她有孩子。”

她将内衣脱下来挂在衣挂上，衣挂是用螺丝拧在房梁上的。她转过身子，看都没看雅克一眼，就坐到床边。她慢慢地将长筒袜从大腿上褪下来，雅克将一只手伸到被子底下，将被子拉到自己肚子的高度。长筒袜脱到大腿、小腿、脚踝，他妻子渐渐弯下身子，她的胸部渐渐贴到自己的胳膊上。

“斯特凡妮，你这是想取悦谁呢？”

“我没想取悦谁。你想让我取悦谁？”

“取悦我啊……斯特凡妮。取悦我。”

斯特凡妮没有说话，钻进了被子里。雅克迟疑了一下，最后开口说道：

“在毛赫瓦勒的葬礼上，我是真的不喜欢那个警察看你的眼神。真的不喜欢……”

“别再说了……求你了。”

她翻过身，背对着雅克。雅克听到了她轻柔的呼吸声。

“明天傍晚，菲利普和提杜邀请我到马德里高地去打猎，你介意吗？”

“不介意啊。当然不介意。”

“你确定吗？你不希望我留下来吗？”

呼吸声。他妻子依然背对着他，默默地呼吸着。

真是让人难以忍受。

他将手里的杂志放到床头，随后问道：

“你还想看书吗？”

斯特凡妮抬起头，看了看茶几，上面只放着一本书，是路易·阿拉贡的《奥雷利安》。

“不，今晚不看了，你可以把灯关掉了。”

屋子暗了下来。

黑色的三角裤也滑落到地上。

斯特凡妮将身子转向丈夫。

“雅克，让我生个孩子吧。求求你了。”

20

塞内纳克警官紧紧地盯着贝亚特丽斯的脸。他实在猜不出那种带着讽刺的微笑到底是什么意思。整个阳台的气氛如同审讯室一般。裹着披肩的贝亚特丽斯有点儿冻得瑟瑟发抖了。

“那么，贝亚特丽斯，你从这些艳照里看出什么来啦？”

“我说的是你喜欢的那个小学教师。她叫什么来着？”

“斯特凡妮，斯特凡妮·迪潘。”

“对，斯特凡妮。我听西勒维奥说，这个漂亮姑娘让您心神不宁……”

塞内纳克皱了皱眉。

“好吧，我敢发誓，她从来都没跟热罗姆·毛赫瓦勒这个家伙发生过性关系。”

她慢慢地、一张一张地仔细端详着塑料桌上的五张照片。

“相信我，她是这五个女人中唯一一个没与毛赫瓦勒上过床的人。”

“你凭什么这样说？”塞内纳克一边问，一边露出高深莫测的微笑。

她回答得很干脆，干脆得就像说“你好”那样轻松：

“因为毛赫瓦勒不是她喜欢的款……”

“啊……那她喜欢的款是什么样的？”

“像您这样的啊！”

这孕妇说话还真是直接。

西勒维奥回来了，手里捧着一杯吉尼斯啤酒和一大杯画着人头肖像的啤酒。他把这两杯啤酒端到上司面前。

“你们讨论工作的时候我能留在这儿吗？”贝亚特丽斯问道。

洛朗斯吸吮着啤酒的泡沫，西勒维奥露出惊惶的眼神。

“说白了，您在这儿又有什么关系呢，反正他一会儿也会讲给您听……”

贝纳韦德一言不发。他的上司将第一张照片放到了桌子上。

“好啦，我要开始啦。”塞内纳克说道。

贝亚特丽斯和西勒维奥低头看了看塞内纳克拿给他们的照片。热罗姆·毛赫瓦勒站在一张环形办公桌后面，手扶在一个女孩儿的膝盖上，把她抱了个满怀，与她紧紧地亲吻着。

“从调查的结果来看，可以说，这是一起桃色事件。这张照片是在热罗姆·毛赫瓦勒的办公室里拍的。这个女孩儿叫法比安娜·贡卡尔夫，是热罗姆的一个女秘书。她年轻、淫荡，是那种可以在白色工作衫底下穿蕾丝内裤的类型……"

西勒维奥腼腆地将一只胳膊搭在了贝亚特丽斯的肩膀上，贝亚特丽斯却似乎听得津津有味。

"据这位女秘书的朋友说，他们之间的暧昧关系可以追溯到五年前，那会儿法比安娜还是单身，后来她就和热罗姆搞到了一起……"

"如果这是一起情杀案的话，五年的时间可有点儿短，你说呢？"西勒维奥评论道。

他将照片翻了过来。

"照片背面的编码是什么来着？ 23-02……"

"我也不知道这是什么意思，一丝线索都找不到，这个编码跟任何事情都联系不上，跟生日无关，跟他们在一起的日期也不搭边。唯一可以知道的，就是编码的后两位数字并不代表月份……"

"老大，我可不可以打断您一下，我也走进了同样的死胡同。我调查了照片上女孩儿的身份，但是没有任何信息能与照片上的编码对应上。03-01，21-02，15-03。也许这些数字就是拍照的私家侦探存档的一种方式吧……"

"也许吧……可是即便如此，那这些编码也代表着一定的顺序……只要我们还没找到邮寄照片的私家侦探，帕特里夏·毛赫瓦勒就会矢口否认这些照片是她寄来的。我们会戳穿她的，会的，走着瞧。现在，该你说啦。"

西勒维奥的手并没有从贝亚特丽斯的肩膀上移开。他甚至还抓紧了她的肩膀，紧紧攥住妻子肩膀上的披肩。他扭着身子拿起照片。显然，这张照片是在夜总会拍的。照片上的金发女郎穿着一条带着亮片的低胸连衣裙，热罗姆·毛赫瓦勒的手放在她的胸口，那女孩儿晒得皮肤黝黑，浓妆艳抹，就连脚指甲上都涂着指甲油。塞内纳克叹了口气。在西勒维奥咳嗽的时候，贝亚特丽斯一直目光闪烁。

"阿丽娜……梅雷塔丝，"西勒维奥嘟哝着，"三十二岁。在艺术圈，他们之间是一种公务关系。离婚。显然，她和毛赫瓦勒认识的时间是最长的。她性格独立，是巴黎画廊的常客。”

“所谓公务关系，原来是这么一回事啊……”洛朗斯嘲讽地说，“从照片上来看，我们的阿丽娜可真是个踩着高跟鞋的小辣妹呀……你看到了吗？”

贝亚特丽斯直起身来，就像一只嗅到危险的母狼。西勒维奥依然警觉地紧紧按着她的披肩。

“不，”西勒维奥继续说道，“据我了解，她去美国已经九个月了。她是一个老莱姆人，我不知道您听说过没有，她似乎是从吉维尼移居到美国的侨民，那里是东海岸的印象派基地，就在美国的康涅狄格州，在波士顿附近。我试着给她打过电话，但是到目前为止一直没有打通。但是，老大您是了解我的，我还会继续打的。”

“好的……但愿不是因为贝亚特丽斯在这儿，你才说那位美丽的阿丽娜出逃了。”

贝亚特丽斯将一只手放到西勒维奥的膝盖上。

这孕妇可真是又性感，又难缠，甚至还有点儿温柔。

“这个您就放心吧，”西勒维奥坚定地说道，“您知道阿丽娜·梅雷塔丝在波士顿是为谁打工吗？”

“能给我点儿提示吗？她的工作需不需要穿衣服？”

西勒维奥没有费力解释。

“阿丽娜·梅雷塔丝是在为罗宾逊基金会工作！”

“好吧……又是这个该死的基金会！西勒维奥，你能帮我找到这个女孩儿吗？”他一边坚定地说着，一边瞥了一眼贝亚特丽斯，一副不知如何是好的样子，“你就把这当成一种命令……对，我的命令……”

下一张照片，大家传看了一下。那是一个女人，穿着短短的蓝色工作服，工作服只有短裙那么长，她跪在眼科医生面前，眼科医生的裤子一直褪到脚踝。西勒维奥转向贝亚特丽斯，似乎在犹豫着要不要催她去睡觉。最后，他什么也没说。

“很抱歉，”塞内纳克说道，“这可难住我了。由于看不见这个女孩儿的脸，我对她的身份调查毫无进展。只能确定一点，那就是，这一幕发生在毛赫瓦勒家的客厅里，克洛德－莫奈大街，这个我能从墙上的挂画中辨别出来。因此，从女孩儿的穿着可以看出，这件带浅色格子的蓝衬衫可能是用人穿的，但是帕特里夏·毛赫瓦勒对这一点保持了沉默，她辞退了一批又一批用人。我要说的是，莫利警官检查过这张照片的材质，这张照片至少是十几年前拍摄的……”

“毛赫瓦勒是怎么死的？”贝亚特丽斯突然问道。

“被利器所杀，头颅破裂，然后尸体泡在水里。”塞内纳克机械地回答。

“要是我的话，我可能会连他的生殖器也一块儿割掉。”

这孕妇真是又性感，又难缠……也很温柔……就像一条缠在脖子上的蛇一样……

西勒维奥傻傻地笑着。

“宝贝儿，你还不去睡觉吗？”

宝贝儿并没有回答，这倒把洛朗斯给逗乐了。

“他们之间的关系要追溯到十年前，”西勒维奥推测着，“如果那个女孩儿当时怀孕了，那么他们的孩子就……”

“十岁！我也会数数。老兄，我知道你想说什么，在问那个女孩儿有没有在当母亲之前，还是应该先找到她……现在轮到你说啦，你的爱尔兰女孩儿……”

“这件事可能说来话长，老大。要不您先说？”

塞内纳克惊讶地抬起头。

“如果你愿意的话，也可以……我呢，正好相反，我要说的很简短。”

大家又传看了一下照片。照片上，斯特凡妮·迪潘和热罗姆·毛赫瓦勒沿着小路行走，那可能是吉维尼村山坡上的一条小路。他们并肩站着，距离很近，手拉着手。

“您刚刚说，这是婚外关系中没有发生过性关系的标志，是不是，贝亚特丽斯？”塞内纳克问道。

西勒维奥很吃惊，贝亚特丽斯缓缓地点了点头。

“没错，”贝纳韦德补充说道，“除非把这张照片放到其他四张中看。如果把它们混杂到一起……”

“正是如此！西勒维奥，没人教过你要注意‘混杂’这个问题吗？这可是个基本常识。再说，这些照片还是一个匿名的好心人提供给我们的。至于其他，我们对照片上的这个女孩儿，也就是斯特凡妮·迪潘，几乎无所不知，她是吉维尼村的小学教师。明天我还会去见她，向她要吉维尼孩子的名单。如果得到那份名单，你也会很高兴的，我顺便还可以了解一下毛赫瓦勒被杀那天，她丈夫都做了些什么。”

洛朗斯还在期待着贝亚特丽斯的鼓励，可她却把脑袋靠在了西勒维奥的肩膀上，揉起了眼睛。西勒维奥把披肩盖到了她的脖子底下。

“那么，说说你的爱尔兰女生吧？”塞内纳克说道。

“她叫阿丽颂·米雷，”西勒维奥边说边眨了眨眼睛，“首先，我要说的是，她不是爱尔兰人，而是英国人。她来自达勒姆，英国北部的一个地方，离纽卡斯尔很近。其次，照片上的那片沙滩不是爱尔兰，而是萨克岛。”

“不是爱尔兰，而是萨克岛？”

“嗯，在稍远一些的地方，那是一座盎格鲁－诺曼底小岛，在泽西岛旁边。这座岛似乎是所有岛屿中最美丽的……”

“那你的阿丽颂呢？”

贝亚特丽斯闭上了眼睛。她靠在西勒维奥的肩膀上呼吸着，气息轻轻吹动着西勒维奥脖子上的金色汗毛。

“这件事说来话长，”贝纳韦德小声说道，“并且，如果让埃夫勒的主教知道了，他也不会高兴的，这女人对热罗姆·毛赫瓦勒死后的名声没有一点儿好处。”

第六天

2010 年 5 月 18 日　大麻磨坊

恐慌

21

您一定已经知道了，我的卧室和洗手间都在高层，在大麻磨坊的主塔塔楼。那是一个带木筋墙的小塔楼，只有两间极小的屋子。除了我这个老疯子，任何人都不会愿意住在这儿的。

我慢慢地扎起头发。我已经决定好了，我要出门。今天早上我要去见见帕特里夏·毛赫瓦勒。我恶狠狠地看了看木地板上的污迹，昨天葬礼上穿的那些衣服大部分都还没干，我把它们挂在了客厅，它们整晚都在滴里耷拉地滴着水，昨晚我太累了，都没注意到。今天早上，水滴汇成一片“池塘”，我用海绵吸了吸，那也白搭，有一块木头已经被水浸透了。我意识到地板上的污迹不过是水而已，地板早晚会干的。只是，那块污迹让我耿耿于怀，它就在我的《黑色睡莲》下方。

您可能会说，这个老太太真是老得病入膏肓了。我没说错吧？是的，这一点，您说得没错。我向窗边走去。我的塔楼至少有一个优点：在整个吉维尼，都找不到第二个更好的观察点了。从我的鹰巢向外眺望，整个埃普特大街尽收眼底，从草原一直到荨麻岛、莫奈花园，从罗伊大街一直到圆形广场，所有场景一览无余……

这里就是我的观望台！有时候，我在这儿一看就是几个小时。

看得我都感到恶心了。

谁能想到我会成为这样的人呢：一个一生都躲在灰色方格窗后的泼

妇，窥视着邻居、陌生人和游客……

吉维尼村的看门人。

就像一只刺猬，但并不优雅。

事实就是这样。

有时候，我都厌恶了川流不息的小汽车、大客车、自行车和罗伊大街上的行人。这里是印象派朝圣者到达圣殿的最后几米路。

有时候也并非如此无聊，因为偶尔还会冒出一些惊喜，如刚才。

一辆摩托车减速下来，想从磨坊后面转向进村，驶上鸽舍大道，我是不可能看不见这辆摩托车的。

骑摩托车的是洛朗斯·塞内纳克警官，他独自一人！

我在角落里观察着，没人看得见我，没人会怀疑我。就算有人识破了我的把戏，那又有什么大不了的呢？老太太爱八卦，再正常不过了！这个老太太日复一日，每天早上都在探究着窗外的每一个细节，就像一只鼓起眼睛的金鱼，在广口瓶里游上一圈，就把什么都忘了。

谁会不相信这样的一个证人呢？

就在这时，警察的摩托车驶上了鸽舍大道，塞内纳克警官回来了，他在为之前的那场惨剧而奔忙。

22

洛朗斯·塞内纳克把摩托车停放在市政府广场的一棵椴树下。这一次，他可没想制造什么“偶遇”。他按计划在放学几分钟之后来到学校门前，在克洛德－莫奈大街上又遇到了几个孩子，那几个孩子对他的悍虎T100欣赏了好一番。但对孩子们来说，这辆摩托车只不过是一个摆设之物罢了……

斯特凡妮背对着他。她正在一个大纸袋里整理着孩子们的画作。他决定先开口说话，他觉得这是让自己说话不结巴的最好方法——在她回过头来之前，在他从她的目光中看到无限风光之前，他决定先开口。

“你好，斯特凡妮，我回来啦。按照上次的约定，我是来取孩子们的名单的。”

女教师满脸真诚地微笑着，伸出一只柔软的手。这微笑就像会客厅里拘留犯的笑容似的，塞内纳克心里这样想，也不知道为什么他的脑袋里会浮现出这样的画面。

“您好，警官，我都为您准备好了，都在那儿呢，在办公桌上的信封里。”

“谢谢。我要跟您说，我有个助手，因为在热罗姆·毛赫瓦勒的口袋里找到了这张生日贺卡，他便坚信这是一条线索。”

“坚信这是一条线索的，难道不是您吗？”

“我也不知道，您比我更有资格说这话。不瞒您说，我的助手猜测热罗姆·毛赫瓦勒可能有一个十一岁的私生子。您的班级有没有这样的孩子……”

“就这些吗？”

“这些还不够吗？在您的学生中，没有符合这个条件的孩子吗？”

斯特凡妮伸手去取白色信封，然后把信封放到警官胸前。

“打探我的小宝贝儿们的私生活，那是您的工作，不是我的！”

塞内纳克没有坚持。他观察着这间教室，好像在大脑中搜索着接下来应该说点儿什么。实际上，警官非常清楚自己接下来要说什么。在他从维农警局到吉维尼来的一路上，大脑中左思右想的都是这句话，就像嚼烂了的口香糖一样。他盯着墙上的水彩竞赛海报“未来之星绘画大赛 / 国际小画家挑战赛”。他发现“罗宾逊基金会”这个字眼也出现在教室墙上的另一张海报里，这张海报用英文赞扬着加的夫国际画廊，背景是西斯莱画的《荒原》。沉默片刻之后，塞内纳克终于开口了：

“斯特凡妮，您熟悉这座村庄吗？”

“我是这里土生土长的人啊！”

“我想找一位向导……怎么说呢，我想感受一下、了解一下吉维尼……我觉得在这场调查中，我所能做的，只有这个了。”

“观察和想象，就像画家画画那样？”

“没错。”

他们都笑了。

“好的，那我就为您效劳好了。我处理完手头上的事就来。”

斯特凡妮·迪潘在她那稻草黄色的连衣裙外面披上一件羊毛外套。他们一边聊着，一边沿着克洛德－莫奈大街走了下去。他们走下花园大街，向中央大街转去，又穿过河流，走到罗伊大街的另一侧，来到了大麻磨坊的前面。斯特凡妮接送班里的孩子们到吉维尼的各条街道不下几百次了，她知道很多发生在街上的各种奇闻趣事，她把这些事一一讲给警官听。她说，吉维尼村的每个街角、每栋房子，甚至每一棵树，都被绘制成了油画，在地球另一端著名的博物馆里被人保护着、欣赏着，作品外镶着保护罩，边框上涂着油漆。

那些受到保护的原创作品！

它们来自吉维尼。在吉维尼附近。在诺曼底。

“在这里，只有石头和花朵会搬家……居民才不会搬走呢！”斯特凡妮带着一种略显古怪的微笑说道。

他们穿过罗伊大街。桥下的河水从砖石的圆拱下流过，流向了大麻磨坊，给人带来一缕清凉。斯特凡妮停下脚步，他们在磨坊前几米的地方停了下来。

“这栋奇怪的房子一直吸引着我。真的。我也不知道因为什么……”

“我能提个建议吗？”塞内纳克问道。

“好啊……”

“还记得您给我的书吗？阿拉贡的《奥雷利安》，我读了一个晚上。奥雷利安和贝蕾妮丝……他们之间是注定没有结果的爱情……在那些有关吉维尼的章节里，贝蕾妮丝就住在一间磨坊里。阿拉贡虽然没说是哪个磨坊，但从目前来看，只能是这个啦。”

“您相信吗？您相信阿拉贡就是在这间磨坊里苦苦等待着忧郁的、在理智和真爱之间被撕扯成两半的贝蕾妮丝吗？”

“嘘……别告诉我结局！”

他们继续向前走着，向木制的大栅栏门走去。大门敞开着，一股清风沿着山谷吹了过来。斯特凡妮微微发抖。洛朗斯迟疑了一下要不要将她揽在怀里。

“斯特凡妮，我为阿拉贡感到遗憾，但是作为一名警察，对我来说，这间磨坊却是离热罗姆·毛赫瓦勒的凶杀案最近的地方……”

“那就是您的事啦……我的职责仅限于为您做向导……如果您真想知道的话，这间磨坊的历史十分悠久……如果没有这间磨坊，莫奈的花园就不可能存在，也就不会有《睡莲》啦。其实，这条小河之前是一条引水渠，是中世纪的僧侣挖的，就是为了给这间磨坊提供水源。这条小河在田地的上游，几个世纪以后，莫奈把这片田地买了下来，修建了自己的池塘……”

“然后呢？”

“这间磨坊一直归约翰·斯坦顿所有，他是一位美国画家，似乎他的网球打得比画画还要好。但是一直以来，我也不清楚为什么，村里的孩子们都说这间大麻磨坊是巫婆的磨坊。”

“这……”

“看呀，洛朗斯……顺着我指尖的方向。”

斯特凡妮牵起他的手。他就任由她牵着，内心十分欢喜。

“你看院子里这棵巨大的樱桃树呀，它可是一棵百年老树呢！世世代代，孩子们的游戏就是跑到院子里去偷樱桃……”

“那警察不管吗？”

“等等，您再看看。您看到树叶间阳光闪耀的光影了吗？那是银丝带。就是用寻常的银色布条剪成的。真蠢啊！那些银丝带是用来驱赶鸟儿的！这群樱桃猎食者可比街角的孩子们危险多了。但是对村里的小男孩儿来说，偷樱桃这个行为本身，比从樱桃树上偷到樱桃更具有骑士风度……”

斯特凡妮淡紫色的眼睛里闪耀着奇幻的光芒，就像一个十几岁的小姑娘似的。她是莫奈最灿烂的一朵“睡莲”！她眼神中的忧伤似乎一下子消失了。不等警官发话，斯特凡妮又继续说道：

“骑士会去偷几条银丝带，把它们献给心中的公主，给她扎头发用。”

她一边笑着，一边抓起洛朗斯的手，又猝不及防地把他的手放到自己的发髻上……

“把它们当作定情的信物，警官……”

洛朗斯·塞内纳克的手指在她那栗色的秀发之间不知所措。他迟疑着要不要把手收回来。斯特凡妮不可能没有发觉他的慌乱。

她想干什么？哪些行为是她临时起意，哪些又是事先设计好的？

斯特凡妮头发上的银丝带在他的指间窸窣作响。他像是被火烫到了似的，一下子将手指抽了回来。他微笑着，支支吾吾地不知如何是好，像个傻子。

“斯特凡妮，你真是一个非同寻常的女孩儿……真的。你的发间还扎着银丝带！那我就冒昧地问一句，是哪个骑士将这些银丝带送给你的？”

她动作自然地理了理头发。

“您放心，我只能说，那个人不是热罗姆·毛赫瓦勒！他可不是那种浪漫主义少年。警官，您可别自己杜撰故事哦。我们班里的许多小男孩儿都愿意为老师献上自己的礼物呢。咱们继续走？”

他们沿着河水又向前走了几步，一直走到洗衣池对面。这儿正是几天前，发现毛赫瓦勒尸体的地方。

他们一定是都想到了这一点。

他俩都不说话了。斯特凡妮岔开了话题：

“这个洗衣池和城镇里的其他洗衣池一样，都是克洛德·莫奈为村民修建的。他试着通过捐赠这些物资，来得到村民们的认可……”

塞内纳克没有搭话。他向前走了一步，开心地望着河水里舞动的水生植物。他发话了：

“斯特凡妮，我想跟你说，你的丈夫是我们这次调查的重点嫌疑人。”

“什么？”

斯特凡妮眼里的童真，瞬间像受惊的鸟儿一样飞走了。

“我只是想向你了解一下情况。你和毛赫瓦勒之间有绯闻……你丈夫的醋意……”

“真荒唐！警官，您这到底演的是哪出戏？我刚刚不是说过了吗，我和毛赫瓦勒之间……”

“我知道，但是……”

他用脚翻动着河岸边上的泥土。昨天的大雨已经抹去了所有的脚印。

“斯特凡妮，你丈夫有靴子吗？”

“您总提这么愚蠢的问题吗？”

“这是警察会问的问题。很抱歉……你还没有回答我。”

“当然啦，雅克当然有。可是哪个人没有靴子呢？那双靴子现在应该正在他脚上穿着呢，他现在正和朋友们打猎。”

“可是现在根本不是打猎的季节啊……”

女教师的回答干脆利落：

“阿斯塔加尔山间小路的山坡主人——帕特里克·德洛内受命于淡季在猎场外围铲除禁猎区的兔子，兔子在石灰质的草地上繁殖很快。你们可以去考证一下，农业部下发了一份文件，上面列着需要治理的小块土地的名单、有害动物造成的土地损害以及由德洛内提名前去消灭有害动物的猎手名单。实际上，那些猎手都是德洛内在吉维尼的朋友，我丈夫就是其中之一。警官，他们的所有行动都是按照文件指示进行的，他们每年都会在法律许可的范围内绞杀兔子。”

塞内纳克皱了皱眉，就像在说，虽然他没有做一个字的笔录，但是他可以将每一个细节记得清清楚楚。

“好的，谢谢，我们会去核实的。很快，我的助手，或是另一位警员就会前来拜访你的。放心吧，他们可比我有分寸多了。斯特凡妮，你丈夫在案发当天早上都做了些什么？”

斯特凡妮向河岸边走去，指间摩挲着一片柳叶。

“警官，您把我带到案发现场，就是为了调查我吗？怎么说呢，就是为了让我进入状态？”

塞内纳克支支吾吾地说道：

“别……千万别这样想……”

“那天早上，雅克出去打猎了，”斯特凡妮打断了他的话，“他走得非常早，但是在目前这个时间段，只要是在时间允许的范围内，他通常都会走这么早……您看，我丈夫并没有不在场证明。但是，他也没有杀人动机啊……热罗姆·毛赫瓦勒为我修建了一处秘密庭院，但这并不能构成我丈夫的杀人动机……我们曾在庭院周围散过几次步，就像我们现在这样，我们讨论着油画，他那个人很有意思，很有教养。我和热罗姆·毛赫瓦勒之间的关系就发展到这一步。您瞧啊，实在没有什么能构成我丈夫杀人动机的。”

斯特凡妮·迪潘的目光注视着河水水流，随后，她转向洛朗斯·塞内纳克。

显得有些深不可测。

“警官先生，您瞧啊。我难免会在这片潮湿的土地上滑倒，如果恰好跌倒在您的怀中。可能有人会发现我们……他可能会窥视着、想象着，并把我们拍摄下来。在我们村，这种行为很常见。然而，我俩并不认为我们之间会发生什么。”

塞内纳克不禁向四周看了看，他只看到草原远方的几个行人。除了大麻磨坊，他没发现这里有任何人。他结结巴巴地说：

“对不起，斯特凡妮。我……这只是一条线索而已。刚刚我在说‘重点嫌疑人’的时候，可能有些言重了……”

他迟疑了一下，又继续说下去：

“其……其实，据我的助手——贝纳韦德警官说，热罗姆·毛赫瓦勒被杀一案总共有三条线索，我觉得他说得有道理：因毛赫瓦勒拥有诸多情妇而引起的情杀；因毛赫瓦勒对油画的热爱而做出的艺术品非法交易；或者是和一个孩子有关的某个秘密……”

斯特凡妮思考片刻。她的声音带着一种让人感到嘲讽的不安：

“如果我是您，我会把我自己当成您的重点嫌疑人……这三条犯罪动机都指向我，不是吗？我和毛赫瓦勒聊过天，我正在组织一场绘画大赛……并且，还有谁比我更了解村里的孩子们呢？”

她抿了抿玫瑰粉色的嘴唇，伸出两只紧握的拳头，做出一副等着警官把她铐走的样子。

塞内纳克苦笑了一下。

“事实正好相反，没有什么证据是指向你的！你跟我说过，你不是毛赫瓦勒的情妇，你自己又不画画……你也没有孩子。”

警官从容的话语突然噎住了。斯特凡妮的双眼突然蒙上了一层黑色，似乎塞内纳克的话激起了她内心深深的悲伤。

就像断了一根弦的小提琴。

就算演戏，她也不可能演到这种程度，塞内纳克心想。他回想着自己刚刚说了些什么。

你不是毛赫瓦勒的情妇。

你自己又不画画。

你也没有孩子。

斯特凡妮的态度表明，他刚刚说错了话……他的某个论断应当是错误的。

至少有一个是错误的。

那么，是哪一个呢？那个论断会不会与他的调查、与这起凶杀案有关呢？塞内纳克又一次感到自己身陷沼泽，他感到自己掉入了一堆相互之间没有任何联系的细节当中。

他们沿着哥伦比亚大街朝学校的方向走去，再也没说过一句话。他们带着一种难以言说的尴尬，不欢而散。

“斯特凡妮，依据法律程序，我会要求你服从警方的调遣。”

他笑了笑。她强作热情地回答道：

“很愿意，警官先生。想找到我并不难。我要么在学校，要么在自己家，我家就在法庭上方的位置。”

她用眼神示意了一下屋檐下的圆形天窗。

“您应当看得出来，我的世界并不宽广……啊，不，三天后的早上，我会带着村里的孩子们去参观莫奈花园。”

她朝着教室的方向走去。鸢尾花的淡紫色持续在塞内纳克的思绪中流淌，扭曲了他所听到的全部事实，重新构成了一幅奇异的画卷，像是在用扭曲的画笔勾勒着线条。

斯特凡妮・迪潘。

在整桩案件中，她扮演的是个什么角色呢？

嫌疑人？还是受害者？

这个女孩儿让他相当手足无措。唯一一个可以采取的措施，就是放弃亲自审理这起案件，给预审法官打个电话，把这一切都交给西勒维奥或其他任何一个警察来处理。

然而，有一件事他很确信，是这唯一的确信把他留了下来。

对于这种直觉，他既解释不清，也挥之不去，那是一种斯特凡妮・迪潘在向他求救的感觉。

23

我从塔楼向下看，一幕好戏都没有错过。这两个人走到我的樱桃树下，斯特凡妮的头发上扎着银丝带，鞋上沾满了泥土，他们就站在犯罪现场的前面。

就站在我家门前！

我不出门是不对的，您说呢？您不觉得他们之间擦出点儿火花是一件再寻常不过的事情吗？不知从哪里调来的帅气警官和等待着被人救赎的小学教师，他们都很年轻，堪称郎才女貌。他们可以选择自己的命运，命运就掌握在他们自己的手里。

一切都已步入正轨……

只要再约几次……剩下的事就交给肉体好了。

我骂骂咧咧地离开了塔楼，每走一步，都需要很多时间。还要再花几分钟，我才能锁好三道锁；我还要吃力地锁好橡木大门，这扇门和我一样，又老又笨重。每天夜里，接合处的滚轴都在生锈。您瞧，这里的人都会得风湿病。

我又想到了警察和女教师。是的，这两个人想冲出我视野的画框，冲出界限的约束。他们只要骑上那辆镀铬的鲜红色摩托车，就能冲出藩篱。哪个女孩儿没期待过一场说走就走的私奔，你说是不是？

当然啦，只要有一粒尘土飞扬起来就成。

只要有人敢迈出这一步就成。

“来啊，尼普顿。”

我走着走着，像往常一样，在美国艺术博物馆的停车场停了下来，从博物馆大楼的前方走了过去；像往常一样，一个人嘟嘟囔囔地走过这个建于 1970 年的奇丑无比的楼阁式建筑。当然啦，我已经得知，他们想建一个大花园，将这个博物馆围起来。几年来，博物馆前方已经摆出了女贞树和侧柏的迷魂阵，大家都管这个花园叫印象派花园。我很想……但是我知道，他们不想在这几块地上修建篱笆来取代现在的栅栏。既然现在法国人从美国人手里将这块地买下来修建起印象派博物馆，那他们很可能将这些树全部砍掉！我要告诉您，如果有人问我怎么看，我会说，我是赞成的。

总之，等这一切都尘埃落定的时候，我早已死去了。从目前来看，他们不过是想在这块土地上，在这座博物馆的后面，堆起四个柴火垛，就像远古时代那样，只不过柴火垛上没有长叉罢了。我总觉得在侧柏后面堆放柴火垛有些古怪，但是归根结底，这些柴火垛也很招人喜爱，因为总能看到一些开心的游客在柴火垛前拍照留影。

我在年轻的时候，也经常爬到博物馆后面去，就在冈布尔画廊身后。游客们对博物馆的植草屋顶倒是不太注意，但那屋顶真是美得惊人。最美丽的风景，要数水之城堡上方的丘陵了。现在我的腿脚不便，也就只剩下回忆了……

我继续向前走着。我的拐杖晃晃悠悠地在石板路上划过。此时，一支五个人的队伍打断了我的思绪，那是五个老人，当然啦，他们并没我老，他们讲着英语。从星期一到星期五都是这样，吉维尼和别的村庄一样空旷。只能看见旅行社的大巴……从车上下来的游客有四分之三都讲英文，他们会在克洛德－莫奈大街走上一圈，一直走到教堂，然后再沿着原路返回。去的时候，他们会看看沿途的画廊；回来的时候，他们会买几幅画。周末的景象可就大为不同了，巴黎人蜂拥而至，诺曼底人倒是很少。

前方的队伍落下我很远，我以我的步伐继续向前走着。在走过康提画廊的时候，我通常都会放慢脚步。阿玛度·康提开的画廊是吉维尼村最古老的。

我认识了他三十年，也讨厌了他三十年……

这可真够失败的！

这家艺术商店看起来就像阿里巴巴的洞穴一样。他一看见我，就从门槛迈出来。

“我的小美人，你总像幽灵似的在街上游荡吗？”

“你好啊，阿玛度。不好意思，我今天赶时间……”

他爆发出一阵塞内加尔人的豪爽笑声。据我所知，他是村里唯一一个非洲人。有时候，我会在他的店里多待一会儿，他会跟我聊生意。他的梦想是有朝一日成为莫奈作品的代理，那可是一笔大生意……一幅《睡莲》足矣，无论哪一幅都行。可以做些黑市交易啊，有何不可呢……有时候，他也会到大麻磨坊周围闲逛。阿玛度·康提与热罗姆·毛赫瓦勒做过多次非法交易，我应该保持对他的一贯不信任。我还得知，不久前，他与警察之间也有了瓜葛。

我继续向前走着。对我来说，克洛德－莫奈大街的每一天都显得比前一天更加漫长。我前方的游客向两旁闪开让我过去。有的时候，还会有些傻子把我也拍到照片里，好像我也是风景的一部分……

71号。

到啦！

我又仔细看了看信箱上的名字——“热罗姆和帕特里夏·毛赫瓦勒”，似乎这对儿夫妻还生活在同一屋檐下。我能理解帕特里夏，要把死者的名字从信箱上除去还真不是一件容易的事。

我按了下门铃，又按了好几次。她走了出来。

她看起来很惊讶。

惊讶是再正常不过的了！几个月以来，我和她都没说过多于两句的话，只是在街上碰到的时候，会打个招呼。我走了进来，走到她的身边，我贴在她的耳边说道：

“帕特里夏，我得跟你说……我有话要跟你说，告诉你一些我刚刚弄清楚的事情……”

从她身边经过的时候，我发现她面色灰白。长长走廊上的两张巨幅《睡莲》使我头晕目眩。但是，帕特里夏显然更晕，我觉得她随时都有可能晕倒。

帕特里夏之前也总有那么一点儿虚弱。

她嘟嘟哝哝地说：

“你要说的……你要说的跟热罗姆的死有关系吗？”

“是的……这些话我只能跟你说。”

我犹豫了一下。就算我没什么害怕的，但是当着她的面说出这些话，也需要勇气，我希望您能明白这一点。她在客厅的皮沙发上坐了下来，我对她说：

“是的，帕特里夏，确实与热罗姆的死有关。我……我知道杀害他的凶手是谁。”

24

睡莲池里有鳄鱼，这有什么寓意？这个问题西勒维奥·贝纳韦德想了很久。他怀疑这是考巴莫在作画的时候自己发挥的。但是他也暗自思索过，在这背后，是否也隐藏着什么信息？他自我安慰似的数了数画里的鳄鱼，考巴莫笔下的睡莲池里到处都潜藏着鳄鱼，可以看清它们的眼睛、鼻孔和尾巴。

洛朗斯·塞内纳克身后的艺术画廊大门开了，他走了进去。贝纳韦德警官转向阿玛度·康提，释然地笑了笑。

“我不是跟您说过吗，不要迟到！”

阿玛度·康提缓缓地举起双手。这位塞内加尔画廊商人应该在粗略估算着这两位来访者的身高。他身穿一袭宽大的长袍，上面印着杂色方格，这种印花图案不太像非洲的风格和色调。

“我之前没有紧张起来，警官，很抱歉，您的时间可比我的珍贵多啦。”

康提的画廊就像一个巨大的杂物仓库，大大小小的画布堆放在房间的每个角落，看起来就像一个堆满杂七杂八的博物馆。这家乱七八糟的画廊大概也会给内行的游客一种可以讨价还价的感觉吧。

阿玛度·康提可真是个老滑头。

两位警官找了个能立脚的地方停了下来。西勒维奥·贝纳韦德坐在两个纸箱之间的台阶上，洛朗斯·塞内纳克坐在一个大木箱的边缘，他的屁股被分成两半，木箱里放着许多木炭石版画。

“康提先生，您和热罗姆·毛赫瓦勒熟吗……”塞内纳克首先发话了。

阿玛度·康提仍然站着。

“熟啊。热罗姆热衷于丰富多彩的绘画艺术，我们之前讨论过，我也给过他建议。他是一个非常有品位的人……我失去了一个朋友。”

“您也失去了一位好顾客。”

塞内纳克突然掏出手枪。请相信，也许是因为箱子硌得他屁股疼，他才会做出如此出格的举动。康提的脸上依然挂着牧师般的微笑。

“如果您愿意这么想的话……警官，那是您的工作，您可以这么想。”

“好吧，那么请您原谅我的直接。热罗姆·毛赫瓦勒之前跟您说过，他曾想让您帮他寻找一幅《睡莲》，是吗？”

“您做得对，这是您的工作。”康提一边说，一边低声笑了起来，“特别是刑侦工作，您做得很棒。是的，是有一天晚上，热罗姆让我在市场上给他弄几幅克洛德·莫奈的作品。”

“是《睡莲》吗？”

“是的……这宗买卖没什么希望，热罗姆是知道的，但是他就是喜欢疯狂一点儿的游戏……”

“那他为什么选中了您？”贝纳韦德打断他的话说道。

阿玛度·康提转过头去。他现在才意识到自己还站着，站在两个警官中间。

“什么意思，什么叫‘为什么选中了我’？”

“没错，为什么毛赫瓦勒找到您，而没有去找其他艺术画廊商？”

“为什么就不能是我呢，警官？您不觉得我是个名副其实的行家吗？”

康提苍白地笑了笑，他的瞳孔都放大了。

“如果是普通作品，那倒也没什么，但是如果让一个塞内加尔人去寻找印象派画作，就有些说不通了……”

“放心吧，警官，热罗姆还让我帮他寻找过一种奇幻瞪羚的羊角呢……”

塞内纳克直起后背，爽朗地笑了起来。

“康提先生，您可真是个滑头，同事们提示过我们这一点。但是我们的时间很有限……所以……”

“但是您刚才可不像着急的样子哟……”

“刚才？”

“刚才。一两个小时前，您从画廊门前经过，我一直当心着不要打扰到您，您当时似乎非常专注地在听您的‘向导’说话。”

贝纳韦德一头雾水。塞内纳克任由他说着。

“康提，你可真是个滑头。”

“吉维尼可是个小村庄，我们这儿只有两条街。”画廊商边说边转向门的那边。

“这个我已经知道了……”

“这就说得通了，警官，您真够坦率的。我注意到的可不是您，而是我们吉维尼美丽的女教师。我正好看到了你们，当时我还心想，‘这家伙可真够走运的’。您知道吗，我把孩子们送到学校去，就是为了每天早上能碰见斯特凡妮·迪潘。”

“就像您的朋友毛赫瓦勒那样？”

康提后退了一步，好像是为了同时看清两位坐着的警察的眼睛。

“热罗姆可没有孩子，”画廊商回答道，“警官，您也是个滑头啊。”

他转向西勒维奥。

“哎哟，您可真八卦。你俩都可以唱双簧了。怎么形容你们这个二人组合呢……猴子和大食蚁兽，这个可好？”

塞内纳克转了转身，换了一边屁股坐下。

“您经常发明非洲谚语吗？”

“是啊，这么讲话非常具有当地特色，我的顾客都很喜欢。我会为一对儿夫妇创造谚语，也会给先生和女士用动物的名字取外号。这是我做生意的小技巧。你们绝对想象不到这招儿有多灵。”

“这招儿对警察也适用吗？”

“我觉得没问题。”

塞内纳克觉得很有趣。贝纳韦德似乎有点儿烦了。他用双脚猛踢着楼梯的第一级台阶。

“您认识阿丽颂·米雷吗？”他突然问道。

“不认识啊……”

“您的朋友毛赫瓦勒可认识她。”

“啊？”

“康提先生，您喜欢听故事吗？”

“太喜欢了，以前，我爷爷会在睡前给我们整个部落的人讲故事。后来有了电视机。以前，我们睡前会烤蝗虫……”

“康提，注意别扯远了。”

贝纳韦德抓住楼梯的栏杆，站起身来，舒展了一下僵硬的四肢，他给画廊商递过去一张照片，阿丽颂·米雷，在萨克岛的海边，躺在热罗姆·毛赫瓦勒的身旁。

“您能看出来吧？这是您的朋友热罗姆·毛赫瓦勒的一位密友。”西勒维奥解释说。

阿玛度·康提一副行家的样子欣赏起照片来。塞内纳克接过助手的话，继续说道：

“从照片上来看，米雷小姐可真是个大美人，可实际上，我们这位阿丽颂的脸颊并不讨喜。倒不是说她看起来像个坏人，可是她实在没有什么特别的魅力。”洛朗斯一边说着，一边看了西勒维奥一眼，“正如你所说，我们是滑头警察，既滑头又八卦，我们觉得，在阿丽颂和热罗姆·毛赫瓦勒的其他漂亮女人之间，有一些说不通的地方。康提先生，这很奇怪，是不是？为什么热罗姆·毛赫瓦勒会同这位在纽卡斯尔保险机构的会计部门工作的平庸女士调情呢？”

阿玛度·康提将照片还给了警察。

“或许是您的审美能力出了问题吧。这位女士是英国人……”

塞内纳克又一次忍不住哈哈大笑起来，险些在装满石版画的箱子上失去平衡。贝纳韦德赶紧扶了一把。

“康提先生，如果您愿意听的话，我还是继续给您讲故事吧。阿丽颂家有一位祖母，她的名字叫凯特·米雷，她一直住在萨克岛的渔屋里。那是一间日久失修，破损得非常严重的贫民窟。在凯特·米雷家里，只有一些不值钱的老家具、小摆件、次品珠宝，一堆没人愿意要的古画、一套破碎的餐具和一幅莫奈《睡莲》的复制品，那是一张 60×60 的小画布。凯特把这些东西都摆在家里，并不是为了炫耀什么，而是因为这些就是她的全部家当。我跟您说起凯特，是因为热罗姆·毛赫瓦勒跟这位年轻的阿丽颂·米雷一起去过好几次萨克岛，借此机会，他肯定与阿丽颂的祖母也建立起了感情。我们是八卦的警察、是大食蚁兽，所以，康提，您看，我们心里会冒出这样一个问题：热罗姆·毛赫瓦勒去那该死的萨克岛，到这位英国老女人家里，到底搞的是什么名堂？”

25

帕特里夏·毛赫瓦勒目送着那个黑色的、驼背的身影离她而去，渐行渐远。老妇人朝大麻磨坊的方向走去，每走一步，拐杖都会在克洛德－莫奈大街的沥青路面上擦出声响。走到接近“好房子”房屋中介的时候，尼普顿与她会合了。帕特里夏·毛赫瓦勒心里估算着这次超现实主义的见面到底进行了多久。

差不多半个小时？

也就半个小时吧。

我的天呀！

要推翻之前她所确信的一切，半个小时已经足够了。帕特里夏·毛赫瓦勒实在想不出刚刚听到的一切会产生怎样的后果。她会相信这个老疯子的话吗？现在她又该做些什么呢？

她穿过走廊，刻意不让自己的眼睛触碰到墙壁上那幅长长的《睡莲》。应该把这个说给警察听，没错，应该去报警……

她又犹豫了。

然而，这么做有什么好处呢？她应该相信谁呢？

她看了看日式花瓶里凋零的花枝，回想起塞内纳克警官每次前来的所有细节，想起他审问式的目光，想起他欣赏墙上每一幅画的表情，想起他在看《睡莲》时的不安……天啊……她又在问自己这个问题了——她到底应该相信谁呢？

帕特里夏坐在客厅里，对刚刚和老妇人之间的对话，她又想了很久。实际上，现在她只想问一个问题：目前所发生的一切还有挽回的可能吗？她还能扭转事情的发展方向吗？

帕特里夏径直走到一间小屋子里，这间屋子几乎只能摆下一张办公桌和一台电脑。电脑的屏幕是亮着的。屏幕上显示着一张洒满阳光的吉维尼风景画。最近几个月，帕特里夏突然对网络产生了兴趣，她从没想过自己会对电脑键盘和屏幕痴迷到如此程度。可是……她就这样对电脑“一见钟情”了，从那以后，她就把大量的时间都用在了电脑上。正是因为有了电脑，帕特里夏才重新认识了吉维尼——自己的故乡。如果没有电脑，她怎么会发现：只要一点鼠标，成千上万幅吉维尼图片就触手可及了呢？那些图片一张比一张迷人。如果没有电脑，她怎么能看见游客们在世界各地论坛上的评论呢？这些评论，一条比一条热情洋溢。几个月前，帕特里夏被一个叫作“吉维尼新闻”的网站上的美景所震撼，从那以后，她就没有一个星期不上这个网站、不朗读上面的“每日诗歌”了。

可是今天她却没有登录这个网站！

此时此刻，帕特里夏正在电脑屏幕上搜索着其他东西。她的鼠标箭头停留在她收藏的网址星标上。她翻滚了一遍菜单，最终停留在Copainsdavant.linternaute.com这个网址上。

几秒钟后，帕特里夏在搜索引擎上点击了一下“吉维尼”。她要找的照片正等待着她。千万别错过那张照片，那是整个网站唯一一张可以追溯到战前的集体照。

确切地说，是1936—1937年。

有那么一瞬间，帕特里夏心想，那些偶然点进这个网站的网友会怎样想？

这张历史悠久的班级合照混到这里来做什么？

谁还能找到七十五年前坐在同一间教室里的老同学？

帕特里夏仔细查看着照片上学生们乖巧的脸庞。天啊，她对老疯子刚刚说过的话感到非常不安。会是她说的那样吗？这一切是她编造出来的吗？杀害热罗姆的凶手真的是老太太刚刚说的那个人，那个她最意想不到的人吗？

她浑身颤抖，面如死灰，冰冷的眼泪从眼角流出。她迟疑了好一阵，最后终于站起身来。

她知道自己接下来将要做什么，她已经决定好了。她又穿过客厅，机械地将樱桃木餐台上的铜质起床号挪开几厘米。

那么，她现在又在害怕什么呢？

她打开餐台上的抽屉，翻出一个黑色的日程本。她在一个皮沙发上坐了下来，在无线电话上拨下了一串电话号码。

“喂，是洛朗丁警官吗，我是帕特里夏·毛赫瓦勒。”

电话那头一阵沉默。

“我是热罗姆·毛赫瓦勒的妻子。毛赫瓦勒被杀，就是那个眼科医生，他在吉维尼被人杀害了，您知道我在说什么吗……”

这次，电话那头的声音不快地回答道：

“是的……当然，我知道。虽然我已经退休了，但我还没得老年痴呆……”

“我知道，我知道，正是因为这样我才给您打电话的，我在当地的报纸上经常看到您的名字，尽是一些赞誉之词……警官，我需要您的帮助……怎么说呢，帮我重新做一次调查。和官方的调查同步……”

电话的两端都是一阵长久的沉默。

赞誉之词……

电话的另一端，洛朗丁警官不禁想起他职业生涯中最重要的一起案件。当时，他在加拿大。1972 年 9 月，他接手了蒙特利尔艺术博物馆被盗一案，那是史上最大的艺术品失窃案。十八幅大师的作品被盗，其中就包括德拉克洛瓦、鲁本斯、伦勃朗、柯罗的作品……他于 1974 年回到维农警局。十一年后，也就是在他退休的三年前，1985 年 11 月，他接手的最大一起案件，便是马尔莫丹艺术陈列馆的九幅莫奈作品失窃案。其中就有著名的《日出印象》。正是他——洛朗丁警官，会同负责此案的艺术部警察——“打击非法文化财产中心办公室”，于 1990 年在日本黑帮舒泥池・福吉酷玛家和在韦基奥港的一群科西嘉强盗家找到了那些失窃的画卷。当时，这件事轰动了全世界，所有报纸上都是黑色的大标题……那是很久以前的事了……

最终，洛朗丁打破了沉默。

“毛赫瓦勒女士，我已经退休了，一位退休的警员可没有什么价值了。但是您能想到我，我还是挺高兴的。请问，您为什么不找私家侦探呢？”

“警官，当然，这个我也想过，但是在艺术品非法交易这个领域，没有哪位私家侦探比您的经验更丰富了。因为这一点在这起案件中，是至关重要的……”

洛朗丁的声音变得更加惊讶了：

“您想要我做什么？”

“警官，我激起您的好奇心了，是吗？我承认，我倒希望是那样。我给您说说，您听听看，您不觉得那样一个年纪轻轻、缺乏经验，又愚蠢地爱上主要嫌疑人或主要嫌疑人妻子的调查员是在胡言乱语吗？您觉得他会一直公正理性地调查到底吗？您觉得我们可以相信他会将事情的真相大白于天下吗？”

“他不是独自一人，他还有助手……有团队……”

“我是见识了他的所作所为才这样说的，我可没有胡编乱造……”

电话那头的洛朗丁警官咳嗽了一声。

“很抱歉，我是一个将近八十岁的退休警察，我已经十年没有涉足警局的工作了。我始终没有搞清楚您到底想要我做什么……”

“好吧，警官，我还要再激发一下您的好奇心。您现在还读报纸，那我建议您在本地版面悼念死者的专栏里写一篇文章，您会感兴趣的，我确信。”

洛朗丁警官用近乎嘲讽的语气说道：

“我会的，毛赫瓦勒女士。您信吗，人是不会变的。您那奇怪的哑谜打断了我的思绪，并不是每天都会有人打扰我这个单身老警察的生活。但是我一直没弄明白，您找我到底想干什么？”

“您想让我再说得详细一点儿吧？是这样的，对吗？这么说吧，那位年轻警官似乎对绘画非常感兴趣，总的来说，是对艺术感兴趣，对《睡莲》感兴趣……但是对老年人并不感兴趣。”

在警官开口之前，又是一阵良久的沉默。

“按理说，我应该为您含沙射影的话语感到高兴才对，不过我的警察生涯早已结束了。说真的，我现在已经全身而退了。您想让我为您重新调查这起案件，我觉得您可能找错人了。请您联系一下艺术部的警察吧。我有一些更年轻的同事，他们……”

“警官，”帕特里夏打断了他，“还是您亲自调查一下吧，就当业余爱好嘛。您都不需要推理，事情就这么简单。我不求您别的，您会看到……好吧，我给您留一条线索，但愿这条线索可以激起您的好奇心。您上网，登录一个网站，一个叫‘旧友’的网站。如果您有儿女或者孙子，他们肯定知道这个网站。点击‘吉维尼，1936—1937’。我觉得，对这项调查来说，这会是个有趣的起点……这可以让您从另一个角度来看问题，您看一看就知道了。”

“毛赫瓦勒女士，您的目的是什么呢？您想报复，是不是？”

“不，警官。哦，不。我也是平生第一次做这样的事，恰恰相反……”

帕特里夏·毛赫瓦勒挂了电话，似乎有一种解脱的感觉。

她透过窗子，看着远方的太阳缓缓地从塞纳河山坡上落下来，这条每天都会出现，却又昙花一现的落日轨迹，凝结成一条耀眼的印象派弧线。

26

在阿玛度·康提的艺术画廊里，贝纳韦德警官感到非常吃惊，这个大个子塞内加尔人对他们的话居然没有做出明显反击。他越看这家画廊，越觉得它跟别的画廊不一样。一般来说，艺术商店的墙壁都是洁白无瑕的，展现出一种整洁、素雅之美。但康提的画廊却恰恰相反，墙上的漆皮鼓了起来，画卷也鼓了起来，棚顶还缺了几个灯泡，瓷砖像是用灰尘而不是用水泥粘在一起的。可见，阿玛度·康提是费了好些功夫才把自己的商店装饰成“洞穴”的。西勒维奥继续说道：

“我来总结一下吧，康提先生……我们现在聊的，是一个没有魅力的情妇、一个没钱的祖母和一座多雨的盎格鲁－诺曼底小岛。您不为您的朋友毛赫瓦勒感到吃惊吗？”

“我就喜欢他独特的一面……”

“那萨克呢？”

“什么萨克？”

“康提，您也很喜欢萨克呀。”

贝纳韦德任由这片刻沉默蔓延在他们之间，随后，他继续说道：

“最近几年，您每年都去萨克岛不少于六次。您是在热罗姆·毛赫瓦勒结识阿丽颂·米雷之前去的萨克岛，这似乎是个巧合。”

塞内纳克看了看自己的助手，心想，西勒维奥会不会模仿大食蚁兽或者大食蚁兽的叫声呢？他总是那样不慌不忙。几秒钟内，阿玛度·康提第一次显得有些松动了，太阳穴间的皱纹看上去有些沧桑。贝纳韦德进一步追问道：

“康提先生，我可不可以冒昧地问一句，您去萨克岛干什么？”

阿玛度·康提看着克洛德－莫奈大街上的行人，像是在寻找着用来招架的办法，随后，他转过身去，又找回自己那大言不惭者特有的微笑。

“警官，你我都明白，萨克是欧洲的最后一个避税天堂，我去那里是为了洗钱啊，这一点我就不想重申了。钻石、象牙、香料，这些东西都很值钱，您或许不了解。瞪羚角就更赚钱了……萨克是英国的海外省……您知道吗，它是一个殖民岛屿。”

西勒维奥耸了耸肩，继续说道：

“康提，实际上，阿丽颂和她的祖母凯特都有法国远亲的血统。我们甚至有理由猜想，他们的祖先就是欧仁·米雷。我觉得您至少应该知道欧仁·米雷是谁吧？”

“既然您这么问，我想，您肯定知道我是地区文化事务机构指派的专家，是我清点的米雷收藏品吧？”

画廊商倾身靠在墙面的画卷上，那幅画上似乎是非洲村庄的风景，画风简洁，色彩丰富。他带着开心的笑容站起身来，继续自顾自地说道：

“提到印象派画家，就会提到欧仁·米雷，不是吗？欧仁·米雷是一个钟爱文学和艺术的青年，但现实很不幸，他很穷……他热爱艺术，后来成了画家和收藏家，他试图过更好的生活，便在巴黎和鲁昂当起了面点师……在欧仁·米雷的有生之年，他比自己的大多数画家朋友都富有，如凡·高、雷诺阿、莫奈，他曾帮助和支持过他们，甚至还给过他们吃的，可真是个仗义的人啊……他自己也画画，可如今，还有谁记得欧仁·米雷呢？”

阿玛度·康提将那幅非洲画放在两位警官面前。

“另一件事是，从 1893 年到 1895 年，欧仁·米雷隐居到非洲画过两年画，并带回来满满几箱子画卷。如果您有点儿品位的话，就会发现，米雷是一位优秀的着色画家，他那印象派和朴素派相融合的风格看起来淳朴自然，但又不乏让人惊叹之处……”

洛朗斯·塞内纳克把屁股靠在了箱子上，他带着一种惊讶的专注欣赏着这幅画。西勒维奥·贝纳韦德依然全神贯注。

“好的，谢谢您，康提先生。我们已经了解了米雷祖先的一切——欧仁，画家、甜点师、收藏家。如果您愿意的话，我们就言归正传吧：阿丽颂和凯特。这两年，萨克的领主威胁凯特·米雷，说要把她赶走。没错，没错，我也感到很震惊，但是在萨克岛，法律的确还是由领主制定的。您以为怎样？避税天堂的生活还是很艰辛的。凯特应该翻修一下她那破烂不堪的房子。这房子让她的邻居和游客们都很难堪，要么干脆舍弃这个房子算了。就在这时，热罗姆·毛赫瓦勒出现了。他经常去看望凯特的小孙女，并在这位老祖母家里过了几个周末，可想而知，这几个周末应该过得很甜蜜。我们可爱的毛赫瓦勒想帮凯特·米雷一把。他借给她五万英镑。这笔借款没有利息，完全出自两个人之间的情谊。这很难以置信，不是吗？”

“热罗姆这家伙可真仗义。”阿玛度·康提评价道。

“是吧！凯特·米雷给她的小孙女阿丽颂打电话，对她说，她的好朋友热罗姆·毛赫瓦勒可真是个有魅力的男人啊，他不仅借给她五万英镑，还那样委婉地不让她感到难堪，她提议，作为对这笔钱的回报，就把自己那幅古老的画卷送给他吧，也就是那幅巨大的莫奈《睡莲》的复制品。”

“我刚刚说什么来着？”阿玛度·康提狡黠地评论着，“机智又慷慨，热罗姆就是这样的人啊。”

塞内纳克的眼神终于从米雷那幅非洲村庄的暖色调中游移了出来，他接着助手的话说道：

“他是个圣人，这点我们都同意。我们的阿丽颂虽然长着一张不讨喜的脸，可是她并不愚蠢。这个建议使她惶惶不安，她还找来一位专家，我想说的是另一位专家，不是您，康提。”

画廊商也只是笑了笑。

“您不想知道接下来发生什么了吗？”塞内纳克继续问道。

“先生们，我迫不及待地想听后续！再多练练，你俩现在故事讲得都跟我那当隐士的祖父一样棒了。”

塞内纳克“噌”的一下从箱子上跳了下来：

“那幅凯特·米雷的《睡莲》，其实是莫奈的真迹，并不是复制品！那幅画的价值要比毛赫瓦勒拿出的那点儿钱高出成百上千倍……”

画廊四周的墙壁上回荡着康提豪放的笑声。

“好一个热罗姆啊！”

“您知道这个故事的结局是什么吗？”贝纳韦德一边说，一边笑得快要背过气去，“当然啦，阿丽颂·米雷与这位热心的法国绅士断绝了一切联系……老祖母凯特既失去了孙女女婿，又失去了一个朋友，她拒绝卖掉这幅画，但是最后她还是被人赶出了房门……两天后，我们找到了她，她在断崖桥上，从悬崖高处跳了下去，那是连接两座岛屿的海峡。您知道最终她还剩下什么了吗？”

康提靠在刚想收起的米雷画卷上，没有说话。

“一个板凳！”西勒维奥喊道，“一个刻着她名字、出生和死亡日期的板凳！这个板凳就立在她跳下去的那个悬崖对面。这是萨克的习俗，没有墓地、没有墓碑，只有一个刻着萨克逝去的居民名字的木板凳。那是一个公用板凳，要把它放在面朝大海的好地方……临死前，凯特留下了遗言，说她会将这幅画捐赠给加的夫国家博物馆……”

康提站起身来，依然面带微笑。

“警官，从这件事中，我们可以得出这样一个结论：萨克的凯特得到了一个板凳，加的夫国家博物馆得到了一幅《睡莲》，热罗姆·毛赫瓦勒却得到了一个与他那最丑的情妇分手的理由……”

他不由得减小了笑声的分贝。

“康提先生，”贝纳韦德表情坚定地说道，“您是诺曼底文化艺术机构官方指定的米雷藏品专家……”

“那又怎样？”

“当我们得知毛赫瓦勒给您下达过寻找《睡莲》任务的时候，当我们得知您了解米雷藏品的时候，当我们得知您去过好几次萨克的时候……”

“我可能跟朋友们说过，凯特·米雷的《睡莲》不是复制品……你们想说的是这个吗？”

“有可能。”

“虽然你们猜测是这么回事，但是我这样做违法吗？”

“没有，这样做没问题。”

“那你们想怎样？”

西勒维奥·贝纳韦德登上了楼梯的第三级台阶，这样，他就和阿玛度·康提一般高了。

“毛赫瓦勒的死，像是由某种复仇的动机引起的。”

“是阿丽颂·米雷干的吗？”

“不，案发当天早晨，她有不在场证明，她当时正坐在纽卡斯尔的柜台后面……”

“好吧，然后呢？”

“然后？”贝纳韦德继续说道，“毛赫瓦勒就放弃了寻找另一幅《睡莲》，放弃了在您的帮助下继续寻找另一个猎物，这说不通啊，康提。”

阿玛度·康提的眼睛始终没有离开过西勒维奥。他的两只眼睛，有一只眨了一下……

“警官，如果我找到了那幅《睡莲》，我现在就不会待在这间惨不忍睹的画廊里了，我现在就可以花大价钱在佛得角半岛的达喀尔买一座岛屿啦，在那里宣布独立，建立起我自己的避税天堂……”

阿玛度·康提露出一口洁白的大牙笑了笑，他继续说道：

“你们是想让我泄露职业秘密吗？”

“是为了让杀害你朋友的凶手有挫败感。”

“我们严肃点儿。您瞧啊，警官，我到哪儿去给你们找莫奈的第二幅《睡莲》呢？”

两位警官都没答话。贝纳韦德和塞内纳克用同样的姿势站起身来，他们朝门口走了三步。

“还有一个细节，”塞内纳克突然说道，“确切地说，凯特·米雷并没有真的把那幅画捐赠给加的夫国家博物馆。在这起事件中，西奥多·罗宾逊基金会得到了这笔合法的遗产，罗宾逊基金会随后把这幅画卖给了威尔士国家画廊。”

“那又怎样？”

在画廊橱窗上张贴的所有小广告当中，洛朗斯·塞内纳克发现了那张“未来之星绘画大赛／国际小画家挑战赛”的海报，和斯特凡妮·迪潘贴在教室里的那张一模一样。

“怎样？”塞内纳克回答道，“我觉得这个西奥多·罗宾逊基金会在整个事件中出现的频率太高了……”

“这难道不正常吗？”画廊商回答道，“这个基金会是一家著名机构啊！尤其在我们这里，在吉维尼……”

康提在海报前面沉思了好一会儿。

“西奥多·罗宾逊，美国人对印象派的热情，他们的美元……谁敢想象，如果吉维尼没有这些，会是什么样子？”塞内加尔画廊商一边说，一边挥舞着手臂，“您敢想象吗，警官先生？”

“不敢。”

“说到底，我和欧仁·米雷一样，在我的店铺里，我只是一个小小的杂货商贩。但是如果能够回到从前，您知道我想干什么吗？”

“甜品师？”洛朗斯脱口而出。

这一次，阿玛度·康提爆发出一阵毫不矜持的哈哈大笑。

“小滑头，我真的很喜欢您。”他打了两个饱嗝儿，“爱管闲事的大食蚁兽，还有您。不是的，警官先生们，我可不想当甜品师。我要说，我真想回到十岁，回到还在校园的年纪，我多么希望美丽的小学教师说我是个天才，说我也可以和别人一样，去参加罗宾逊基金会的小画家潜能测试。”

27

太阳就要落山了。法奈特加快了速度，她要在天黑之前完成这幅作品。她的画笔从来都没有移动得这样快过，她画着白色和赭石色的阴影，画着磨坊和不规则的塔楼，画着院子中央红彤彤的大樱桃树和银丝带，画着夕阳投射在微波粼粼水面上的太阳圆轮。今天她很专注，詹姆斯反倒在不停地跟她说话。

“法奈特，你有朋友吗？”

那你呢，詹姆斯，我也问过你，你有朋友吗？

“当然啦。你觉得呢？”

“你总是独来独往……”

“是你跟我说的，要自私一点儿。我不画画的时候，就和他们在一起啊！”

詹姆斯慢慢地走在田野上，他将画架一个接一个地折上。每当太阳快要落山的时候，他都是按照同样的顺序整理东西。

“但是既然你问了，我就告诉你吧。他们很烦人，尤其是文森，就是那天你看到的那个男孩儿，他窥视我们，就像胶水一样黏人……”

“是油漆吧！”

“什么？”

“油漆。对画画的女孩儿来说，油漆可比胶水有用多了。”

有时候，詹姆斯总觉得自己很风趣。

“还有卡米耶，他这个人啊，总喜欢自吹自擂。他总觉得自己生来就聪明过人。你瞧，就是会有这种人。在我们当中，年龄最小的是玛丽，她总是哭。她很爱讨好人。我不喜欢她，就是这样。”

“法奈特，千万别说这样的话。”

我说什么啦？我什么都没说啊……

“千万不能说什么？”

“我已经告诉过你了，法奈特。你是受到大自然眷顾的孩子。没错没错，别埋怨那些不了解这一点的孩子。你就像甜心一样可爱，又聪明又调皮。你有让人难以置信的绘画天赋，就像仙女在你身上撒下了金粉似的。但是你要注意呀，法奈特，在你的一生当中，都会有人嫉妒你的。他们嫉妒你，是因为他们的生活远没有你幸福。”

“胡说八道！你简直是胡说八道。总之，唯一一个我喜欢的朋友，就是保罗。你还不认识他。过几天放学，我会把他带来的，他也同意了。我们会去周游世界。他会带上我，这样方便我作画，我们会去日本、澳大利亚、非洲……”

“我真不知道世界上到底有没有这样的男人……”

有时候，詹姆斯也很烦人。

“有的，保罗就是这样的人！”

在詹姆斯转过身去收拾自己画箱的时候，法奈特对他做了一个鬼脸。

有时候，詹姆斯真是什么都不懂。另外，我对他的做法也不理解，可以这样说，他都被困在自己的画笔上啦。

“你不高兴啦？”

“没有，没有。我挺好的。”

他面露不快。有时候，詹姆斯可真奇怪。

“你知道吗，詹姆斯，参加罗宾逊基金会大奖赛我想画些别的，我不想画巫婆的磨坊了。你说让我重画一次特罗尼翁老爹的作品，我对此并不感兴趣……”

“你真是这样想的吗？西奥多·罗宾逊已经……”

“我有自己的想法，”法奈特打断了他的话，“我想画一幅《睡莲》，但不是用莫奈的老方法画。我要画年轻人的《睡莲》！”

詹姆斯看着她，似乎她刚刚说出了最不堪的话。

他满脸通红，我感觉他快要爆炸了。

行啦，不要像特罗尼翁老爹那样板着脸好吗？

法奈特哈哈大笑起来。

“莫奈……难道他画的是《老年人的睡莲》吗？”詹姆斯气得喘不上来气。

他在大胡子底下咳嗽了几声，随后用教师的语气慢条斯理地说道：

“法奈特，我试着跟你解释一下吧。你知道，莫奈游历过许多地方。整个欧洲他都去过，他受到过世界各地名画的启发。你要明白，那些作品都很独特，我们不能用一种眼光看待事物。莫奈明白这一点，他研究过日本的油画。因此，从那以后，他就不需要再去游历了，也不需要再去别处了。一池塘睡莲对他来说已经足够了，三十年间，这一池塘什么都不是的睡莲，却足以震撼全世界的油画界……受到震撼的还不只油画界呢。法奈特，莫奈改变的是人类对自然的看法，那是一种放眼世界的目光。你明白了吗？吉维尼至少有三百米的睡莲池！而你却说，莫奈是老年人的眼光……”

吧啦吧啦吧啦……

“那我呢，我偏要和莫奈不一样，”法奈特一字一板地说道，“我生在这里，但这不是我的错啊！我会以这一池塘睡莲为起点，走向世界！到时候你就知道了，我的《睡莲》会有多么特别，连莫奈都不敢这样画，我要把睡莲画成彩虹！”

突然，詹姆斯低下头，把法奈特抱在怀里。

他又变得奇怪了，他又是这副奇怪的忧心忡忡的样子，这副神情和他一点儿都不搭。

“法奈特，你说的肯定是对的。总之，你才是艺术家，你什么都懂。”

他抱得太紧了，弄疼我了……

“别听别人的，就听从你自己内心的声音，”詹姆斯继续说道，“甚至连我的话都不要听，你会赢得罗宾逊基金会奖项的，法奈特。你听见了吗，嗯？好啦，我们走吧，天都黑了，你妈妈还等着你呢。别忘了带上你的画！”

法奈特在这片麦田中渐渐走远。詹姆斯还在她身后喊着：

“扼杀你的天赋，才是最大的罪过！”

有时候，詹姆斯的话可真是奇怪。

詹姆斯见法奈特纤细的身影跑远了，他又弯下身去看了看自己的颜料盒。等法奈特消失在桥头，他颤抖地打开颜料盒。在法奈特面前，他总是故作淡定，可是现在，他却大滴大滴地流着汗。他感到一阵恐惧。他那苍老的手指不由自主地颤抖起来。颜料盒连接处生锈了的滚轴发出微微的“吱吱”声。

詹姆斯读了读刻在软木颜料盒上的文字：

在这里，她是我的

现在是，永远都是

这些刻在颜料盒上的字迹后面，是一个“×”，两个简单的线条交叉在一起。詹姆斯明白了，这是一种威胁——一种死亡威胁。他感到自己瘦弱而苍老的身体无法抑制地颤抖着。那具死尸还没找到凶手，警察们在村庄里到处搜寻着线索，他对此深感不安。整个氛围都使他闷得喘不过气来。

他一遍又一遍地读着那两行文字，是谁刻在上面的呢？

这字迹看起来笨拙而匆忙，刻字的人一定是趁他睡着的时候将这句变态的威胁刻在他的颜料盒上的，做这事并不难。法奈特不来找他的时候，他就经常头顶着星辰在田野里睡觉。这意味着什么呢？是谁写在上面的呢？他需要把这些威胁放在心上吗？

詹姆斯看到杨树的帘幔一直垂到草原的地平线。此时，这些文字在他的脑海里挥之不去，就像镌刻在他那柔软的额头上一般：在这里，她是我的，现在是，永远都是。现在，他又有了另一个烦恼，从今往后，这个问题总会萦绕在他的心头，比想知道是谁在他的颜料盒上刻了字更让他烦恼。他的手指还在颤抖着，他连一支笔、一把刀都握不住了，什么都握不住了。

在这里，她是我的，现在是，永远都是。居然用这种穷凶极恶的语言。这些文字在他的脑袋里转个不停。

这些话是对谁说的呢？

他向四周望了望，就像会有野兽从麦田里蹿出来似的。

到底谁会有危险呢？

是法奈特，还是他自己？

28

我终于走进了磨坊的大门。拄着这根该死的拐杖，我的膝盖疼得都要爆炸了，右胳膊也是。通常尼普顿都是在我身旁一路小跑，这一次，它居然等我了。

真是一条好狗。

我掏出钥匙。

我又想到了帕特里夏·毛赫瓦勒。我在想，刚才我跟她说的关于杀害她丈夫凶手的事情，她会怎么想呢？她能抑制住报警的冲动吗？虽然现在已经太迟、太迟了，谁都挽救不了了……凶手的阴谋已经得逞，警察也没有回天之力。

就连我也没有办法了，如果我是她，我会怎么做呢？

我抬起头，看见远处的小法奈特，她正在田野里奔跑，穿过了铁桥。她的美国朋友站在麦田的正中央。他一定又给她讲了磨坊里老巫婆的故事、食人妖魔夫妻的故事，说这里的房主不喜欢莫奈，还想砍掉杨树、清除柴火垛、把睡莲池的水吸干、在草原上建一家淀粉厂……我对这些蠢话早就习以为常了。傻子！都这把年纪了，还讲这样的故事吓唬孩子……

他每天都在那儿，没人知道这位美国画家到底姓什么。他每天都站在同一个位置，站在磨坊对面。大家都说，他是风景的一部分，似乎天上的艺术之神画过他；这位艺术之神也画过我们所有的人，最后，他想把一切都抹去，大笔一挥，咔，大家都不见了。

詹姆斯每天都目视着法奈特离开，随后，他会在麦田里睡去，直到第二天天亮。

晚安，詹姆斯。

29

法奈特回家了。她奔跑着，她很喜欢吉维尼街上亮起的路灯，路灯照亮了前方的路。

真是神奇的魔法！

可是现在时间还早，太阳刚开始落山。法奈特住在水之城堡大街一间塌陷的小房子里。她倒也不在乎，从不抱怨，她知道妈妈已经尽力了。她妈妈在村子里的富人家里起早贪黑地做家务。

村里的富人还真不少呢！

能够住在村子中央，距离莫奈花园一百米远，即便是一间破房子，她还有什么奢求呢？

她妈妈在厨房安排工作的展板后面等着她呢，那是一块挂在瓷砖上的普通石灰板。看到法奈特，她露出一抹疲倦的微笑。

“天都黑了，法奈特。你知道的，我不希望你晚上在外面游荡太久。特别是现在这样一个时期，前几天刚刚发生了一起命案，凶手还没有抓到……”

妈妈总是这副沮丧、疲惫的神情。她总是穿着那件难看的蓝色工作服择菜、煮汤。都喝一个星期的汤了，她总说我不怎么帮她干活儿，她说她在我这个年纪，我应该……如果我给她看我的油画，或许……

“我画完啦，妈妈。”

法奈特将油画举到妈妈工作日程表的高度。

“等会儿，等一下。我手脏。先放那儿吧。”

她总是这样……

“不管怎样，我要再画一幅。画一幅《睡莲》！詹姆斯跟我说……”
“詹姆斯是谁？”
“他是一位美国画家，妈妈，我跟你说过的……”
“没有啊……”
削掉的胡萝卜皮落到粗陶碗中。
“说过的！”

说过说过说过说过。我保证！你是故意这样说的，妈妈，没有别的可能！

“法奈特，我不希望你跟陌生人待在一起！你听见没有？不能因为我独自一人抚养你，你就到外面乱跑。别傻乎乎地戳在那儿啦，拿把刀过来。就我一个人在这儿做饭，有一个小时了！”
“妈妈，我们老师说有一个比赛。一个绘画比赛……”

只要是老师说的，妈妈就不会发表任何评论。她真的什么都没说，只是盯着手里的青萝卜看！

法奈特直挺挺地站着，继续说道：
“詹姆斯说……呃，大家都说我能赢得这个比赛。只要我努力，就有机会获胜。”
“能赢得什么啊？”

她手里的青萝卜随时可能掉下来……

“在一所美术学校学习的机会啊，在纽约……”

“什么？”

妈妈的菜刀朝着这个青萝卜的中心砍去。这个萝卜是无法复原了……

“法奈特，这个竞赛到底是怎么一回事？”

“或许会是在东京、圣彼得堡、堪培拉……”

我确定，她并不知道我说的那些地方是哪里，但这依然让她感到害怕……

“还可以赚很多美元呢……一大笔钱！”

妈妈叹了口气。她开始削第二个萝卜。

“如果你的老师再继续往你的脑袋里灌输这样的思想，我就找她去……”

我才不管呢，我还是要参加比赛的……

“还有你的詹姆斯，我得跟他谈谈。”

法奈特妈妈“哗”的一下，把菜板上的青萝卜和胡萝卜一股脑儿地倒进水池里，溅了她一身水。她又弯下身去，将一袋子土豆拎到菜板上。

她甚至都没有让我去帮她，这可不是个好兆头。她嘟哝着说一些我听不太懂的话，我让她大点儿声，再说一遍。

“法奈特，你想离开我了，是不是？”

她这就开始了……

我要爆炸了！我的脑袋快要爆炸了，没人能理解这种感受，只有我自己知道，我要爆炸了！我保证！妈妈，我可以洗碗、可以摆餐具、可以擦桌子、可以拿一块抹布到处擦、可以拿扫帚扫地再把它摆好、可以做一切小女孩儿该做的事，我什么都可以做，不会抱怨、不会哭泣，我什么都可以做，什么都行，只要让我画画就好。只要让我画画，什么都可以。

我的要求过分吗？

妈妈总是用一副不信任的眼神看着我。我什么都不做的时候，她不高兴，但是如果我做多了，她又会用奇怪的眼光看着我。我想，刚才应该是说到纽约，她就受不了了，其他城市也是一样，尤其是当我向她解释说还有日本、俄罗斯、澳大利亚这些国家的时候！

“只有三个星期的绘画课程，妈妈！三个星期也不长啊。这不算什么啊。”

她看我的眼神，仿佛我是一个疯子。

我们吃完饭，她就再也不说话了。她做出了沉思状，她沉思可不是个好兆头。我从没见过她沉思后还能说出什么让我高兴的话来。

就在法奈特整理抹布的时候，妈妈站了起来。这次，法奈特用夹子把抹布平整地挂成一排，并没有像平常那样往绳子上摇摇晃晃地随便一搭。她的话使整间屋子冷得像个冰窖：

“我已经决定了，法奈特。我再也不想听到关于绘画比赛的事情了，我也不想听你再说美国画家什么的了。这件事到此为止，我会去找你的老师谈谈。”

我什么都没说，甚至都没哭，任凭愤怒在我体内滋长、沸腾。我知道妈妈为什么这么说，她已经跟我说过一千次了。

都是大段的套话。连篇累牍，我都能背下来啦。

那是一串牢骚的圣歌：

“小女儿啊，我可不想让你像我一样浪费生命。在我像你那么大的时候，我也相信这些，我也有梦想，我也很漂亮，男人们都对我山盟海誓。

“看看吧！看看现在！

“看看房顶上的窟窿，看看这发霉的、潮湿的、一股霉菌味儿的墙壁；你还记不记得今年冬天玻璃窗上的冰凌；看看我的手，看看我这双可怜的手。以前是多么优雅，就像仙女的手一样。法奈特，在我像你这么大的时候，我多少次听别人说，我这双手简直是仙女的手。

“这双仙女的手，现在却在给别人擦汽车！

“法奈特，你可别最后落得跟我一个下场。我不会让那样的事情发生的。法奈特，别相信别人，你只能相信我。任何人都不要相信。不管是詹姆斯、你的老师，还是别的谁。”

我愿意，妈妈。我愿意听你的话。我也愿意信任你。

但是你可不可以把一切都说给我听，一切。包括那些我们从来都没有探讨过的事情，那些我们从来都不敢提及的事情！

说啊，说啊。

法奈特拿起一块海绵，慢慢擦拭着灰色的石板，石板上写着青菜的采购清单。

她等石板干燥一些后，便拿起一支白色粉笔。她知道妈妈正从她的肩膀上方看着呢。她用娟秀的圆体字写着，那是她老师的笔体：

我爸爸是谁？

下面又写道：

是谁？

她听到妈妈在她身后啜泣起来。

他为什么会走？
我们为什么没有跟他一起走？

在石灰板的下方还有一些位置。粉笔头儿在石灰板上摩擦得咯吱作响。

是谁？
是谁？
是谁？
是谁？

法奈特将她画的“巫婆的磨坊”翻转过来。她将这幅画放在椅子上，随后，整个房间就再没有人说一句话了。她听见妈妈在低声哭泣，像往常一样。

妈妈，哭泣可不是回答哦。

法奈特知道，明天，这一切都会结束，她们都不会再提起这一切，她妈妈会擦掉石灰板上面的字迹。

现在，天色已晚。

大概快到午夜时分了吧。妈妈应该睡着很久了，她明早还要早起去做家务。通常，在我起床的时候，她已经出发又回来了。

我房间的窗户朝向水之城堡大街，这条大街的坡度很大。虽然是在二楼，我的房间离大街的地面还不到一米。如果我想跳的话，随时可以跳出去。晚上，我经常趴在窗子上和文森说话。文森每天晚上都在大街上游荡。他的爸妈才不管他呢。保罗晚上就出不来。

法奈特哭泣着。

文森在大街上，他看着我，不知所措。我真希望在这里的是保罗。保罗，他懂我。保罗，他会和我说话。而文森呢，他只会听着我说。他只会这么做。

我跟他说起我的爸爸："我只知道妈妈在很年轻的时候就怀孕了。有时候，我觉得我是画家的女儿，是一位美国画家的女儿，是爸爸遗传给我的绘画天赋。妈妈曾赤裸裸地站在他的面前、站在大自然的怀抱中。她很美，妈妈真的很美，楼下的相册里还有妈妈的照片呢，也有我的，那是我婴儿时期的照片，但是连一张爸爸的都没有。"

文森听着，他只是握着法奈特从墙上垂下来的手，紧紧地握着。

我继续说着："我觉得我的爸爸和妈妈曾经疯狂地相爱过，他们是郎才女貌，一见钟情。因为我爸爸要去别处了，妈妈没有挽留他。或许是因为妈妈不知道自己已经怀孕了吧？或许妈妈连我爸爸叫什么名字都不知道呢。或许是因为她太爱我爸爸了，不愿意挽留他。我觉得我爸爸是一个很好的人，一个很诚实的人，他本想留下来，如果当初他知道我的存在，他一定会把我养大的，但是妈妈太爱他了，她不想让他成为笼中的困兽。

“文森，我想得有些复杂，但是也没有别的可能了，是不是？否则，我这总想画画的疯狂愿望是从哪里来的？这种想要放飞自我的愿望又是从哪里来的？还有谁能赋予我这满脑子的梦想？”

文森拉着法奈特的手，他握得很紧。他手腕上一直戴着一条该死的手链，这手链夹在他俩的胳膊间，紧紧地卡在小女孩儿的肉里，就像在珠宝上刻着字一般。

有的时候，在夜晚，我看着云朵覆盖着月亮，就会想，我的爸爸可能是个很有钱的大胖子吧，我妈妈就在他家做家务。当我在克洛德－莫奈大街上遇到他的时候，我并不知道他就是我的爸爸，而实际上，他自己却知道。或许他是一头强暴过我妈妈的大肥猪，是他强迫妈妈和他发生了关系。或许他还会一点点地给我妈妈钱。有时候，当我在街上看到有人斜眼看我的时候，我感觉快要疯掉了，那种眼神让我感到恶心。太可怕了。但是这些，我没有和文森说过。

今天晚上，云朵没有纠缠着月亮。

“我爸爸是个过客。”法奈特说道。

“别担心，法奈特，有我在呢。”文森说道。

“一个过客。我和他一样。我应该离开，我应该去放飞自我。”

文森将她的手握得更紧了。

“我在呢，法奈特。我在呢。我在呢……”

在水之城堡大街上，不远处，尼普顿追赶着夜蝴蝶。

第八天

2010 年 5 月 20 日　维农警局

对峙

30

洛朗斯·塞内纳克警官很是快活。他时不时地透过窗子小心翼翼地看一眼维农警局那个最大的办公室——101 室，这间屋子通常是做审讯室用的。雅克·迪潘背对着他坐着。他不耐烦地用手指敲击着椅子的扶手。在走廊里，塞内纳克踮起脚，像谋划大师似的小声对西勒维奥·贝纳韦德说：

“我们得让他在这儿多待一会儿……”

他拉了拉助手的袖子。

“我最引以为傲的，就是导演了这出好戏。等一下你也过来瞧瞧吧，西勒维奥。”他继续说道。

他又一次向走廊的深处走去，径直朝审讯室走去。

“总共找到多少双靴子啊，西勒维奥？”

贝纳韦德忍俊不禁。

“一百七十一双！一刻钟前，莫利警官又拿来三双。”

塞内纳克直起身子，又仔细瞧了瞧 101 室。警察把昨晚在吉维尼村找到的所有靴子都放在雅克·迪潘候审的那间屋子里。靴子堆放在审讯室的各个角落，柜子上、桌子上、窗子边、椅子上，到处都是，有一些堆在地上，七零八落地散放着。各种塑料袋闪烁着五颜六色的光芒，有荧光黄，有消防红，还有那种经典的泛着光的土绿色家用袋子。按照靴子的磨损程度、鞋头尖度和品牌，这些靴子被分门别类地分拣出来。每双靴子上都有一张标记着主人名字的小卡片。

塞内纳克丝毫没有掩饰内心的狂喜：

“西勒维奥，我想，你已经拍过照片了吧？我真是特别喜欢这种兴奋的感觉！没什么比这些更能让我们的当事人进入状态啦，这简直是现代艺术家的作品！再看看你家花园里的十七个烧烤架，你应该很欣赏我这种摆放物品的风格吧？”

“是啊……”贝纳韦德头也不抬地说道，“这种审美观可真了不起，像展览似的，从没有人见过这样的展览。相反……”

“西勒维奥，你太严肃了。”塞内纳克打断了他。

“我知道……”

贝纳韦德翻阅着资料，将它们分类整理。

“对不起，我可能有点儿太像警察了。老大，您对这个调查感兴趣吗？”

“哎呀，我说你今天怎么这么没有幽默感。”

“跟您说实话吧老大，昨天晚上我没睡着，或者说，几乎没睡着。贝亚特丽斯说我在床上太占地方了。可以说，这三个月以来，她一直都是仰着睡的，所以，我只好睡沙发了。”

塞内纳克拍了拍他的肩膀。

“加油吧，再有一个星期，或者用不了一个星期，就熬出头啦，你就要当爸爸啦。到那时，你和贝亚特丽斯啊，你们两个就都不用睡啦！你喝咖啡吗？我们去客厅休息一下吧？”

“我来杯茶！”

“是啊，我真蠢，这还用问吗？不加糖。你不打算用‘你’来称呼我了吗？”

“我考虑了一下，说真的，老大，我私下里练过很多次呢。”

塞内纳克哈哈大笑起来。

“西勒维奥，我真的很喜欢你。我承认，就跟你一个人说，你获得的破案信息比整个塔尔纳警局获得的还要多呢，真的是这样！”

“您可别这么说。但是跟您说，我整个晚上都在工作呢。”

“在沙发上工作的？在你老婆四脚朝天地打着呼噜的时候？”

“是啊……”

贝纳韦德露出了爽朗的微笑。两个警察向走廊深处走去，爬上三级台阶，钻进了一间储藏室大小的屋子。这间十平方米的“客厅”装满风格不一的家具：两张旧沙发，上面堆满了带着长长的橘黄色流苏的布料，一把淡紫色的手扶椅，一张贴了塑料膜的桌子，上面摆着一个咖啡壶、几个不成套的杯子和几把锈蚀了的勺子，棚顶散发着微弱的灯光，带着圆柱形纸盒灯罩的灯泡还散发出一股焦煳气味儿。在洛朗斯准备咖啡和茶水的时候，西勒维奥一屁股扎进了淡紫色的椅子里。

“老大，”西勒维奥先开了口，“我们就从这场靴子大展览入手吧，这是您最关心的！”

他的上司转过身去。贝纳韦德看了看笔记。

“到目前为止，我们这儿共有一百七十一双靴子，尺码从35码到46码。35码以下的靴子还没有找到。在这些人当中，有十五个渔民和二十一个获得许可的猎人，其中就包括雅克·迪潘。另外还有三十多个无业游民。可是，老大，您是知道的，在这一百七十一双靴子中，没有一双能跟莫利警官那天在热罗姆·毛赫瓦勒的尸体前塑模的石膏脚印对得上。”

塞内纳克一边往咖啡壶里倒水，一边回答道：

“问题就在这儿。杀人凶手是不会自己站出来的……但是，我们反而能够证明这一百七十一名吉维尼人是无辜的……”

“照您这么说……”

“雅克·迪潘的靴子并不在这一百七十一双靴子里……我们就让他坐在那儿再等一会儿。至于其他，我们说到哪儿啦？”

贝纳韦德展开那张叠了三折的纸。

“西勒维奥，你可真是个怪人……”

“我知道。在调查这起案子的时候，我就像建造阳台和游廊那样，又耐心，又仔细……”

“我敢说，在你家，贝亚特丽斯也会不太在意你的这副德行，就像在办公室，我也不在乎一样……”

“您说得没错……但是我的阳台，真是太棒了！”

塞内纳克叹了口气。水开了。

“好啦，拿着这该死的三栏折纸，快说吧……”

“这三栏，从上到下，已经渐渐填满啦……情妇、《睡莲》、孩子……”

“当我们画出一个可以跟你那三栏信息相连接的漂亮的水平箭头的时候，基本上就可以结案了。从目前来看没有丝毫联系的三栏线索之间的关联……只是，目前我们被卡在这一百七十一双靴子中，这些信息对我们来说是远远不够的……”

贝纳韦德打了个哈欠，淡紫色的椅子似乎将他的身体一点儿一点儿地吞噬进去。

“好啦，说说吧，西勒维奥，我要听你说。你昨天夜里有什么新的发现？”

“第一栏，眼科医生和他的情人们。我始终在寻找证人，但是一直没能找到情杀案的证据。对于照片后面那些该死的数字，也是毫无进展。可我还是苦苦思索了一番。总的来说，我没有得到任何波士顿的阿丽娜·梅雷塔丝的消息，而且依然无法确认第四张照片上那个陌生女子的身份……”

“就是那个在客厅里跪在毛赫瓦勒前面的女仆吗？”

“老大，您的视觉记忆可真了不起。我还试着按照嫉妒程度，将这些被戴了绿帽子的丈夫排了个序。毫无疑问，雅克·迪潘身居榜首，只是我们没有确凿的证据能够证明他的妻子通奸。老大，您那边有什么进展？昨天您见到斯特凡妮·迪潘了吗？”

“不告诉你！”

西勒维奥·贝纳韦德惊愕地看着他，深陷的椅子慢慢鼓起，他懒洋洋地慢慢直起身子。

“您想说什么？”

“不告诉你，就是这样。我就不跟你模仿那双淡紫色眼睛发出的求救信号了，否则，你就要把我举报给检察官了。就不告诉你，等着瞧吧。如果你没有意见的话，我会用自己的方式来进行这一块儿的调查。但是，我同意你的分析。虽然我们找不到任何能够证明热罗姆·毛赫瓦勒与斯特凡妮·迪潘之间有通奸行为的证据，但是，雅克·迪潘依然是头号嫌疑人。好啦，继续吧，你的第二栏：《睡莲》呢？”

“自从我们昨天见过阿玛度·康提之后，就再没什么新的进展了。您是不是应该联系一下艺术部的警察呢？”

“好的，好的，我会联系他们的。我明天就联系他们。啊，对了，我还要去克洛德·莫奈花园的周围转转……”

“跟斯特凡妮·迪潘的班级一起吗？”

咖啡壶的热气飘到塞内纳克乱糟糟的头顶上，他局促不安地看着助手。

“你真是个疯子，西勒维奥。你怎么总是知道我想做什么呢！你是不是监听了我们？你整个晚上都在听监听录音吧？”

贝纳韦德大声打着哈欠。

“为什么这么说呢？难道访问学校是秘密行动吗？”

他揉了揉眼睛。

“明天，我已经和鲁昂美术博物馆的负责人约好了要见面。”

“理由呢？”

“要有创新性和主动性，这是您给我的建议，对不对？对于莫奈和

《睡莲》的事情，我有自己的看法……”

“西勒维奥，你知道吗，我会很自然地怀疑你这么做是对你的直接上级的不信任。”

西勒维奥·贝纳韦德疲倦的双眼突然又闪烁起狡黠的光芒。

“就不告诉你！”

塞内纳克警官谨小慎微地拿起一只带缺口的杯子，并小心翼翼地喝起了咖啡。他把一小袋茶包浸到另一个杯里，将茶杯递给助手。

“诺曼底人的心思还真是让人猜不透……西勒维奥，这会儿你应该陪在你老婆的床边，而不是在这里当工作狂……”

“老大，您别发火呀，我只是有点儿心神不宁。虽然长了一副忠犬的模样，可实际上我是一头倔驴。我对绘画一无所知，这一栏就放在这儿吧。您再听我说说吧，最后一栏，也就是第三栏，十一岁的孩子。”

塞内纳克一边做着鬼脸，一边抿了一口咖啡。

“这是你感兴趣的话题……”

“我仔细核查了一下斯特凡妮·迪潘提供的那份十一岁孩子的名单。如果您想聊我喜欢的话题，最理想的情况是，我已经找到了一个十岁的小女孩儿或者小男孩儿，孩子的妈妈是个钟点工，或许，她在毛赫瓦勒家已经工作十多年了……”

“照片上那个翘起的裙子外面穿着蓝色工作服的女人……那么，有什么调查结果吗？”

“没有！这张名单上居然没有一个孩子符合特征。在吉维尼村，总共有九个小家伙在这个年龄段，也就是说九至十一岁。在他们的父母当中，只有两个孩子的母亲是单亲妈妈。第一个孩子的妈妈是卡斯尼面包房的服务员，面包房就在山的另一头；另一个孩子的妈妈在省内开公交车。”

“这不符合常理啊……”

“是啊，就像您所说的，这不太符合常理，但也不是绝对的。我的爸妈也离婚了，我的妈妈是埃夫勒的高中老师。别的孩子的父母都没离婚，也没有哪个孩子的妈妈现在或者十年前在别人家做过女佣。”

塞内纳克拄在贴着塑料贴膜的桌子上，满脸沮丧。

“西勒维奥，如果你问我的话，对于你的调查失败，我只能想到两种解释：第一种，你那关于私生子的假设根本不存在，这是最有可能的一种情况；第二种呢，在毛赫瓦勒口袋里找到的那张生日贺卡，他要送贺卡的那个孩子不在吉维尼，因此，照片上那个穿着蓝色工作服、被他宠溺的情妇也不在吉维尼。她到底是不是小孩儿的母亲呢？这个……”

贝纳韦德没有喝茶。他目光腼腆。

“老大，如果我可以发表一下观点的话……还有第三种可能。”

“啊？”

西勒维奥迟疑了片刻，然后继续说道：

“嗯……很简单……斯特凡妮·迪潘提供的名单有误。”

“你说什么？”

塞内纳克一口喝下半杯咖啡。西勒维奥依然瘫坐在那把淡紫色的椅子里，继续说道：

“那我就换一种说法吧。我们无法证明这张孩子的名单是正确的，因为斯特凡妮·迪潘也是这起案件的嫌疑人之一……”

“我看不出这位毛赫瓦勒的猎艳对象和班里的孩子有什么关系啊……”

“我也看不出来。但是在这起案件中，我们也看不到更多别的联系了。如果有时间，还应该再把女教师班里孩子们的名单与吉维尼村里的所有家庭核对一下：包括姓名，目前和以前从事的职业，孩子母亲出嫁前的姓氏，所有这些都要查。无论您怎么说，毛赫瓦勒口袋里的明信片上写着阿拉贡的诗句，‘我赞同将做梦立罪’，这句话与吉维尼的班级有着直接联系：这是村里孩子们学过的一句诗。老大，您还跟我说过呢，这是您从斯特凡妮·迪潘口中得知的。”

塞内纳克喝光了杯里的咖啡。

“好的，如果我是你，我就会有一个疑惑。你最终要把案件引到哪个方向呢？”

“我也不知道。另外，有时候我还会觉得吉维尼人对我们隐瞒了些什么。怎么说呢，有一种这个科西嘉村庄拒绝做证的感觉。”

“你怎么会有这种感觉呢？直觉？这可不是你以往的风格！”

一丝忧虑的微光从西勒维奥眼中掠过。

“是这样的……老大，关于第三栏，我还有别的话要说。就是‘孩子’这栏。我得告诉您，这可相当奇怪……甚至可能比‘奇怪’更严重。用‘诡异’这个词来形容，也许更合适。”

31

今天早上，吉维尼的天气棒极了。这次，我打开客厅的窗子，决定清理一下房间。阳光带着一丝羞怯，腼腆地溜进我的客厅，就像头一次溜进来似的。它在我家找不到一丝起舞的灰尘，便只好散落在碗橱和桌椅的木头上，把木头照得更加明亮。

我的《黑色睡莲》就待在属于它自己的角落里，隐藏在阴暗中。我家在四楼，谁也别想从外面或透过开着的窗子看到它。

我在屋子里转了一圈。客厅里的一切都井然有序，正是因为这样，我才犹豫了一下要不要到处乱翻。壁橱上、抽屉中或者楼下的车库里，倒空发霉的纸盒箱、拎起剪成两段的垃圾袋、打开几年来甚至几十年来从没有人打开过的箱子。然而，我知道我自己在找什么。我清楚地知道自己想找的东西是什么。只是我不知道我把它放在哪儿了，毕竟已经过了这么久。

我看见您走了过来，您说，这个老女人失忆了。随便您怎么说吧……

别告诉我您没有过这样的经历——翻遍整间屋子，就是为了寻找回忆。对于这件东西，您只能确定一点：您从未把它丢掉。

没什么比这更恼人了，不是吗？

跟您直说吧，我非要找到不可的东西，是一个纸盒箱，一个像鞋盒那么大的普通纸盒箱，里面装满了旧照片。您瞧，这也不足为奇。似乎现在，一辈子的照片都可以装在一个打火机大小的 U 盘里了，这个我是知道的。而我呢，暂且还在找着那个“鞋盒”。等您到了八十多岁的时候，也会在一堆杂七杂八的东西中去翻一个小小的“打火机”。祝您好运。这就是时代的进步。

我不抱希望地打开五斗橱的抽屉，把手伸进柜子里，在几排书后面翻了翻。

当然，什么都没找到。

我放弃了。我要找的东西并非触手可及。我要找的盒子应该放在车库的什么地方了，压在一堆陈年旧物的底下。

我还在犹豫着，这么做值得吗？我费力地在这些杂七杂八的东西中乱翻一气，只是为了寻找一张照片吗？一张我从未丢弃的照片，这点我还是确定的。那张照片上还留存着我对一张面孔的记忆，我多想再看看那张脸啊，再看最后一眼。

阿尔贝·罗萨尔芭。

我还没有决定好。我看了看整整齐齐的客厅，只有两只靴子晾在烟囱的通风口处。它们终究会晒干的……我要说，这两只靴子是我放在那儿的。

显然，楼下的烟囱熄灭了。

还没到圣诞节。

32

西勒维奥·贝纳韦德最后的几句话虽然说得有些夸张，可是他的上司总是一副心不在焉的样子。塞内纳克又漫不经心地倒上一杯咖啡，似乎他的脑袋一直在数着靴子。助手将茶杯送到嘴边，做了一个鬼脸。他没放糖。

塞内纳克转过身去。

“西勒维奥，你说吧，我听着。看看你能不能震惊到我！”

“老大，您是了解我的，”贝纳韦德解释道，“原本我已经排除了既涉及吉维尼又关系到一个孩子的这种可能性，可是最终我在警局的档案中找到了……”

他一屁股扎进柔软的手扶椅中，将茶杯放到地上，仔细翻阅着脚下的一捆文件。他将一份来自帕西－厄尔警局的卷宗递给了塞内纳克：那是一份写着十几页文字的发黄纸张。塞内纳克咽了口唾沫，带缺口的咖啡杯在他的手中颤抖。

“老大，我帮您总结一下吧。我觉得您是不会愿意听的。这是一起连环杀人案，一个吉维尼孩子曾经溺亡在埃普特河中，溺亡地点正是热罗姆·毛赫瓦勒被杀的地方。他们是同样的死因、以同样的方式被杀，只是那个孩子身上没有刀伤：他是被人用石头砸破了脑袋，然后将脑袋浸在河水中。”

洛朗斯·塞内纳克感觉到自己身上的肾上腺素猛增。他把手中的杯子“咣当”一声放到铺着塑料膜的桌子上。

“我的天啊……那个孩子多大？”

“差不多十一岁吧，还差几个月就十一岁了。”

一股冷汗顺着塞内纳克警官的额头流了下来。

“妈的……”

贝纳韦德紧紧抓着椅子扶手，像是要溺亡在这淡紫色的椅子里。

“警官，只有一个疑点……那就是，这起案子已经过去不知多少年了……”

他沉默片刻，观察了一下塞内纳克的反应，接着说道：

“确切地说，是1937年……”

塞内纳克一屁股扎进橘黄色的沙发里，两眼紧盯着那份发黄的卷宗。

“1937年？我的天啊，这到底是怎么一回事？那个孩子恰好死在毛赫瓦勒的死亡地点，而且是同样的死因……但是1937年！这种巧合能说明什么呢？”

“老大，我也不知道……您瞧，一切都写在帕西－厄尔警局的这份卷宗里了。如果我们往这个男孩儿的案子上去想的话，这两起案子之间似乎又没什么联系……当时，警察将这起案子定性为意外身亡。一个小男孩儿踩到一块石头上，摔破了脑袋，然后就掉进河里淹死了。一场蠢猪一样的意外，就是这样。”

“那个孩子叫什么？”

“阿尔贝·罗萨尔芭。在这场悲剧发生以后，他的家人就离开了吉维尼。从那以后，就再也没有了关于他们的任何消息……”

洛朗斯·塞内纳克将胳膊伸向桌子上的咖啡。他一边做着鬼脸，一边喝着咖啡。

“妈的，西勒维奥，你说的这件事我感觉有点儿乱啊。我可不喜欢这种类型的意外，真的不喜欢。就像我们现在的状况还不够乱似的！怎么又扯进来另一起案件……”

西勒维奥整理了一下散落在脚下的文件。

“老大，我能跟您说件事吗？”

“有话就说……”

“让我感到最困惑的是，从一开始，我俩的直觉就恰好相反。我想了一个晚上，从一开始，您就确信一切线索都是围绕着斯特凡妮·迪潘展开的，您总觉得她会有危险。而我呢，我也不知道为什么，我觉得问题的关键在于第三栏——杀人凶手正逍遥法外，他正准备制造另一起案件。我认为有一个孩子的生命正受到威胁，一个十一岁的孩子……”

洛朗斯将杯子放到地上。他站起身，亲切地拍了拍助手的后背。

“这很可能是因为你过不了多久就要当爸爸了……而我呢，我只是一个单身汉，比起孩子们，我对孩子的母亲甚至已婚女士更感兴趣……只是身份的问题，这也符合逻辑，你说是不是？”

“或许吧。我们都有各自的观点。”西勒维奥叹着气，“但愿我俩的担心都是多余的。”

最后这句话让塞内纳克大吃一惊。他仔细看了看自己的助手，只看到一张紧张的脸和一双疲倦的眼睛。贝纳韦德还在整理着脚下的那些文件，他知道，就算贝纳韦德再怎么疲倦，他也会在离开前把所有资料都复印一遍装进红色的档案盒，再把这个盒子好生安放在地下档案室的柜子里。做起事来一丝不苟，他的助手就是这样……

“西勒维奥，总该有一个解释，会让一切都说得通的；总该有一种方法，可以将七巧板上的木块儿各归其位。我相信一定能找到这样的方法！”

“那雅克·迪潘呢？您不觉得我们已经晾了他够久了吗？”

“我 × ！我把他给忘了……”

为了坐到 101 审讯室的办公桌上，洛朗斯·塞内纳克推开了十几双蓝色的靴子，把它们晃晃悠悠地摞在了一起。雅克·迪潘怒气不减，他的右手相继摸了摸棕色的胡子和胡子拉碴的脸颊，这些动作都流露出他逐渐高涨的不满情绪。

“警官，我一直都没搞明白，您到底想要我怎样。您已经把我扣在这儿一个小时了。您都不跟我解释一下这是怎么一回事吗？”

“我想见见您，只是想见见您……”

塞内纳克伸手抱过来一大捧靴子。

“迪潘先生，咱们开门见山吧。您想必也看到了，几乎所有的村民都交给我们一双靴子，他们默默地配合着我们的工作。我们发现他们的脚印与犯罪现场留下的脚印都不相符，因此，我们就不会再去叨扰他们了……事情就是这么简单。然而……”

雅克·迪潘捋着胡须的右手肌肉紧张地缩到一起，左手烦躁地抓着扶手。

“我还要再跟您说多少次，那双该死的靴子，我找不到了！我想我是把它们放在学校旁边车库的遮雨棚下了。现在它们不见了！昨天，我是向一个朋友借的靴子……”

塞内纳克嘴角露出一抹冷笑。

“迪潘先生，这倒奇怪了，您说，怎么会有人去偷一双泥糊糊的靴子呢？您的靴子是 43 码，那正是在犯罪现场勘测到的脚印大小。”

西勒维奥·贝纳韦德站在屋子的最里面，靠在一个柜子上，他身旁放的是 39—42 码全新和几乎全新的靴子。他疲倦而愉悦地观察着这场会面，至少，这么看着可以保持头脑清醒。对于塞内纳克提出的那个问题，他的脑中已经有了答案，但是他不会让嫌疑人知道。

“我也不知道啊，”迪潘恼了，“或许偷靴子的就是凶手本人啊，他想偷一双和自己的鞋号一样的靴子，再把这双靴子的主人栽赃成替罪羊呗！”

这正是贝纳韦德等待的答案。这个迪潘先生，他不傻啊，他心想。

“怎么会那么凑巧落到您的身上了呢？”塞内纳克坚持说道。

“总会落到某个人的身上啊，而这件事偏偏就落到我身上了。‘凑巧落到我的身上’，这话是什么意思？警官，我可不喜欢您这种话里有话的说话方式。”

“那么，您能听出话里有话也好。热罗姆·毛赫瓦勒被杀的那天早上，您在做什么？”

迪潘的脚在空中画着圈，踢开所有塑胶靴子，就像一个生气的孩子，把院子里的玩具都踢到一边似的。

“这么说您是怀疑我喽？那天早上将近 6 点的时候，我还跟我老婆躺在床上，跟往常没什么两样……”

“迪潘先生，这点也很奇怪。我们的证人称，每个星期二的早上，您都会迎着朝阳早早起床去您的朋友帕特里克·德洛内的禁猎区去打猎。有时候是成群结队出行，但更多的时候是您一个人去……案发当天也就是那个星期二，您怎么会改变自己的生活习惯呢？”

一阵沉默。迪潘恼火的手指还在抚弄着胡子。

“那您想想看……到底是什么该死的原因，一个男人会想和自己的老婆腻歪在床上？”

雅克·迪潘的目光插进塞内纳克的眼睛里。对，是“插”，正是这个词，就像两把尖刀。西勒维奥·贝纳韦德没有错过任何一场对弈，他又一次感到，雅克·迪潘为自己辩护得很不错。

“迪潘先生，没人说您做得不对，没人那样说。别担心，我们会再核实一下您的不在场证明……至于犯罪动机嘛……”

塞内纳克小心地推开堆放在办公桌边缘的十几双蓝色靴子，将斯特凡妮和热罗姆·毛赫瓦勒的合照放到桌子上。照片里，他们手牵着手，走在山间的小路上。

“嫉妒，可能是一个杀人动机。您不这样认为吗？”

雅克·迪潘瞟了照片一眼，好像已经知道了照片上的内容似的。

“警官，您别越界。如果您怀疑我，如果您愿意这样想的话，那当然可以……但是请您别把斯特凡妮搅和进来，这事与她无关。我觉得您也是这样想的吧？”

西勒维奥犹豫了一下要不要插话。他感觉目前的情形会分分钟变糟。塞内纳克还在跟他的猎物周旋。他将蓝色的靴子套在自己的两只手上，漫不经心地想把这双靴子组成一对儿。他满脸讪讽地抬起头。

“迪潘先生，您这样辩护，可有点儿不靠谱啊。您不觉得吗？用法律术语来说，您这叫‘重言式辩护’……您的杀人动机就是建立在嫉妒的基础上……而您却要用一个更加嫉妒的方式为自己辩护……”

迪潘站起身来，距离塞内纳克不足一米远，迪潘比塞内纳克警官矮了一些，至少能矮二十厘米。

“别跟我玩儿文字游戏了，塞内纳克。我明白，我非常明白您的小伎俩……如果您再敢靠近……”

塞内纳克看都不看他一眼。他把手上的一只靴子甩了下来，又把另一只靴子套在手上，他微笑着。

“迪潘先生，刚刚您难道不是在对我说，您想阻止案件侦破的正常进行吧？……”

西勒维奥·贝纳韦德永远都不会知道雅克·迪潘在案发当天到底去了哪里。再说，他也不是很想知道。正是因为这样，他一边将一只宽慰人心的大手搭在雅克·迪潘的肩上表示安慰，一边向塞内纳克走去。

33

西勒维奥·贝纳韦德将雅克·迪潘送出了警察局。他知道应该客套地表达一番礼貌并含蓄地表示一下歉意。在这一点上，贝纳韦德警官还是很有天赋的。当坐上自己福特汽车的时候，雅克·迪潘又激愤起来，他带着轻蔑的挑衅，猛踩油门驶出了卡尔诺大街的停车场。贝纳韦德闭上眼睛，随后，他回到办公室。西勒维奥·贝纳韦德还很擅长揣摩上司的心理。

“西勒维奥，你怎么看？”

“老大，您刚才真挺厉害，太厉害了，相当厉害。”

“呵呵，可以说，那是我南方风格的一面。但是除了这一点，其他方面你觉得怎么样？”

“我不知道。迪潘不够坦率，我不知道您想听的是不是这句话。其实这也说得通，可以理解。他有老婆，那么他自然而然地会维护自己的老婆，这一点您也不该否认吧。但是这也不能说明他就是凶手……”

“我 ×，西勒维奥，那他靴子被偷的事情怎么解释？他的说法根本站不住脚啊！还有，他的不在场证明也一样，是他老婆斯特凡妮跟我说的，案发当天，她的丈夫外出打猎去了……”

“好吧，老大，这可真够让人费解的。我们要对质一下他俩的证词。但是还要注意一点，那就是，接连不断的证物都来得太容易了。首先，不知谁寄来的他老婆和毛赫瓦勒一起散步的那张照片；随后，他的靴子不见了……可否设想，有人试图把犯罪嫌疑人栽赃到他的身上。其次，至于河边的脚印，他并不是唯一一个需要找借口的人！我们尚未找到吉维尼的所有村民。我们敲过关着的门、敲过空房子的门，还敲了那些几乎永远都不在家住的巴黎人的门。我们还需要更多时间，很多很多时间……”

“妈的……”

塞内纳克抓起一只橘黄色的靴子，用两根手指捏着鞋跟。

“就是他，西勒维奥！别问我为什么，但是我知道，就是雅克·迪潘干的！”

洛朗斯·塞内纳克突然把橘黄色的靴子扔到对面架子上的十几双靴子中。

“扔吧！”西勒维奥·贝纳韦德平静地对他说。

上司一动不动地沉默了片刻，随后，他突然提高了嗓门儿：

“我们搁浅了，西勒维奥，我们搁浅了！帮我召集整个警队，一个小时后全体集合。”

此刻，洛朗斯·塞内纳克思绪大发，他要发动头脑风暴。因此，他将维农警局的所有警察召集了起来。明亮的房间里洒满阳光，房间的窗帘破烂不堪。西勒维奥·贝纳韦德趴在桌子旁边打着瞌睡，在两次呼吸的间隙，他听到维农警局的老大又提出了新的侦查方向，列出了一个不可思议的搜查名单。其中包括：确认毛赫瓦勒情妇们的身份，调查她们的亲属，挖出印象派画作的不正当交易，特别是要再度盯紧阿玛度·康提，了解一下大名鼎鼎的西奥多·罗宾逊基金会的情况，深入调查1937年那桩男孩儿意外落水身亡的案子，走访吉维尼村民，特别是住在毛赫瓦勒家旁边的邻居和那些恰好家里没有靴子的人，以及那些家里有十一岁孩子的人……同时，还要到眼科诊所周围去看看出入的患者。

可以说，任务既纷繁又复杂，这一点塞内纳克是知道的。对一支只有五个人的警察队伍来说，这些任务确实太重了，谁也不能做到二十四小时工作，这个远远做不到……大家都要紧张起来了，并且相信一定能抓住机会找到突破口。一定要等待机会的出现……警察们都习惯了，他们的工作一贯如此。唯一一个塞内纳克没有跟同事们提起的任务，就是求证雅克·迪潘的不在场证明是否真实。这个任务，他留给了自己——这是领导的特权！

“还有别的事吗？”

鲁多维克·莫利警官神情倦怠地听着上司下达完指令，就像更衣室里的替补球员一样百无聊赖。身后的阳光炙烤着他的脖子。在头脑风暴期间，他又仔细看了看铺放在自己面前的犯罪现场照片：河水、桥、洗衣池。毛赫瓦勒的尸体是双脚搭在岸上，脑袋浸在水里。他心想，怎么自己偏偏这会儿冒出个想法来？他举起手来。

“鲁多，怎么啦？”

“洛朗斯，我有一个想法。案情发展到这个地步，你不觉得我们应该彻底清查一下吉维尼的河底吗？”

“你到底想说什么？塞内纳克带着不快的声音像是发起火来，似乎突然间，他不太愿意听到莫利警官用南方口音称他为‘你’似的。”

西勒维奥·贝纳韦德突然清醒了过来。

“是这样的……”莫利警官继续说道，“我们已经在案发现场找了个遍，我们现在有照片、有脚印、有取样。当然啦，我们也在河里瞧了瞧。可我还是觉得我们对河水清查得不够彻底。我是说，我们还应该深入地往下挖，翻动一下沙子。我是在看到毛赫瓦勒口袋的特写照片的时候，产生了这样的想法：他的口袋是沿着水面向下的。不管他的口袋里有什么，都有可能落入水中，掉进沙子里，消失掉。”

塞内纳克用手蹭了蹭额头。

“这想法倒也不赖……总之，这样做有何不可呢……西勒维奥，你睡醒了吗？尽快帮我组织一支队伍，队伍里要有一位沉积学专家，或是懂得沉积学的人。清楚了吗？总之，一位无论我们从淤泥中打捞上来什么，都能推算出落水时间的专家！”

“好的。”贝纳韦德说道。他努力地抬起眼皮，一副举重运动员举起杠铃时的表情。“后天，一切都会就绪。我要提醒您一下，明天，就是我俩调查文化遗产的日子，按照计划，您会去走访一下莫奈花园，我会到鲁昂的美术博物馆去一趟。”

34

布朗什－奥修德－莫奈大街。夜色从迪潘家复式住宅百叶窗的缝隙中溜了进来，诺曼式房屋的出售广告在雅克·迪潘烦躁的指间被捏得哗啦啦直响。

“斯特凡妮，我要请律师。我要起诉警方的骚扰。斯特凡妮，这个警察，也就是塞内纳克，他动机不纯……可以这样说……”

雅克·迪潘把脸转向了床的另一边。无须证实，他知道自己在跟妻子的背影说话，在跟她的脖子说话，在跟她长长的秀发说话，在跟她四分之一的脸庞说话，在跟她捧着书的手说话。有时候，若是被单滑了下来，他就在跟自己每晚克制着不去抚摩的腰身和美臀说话。

“我觉得他是在找我的麻烦，就是那个警察。”迪潘继续说道，“如果他是出于私心……”

“别担心，”背影回答道，“冷静点儿……”

雅克·迪潘又试着去读他那出售房产的广告。时间在他对面闹钟的刻度盘上慢悠悠地走着。

21 点 12 分……

21 点 17 分……

21 点 24 分……

“斯特凡妮，你看什么呢？”

“没看什么啊。”

斯特凡妮的背影，话语不多的背影。

21 点 31 分……

21 点 34 分……

“斯特凡妮，我想给你买个房子。我们别住在学校上方这个大壁橱里了，我们去找一间你梦想中的房子。总之，这事交给我吧。总有一天，我会让你住进去的。如果你耐心些，我就能……”

斯特凡妮的背影稍稍动了一下，她的手移到了床头柜上，放下书。

《奥雷利安》。

作者路易·阿拉贡。

她按下了床头灯的开关。

“我这样做是为了让你永远都不离开我。”黑暗里响起了雅克·迪潘的声音。

21 点 37 分……

21 点 41 分……

“你不会让那样的事情发生吧，斯特凡妮？你不会让那个警察把我俩分开吧？你知道的，我和毛赫瓦勒的死没有任何关系。”

“我知道，雅克。我俩都知道。”

斯特凡妮的背影，光滑而冰冷。

21 点 44 分。

“斯特凡妮，我会去做的……你的房子，我们的房子，我一定会找到的……”

一阵被子的窸窣声。

斯特凡妮的背影转了过来。她裸着胸，释放着性感，说道：

“雅克，让我生个孩子吧，先生个孩子再说。”

35

詹姆斯躺在地上，品味着最后几缕阳光：还有十五分钟，太阳才会落山。他知道，在未来的二十二个小时里，太阳就要变成一个渺小的圆点了。詹姆斯没有表，他的生活节奏都是随着太阳而走的，就像莫奈那样，日升而作，日落而息。这会儿，太阳和杨树玩儿起了捉迷藏。

这变幻的温度让人感到很舒服，詹姆斯闭上了眼睛。他很清楚，自己画得越来越少，睡得却越来越多了。可以这么说，他越来越像流浪汉，越来越不像画家了。吉维尼的村民可能也会这么想吧。

多么有趣啊！成了正常人眼中的流浪汉，他是吉维尼村的流浪汉。正如每座村庄都有自己的神父、市长、小学教师和邮递员一样……而他呢，他是吉维尼村的流浪汉。在克洛德·莫奈的年代，这里似乎有过一个流浪汉，人们给他取个外号叫“侯爵”，因为他总是用一顶毡帽和过路的行人打招呼。这位“侯爵”之所以出名，是因为他在莫奈家门前捡拾莫奈抽剩的烟蒂。他用烟蒂把口袋塞得满满的，就这档次！

是的，这位“侯爵”成了吉维尼的流浪汉，这个人野心真不小。但是詹姆斯清楚，想达到这样的境界，自己还有很长的路要走！现在，除了小法奈特，再也没有人对这位和画架一起睡在田野里的老疯子感兴趣了。

只有法奈特……

有法奈特就足够了……

这话并不是空谈。法奈特确实是个非常有天赋的小姑娘，甚至超过了他。这小家伙的天赋真是天赐的，就像上帝故意把这种天赋降临在吉维尼，故意让法奈特出现在他的生命中似的。

刚刚，她还叫他“特罗尼翁老爹”！

就像在罗宾逊的画里一样。《特罗尼翁老爹》……

詹姆斯心里想着法奈特叫他“特罗尼翁老爹”时的样子，他情愿就这样死去。

“特罗尼翁老爹”。

这四个字像是总结了他的毕生追求……从西奥多・罗宾逊的杰作到少年天才的冒失。

正是他。

他就是“特罗尼翁老爹”。

还有谁能想到这一点呢？

太阳的光亮彻底暗淡了下来。

还没到晚上 22 点，天色突然暗了下来。似乎太阳突然改变了游戏规则，杨树林里的躲猫猫变成了捉迷藏。杨树后面像是藏了二十个太阳，这样月亮才能显现出来……

詹姆斯睁开眼睛，满脸麻木、满脸惊愕！

他只能看到他脸的上方有一块石头。一块巨大的石头，就在他脸的上方，距离他的脸至少有五十厘米。

这简直是一幅超现实主义的影像。

他不是在做梦，但是他明白得太晚了。那块石头就像砸烂一个普通的、熟透了的西瓜一样，砸烂了他的脸庞。詹姆斯感到自己的太阳穴在一阵剧烈的疼痛中爆裂开来。

世界瞬间失去了平衡。他翻过身去，趴在地上，在麦穗中艰难地爬行着。他离河水、房屋，也就是那间磨坊不算远，他本可以喊出声来。

可是他发不出声音。他挣扎着不让自己失去意识。在他的思绪中混杂着一串可怕的轰隆声。他的脑袋肿胀着，就像一个快要爆炸的蒸汽机。

詹姆斯依然向前爬着。他能感觉到袭击他的人还在，那人站着，就站在他的上方，随时都会再次给他致命的一击。

他想干什么？

他的眼睛紧紧盯着画架的木腿。画架——他的双手绝望地紧紧抓住画架，他胳膊上的肌肉紧绷，试图重新站起身来。

在一阵震耳欲聋的哗啦声中，画架倒在了地上，一盒画笔散落在他的面前。毛笔、铅笔、颜料管，纷纷散落在草丛中。詹姆斯霎时想起了刻在颜料盒上的文字。“在这里，她是我的，现在是，永远都是。”他之前没明白这句话是恐吓，他也不知道是谁刻在上面的，以及他为什么要这样做。

难道是因为他看到了什么不该看到的吗？

他至死都没能死个明白。他觉得思绪将他淹没了，那些思绪和他皮肤中剩余的血液一起流淌到地上。

他看到了那个人的影子，他一直是站着的。

他知道自己应该保持冷静，应该转过身去，站起身来，说句话，可是他做不到。一种惊惶的恐惧将他冻结了。那个影子试图将他杀死，影子还会重新举起石头的，他得逃走。他也想不出别的办法了，他的脑袋里轰隆隆地响个不停。他只能靠本能行动了。爬，向远处爬，逃走。

他又推翻了第二个画架。至少，他自己觉得是那样的。现在，血水流进了他的眼睛，他的视线模糊了。他眼前的风景都染上了一层红色、锈色和紫色。河流应该就在不远处了，他可以爬出去的，会有人来救他的。

他还在爬着。

他又推倒了前方的另一个画架。他的调色板、毛笔和小刀也一块儿散落到地上。

那个影子走到他的前面。

现在，影子在他的前方了。透过一片黏糊糊的红色滤镜，詹姆斯看见一只手攥着他那把写生用的画刀，向他靠近。

一切都结束了。

詹姆斯向前爬了几厘米，随后撑起胳膊。这是他最后的一点儿力气了。他的身体翻滚了一圈，两圈，好多圈。有那么一瞬间，詹姆斯甚至希望自己可以沿着斜坡一直滚下去，滚得远远的，他希望自己可以沿着草原的缓坡一直滚到埃普特河，那样他就得救了。

只有那么一瞬间。

他的身体卡在了斜坡上。他平躺在地上，他才翻滚了不到两米。从那一刻开始，他就什么也看不到了。血水混杂着颜料，詹姆斯将其一口吐了出来，他的大脑实在无法形成严密的逻辑了。

影子走了过来。

随后，詹姆斯又试着动了一下，哪怕一块肌肉也好。可是他做不到，身体不听他的使唤。或许，他还可以动一下眼睛。

影子就在他的上方。

詹姆斯看了看那个人。

突然，他的脑子似乎又转了起来，这是这位将死之人的最后一个想法。詹姆斯马上认出了那个影子，但是他依然无法相信自己的眼睛。这不可能！怎么会有这样的深仇大恨？到底是怎样的疯狂滋长了这样的仇恨？

影子的一只手把他按到地上，另一只手把尖刀插进他的胸膛。詹姆斯动弹不得。现在，他的大脑实在无法忍受这一切了。他惊恐至极。

现在，他明白了。

现在，詹姆斯想活下来！

不是因为贪生，他的生命倒没那么重要。他想活下来，是想阻止他所猜想到的一切，他想阻止这场残暴的连环杀人案，这场无法避免的恐怖阴谋。在这件事情当中，他只是一个老废物，只是一场次要的悲剧。

他感到冰冷的刀刃插进了他的肉体。

他太老了，甚至再也没有力气挣扎。生命离他远去了。他感到自己是那样没用，甚至对正在发生的惨剧都无能为力。他太老了，保护不了法奈特了。从今往后，谁会帮助那个小女孩儿呢？当这个影子向她发起攻击的时候，谁又会保护她呢？

詹姆斯最后看了一眼压在肚子下方的麦田。谁会在这些麦穗之间发现他的尸体呢？多久以后才会有人发现他的尸体呢？几个小时还是几天？在他最后的幻觉中，他似乎看到了一位打着阳伞的女士，那是卡米耶·莫奈，她就站在疯长的草地和丽春花之间。

现在，他没什么遗憾了。说到底，他离开康涅狄格州不就是为了这个吗？为了死在吉维尼。

天色渐渐暗了下来。

詹姆斯临死前最后的感知，是尼普顿在他冰冷的皮肤上微微荡漾的毛发。

第九天

2010年5月21日　罗伊大街

感觉

36

吉维尼接连两天都是阳光灿烂。请相信我，这个季节的吉维尼美得真是无法想象。

我沿着罗伊大街往前走着。随着年龄的增长，我越发不能理解那些要耐心等一个小时才能进入莫奈花园的游客了。他们在克洛德－莫奈大街上排着长队，一个挨着一个，在人行道上排了二百多米。然而，只要在罗伊大街上散散步就够了，谁都可以观赏莫奈的花园和房屋，根本就不用等。越过绿色的栅栏，沿着省级公路一直走，拍些难忘的照片，闻一闻花朵的芳香。

车辆络绎不绝，将公路和自行车道分界线上的植物都轧扁了。每当有一辆汽车匆匆驶过，树叶都像痉挛似的一阵摆动。许多来自偏远地区的小伙子到了维农工作以后，就再也无须回头看那些安着绿色百叶窗的粉红色房子了。对他们来说，罗伊大街和维农大道的风光就像一张DVD光盘，他们眼里没有别的。

以我的步速，我有的是时间赏花。花园肯定是美极了，不用我多说。种着玫瑰花的大教堂、成群结队的贵妇、诺曼底农田、一串串铁线莲、一簇簇粉红色的郁金香和勿忘我……这些都是大自然的杰作……

谁说不是呢?

阿玛度·康提还跟我说过，十年前，有人曾在日本乡下的一个小村庄里修建了莫奈故居、诺曼底农田和水池花园的复制品。您相信吗？我看过那些照片，简直无法分辨哪个是真正的吉维尼，哪个是仿造的。您会说，告诉摄影师想要什么样的照片，那还不容易吗……但是，说真的，为什么要在日本修建第二个吉维尼呢？这种做法断然超出了我的想象。

说实话，我都几年没踏进莫奈花园了。我说的是，吉维尼那个真正的莫奈花园。现在，想进去看看的人太多了。这里的几千名游客一个挨着一个，紧紧地挤在一起，一不小心就会踩到别人的脚，这地方可不适合像我这样的老太太。此外，当游客参观莫奈故居的时候，他们总会惊讶地发现：这里也不是什么艺术画廊啊！莫奈的故居没有一幅莫奈的作品，没有一幅《睡莲》，没有一幅日本桥和杨树林的画作。只有一栋房子、一间工作室和一个花园。想看真正的莫奈作品，要去橘园美术馆、马尔莫丹艺术陈列馆、维农博物馆……是这样的，总之，我还是待在栅栏外面吧。何况，我对这里的感情也只有我自己知道。我要做的只是闭上眼睛，这样，花园中沁人心脾的芬芳和美丽就全都镌刻在我的脑海中了。

永远会镌刻在我的脑海中，相信我。

这些狂热的疯子仍然在罗伊大街上排着队。一辆丰田汽车刚刚以一百迈的速度驶过。或许您还不知道吧，一百年前，是克洛德·莫奈花钱修建的这条柏油马路。因为路上的灰尘会玷污他的花朵，所以重新开辟一条道路或许更好一些。花园被省级公路和络绎不绝的游客分成了两半。说实在的，我真搞不懂这条路为什么要这么修。

好吧……一个吉维尼老妇人对她的村庄和村庄周围的演变唠叨个不停，您或许会对我的行为产生些有趣的想法了，这点我能理解。或许您会问，我这玩儿的是什么把戏，您感兴趣的是这个吧，嗯？在整个事件中，我扮演的是个什么角色呢？从什么时候开始，我不再监视大家了？这又是怎么回事？为什么？别急，别急。还有几天的时间呢，过一阵子我会告诉您，让我再利用一下大家对我这个老妇人的冷漠吧。大家都对我视而不见，就像对待一直伫立在那儿的路标和指示牌似的。我并不想让您相信我知道这个故事的结局，不，但我还是有我的一些小看法的。

一定会是我，将这个故事画上一个句点，相信我。不会让您失望的，相信我！

请您再耐心一点儿。让我再为您描述一下我面前的这个莫奈花园吧，要专心听哦，我说的每一个细节都有用。5 月的清晨，这里通常是学生的乐园，整个 5 月，每天早上，这座花园都像学校的操场一样热闹！当然，这要看老师有没有能力让孩子们爱上画画了，也要看孩子们在大客车里闷了多少个小时，要看他们的情绪激不激动。

有时候，孩子们会在大客车里闷整整一个晚上！会有一些这样暴虐的老师！一进花园，老师们就沉默了，只要细心地看护着孩子们就够了。孩子们就像在广场上嬉戏似的，只不过这里是教学广场。他们填写着调查表、画着画，只要不掉进睡莲池里，他们就没什么危险。

洛林面包房的卡车从罗伊大街驶过，它向我鸣了鸣喇叭，我向它摆了摆手。理查德·洛林和画廊的阿玛度·康提一样，都是为数不多的认识我的商人。每年，吉维尼都会有许多店铺发生变化，画廊、旅馆和住宅也会发生变化。是的，是会有些变化的。随着旅游旺季的到来，吉维尼就像一片浪潮。现在，我从远处看得见那片浪潮，而我却被搁浅在了沙滩上。

我还在等待着……

我听见了摩托车的声响，那是悍虎 T100 的声音，是摩托车的引擎在勒鲁瓦小巷停下来的声音，它就停在人群的入口处。八十多岁的老妇人仅凭发动机的声音，就能辨别出摩托车的品牌，您也会觉得奇怪吧？另外，我还能听出那是一辆老式摩托车，几乎成为古董了。如果您……相信我，那是悍虎 T100 的声音，纵使有一千辆摩托车，我也能从中辨别出来。

天啊，我怎么能忘记那种声音……

另外，我还注意到，我并不是唯一一个在竖着耳朵听的人。没过多久，斯特凡妮·迪潘的脑袋就从莫奈故居的最高处探了出来，她的半张脸被野葡萄树挡住了。她在高处，一副正在清点孩子的样子。

她可真行……

我觉得她在听到摩托车发动机声音的时候，整个人都颤抖了起来。她正在看护着在花坛间奔跑的孩子，显得有些漫不经心。我的想法则正相反，班里的孩子们这会儿倒是想干什么就可以干什么了……

37

斯特凡妮·迪潘跑上楼梯。洛朗斯·塞内纳克正在走廊的阅览室里等着她呢。

“你好，斯特凡妮！见到您真高兴。”

女教师气喘吁吁。洛朗斯转过身来。

“天啊，这是我第一次进入克洛德·莫奈的故居。谢谢你给了我这次机会，真的。我以前听说过这里，这里真的是……太吸引人了……”

“您好，警官。您可以在这里参观一下。给您的这次机会真是让人难以置信，莫奈花园只有今天早上为吉维尼小学开放。这个机会可是绝无仅有的哦！这样的机会每年只有一次，我到莫奈的公寓来，只是为了……”

“只是为了……”

洛朗斯·塞内纳克无法定义吞没他的那种激动。那是介于幻觉与不安之间的一种感受。

“您的孩子们呢？”

“在花园里玩儿呢。他们不会有事的，您放心好了。今天我只把年龄稍大的几个孩子带来了，我在一旁看护着他们呢，房间里所有的窗子都是朝向花园的。那几个认真的孩子都在画画，他们在找灵感。再过几天，他们就会拿着画好的作品去参加罗宾逊基金会的小画家比赛。其他孩子对比赛不太在意，他们应该在洗衣池旁的小桥边玩儿捉迷藏吧……您知道的，在莫奈时期就是这样。可别相信这是一所安静的住过一位归隐老艺术家的屋子，克洛德·莫奈的屋里曾经可是儿孙满堂啊。”

斯特凡妮往前走着，做出一个导游般的手势。

“警官，您看，我们现在是在蓝色小客厅……它朝向一间奇怪的杂货店。您看挂在墙上这些装鸡蛋用的篮子……”

女教师穿着一袭惊艳的红蓝相间的丝绸连衣裙，腰上系着一条宽大的皮带，这条皮带在腰身的正中间，由两朵花苞合拢在一起。这条裙子使她显得像是从石版画里走出来的日本艺伎似的。她的头发在身后扎了起来，她那淡紫色的目光深情款款地看着墙上的彩色水粉画。塞内纳克不知道自己的眼睛应该落在哪里，不知怎的，斯特凡妮的这身装扮使他想起几年前看过的一幅克洛德·莫奈的油画，画的是他的第一个老婆——卡米耶·唐希尔，画里的她就是一副艺伎的装束。他穿着牛仔裤、衬衫和皮夹克，他感觉自己像是一个入侵者。

“我们去下一间屋子看看？”他的“导游”声音甜美地提议道。

黄色。

这间屋子完全都是黄色的。墙壁、家具和椅子都是黄色的。塞内纳克惊讶地停了下来。

女教师走到他的身边。

“您现在是在克洛德·莫奈接待贵客的餐厅……”

洛朗斯看了看屋子里的陈设，他的目光最后落到墙上的一幅画上。那是雷诺阿的一幅彩色水粉画，一个年轻女孩儿坐在那儿，头发梳成了偏分，戴着一顶巨大的白色帽子。他走了过去，唏嘘赞叹着这位青春美少女长长的褐色头发和蜜桃一样的肌肤。

“这幅复制品真是太美了。”他评论道。

“复制品？警官，您就这么确定？”

塞内纳克仔细看了看这幅画，斯特凡妮的话让他大吃一惊。

“嗯……这么说吧，如果在巴黎的博物馆看到这幅画，我一点儿也不会怀疑这幅画是复制品。但是，这里是莫奈故居。大家都知道……”

“没错，”斯特凡妮打断他说道，“我告诉您，这幅画就是雷诺阿的真迹，千真万确！”

面对警官窘迫的神情，女教师微笑着，她用更低的声音补充道：

“嘘，这是个秘密……可别跟别人说啊。”

“您是在嘲笑我喽……”

“才没呢。听着，警官，我要再告诉您一个秘密，一个更加惊人的秘密。如果我们在莫奈的故居仔细寻找的话，在顶楼下方，在莫奈工作室的壁橱里，还可以找到一批真迹，十几幅呢！有雷诺阿的、西斯莱的，还有毕沙罗的，都是真迹。当然啦，也有莫奈的作品，原创的《睡莲》……触手可及！”

洛朗斯·塞内纳克惊讶地看着斯特凡妮。

“斯特凡妮，你为什么要跟我讲这样的故事？谁都知道这是不可能的。雷诺阿和莫奈的画作价值连城……而且那么具有文化价值。你说这些画作就存放在这里的尘土中，这真让人难以置信……这可真是荒谬……”

斯特凡妮惹人爱怜地撇了撇嘴。

“洛朗斯，您可能觉得我的话难以置信，这一点我愿意接受。但是您认为那是不可能的，或者说是荒谬的，这就太让我失望了，因为我刚刚跟您说的，都是千真万确的事实。再说了，许多吉维尼人也都知道真正的宝藏就藏在莫奈的家里。但是……这么说吧，在我们这儿，这是一个秘密，一个大家都心照不宣的秘密。”

女教师放声大笑起来。虽然斯特凡妮的眼睛里闪烁着狡黠的光芒，但他仍然不为所动。

“斯特凡妮，”最后他开口说道，“很抱歉，如果您想开玩笑的话，可以找一个更容易相信您的警察。”

“洛朗斯，您一直都不相信我，是吗？那就算了。总之，这也无关紧要，我们以后不说这件事了……”

女教师突然转过身去，塞内纳克意乱情迷。他心想，自己真不该来，不该到这儿来，不该现在来。他应该约斯特凡妮在别处见面。但是现在……现在太晚了。他的心全都乱了。虽然这里并不是适合的场合。他说：

“斯特凡妮，我来这儿并不是找向导陪我参观或讨论油画的，我们得谈谈……”

“嘘……”

斯特凡妮将一根手指放到他的嘴前，似乎是在告诉他，现在谈这个话题不合适。这个女教师可真是个老狐狸。

她指了指一个带玻璃的碗橱。

“克洛德·莫奈招待客人的时候也是很讲究的。克雷伊和蒙特罗的蓝色彩陶、日本的石版画……”

洛朗斯·塞内纳克别无选择，他抓住斯特凡妮的肩膀。但是他立刻回过神来，他知道自己不应该这么做。布料如丝一般柔软光滑，就像一层皮肤贴在了另一层皮肤上。这布料让他心里产生了些念头，这些念头可不是一个警察该有的。

“斯特凡妮，我没开玩笑。昨天，我跟你丈夫聊得并不顺利……”

她微笑着。

“昨天晚上，我也感到有那么一点儿。”

“我们怀疑是他干的。我是认真的……”

“你们搞错了……”

洛朗斯的手指情不自禁地沿着丝绸滑了下来，似乎在抚摩着斯特凡妮的手臂。他不敢抓得更紧。他的内心挣扎着，保持着理智。

“斯特凡妮，别和我耍把戏了。昨天，在审讯期间，你丈夫向我们供认，案发当天早晨，他跟你躺在床上。可是三天前，你跟我说的却恰好相反。你们当中至少有一个人在说谎，所以……要么是你丈夫，要么是……”

“洛朗斯，我还要再跟您重复多少遍：我不是热罗姆·毛赫瓦勒的情妇。连亲密的朋友都算不上。洛朗斯，我丈夫没有任何杀害毛赫瓦勒的动机！警官，我可是有这方面常识的，他没有杀人动机，就不需要不在场证明。”

她甜美地笑着，像鳝鱼一样灵活地避开了话题，随后继续说道：

“洛朗斯，您很愿意当导演啊。在那著名的全村靴子大搜罗之后，您是不是还要问问村里的每一对儿夫妻在案发当天早晨有没有做爱啊？”

“斯特凡妮，我不是在开玩笑……”

斯特凡妮的声音突然变得毅然决然：

“洛朗斯，我清醒得很。别拿这起案子和这卑劣的调查来烦我了，重要的可不是这些，您把一切都搞砸了。”

她挣脱出来，逃开了，仿佛溜到了红黄相间的石板路上。她转过身，又一次微笑起来。她是天使，也是魔鬼。

“这里是餐厅！”

这一次，映入洛朗斯·塞内纳克眼帘的是蓝色。蓝色的墙壁，蓝色的彩陶，这里所有的一切，都是绿松石的蓝。

斯特凡妮用市场商贩自卖自夸的语气说道：

“家庭主妇会特别喜欢这一整套餐具，瞧，多大一套……鲁昂的铜器和彩陶……”

“斯特凡妮……”

女教师站到烟囱前。还没等塞内纳克说话，她就用两只手紧紧地抓住他皮夹克的两片下摆。

“警官，我们都应该清楚这一点，结束对我丈夫的调查吧，别再调查他了。我丈夫爱我，我丈夫忠实于我，我丈夫是不可能做出伤害别人的事情的。去找别的嫌疑人吧！”

“那你呢？”

她微微松开抓紧塞内纳克衣服的手，满脸惊讶。

“什么？你是说我会不会做出伤害别人的事来，您想问的是这个吗？”

她那双淡紫色的眼睛里闪过一丝他从未见过的微妙色彩。塞内纳克结结巴巴，窘迫地说道：

“不……不是的。你怎么会那样想。我想说的是那你呢？你爱他吗？”

“您冒犯到我了，警官。”

她松开塞内纳克的皮夹克，又一次冲进餐厅、客厅和储物间。洛朗斯远远地跟着她，不知道自己应该用什么样的语气和她说话。储物间里的木电梯升了上来。斯特凡妮的裙子在木板上扫过，像是想要把它们擦得更亮似的。

电梯运转之前，女教师说了一个词，只有一个词：

“算了！”

38

西勒维奥·贝纳韦德站在鲁昂的教堂广场上。他已经很久没回鲁昂了，差不多有一年了。他手里拿着导游图，心想，别人一定会把他当成游客的，他才不在乎呢。他和美术博物馆的负责人约好了一个半小时以后见，那个人叫阿基里斯·吉约坦。但是他却提前到了，似乎是要预留出时间来调整一下心态似的，同时也需要将自己融入老鲁昂的印象派氛围当中。

他转身朝向旅游局，查了查旅游手册。鲁昂的大多数教堂，克洛德·莫奈都是在这栋大楼的一楼画的，他总共画了二十八幅，因为绘画的时间和季节不同，每幅画都是不一样的。在莫奈时期，这个旅游局曾是一家服装店。在更久以前，它是鲁昂的第一座文艺复兴风格的建筑：金融旅馆。西勒维奥仔细看着自己手中的导游册。克洛德·莫奈也采用其他视角画过这座大教堂，在大桥大街或者大钟大街上，从广场上各式各样的房屋里观察教堂，其中的一些作品在战争期间就被损坏了。

警官微笑着、想象着：天刚蒙蒙亮，克洛德·莫奈就带着画架出发了，去那些还熟睡着的人家，或是一整天都站在贵妇沙龙的窗子前，一连几个月都是如此。他做这一切，就是为了将同一个目标画将近三十次。可以认为克洛德·莫奈是个疯子……

其实在人们的内心深处，是欣赏疯子的。

西勒维奥转向教堂。是啊，人们喜欢欣赏疯狂。就拿这座教堂来说吧，欣赏它，就意味着要去理解它的建筑师的风格，理解那个构想出这座奇特教堂的人，虽然这座教堂可能已经建成五百年了。建造这座教堂的疯子大概坚持要把教堂的尖顶建成法国的最高点吧，成千上万的工人为此献出了生命。当时，那个工地的场景可能像屠宰场一般，但是人们都忘却了。最终的时光总会让人遗忘所有。我们忘掉了屠宰场，忘掉了野蛮，却崇拜起疯狂。

警官看了看表，如果不想迟到的话，就不能再磨磨蹭蹭了。他还像学生一样，保持着准时赴约的习惯。他从教堂广场走了出来，从大商场的拱形门下经过。“加尔默罗会修士大街。”他读道。据他所知，博物馆在左面。他转到一条狭窄的街道，街上满是木筋墙的房屋。身处于鲁昂的中世纪风格建筑群中的时候，他总是难以辨别方向。这座城市给他的感觉就像一个苦恼的人设计出来的迷宫。瞧啊，没准儿他和想把教堂顶建成最高点的那个设计师是一个人呢，真是格外艰难。西勒维奥没太把注意力集中在走路上，自打到了鲁昂，他就不停地在想，在毛赫瓦勒的案子中，一定是哪个环节出了问题。就像有人刻意操控着整个事件的发展进程似的，一双权术之手将线索散落在他们面前，想将他们引领到他希望的地方去。这个人会是谁呢？

西勒维奥走到 1944-4-19 广场。他犹豫了一下，然后，突然转向右边。这时，一位推着婴儿车的母亲风风火火地与他擦肩而过，婴儿车的车轮从西勒维奥的脚上碾过，可是她推车的速度并没有因此而减缓下来。警官一面道歉，一面继续思考着。

会是谁呢？

雅克·迪潘？阿玛度·康提？斯特凡妮·迪潘？还是帕特里夏·毛赫瓦勒？

吉维尼是一座小城，所有吉维尼的人都说：吉维尼村民之间都是认识的。那会不会所有人都在保守着一个秘密呢？比如说，1937 年那起男孩儿溺水的案件？贝纳韦德开始了更加疯狂的假设。他甚至在考虑，他的上司有没有和他坦诚相见？洛朗斯·塞内纳克在处理油画方面事情的时候，方法有些奇怪。西勒维奥不太喜欢这种巧合——他的上司是油画爱好者，他会把油画挂在办公室的墙上；在被任命到维农警局之前，他调查过艺术品非法交易的案子；似乎也是出于偶然，这次他又接管了一起艺术品收藏者的命案……在吉维尼！他和斯特凡妮打情骂俏的时候，还想把一切都栽赃到雅克·迪潘的身上，这个就更别提了……他和自己的老婆贝亚特丽斯说过这些想法，但是不知道为什么，他老婆倒是挺喜欢洛朗斯的。他们只是那天晚上见过一次面，仅此而已。

西勒维奥发现前方有一个小花园，花园连接着一个宏伟的灰色广场。十几个人等在台阶前面，他找到美术博物馆的入口。他加快了脚步，脑袋里还在不停地思考着。没错，跟他在一起的时候，贝亚特丽斯对他说，洛朗斯是一个有魅力的、有趣的、滑稽的人。她甚至还加了这么一句：“作为警察，他有着惊人的敏锐，就像女人的直觉一样敏感。”西勒维奥心里琢磨着，或许正是因为这样，他才会对自己的上司有所保留。贝亚特丽斯怎么会欣赏塞内纳克呢？一个跟他那么不同的人！一个只对油画和毛赫瓦勒睡过的或想睡的女孩儿感兴趣的人！

贝纳韦德走上了美术博物馆的台阶，不知道为什么，那个问题又回到了他的脑海，挥之不去，像是一首萦绕在心头的歌：为什么人们的内心深处会欣赏疯子呢，尤其是女人？

西勒维奥·贝纳韦德警官在鲁昂美术博物馆的大厅里等了几分钟。天棚的高度、房间的深度以及巨幅壁画的光辉，都压得他喘不过来气。突然，就像大理石上出现了一扇门似的，一个穿着工作罩衣的秃头小绅士径直来到他的面前，向他伸出了手。

“您是西勒维奥·贝纳韦德警官吧？我是阿基里斯·吉约坦，博物馆的负责人。好啦，我们进去吧。恐怕我只能陪您聊一会儿，再说了，我也没明白您来找我到底是什么事。”

西勒维奥的脑海中闪过一个奇怪的念头，吉约坦使他想起他初中的一位叫作让·鲍尔东的美术老师。那个老师才二十五岁，看起来却像四十多岁。吉约坦和那位美术老师个头儿一般高，穿着同样的罩衫，连说话的语调都一样。奇怪的是，在他上学期间，西勒维奥总被当作老师们的替罪羊，尤其是那些没有威信的老师。他心想，阿基里斯·吉约坦应该也属于这一类人吧，在权威面前就是个卑躬屈膝的小官；遇到比自己弱小的人，就会变得蛮横无理。

吉约坦已经走远了，他像灰老鼠一样爬上了楼梯。西勒维奥觉得他每往上走一步，都会踩到自己长长的罩衫，罩衫便会向下滑动一点儿。

“好啦，您过来呀。那起谋杀案到底是怎么一回事？”

贝纳韦德在他的灰色罩衫后面碎步追赶着。

“死者是一个很有钱的人，他是吉维尼的眼科医生。此外，他还很会欣赏油画。他对莫奈和《睡莲》尤其感兴趣。或许这就是凶手的犯罪动机。”

“然后呢？”

“然后，我只想向您了解一下情况。”

“你们警局中没有这方面的专家吗？”

“有啊……负责这起案件的警官在艺术警局接受过培训，但是……”

吉约坦听罢，似乎觉得他刚刚说的都是些歪理邪说，简直糟糕透顶。

“但是怎样？”

“但是我想自己得出结论……”

吉约坦走到平台上的时候，西勒维奥实在分不清他是在喘息还是在叹气了。

“既然您这么说……您想知道些什么呢？”

“如果您愿意的话，我们可以先说说《睡莲》。我想知道，莫奈总共画了多少幅《睡莲》？二十幅？三十幅？还是五十幅？”

“五十幅？！”

阿基里斯·吉约坦发出一声恐怖的尖叫，他面带嘲讽地大笑着，那种声音只有鬣狗才发得出来。如果他手里有一把戒尺的话，他大概就要敲打这位无知警官的手掌了。此时，文艺复兴时期展厅里那些严肃的画像似乎都朝西勒维奥转过身来，让他感到羞辱至极。在阿基里斯·吉约坦懊恼地耸肩的时候，西勒维奥情不自禁地低下了头。他一低头，贝纳韦德警官发现吉约坦穿着一双奇怪的橙色鞋子。

“警官，您开什么国际玩笑？五十幅！据专家统计，有不少于二百七十二幅《睡莲》出自克洛德·莫奈之手！”

西勒维奥转动着惊讶的眼睛。

“如果您愿意的话，我们也可以按米计算。莫奈为一个国内订单画了大约两百平方米的《睡莲》，在第一次世界大战末期，这幅《睡莲》在橘园美术馆展出过。如果我们把莫奈自己没有作数的作品，把他患白内障期间、半瞎状态下的作品也都算上的话，专家共统计出另外一百四十平方米的《睡莲》，这些画作曾在世界各地展出过：纽约、苏黎世、伦敦、东京、慕尼黑、堪培拉和圣弗朗西斯科……相信我，总数会比这些还要多。这还没算上至少一百多幅私人收藏的《睡莲》呢……”

西勒维奥没做任何评论，心想，自己应该做出一副无知顽童的样子。这样，人家才会教导这个顽童说，在沙滩上冲洗双脚的浪花背后，还有大海呢。吉约坦继续走过走廊，他每走进一间展厅，昏昏沉沉的管理员都会被他吓得一惊，然后便毕恭毕敬地站着不动了。

这是黄金时代的欧洲。接下来是巴洛克风格的欧洲。

“《睡莲》是一套非常奇特的收藏品。”阿基里斯·吉约坦甚至都没有喘气，他继续说道，“全世界都没有可以与之相媲美的。在克洛德·莫奈人生的最后二十七年中，他就只画睡莲了，画他那一池塘的睡莲！他渐渐抹去池塘周围的一切装饰：日本桥、柳条、天空，这样做就是为了将焦点集中在叶子、水和光上，提取出最精华的东西……他将临终前的最后几幅画画成了抽象派，他只画了一些斑点。专家说，这是印象派的点彩派画法。我们从没见过那些画。在莫奈时期，没有人看得懂。所有人都觉得那是一位老人的突发奇想……等他去世以后，人们把老莫奈的《睡莲》，特别是他的最后几幅画作都遗忘了。大家都觉得，莫奈的那些画是出于纯粹的狂热。”

西勒维奥还没来得及问吉约坦“遗忘”一词怎么讲呢，吉约坦就又滔滔不绝地讲了起来：

“一百年以后，他的最后几幅画作出现在美国，世界将这种艺术风格称为抽象派艺术……情况就是这样，这便是印象派之父留给世人的遗产。他创造了现代艺术！您知道杰克逊·波洛克吗？”

西勒维奥不敢说不知道，也不敢说知道。吉约坦像厌倦了的老教师一样，叹了口气。

“算了吧。他是一位抽象派……波洛克和其他画家都是从莫奈的《睡莲》中获得的灵感。所有画家都是如此，法国也是一样。我希望您已经记住了我的话。最大的一幅《睡莲》在橘园美术馆，那可是印象派的殿堂。为了纪念1918年停战，莫奈将这幅《睡莲》献给了法国政府。我还没说完呢，如果您想知道这些《睡莲》放在哪儿了，还有一些让人难以置信的事情呢……”

“啊？”

西勒维奥实在找不到什么更聪明的话可说了。吉约坦根本不在乎他说什么。

“这些《睡莲》就正襟危坐在胜利标志的中轴线上！这条中轴线穿越巴黎圣母院、罗浮宫、杜伊勒丽花园、协和广场、香榭丽舍大街、凯旋门、拉德芳斯拱门……藏在橘园美术馆墙壁后面的睡莲，沿着这条象征着法国历史进程的轴线整齐地排列着，它们沿着太阳运行的轨迹，自东向西排列着。巧合的是，莫奈也是在一天的不同时刻画的这一池塘睡莲，从早到晚，因此他的画作本身就展现出太阳永恒的轨迹、星体的轨迹、法国历史的胜利进程、现代艺术的演变……现在您知道为什么哪怕几平方厘米的《睡莲》都价值连城了吧……因为那是现代艺术的转折点。在诺曼底，距离维农几千米远的一个不知名的小池塘，这便是莫奈在将近三十年间，绵绵不休地画着的唯一目标，这便是莫奈最大的天赋。”

在黄金时代的画作中，圣徒、皇后和女公爵似乎都不翼而飞了，就像保守派在诗歌里写的那样。

“您刚才说‘价值连城’，到底是什么意思？”

吉约坦像是没听见似的，他继续走到房间里，打开了窗子。贝纳韦德没有动。

“您不过来吗？”

西勒维奥明白了，他应该随着吉约坦走到客厅。

“如果最近几次在伦敦和纽约的拍卖可信的话，我就跟您说说一幅《睡莲》值多少钱。举个例子吧，您看到对面那些奥斯曼风格的大楼了吗？就是沿着让娜－拱门的那些大楼？好吧，一幅正常尺寸莫奈的《睡莲》，也就是说，一平方米的画作，就相当于……好吧，保守地说，就相当于一百套公寓的价格……按照一栋楼门有四层来算，那么一幅《睡莲》的价值就相当于一片街区了……”

“一百套公寓？您开玩笑的吧？”

“我没开玩笑。我本可以把价值说成刚才的两倍那么多，这毫不夸张。您能看到让娜－拱门大街吧？您能看到那些等红灯的车辆吧？我也可以这样跟您来估价，根据最近几次交易的价格来看，一幅画的价值相当于一千到两千辆汽车。我说的是新车哦。或者，大概相当于大钟大街、让娜－拱门大街和共和国大街所有店铺里商品价值的总和。实际上，我想让您明白的是，莫奈作品的价值是无法估量的。现在您心里有数了吧？一幅《睡莲》值多少钱！”

“让您见笑了……”

“上一幅莫奈的作品是在伦敦的克里斯蒂故居拍卖的，从两千五百万英镑起拍的……那只是一幅莫奈早期的作品！两千五百万英镑。来吧，把这些钱折算成公寓或是汽车吧。”

还没等西勒维奥平静下来，吉约坦又爬上了一层楼，来到印象派展厅。

毕沙罗、西斯莱、雷诺阿、凯博特……当然啦，还有莫奈。在飞扬着的三色国旗下，是著名的圣－德尼大街、阴天中的鲁昂教堂。贝纳韦德结结巴巴地说：

“市面上还有卖《睡莲》的吗？”

“‘市面上’，这是啥意思？”

“也就是说，在民间。”贝纳韦德警官腼腆地说道。

“‘在民间’？‘在民间’又是什么意思？在警察局你也是这么讲话的吗？就不能说得详细一点儿吗？您想问的是莫奈的画作还有没有遗留在别处的，是这样吗？您忘啦？在吉维尼村的仓库和洞穴里。您可能会想，人们一定会为了这样的发现，这样一笔财富而杀人。好的，您听听我接下来要说的话……”

39

克洛德·莫奈故居储物间的楼梯上响起了洛朗斯·塞内纳克警官的脚步声。

他试着把那些多余的想法从脑海中驱走，他内心的守护天使喃喃地对他说：一定要坚守警察的底线，这一步步爬上的楼梯是一个个赤裸裸的陷阱，这个楼梯通往莫奈的房间，与他追随着的那个让他情不自禁的女孩儿没有任何关系。其实，在他的内心深处，要让这个理智的小天使闭嘴并不难，只要想想刚才那一幕就好了：突然走掉的斯特凡妮，双腿夹在艺伎裙子里的斯特凡妮，冲到楼下的斯特凡妮。在斯特凡妮的笑声中，这些行为就像是明目张胆的邀约。

当洛朗斯走到楼下的时候，斯特凡妮正站在走廊门口，站在卧室和浴室之间。她身姿挺拔地站着，像个导游似的。她慌乱地站在红裙子里，看起来比陶瓷花瓶更加珍贵和脆弱。

“这里是莫奈的私人公寓，比别的屋子更加古典，这点我是认同的。这里更加隐秘。洛朗斯，您看起来不是很自在啊？”

她走进第一个房间，坐在床上。巨大的鸭绒床垫将她的臀部和下身吞没进去。

“现在是审讯时间了吗？警官，我得谢谢您。”

洛朗斯·塞内纳克用不安的眼神环视了一下整个房间，墙上挂着奶油色的织物，床上的装潢是深黄色的，烟囱是大理石黑的，烛台是金色的，床头柜是棕红色的。

“好啦，警官，请您放松下来。昨天您在我丈夫面前似乎很健谈啊……”

洛朗斯没有吱声，他俩都沉默了片刻。塞内纳克没有靠近床边，斯特凡妮灯笼一样愉悦的双眼渐渐变成一座忧伤的灯塔，她从羽毛的浪潮中站起身来。

“那我先说吧，警官。您知道路易斯的故事吗？那个在吉维尼寻找蒲公英的小孩儿？”

塞内纳克又惊讶又好奇地看着她。

“当然啦，您没听说过。”斯特凡妮继续说道，“然而那却是一个美丽的故事。路易斯有点儿像我们吉维尼的灰姑娘。可以说，路易斯是一个很讨人喜欢的农村女孩儿。她是村里最漂亮的姑娘，年轻、清新、单纯。大约在 1900 年的时候，她在田野里为艺术家们摆造型，她经常为拉丁斯基做模特。拉丁斯基当时是一位颇有潜力的捷克画家，他来到吉维尼，与莫奈和美国画家们聚集在一起。这位帅气的拉丁斯基还是一位知名的钢琴家……他开着一辆当时非常了不起的车，一辆 222Z。他爱上了这个寻找蒲公英的小女孩儿，他娶了她，把她带回家……拉丁斯基现在是捷克最著名的画家……路易斯也从一个农村小姑娘变成了波希米亚的公主。克洛德·莫奈买来了他们那辆弃之不用的豪车——222Z，送给自己的儿子米歇尔，几个月之后，米歇尔撞在吉维尼梯也尔大街的一棵大树上。除了这辆豪车的结局有些悲惨，这还称得上是一个很美丽的故事，不是吗？”

洛朗斯·塞内纳克抑制着自己，不让自己走过去，不让自己也被那鸭绒垫子吞没。他的太阳穴在灼烧。

“斯特凡妮，你为什么要跟我讲这些？”

“你猜……”

她从鸭绒垫子里慢慢直起身子，就像洗着羽毛浴似的。

“警官，我要跟您说一件事，一件很奇怪的事。除了我丈夫，我已经很久没有与第二个男人独处一室了，我已经很久没有在一个男人面前，在走廊里放声大笑了，我已经很久没有与一个十一岁以上的愿意听我讲话的男人聊风景、绘画和阿拉贡的诗了。”

塞内纳克想到了毛赫瓦勒。他控制着自己，没有打断斯特凡妮。

“警官，我等这一刻等得太久了。我想说，我一生都在等待这样的时刻。”

一阵沉默。

“等待着那样一个人的出现。”

随便让眼睛落到哪里都好，塞内纳克的脑袋飞速运转着。化了的蜡烛、墙上剥落的油画，只要不看斯特凡妮的眼睛，看什么都行。

她又说道：

“并不一定是捷克画家……只是一个……”

甚至她的声音里，都带着一种淡紫色。

“如果我知道这个人会是一个警察的话……”

斯特凡妮一跃而起，从洛朗斯·塞内纳克身边走过，抓住他一只晃晃悠悠的胳膊。

“来吧，我们去看看我的学生们。”

她把他拉到窗边。女教师向在花园里奔跑着的十几个孩子挥了挥手。

“警官，您瞧这个花园，玫瑰、暖房、水池。我再告诉您一个秘密：吉维尼就是一个陷阱！当然啦，它有令人惊叹的风景，谁还会想去别处生活呢？一座如此美丽的村庄。但是我要告诉您：这里的风景都是凝固的、呆板的，不允许房屋的风格有一点点改变，不允许在墙上重新作画，不允许采摘任何花草，有十项禁止这些行为的法律。在这里，我们就像活在油画中，我们被禁锢了！我们觉得自己在世界的中心，大家都说，我们完全可以移动啊！但是，这里的装饰就是风景，这些风景最终都会将我们覆盖住。那是一种能把您粘贴在背景上的油漆，是一种让人习以为常的‘妥协’的油漆、‘放弃’的油漆……路易斯——寻找蒲公英的吉维尼女孩儿成了波希米亚的公主，洛朗斯，她是一个传奇。这种事情今后不会发生了，再也不会发生了……”

她突然对三个穿越花坛的孩子喊道：

“绕过去！”

洛朗斯·塞内纳克感到焦虑不安，他想转移一下注意力，想止住斯特凡妮的忧伤，想抑制住自己此时欲将斯特凡妮拥入怀抱的冲动。他看着花园里繁盛的花朵与和谐的色彩，他被花园无与伦比的魅力所征服。

“阿拉贡在书中所说的是真的吗？”他突然问道，“他在书里说，莫奈无法容忍花朵凋零，园丁们只好趁夜移植花朵。因此，每天早晨花朵的颜色都是不同的，似乎每天早晨，花园都被重新涂上新的色彩，这是真的吗？”

这个方法似乎奏效了，斯特凡妮露出了笑容。

“不，不，阿拉贡太夸张了。您读《奥雷利安》了吗？”

“当然……我读了，并且我也读懂了。它是一部宏大的小说，讲的是一对儿无法在一起的情侣！这个世界上没有幸福的爱情……是这样吗？它想表达的是这个意思吗？”

“在写这本小说的时候，阿拉贡是那样想的……那会儿，他应该是坚信世界上没有幸福的爱情。然而，随后，他却遇到了一位诗人从未经历过的、最美丽、最长久，也最永恒的爱情……这个您是知道的，他疯狂地爱上了艾尔萨。”

洛朗斯转过身去，斯特凡妮苍白的嘴唇依然半开着。他克制着自己，不要将自己的手指放到这张颤抖着的嘴唇上，不要去触碰这张瓷娃娃一样精致的脸庞。

“斯特凡妮，你真是一个奇特的女孩儿……”

“警官，那您呢，您有让别人向您吐露心声的能力，我对您供认不讳。您比我丈夫描述得更加敏锐。不，警官，我要让您失望了，我没有什么奇特的，正相反，我平凡得让人可怜……”

女教师顿了顿，迟疑了一下，然后她就连珠炮似的一股脑儿地说道：

“我要跟您说，我很平凡。我就想养个孩子，我自己的孩子，但是我觉得我丈夫给不了我。我是因为这个才不爱他的吗？我觉得也不是。我觉得，从我记忆的一开始，我就从没爱过他。当时，他出现了，他不比别人更糟，他热心、深情。我并没有深深地坠入爱河。您瞧啊，警官，我只是一个平凡的女人。我和许多其他女人一样，也会坠入爱情的陷阱。虽然我长得还算漂亮，我生长在吉维尼，我爱班里的孩子，但这也改变不了我很平庸这个事实……”

洛朗斯握着斯特凡妮的手，他们十指交叠着搭在铸铁栏杆上。

“为什么要跟我说这些？为什么是跟我说？”

斯特凡妮笑着凝视着他的脸。

难道他没有意识到，至少，她的眼睛，只有她的眼睛是特别的吗？

“警官，您可别瞎猜，千万不要有自己的想法……我之所以对您说这些，只是因为您的微笑很痞气，或许是因为您的衬衫敞得有点儿太开了吧，又或许是因为您那双榛子一样的眼睛不会轻易流露出感情。您可千万别觉得我认为您很有魅力，警官……只是……”

斯特凡妮将手抽了出来，留着悬念。

“就像路易斯一样，那个摘蒲公英的小女孩儿会被 222Z 汽车的魅力所征服，我爱上的，只是您的悍虎啊！”

她笑了。

“又或许是您停下来抚摩尼普顿的样子吧……”

她又往前走了几步。

“警官，再跟您说最后一件事，一件重要的事，一件私密的事！并不是因为我不爱我丈夫了，他就要成为杀人犯。正相反……”

塞内纳克什么都没说，他只是发现，这一刻，在他们前方五十米处，警车队正从罗伊大街上驶过，它们一辆接着一辆掉头向莫奈故居的方向驶来。这些汽车发现了他们，就像发现了窗台上的情人似的。

他们疯了吗？

还是他疯了？

“我觉得现在我得去照看一下孩子们了。”斯特凡妮乘机溜掉了。

塞内纳克独自站着，他看见女教师渐渐走远。他的心脏猛烈地撞击着，就像想从他那敞开的衬衫里挣脱出来似的，他狂乱的思绪就要从脑袋里迸发出来。

斯特凡妮到底是谁呢？

是他命中注定的女人，还是一个迷失方向的少女？

40

在鲁昂美术博物馆的印象派展厅里，西勒维奥·贝纳韦德警官像个猫头鹰似的圆睁着眼睛。阿基里斯·吉约坦又挪了几步，掏出一块手帕，擦拭着西斯莱的一幅油画周边看不见的灰尘。《马尔利港的洪水》——油画底下的纸板上写着作品的名字。西勒维奥问吉约坦有没有忘记自己提出的问题，吉约坦转过身来，用手帕的一角擦了擦额头，随后用夸张、传教士般的语气说：

“警官，您是想说，莫奈那些消失的或者还未经发现的画作或许会重新面世，是这个意思吗？如果您真这么想的话，那就来吧，我可以陪您玩儿玩儿假设的游戏……”

吉约坦又用手帕擦了擦鬓角。

“我们知道，在吉维尼的莫奈工作室里，有十几幅克洛德·莫奈的画作，有些是草图，有些是他年轻时的作品，还有几幅未完工的大幅《睡莲》……这还不算他送给朋友们的作品。塞尚、雷诺阿、毕沙罗、布丹、马奈，莫奈总共送给朋友三十多幅画……您可知道这意味着什么？这笔财富的市值，这笔巨额财富，比世界上任何一家博物馆的馆藏都要珍贵。然而这些财富却由一位八十多岁的老人和他的园丁看管着，只用一扇或许根本没关上的门、敞开的窗户和带着裂缝的墙壁保护着，任何人都有机可乘。无论哪个稍微机灵一点儿的吉维尼人，都可以通过小偷小摸的方式得到这些画，而不用去抢二十家银行……”

他又用手帕擦了擦脸，最后将手帕在手心里攥成一团。

“那么大一笔触手可及的财富，我真想不出还有什么东西比这更具诱惑力……”

西勒维奥明白了，他看了看周围墙上挂着的十几幅画。鲁昂美术博物馆，是省内公认的印象派作品收藏最齐全的博物馆了，可是这里的画作却不足莫奈工作室里收藏的四分之一。他坚持说道：

“在吉维尼的莫奈工作室里，真的还会有大师的作品吗？”

在开口回答之前，阿基里斯·吉约坦犹豫了一下：

“克洛德·莫奈是 1926 年去世的，米歇尔·莫奈，也就是他的儿子和继承人，大概从那以后就开始负责保管他父亲的那批画作了。他将没有捐赠给博物馆的所有作品都藏了起来。所以，现在我回答一下您的问题：如今是不太可能在吉维尼的粉红色小房子里找到大师的原作了。但是，也说不准……”

“先别扯到偷窃那么远，”贝纳韦德警官镇定地说道，“莫奈会把他的画作分给别人、送给别人吗？”

“当地媒体曾经追踪到一幅捐赠画作的踪迹，有一幅画被当作摇彩的奖品资助给了维农医院，肯定有人赢得了这个奖项。当时，那人只交了五十生丁就把这幅画拿走了……至于其他的，我们只要乐此不疲地去猜测就可以了。我们知道，吉维尼村民并没有让克洛德·莫奈的日子好过，为了点滴的热爱、为了买地、为了保留下他所画的风景，尤其是为了将河水引到睡莲池塘，他都不得不去争取。莫奈为这座村庄投了钱，而且投了不少钱。他甚至为阻止一家淀粉厂建在他的花园前面而投了钱。即使这样，那些恶毒的人、市镇参议员、狡猾的农民还有可能去协商，说自己不要那五百法郎的施舍，他们只要大师的一幅画，无论哪幅都行。我想，专家才不会相信在艺术家和村民之间用这种方法解决问题能行得通，但是谁又真的能说在所有吉维尼村民中，就没有一个人对绘画感兴趣，或者对莫奈作品的经济价值感兴趣呢？当然啦，莫奈很有可能送过画。他也没有别的办法……看看莫奈花园旁边的磨坊池塘吧，看看那片大麻田，就是因为西奥多·罗宾逊那幅著名的《特罗尼翁老爹》，我每次去吉维尼都想来这里看看。磨坊的农民总用各种方法对莫奈进行敲诈。河水从莫奈家门前流过，如果没能与他们协商好，莫奈就画不出睡莲了！”

西勒维奥·贝纳韦德来不及将一切都记录下来，他尽可能记住更多的信息。

“您是认真的吗？”

“年轻人，我像爱开玩笑的人吗？我告诉您，有一些愚蠢的寻宝者，穿越整个世界去寻找三件金器。如果他们机灵一点儿的话，就应该去吉维尼的莫奈故居和周遭村落的谷仓看看，我很清楚自己在说什么。克洛德·莫奈毁掉了他自己不满意的作品和年轻时候的作品。他很害怕在他死后，古董商们会因为他那些没有完成的作品以及作品草图蜂拥而至。因此，1921 年，他在工作室将自己不喜欢的作品全部烧毁了。虽然大师万分小心，但也保不齐什么地方还遗留着一幅画作、一幅被遗忘了的老油画。用这一幅画，就能买下太平洋上的一座岛屿了！”

吉约坦又换了一个房间，他瞪了一眼这个房间里的女管理员，她正专心致志地欣赏着自己的红指甲油，而对德拉罗什画作中圣女贞德穿的红衣主教的裙子并不感兴趣。

“还有一件事，”警官说道，“您刚刚提到了西奥多·罗宾逊，那位印象派画家是克洛德·莫奈的朋友。您怎么看待他的子女们创建起来的罗宾逊基金会？”

吉约坦眯起了惊讶的眼睛。

“您为什么这么问？”

“在我们调查的案件中，经常涉及这个基金组织。奇怪的是，不少涉及案件的人都与这个基金会有联系，至少是有间接联系。”

“那您想了解什么呢？”

“我也不知道。我只是想知道您是怎么看待这个基金会的。”

吉约坦迟疑了片刻，似乎在组织着语言：

“怎么跟您说呢，警官……这个基金会挺复杂的。这种类型的组织机构是非盈利性的。我试着打个比方吧。您想象一下一个照料穷人的机构吧。它的悖论是，如果穷人的数量减少了，那么这个机构存在的意义也就不大了。换句话说，这家机构运行得越好，它就越有可能自行停业。反战组织机构也是一个道理。‘和平’对它来说，就意味着这个组织的消亡。”

“就好比说，如果一位医生把他的病人全部治愈了，那他也就该下岗了。”

“没错，警官。”

“我可以理解，但是这个和罗宾逊基金会有什么关系呢？”

“我知道，他们有一条格言，这是他们自己说的。他们有三项宗旨：探索，保护，推广。这三条原则很了不起，不管用英语，还是用法语，这三个词的说法都一样。显而易见，这说明他们想在全世界的范围内寻找作品，将作品买下来再卖出去。他们也会在年轻的画家身上投资，甚至是小孩儿。基金会在这些人身上投资，将他们的作品买进来，再卖出去……”

“然后呢？”

“一个天才会赶走另一个天才，警官。一幅画可不像碟片或者图书，画家赚多少钱并不取决于所卖出去的数量，事实甚至恰恰相反，而整个系统就是建立在这个事实基础之上的。一幅画卖得上价钱，是因为别的画卖不上价钱，甚至一文不值。如果可以自由竞争，如果在批评界、在流派中、在画廊之间存在一定程度的竞争，那倒也无可厚非。但是如果一个机构呈现出垄断或者说几乎垄断的态势，您明白我在说什么吗？”

“不太明白……”

吉约坦毫不掩饰自己的不耐烦。

“如果遇到这种垄断的情况，机构越是挖掘出有才华的新人，也就是说，它更新艺术，将三项原则里的‘探索’做得越好，那么其他作品的经济价值下降得就会越多，‘保护’这一点就做不好了……您明白了吗？”

“坦率地说，多少能明白点儿……”

贝纳韦德挠了挠头。

“我提一个更加具体的问题吧，如果莫奈的作品遗失在民间，那么，罗宾逊基金会有办法将它找回来吗？”

吉约坦的回答掷地有声：

“毫无疑问，它会比任何人都更加卖力地将这幅画找回来！并且大概还会不择手段地将这幅画找回来。”

“好的，我再问最后一个问题。”贝纳韦德继续说道，他现在完全是德鲁比狗那般无精打采的样子了，吉约坦似乎很喜欢他这个样子，“这个问题或许会让您感到吃惊……有没有一些不出名的莫奈画作呢？我也不知道该怎么说，就是一些小众的画作，或是一些有争议的画作，一幅或许能带来血光之灾的画作？”

阿基里斯·吉约坦露出了一个暴虐的微笑，就像他刚刚一直在等待着这个最后的问题似的。似乎这个问题才是本次对话的重头戏。

“过来。”他用神秘兮兮的口吻说道。

他把贝纳韦德带到对面的墙边，走到一幅扭曲了的画作跟前，画上画着四个裸体男子，显然，他们是罗马奴隶，他们正试图驯化一匹疯马。

“您看看热里科笔下的这些身体吧。没错，就是大名鼎鼎的泰奥多尔·热里科。这是他在鲁昂完成的最大一幅画！看看这些身体吧。再看看他们的动作，警官。画家与死亡之间存在着一种微妙的联系。我们都知道，为了写实地创作出《梅杜萨之筏》，泰奥多尔·热里科到医院去收集截肢患者的胳膊和脚，以及被斩首的头颅。他的工作室散发着尸体的臭味儿！在他临死前，为了治愈自己的疯狂，他在硝石矿上画了十个疯子的画像，这十个偏执狂患者代表着人类灵魂受到的各种折磨……”

西勒维奥担心吉约坦又要跑题了。

“但是莫奈没有疯……他不画尸体！”

这时，阿基里斯·吉约坦隐蔽的一面才开始显现出来。他那光秃秃的头上立着几根稀疏的头发，就像萎缩了的恶魔的触角。

难道说，他是第十一个偏执狂患者吗？

“警官，您过来看看。”

吉约坦走下两层楼梯，走向博物馆的零售商店，拿下一本大书，用牙齿将书上的塑封撕咬下来。

他翻开书页，像是被偏执狂附体了似的。

“莫奈没有画过死亡，莫奈没有画过尸体，他只画大自然！啊，啊……您瞧啊，警官。瞧啊！”

贝纳韦德不禁向后退了一步。

画上是一个幽灵，它占据了整个篇幅。

这幅画画的是一个女人。她闭着眼睛，就像被包裹在一块冰冷的裹尸布里一样，就像被包围在冰冷的画笔的旋风中似的。她就像一张白色蜘蛛网上的女囚，而这张蜘蛛网正在吞噬着她那张苍白的脸。

死亡……

“这位是卡米耶·莫奈，”吉约坦冷冷地解释道，“这是莫奈的第一个老婆，也是他最美丽的模特。这个在丽春花间打着阳伞的姑娘，这个会在星期天的田野里容光焕发的伴侣，三十二岁就死了！莫奈在妻子临终的床头画下了这幅该死的画作。他恨自己没能抑制住将妻子五彩斑斓的生命搬上画布的冲动，可是她现在不在了；他恨自己把生命垂危的爱妻当成一件普通的物品去画，就像热里科热衷于画四分五裂的尸体一样。莫奈就像占有了他那绝望的爱人，莫奈站在刚刚死去的妻子面前，说自己是被无意识的作画习惯给害了，就像被催眠了一样。警官，您怎么看？”

西勒维奥·贝纳韦德从来没有在一幅画前如此动容过。

“还有……还有这种类型的画吗？我是说，莫奈的画……”

阿基里斯·吉约坦的圆脸又红了起来，就像身上沉睡的魔鬼苏醒了一样。

“警官，还有什么比画他老婆的死更加震撼的呢？您觉得还有什么？没有，当然没有……”

吉约坦的脸一直红到太阳穴。

“没有，除非去画他自己的死亡！在莫奈生命的最后两个月，他画了一些未完成的《睡莲》，就像莫扎特的《安魂曲》一样，您能听懂我的话吗……疯狂的笔触，画着他与死亡、劳累和失明之间的抗争。这些画作很晦涩，让人感到痛苦和挣扎，似乎莫奈大脑深处感受到的就是这些。人们发现了莫奈匆忙画在画布上的各种颜色的睡莲，火红、纯蓝、墨绿……梦想与噩梦相互交织，只是缺少了一种颜色……”

西勒维奥想结结巴巴地说出答案，但是他什么也没说出来。他感到这起调查出了岔子，他没能把握得住。

“莫奈在作品中从未用过的一种颜色，那种他拒绝使用的颜色，缺失的那种颜色，正是所有颜色的总和。”

一阵沉默。西勒维奥放弃了回答，他在活页本上紧张地记录着。

“是黑色，警官。是黑色啊！在他临死前的最后几天，1926 年 12 月初，当克洛德·莫奈意识到自己快要离开人世的时候，他便画了一幅黑色睡莲。”

“什……什么？”贝纳韦德结结巴巴地问道。

吉约坦也不再听贝纳韦德说了，他自顾自地说道：

“您听懂我在说什么了吗，警官？莫奈在睡莲的倒影里预见了自己的死亡，于是，他将这不朽的死亡搬上了画布。他画了一幅睡莲——《黑色睡莲》！”

西勒维奥的笔沿着他的大腿，从他的手中垂了下来，他再也无法做一丁点儿笔记了。

“警官，您怎么看这些大丽花似的黑色睡莲？”吉约坦问道。这会儿，他的情绪已经不那么激动了。

“这个《黑色睡莲》的事情，真的……确有此事吗？”

“不，当然不能肯定。但可以确定的是，迄今为止，从未有人找到过这幅著名的《黑色睡莲》……您想想看，这或许只是一个传说，仅仅是一个传说……”

西勒维奥不知道该说什么好了，他只是提出自己头脑中涌现出的第一个问题：

“那孩子呢……莫奈画过孩子吗？”

41

我看到斯特凡妮站在莫奈粉红色房子的窗边，就像在殖民地的大房子里看守着一群家仆的女主人似的。

洛朗斯·塞内纳克走了下来。

他们真是疯了！您也是这么认为的吧？这次，我们想到一块儿了。这两个笨蛋，干吗要这么张扬啊？在莫奈故居的阳台上，站在花园前，面向罗伊大街，所有的人都能看见他们。总之，或许他们是故意选择这个地方的呢！

我听见了悍虎摩托车启动的声音。斯特凡妮也听见了，但是她没敢回头看，她正心事重重地看着花园里玩耍着的孩子们。没错，这个小老师确实挺迷人的。没错，她还挺会穿的，这身艺伎式的服装雕刻出她胡蜂一样的身材，显得她的眼睛水灵灵的。您要相信我，她总有办法让所有从她身边经过的男子回头，无论是警察还是医生，无论结婚了的还是没结婚的。她美得让人心醉！

小美人，好好享受你的美丽吧。美丽是持续不了多久的。

男孩子们跑到花丛中，女教师用温柔的声音责备他们。

可她的心却在别处。

小美人，你不知道该怎么办了吧？

这个时刻是会让你的人生轨迹发生转变的，你自己也明白，因为你的生命中出现了最不可能的拯救者：一个警察。迷人、有趣、有教养，你做好准备吧，准备好从现有的链条上挣脱出来——与你丈夫的链条。

现在是时候挣脱出来了。那么，还有什么在束缚着你呢？

没什么了？

啊，如果这件事只涉及你自己那就好了……如果死神不围绕在你的身边就好了。我亲爱的，似乎是你把死神招惹到了身边；似乎，走到最后，你只会得到你应该得到的一切。

孩子们的笑声打断了我脑子里的坏想法。男孩子们追着女孩子们跑。

这一幕很经典。

孩子们，你们也好好享受这一切吧。好好享受吧！尽情地踩踏草坪和花朵吧，去采摘鲜花吧，去向池塘里扔石子和树棍儿吧，去把睡莲砸出洞来吧，去践踏这座浪漫主义的圣殿吧，千万别抱有不切实际的幻想。总之，这里只不过是一个花园而已，不要因为世界另一端的愚蠢教徒都来这里朝拜，你们就认为这里不是一潭死水！

我知道我很坏，请原谅我……斯特凡妮·迪潘和她的警察，这两个傻子，今天早上他们确实把我惹恼了！您也要理解我。我只想当个沉默的看客，当个不见踪影的小黑老鼠，但是保持漠然并不总是一件简单的事。您听不懂吧？您还在想，在这件事中，我到底扮演着一个怎样的角色呢？我保证，我并没安装什么能让声音穿透莫奈故居墙壁的窃听设备来偷听这两个傻子的对话，偷听他们之间打情骂俏的情话，并没有。比您想的简单多了，真的简单多了。

我转身面向罗伊大街右侧的河岸，面向水之花园。罗伊大街沿途的几条木栅栏已经散开了，大概是被那些拥挤着想拍睡莲照片又被排在售票处前面的队伍惊吓到的游客挤坏的。未经遮挡的空间呈现出一片无法言喻的池塘美景。我观察着法奈特，她离班上的其他孩子都有点儿远，她站在柳树和杨树之间。她将画架放在日本桥上，用藤萝将画架垫稳，在身边的一片喧哗声中安静地、专注地画着画。

我穿过罗伊大街，靠近了一些，这样可以看得更清楚，我几乎触摸到了金属网。

我不该这么做。一个小毛孩儿发现了我。

“女士，女士，您能帮我和我的伙伴照张相吗？”

他将一架新潮的相机塞到我的手里。我不知道怎样操作，他跟我讲解了一下，我也没注意听。在拍这张照片的时候，我用余光扫了一眼睡莲池和正在画着画的法奈特。

42

“过来呀，法奈特。”

文森坚持喊道：

“来呀，法奈特。过来玩儿呀！”

“不嘛！你都看见了，我在画画呢！”

法奈特试着把注意力集中在一朵睡莲上。那是游离于睡莲群之外的一枝独秀，它的叶子几乎是心形的，上面长着一朵刚刚冒出头来的粉红色花骨朵。法奈特的画笔在画布上移动着，可是她却难以集中精力。

这个爱哭鬼又在我身后哭哭啼啼的了。要相信，垂柳可比她悲伤多了：玛丽！快让她别哭了，快让她那又尖又小的声音停下来吧，快让她别哭了！

“你们要赖，我受够了，真的受够了。我要回家！”

我的身后不只有泪水，文森也站在我身后，他什么都没做，只是把手搭在我肩上。

“你去和玛丽玩儿嘛。”

“她太没劲了，总是哭……”

“那我呢，我总是画画，所以我就更有趣吗？”

他不动了。文森不动了。他能做到几个小时一动不动。如果他发现自己有这种本领，他一定可以成为一名大画家。他很善于观察，但是我觉得他缺乏想象力。

孩子们仍然在法奈特身边跑着、叫着、笑着、玩耍着。小法奈特却一心想让自己待在真空里。就像詹姆斯说的，要自私一点儿。

卡米耶出现了，他停在日本桥上。整个人都气喘吁吁的。

还真是没完没了！刚刚就差他一个了！

他把自己圆滚滚的肥肚皮塞进衬衫里。

“累死我了，我得歇会儿。”

他看了看法奈特，法奈特正忙着画画。

“文森、法奈特，你们都在啊，太好了，我有一道关于睡莲的题。你们知道吗，睡莲几乎每天都能长大一倍，所以，你们听好，如果睡莲需要一百天才能覆盖整个池塘，那么，它们需要花多少天才能覆盖半个池塘呢？”

“那样的话，五十天喽，”文森立刻说道，“你这道题可真蠢……”

“你呢，法奈特，你怎么说？”

我才不关心呢，卡米耶，你知道的，我根本不在乎。

“我也不知道。五十天，跟文森一样……”

卡米耶一副扬扬得意的样子。

如果有一天卡米耶当了老师，我敢说，他一定是全世界最令人讨厌的老师。

“我就知道你们一定会掉进沟里的！当然啦，答案并不是五十天哦，应该是九十九天……”

“为什么？”文森问道。

“别想了，”卡米耶用鄙视的声音说道，“法奈特，你明白了吗？”

他妈的！

“我画画呢……”

卡米耶在日本桥上换着腿跳着。在他的衬衫腋窝下方，出现了大片的汗渍。

“好的，好的。我知道了，你在画画。还有最后一道题，说完这道题，我就不烦你了。你们知道‘睡莲’用拉丁语怎么说吗？”

烦死了！烦死了！烦死了！

“不知道了吧？”

文森和法奈特都没说话。可是这也没能打断卡米耶的话。他摘下一片紫藤萝叶子，将它扔进了池塘。

“好吧，拉丁语是nymphéa，笨蛋。但是以前，这个词源自希腊语——numphaia。法语是nénuphar。英语的‘睡莲’怎么说，你们知道吗，英语？”

他还没完没了了吗？

卡米耶甚至没等别人回答，就做出一副要去抓离他最近的紫藤萝树枝的样子，但是“咔嚓”一声，树枝折断了。

“是Waterlily！”他大声说道。

他对自己的话很满意。他可真让我恼火，Waterlily也是！虽然要承认，Waterlily是个很美的名字，比nénuphar好听多了……但是我还是觉得拉丁语的nymphéa更好听！

卡米耶倾身看了看法奈特的画，他出汗了。

“你干什么呢，法奈特？在临摹莫奈的《睡莲》吗？”

“没有！”

“是的！我看得清楚着呢！”

卡米耶这个人啊，总是自以为是，但他的问题是，他什么都知道，又什么都不知道。

“才没有呢，笨蛋，没有！并不是因为我和莫奈画着同样的东西，就说我和他画出来的画是一样的……”

卡米耶耸了耸肩。

“莫奈画了那么多画，你肯定是想画一幅相似的！就算画一幅圆形画也行啊。你知道什么是圆形画吗？”

我真想把画笔扔到他的脸上。只有这样，他才能明白自己有多讨厌。再说了，他怎么总是喜欢自问自答？

“圆形画呢，就是画在一种圆形的画布上，就像展示在……”

“你们过来吗，男孩子们？”玛丽突然喊道，她的声音显得有些干涩。

卡米耶叹了口气。文森笑了。

“我想我应该把她推进水塘里。法奈特，这样你就可以画这一幕了，是不是？这幅画绝对会很独特！——《睡莲中的玛丽》。”

他一边笑着，一边轻轻地将卡米耶推下了桥。

“好啦，我们不烦你了，法奈特。”文森说道，“卡米耶，来啊，过来吧。”

有时候他不能理解我，有时候却能够理解我。就像刚才那样……

终于剩下法奈特一个人了。她仔细地观察着柳树在池塘中的倒影，倒影被睡莲的叶子遮挡了一部分。她想起詹姆斯最近几天教给她的东西——逃逸线！

如果我没记错的话，克洛德·莫奈的《睡莲》之所以独特，正是因为他的画作是建立在两条方向相反的逃逸线之上的。睡莲的叶子和花朵形成一条逃逸线，总体来说，是与水面的方向相对应的。詹姆斯把这条线称作水平线。如果他愿意这么叫，那就这么叫吧……还有水中的倒影：河岸上的紫藤花、柳条、阳光、云影。总的来说，詹姆斯把这些线条叫作垂直线，就像在镜子中看到的影像一样，这些倒影都是反的。詹姆斯对我说过，这个便是《睡莲》的奥秘。是的，好的，好吧。这个秘密并不难懂。并非只有詹姆斯或者莫奈才能发现这个秘密……看看池塘就知道了嘛。这两条逃逸线，可以看作脸中央的鼻子。最终，这条线会消失……这个专有名词太复杂了。总之，池塘和水面上漂浮的叶子是完全静止的。我想说的是，它们都不动。没有运动，一点儿都没有。说到底，我想要画的是一种移动的错觉。

真没劲！现在就剩下我一个人了，我甚至很想去找伙伴们玩儿，跟他们一起在池塘边奔跑。但是不行！詹姆斯说过，我应该自私一点儿。想想我的天赋吧，想想罗宾逊大奖赛。我一会儿再去找他们玩儿吧。

法奈特倾着身，她小心翼翼地将调色盘里的颜色混合到一起。

突然，她停了下来。黑色！调色盘里只有黑色了。

法奈特正要叫喊，这时她闻到保罗身上的青草味儿。

“嘿！”

“保罗！你刚才去哪儿了？”

“我们在花园里分成六组玩儿老鹰捉小鸡来着，现在好了。我不玩儿了！”

他弯腰看了看法奈特的画。

“哇哦，法奈特，你画的简直太棒了！”

“但愿如此。这是为罗宾逊基金会大奖赛准备的作品。我觉得我是唯一一个能将作品交给老师的。”

“你真了不起……你一定会获奖的！这是肯定的，你会得奖的。你画画的手法真是太厉害了。”

“那当然啦！其实我有自己的想法。现在这种画法是詹姆斯教我的。”

“就是那个美国画家吗？”

“是啊，一会儿放学我就去找他，从昨天到现在，他应该一直在麦田里休息呢。我想把我的画拿给他看。他给的建议或许会让我有机会获奖……他很快就会感到疲倦，他睡得比画画的时间还要长。好吧……”

“这倒挺有趣。你的画倒不像《睡莲》……”

法奈特亲吻了一下保罗的脸颊。

保罗，我真是爱死他了！！！

“你真的很了不起！”

“我想画的正是这个效果。我简单跟你说说我的想法吧。当你看莫奈的《睡莲》的时候，你会有一种，怎么说呢，身陷其中、融入画里、穿越画卷的感觉，我也说不好，就像掉进一口井或陷入沙子里一样，你能明白吗，这就是莫奈想达到的效果，透过沉睡的池水，似乎可以洞悉纵列的一生……而我想要的效果正好相反，我希望人们站在我的《睡莲》面前，会有一种漂浮在水面上的感觉，你能明白吗，就是能够跳到水面上，跳出去、飞起来的感觉。水是活的！我想画的睡莲是莫奈十一岁时候的睡莲——彩虹上的《睡莲》。”

保罗柔情款款地看着她。

“法奈特，你跟我说的这些我并不是全都懂。”

“没关系，保罗。这一切都没那么认真。嘿，你知道莫奈把那些他不太喜欢的《睡莲》怎么处理了吗？”

“不知道。”

“他把那些画都分给红房子里的孩子们了！那时候，那些孩子才跟我们一般大。那些扔掉的画卷就都给孩子们折纸船玩儿了！如果能在埃普特河和塞纳河底的瓶瓶罐罐里找到这些折纸，那就能找到莫奈的《睡莲》！你相信吗？”

“我相信你，法奈特……”

保罗不说话了。

“但是你说错了，这一切都是认真的。我很清楚地意识到，你跟我们不是一个世界上的人，总有一天，你会离我们远去的。你会成名，会拥有一切的。但是你瞧，我可以一生都跟别人说，我在日本桥上遇见过你。甚至……”

“甚至……”

“甚至我还吻过你……”

保罗啊，他可真没劲，太没劲了。当说出这样的话的时候，我感觉浑身都在颤抖。

睡莲缓缓地从池塘里蔓延出来。法奈特颤抖了一下，闭上了眼睛。保罗轻轻地将自己的嘴唇贴在法奈特的嘴唇上。

“甚至，你还可以说，我跟你保证过我们会生活在一起，我们会结婚，会和孩子们一起生活在一栋大房子里。甚至，你还可以说，这件事一定会实现的……”

“你……”

紫藤萝“哗啦哗啦”一阵响。

文森从弯曲的藤萝间钻了出来，像冲出丛林的野兽一般狂野地笑着。他用一种奇怪的眼神直勾勾地盯着保罗和法奈特，那是一种空洞的、忧虑的眼神，似乎他已经窥视他们很久了。

他让我感到害怕。文森越来越让我感到害怕。

“你们干什么呢？”文森冷冷地问道。

43

莉莉安娜·勒利埃弗尔警官还在刷着购物网站，她想买一个想象中的五层木制梯凳来放置自己的盆栽，她看了看表，那是一只银色的、优雅的浪琴手表：18 点 45 分。还有一刻钟，维农警局的接待处就可以下班了。晚上这会儿，警局就没什么事了。

她没有马上认出缓缓走上警局楼梯的那个身影。然而，当老人走进来，把脸转向她，跟她问好时，她的思绪就像绽放的花朵一样，突然想起了他是谁。

“您好啊，莉莉安娜！”

“洛朗丁警官！”

天啊！她有好几年没见过他了。洛朗丁警官退休怎么说也有近二十年了吧？ 1990 年，马尔莫丹艺术陈列馆莫奈的画作失窃一案告破后不久，他就退休了。当时，洛朗丁警官领导着维农警局，他是社会公认的在打击非法买卖艺术品方面最出色的专家。打击非法文化财产中心办公室时常向他求助。在洛朗丁警官退休前，莉莉安娜和他曾共事过至少十五年呢……

洛朗丁警官，他是一座丰碑。维农警局的全部历史，都应归属他一人！

“警官，您怎么来了？看到您真是太高兴了！”

莉莉安娜很真诚。洛朗丁曾是一位杰出、敏锐、专注的警官。他拥有一种似乎世间已经不复存在的品质。他们聊了好一会儿。莉莉安娜实在按捺不住萦绕在心头的好奇，问道：

“都退休这么久了，是什么风把您给吹来了？”

洛朗丁警官将一根手指放在嘴唇上。

“嘘……我在执行一项特殊任务。莉莉安娜，等我一下，给我几分钟时间，我马上就回来。”

洛朗丁走进走廊，他对这个走廊如此熟悉。莉莉安娜不敢阻拦，他毕竟领导了这栋房子三十六年啊！

老警官心想，走廊的油画一直都是这么破败。什么都没变！33号办公室。前警官从口袋里掏出一把钥匙。打开？不打开？这把钥匙已经有二十年没有插进过锁孔了……

芝麻开门……

门开了！从……1989年开始，警局就没有更换过锁芯。洛朗丁心里琢磨着，总之，这也很合乎逻辑。为什么要更换警察局办公室的钥匙呢？他一边推门一边想，他的现任接班人一定是司法战线一头年轻的狼，他热衷于信息技术、前沿科技以及所有先进的科学技术，电视里的警员都会应用这些技术，然而很久以来，他却对此一无所知。

突然他在办公桌旁边停了下来，打量着这个房间里的装潢。墙上挂满了印象派画作！毕沙罗、高更、雷诺阿、西斯莱、图卢兹－洛特雷克。他微笑起来。总之，如果他见到自己的接班人，这个人或许会让他感到震惊。他真的很有品位！

这间办公室与他设想的一样：有一台电脑、一台打印机和一台扫描仪。退休的警官在办公室里缓缓地走着，他迟疑着。这次来访让他很失落，他发现，时光都进入2010年了，警察的办公室仍然如此空旷！所有文件都保存在电脑的硬盘里。他不能私自打开自己接班人的私人文件夹，他的文件夹肯定设置了保护密码。何况，他还对信息技术一窍不通。如果坚持打开人家的文档，就显得有些荒唐了。艺术部警察的最近几次行动，他都没有机会参加。现在很多工作都要依赖高科技。他早就听说，打击非法文化财产中心办公室是通过一个巨大的国际数据库运行的，那是“艺术领域的电子数据以及图片搜索系统”。这个数据库统计出六万多幅失窃作品，它与美国艺术犯罪组以及首都伦敦艺术和古董智能数据平台是联网的。

洛朗丁叹了口气。

时代变了，办公方式也变了……

他从办公室里走了出来，转身回到接待处去找莉莉安娜。

“莉莉安娜，档案一直都放在楼下吗？红色的那扇门？”

“警官，跟二十年前完全一样！至少在档案管理这一块儿，什么都没变！”

他掏出老钥匙，又一次开门走了进去。谁都可以进到这里，但也不能这么说，他也不是一般人啊……他是个警察，仅仅是个警察。大概因为这个，帕特里夏·毛赫瓦勒才求助于他的吧？这个寡妇还是有点儿头脑的。

莉莉安娜说得对，这里什么都没变，档案还是按照字母排序的。虽然警局已经继任了好几任局长，但总会有强迫症警察将档案盒按照字母排好序，放在对应的架子上。即使在硬盘和优盘时代也不例外。

M……毛赫瓦勒。

红色的档案盒就放在那儿，不是很厚。

洛朗丁又犹豫了起来。他知道，自己没有任何权利偷看那本档案，他既没有委任状，也没有得到许可，更没有任何理由，只是想满足一下自己的好奇心。他为什么要打开这本档案呢？他已经很多年没有过那种激动的刺痒感了，现在，这种感觉正在骚动着他的皮肤。如果不打开这份档案，那他到这里来干吗？他小心翼翼地关上身后的门，将钥匙留在锁芯里，随后，将档案盒放到桌子上。他打开档案盒，慢慢地翻阅着，小心翼翼地，并留意着一会儿看完再将文件放回原来的地方。

他相继看了看躺在河岸边的毛赫瓦勒尸体不同角度的照片。这些罪证从他的指尖划过。他又看了犯罪现场的另一些照片，一张石膏塑模的鞋印照片以及对指纹、血迹、泥浆的科学分析。他加快了翻阅速度，把目光停留在几张新照片上：五张毛赫瓦勒与不同女人在一起的照片，有的是柏拉图式的，有的是淫秽的。这些照片只有一个共同点，那就是，所有照片上都有死者热罗姆·毛赫瓦勒。

洛朗丁警官抬起头，戒备着，试着透过那扇红色的门听听走廊里有没有微弱的声音。没有，一切都很平静。他正在仔细看着一摞文件：一张吉维尼小学孩子的名单——与案件或多或少有关联的人员名单——热罗姆和帕特里夏·毛赫瓦勒，雅克和斯特凡妮·迪潘，阿玛度·康提，吉维尼的其他商人，几个邻居，艺术评论家，收藏家；许多张手写的记录，上面的署名都是西勒维奥·贝纳韦德。

现在，几乎所有的文件都被倒扣在了桌面上。洛朗丁皮肤上电流一般的刺痒感变得更加密集。还有一份文件需要查看：那是帕西－厄尔警局一张发黄的卷宗，一场意外——一个孩子于 1937 年溺水而亡，他叫阿尔贝·罗萨尔芭。洛朗丁警官的双手颤抖着，他在幽暗的房间里待了很久，他试着在没有任何预先推理的情况下去理解这个案子，不遗漏任何细节，试着形成自己的判断。把这些都带走或拍成照片会容易得多。

但这样做的后果不堪设想。

不要紧。

他骄傲地发现自己的记忆力还不错。

半个多小时以后，他回到了接待处。好一个莉莉安娜，她什么都听到了！

“您找到您需要的东西了吗，警官？”

“是的，是的。谢谢您，莉莉安娜。”

洛朗丁警官温柔地看着莉莉安娜。他想起她被任命到维农警局的那一天，那已经是距离现在三十多年的事情了，他是在 33 号办公室接待的她。当时她还不到二十五岁，却已经有了在女警察中并不常见的优雅。

“莉莉安娜，新局长人怎么样？”

“还行吧。不如您……”

说好的优雅呢……

“莉莉安娜，我能请您帮个忙吗？我对信息技术一窍不通，您现在可比我有学问。”

“我也不知道能不能帮上忙。是什么样的忙呢？”

“是一种……我想说的是，推翻这个案件。莉莉安娜，我想您应该会上网吧……”

莉莉安娜确信地微笑着。洛朗丁警官继续说道：

“这个我就不会了。我退休得早，又无子无孙，没人教我怎样浏览网页。我需要上一个网站，稍等，我把网址记下来了……”

洛朗丁警官翻了翻自己的口袋，从口袋中掏出一张黄色的便笺，上面的字迹笨拙而潦草。

“有了。这个网站叫作‘旧友’。我想找一张吉维尼的照片，是一张班级的集体照。时间在1936—1937年。”

44

“詹姆斯！詹姆斯！”

法奈特在洗衣池旁奔跑着，她穿过詹姆斯每天画画的那片田野，她扛着自己刚刚在睡莲池的日本桥上打好草稿的画，画上还裹着一张栗色的纸。

“詹姆斯！”

田野里一个人影都没有，甚至连一个画架、一顶草帽都没有，没有一丝詹姆斯的痕迹。法奈特本想给美国画家一个惊喜，给他看看自己画的彩虹上的《睡莲》，听听他的建议，跟他说说自己画逃逸线的方法。她迟疑了一下，看了看周围，寻找了一会儿，随后把画藏在了洗衣池后面，放在水泥板底下的一小块地方。

她既没有看到詹姆斯，也不知道这到底是怎么一回事。

她站起身，大颗汗珠从她的脖子上流了下来。她跑了过来，想尽快找到那个游手好闲的詹姆斯。法奈特又跑过桥去。

“詹姆斯！詹姆斯！”

在老巫婆的磨坊院子里，尼普顿正在樱桃树下打着盹儿，它听见法奈特的声音，便穿过门廊，向法奈特跑来。

“尼普顿，你看见詹姆斯了吗？”

尼普顿像没听见似的，在身旁的蕨菜丛里嗅了嗅。

这狗有时候可真让我恼火。

“詹姆斯！”

法奈特试着用太阳定位着，因为詹姆斯总是跟着太阳的轨迹走，他就像一只大壁虎，他这么做可不是为了寻求光照度，只是为了晒着太阳舒舒服服地睡一觉。

这个懒鬼很有可能正在麦田里睡觉呢。

“詹姆斯，醒醒啊，我是法奈特。我要给你一个惊喜。”

她走啊，走啊，麦田从她的腰间穿过。

天啊！

她的腿一阵发软。

她面前是红色的麦穗！不仅仅是红色的，还有绿色、蓝色、橘黄色。染上色彩的麦穗都倒塌下来，就像有人在这里打斗过似的，似乎有人在这里打翻了调色盘、捅破了颜料管。

这里到底发生了什么？

我要仔细想想。村民们确实不太喜欢这些流浪画家，但是因为这个去伤害詹姆斯……一位无毒无害的老画家。

法奈特的身体感到一阵巨大的战栗。她停下脚步，瘫在了那里。她前方的麦田倒塌成一条小路，麦穗都染红了，像是一条血路。就像有人被人拖着从这里穿过一样。

詹姆斯。

法奈特的思绪狂乱不已。

詹姆斯遇到意外了，他受伤了，他就在这片草原的某个地方等待着我的帮助。

坍塌的麦田在整片田野中戛然而止。法奈特继续摸索着向前走去，她拨开麦穗，呼唤着，她急得直跺脚。草原太大了。

“尼普顿，帮帮我啊，帮我找到他……”

德国牧羊犬犹豫了一下，似乎在思考着法奈特让它做什么。随后，它突然穿过草原，径直向前跑去。法奈特试着跟上它，这可不容易，麦穗抽打得她的手臂和大腿生疼。

“尼普顿，等等我！”

狗狗在前方一百米处乖乖地等着她，它几乎跑到了麦田中央的位置。法奈特向前走着。

突然，她的心脏停止了跳动。

德国牧羊犬身后的麦穗是倒塌的，有一两米长，正好容得下一个人的身体。

稻草棺材——这是映入我眼帘的第一幅画面。

詹姆斯在那儿呢。他没睡觉。

他死了！他的胸膛和喉咙上各自敞开一个血淋淋的伤口。法奈特跪坐在地上。一口苦涩的胆汁淹没了她的整个喉咙。她慌乱地用一块衣襟擦拭着。

詹姆斯死了。有人杀了他！

苍蝇在詹姆斯敞开的刀伤上方“嗡嗡”作响，那声音让人不寒而栗。法奈特想喊出声来，可是她做不到。酸楚的胆汁灼烧着她的喉咙，黏糊糊的胆汁吐在了自己的裤子和鞋上。她没有力气将裤子和鞋子擦拭干净，她没有一点儿力气了。她扭动着手指。一群苍蝇舔舐着她的脚。她需要帮助。她站起身，像疯子一样奔跑了起来。麦田淹没了她的脚踝和膝盖。她肚子很疼。她咳着、吐着，脸上还沾着黏糊糊的液体。她跑着，用手背擦着脸。她穿过小河、磨坊、小桥、罗伊大街，一路都没有减缓脚步。一辆汽车在她的前方踩住了刹车。

蠢货！

法奈特穿过马路，回到村里。

“妈妈！”

她跑上水之城堡大街。她大喊着：

“妈妈！”

法奈特猛地推开门，门板撞在墙上的衣帽架上。她闯进家门。妈妈像平常一样，站在工作日程表后面，在厨房里干活儿，身穿蓝色的工作服，头发扎在身后。她来不及思考，一下子松开手里的东西：菜刀、蔬菜。

“女儿啊，我的小女儿……”

妈妈没明白发生了什么。她本能地张开双臂，伸出手。法奈特只抓住她的一只手。

她拉着那只手。

“妈妈，你过来一下……快点儿！”

妈妈站着没动。

“妈妈，我求求你了……”

“法奈特，发生什么事了？冷静点儿，跟我说说怎么了。”

“妈妈……他……他……”

“别着急，法奈特。你说的是谁？”

法奈特咳嗽着，透不过气来。她觉得那种胆汁上涌的感觉又来了。要挺住。妈妈递给她一块抹布，她擦拭了一下，哇哇大哭起来。

“别着急，法奈特，别着急。告诉我发生了什么……”

妈妈给她擦了擦手，将法奈特抱在自己的额头边，就像想哄睡一个婴儿似的。

法奈特还在呜咽着，随后，她清晰地说道：

“妈妈，是詹姆斯。詹姆斯死了，就是那个画家。他就在那儿，他死在了麦田里！”

“你说什么？”

“过来。过来！”

法奈特突然站起身，拉着妈妈的手。

“过来！快点儿！”

听我的吧，妈妈，一次就好，求求你了。

妈妈犹豫着。小姑娘加强了语气命令着，声音越来越强烈：

“来呀！来呀！”

她几乎到了歇斯底里的程度。在水之城堡大街上，几户人家的窗帘已经拉了下来，邻居们大概以为这个小女孩儿犯了什么疯病了。她可真够任性的！她的妈妈也别无选择。

“好的，我跟你走，法奈特，我跟你走。”

她们穿过河水上方的小桥。尼普顿乖乖回到磨坊院子里的樱桃树底下睡觉去了。法奈特拉着妈妈。

快点儿啊，妈妈。

她们走到了草原。

“就在那儿！”

法奈特走进田野。就算没有尼普顿，她也认得路，她认得那片坍塌的麦田。她继续向前走去，走到詹姆斯躺着的地点，她很确定，就是这里。

法奈特牵着妈妈的那只手无力地垂了下来。法奈特觉得自己是不是产生了幻觉，她难以置信地睁大了眼睛。

她们的前方没有任何人。

也根本没有什么尸体。

我一定是搞错了，可能还差几米……

“就是这里，妈妈……或许就在旁边。”

法奈特的妈妈惊讶地看着女儿，任由法奈特牵着她的手走着。法奈特还在寻找着，她在麦田里穿梭了很久，她对自己、对这一切懊恼不已。

“刚刚就在这儿啊，他刚刚就在这儿……”

妈妈什么都没说，她只是安静地跟在法奈特身后。一个小小的、隐蔽的声音钻进了法奈特的脑袋，就像一条小虫钻进了水果里。

她会把我当成疯子的，妈妈现在把我当成疯子了。

“刚才……”

突然，妈妈不往前走了。

“够了，法奈特！”

“妈妈，刚才他就在这儿。他受伤了，伤口很深，心脏和脖子上都有伤口……”

“那位美国画家？”

“是的，詹姆斯。”

“法奈特，我从来都没见过你说的那位美国画家。从来都没有人见过他。”

从未见过他。她这话是什么意思？文森见过他，保罗也认识他……大家都认识他啊……

“妈妈，我们应该报警。他死了。有人杀了他。有人移动了他的尸体，把他放到了别处。”

别这么看着我，妈妈。我没疯，我真的没疯。相信我，你应该相信我……

“法奈特，没人会报警的。这里没有犯罪，也没有尸体，更没有什么画家。你的想象力太丰富了，我的小法奈特。真的过于丰富了。”

她说什么呢？她到底想说什么？

法奈特咆哮着：

“不！你不可以这样说……”

妈妈慢慢地蹲下，蹲到与法奈特的眼睛一般高。

“好的，法奈特。我收回刚刚说过的话。我很想再相信你一次，我信任你。但是如果你说的那位画家存在，如果他死了，如果有人杀了他，那一定会有人发现的。会有人找他，也会有人发现他。那个人会去报警……”

“但是……”

“法奈特，但是这件事与一个十一岁的小姑娘有什么关系呢？相信我，现在警察正忙着呢。他们已经肩负了调查一起命案的使命，那是一具真正的尸体，所有人都看见了，但是还没有找到凶手。这样的烦恼警察已经够多了，可不要再让警察把精力分散到我们身上了……”

我没疯！

“我没疯，妈妈……”

“当然了，法奈特。没人说你疯。现在天都黑了，我们回去吧。”

法奈特哭泣着。她再也没有力气了，任由妈妈的手牵着她走。

刚才他明明就在那儿啊。

詹姆斯明明就在那儿啊。这一切并不是我编造出来的！詹姆斯当然存在。詹姆斯是存在的。

那他的画架哪儿去了？她脑袋里的声音又咆哮道。他的四个画架哪儿去了？他那漂亮的颜料盒呢？他的画布呢？他的美工刀呢？

这些都哪儿去了？

一个人不会就这样凭空消失的！

我才没疯呢！

汤的味道不好。

当然啦，妈妈将法奈特写在小黑板上的问题都擦掉了，她写上了购物清单。购物单上总会有蔬菜、海绵、牛奶、鸡蛋和火柴……

屋子很暗。

法奈特上楼回到了自己的房间。

今天晚上，她可睡不着了。她心里想着自己是否应该不听妈妈的，把这一切都告诉警察！明天。

我才没疯呢……但是如果我自己一个人跑去报警，妈妈就永远都不会原谅我了。警察们做的第一件事，就是到我家来，把我报案的事情告诉她。妈妈可不想跟警察打交道。这大概是因为她是做用人的吧。如果上层社会的人知道她与警察打过交道，那么以后他们在招聘仆人的时候，就要多加考虑了。肯定是这个原因。

但是我也不能就这样待着什么也不做啊！我想得头都疼了，我那可怜的大脑受到了伤害。

我得去找找。我得搞清楚发生了什么。我得去找证据，把证据拿给妈妈、警察和大家看。

做到这一点，我需要有人帮忙！

从明天开始，我要行动起来，我要展开调查。不行，明天要上一天学，要在学校里等很久，等太久了。但是明天下午一放学，我就去找。

跟保罗一起。我要把一切都告诉保罗。保罗会明白的。

我没疯。

45

洛朗斯·塞内纳克极度紧张地摘下话筒。很少有人在凌晨1点半给他打电话，尤其是他的私人号码。电话另一端的声音并没有使他安心。那人在电话里说着一些难懂的话，他只听清了“妇产医院”和“美国”。

“妈的，哪位？”

电话那头的声音并没有变得清晰：

“西勒维奥，老大。您的助手。”

“西勒维奥？妈的，现在可是凌晨1点啊……你能不能大点儿声，你每说三个词我才能听清一个。”

此时，音调增强了一些：

“我在妇产医院。贝亚特丽斯在病房里睡着了，我正好趁着有空跑到大厅来……有新情况！”

“你老婆生啦？你想第一个通知你的老大是吧？恭喜贝亚特丽斯……”

“不是的，”西勒维奥打断了他，“我想跟您说的不是宝宝，老大，我给您打电话是想说说案情。我想说的是，案情有了新的进展。宝宝和贝亚特丽斯，他们还在观察中。我们刚才到维农的妇产医院挂的是急诊。贝亚特丽斯感觉自己有宫缩了。这次挂急诊，我们等了两个小时。什么都没发生！医生说，贝亚特丽斯不会马上分娩，宝宝还很安静、很悠闲，暖暖地待在子宫里，一切都很正常。可是到最后，贝亚特丽斯还是坚持说自己快要生了，医生只好为她提供了一个房间。老大，贝亚特丽斯还让我代她向您问好呢。”

“也代我向她问好。告诉她，要勇敢……”

塞内纳克打着哈欠。

“好啦，说说吧，西勒维奥，你有什么新的发现？”

“您在克洛德·莫奈故居和花园那天收获怎么样？”贝纳韦德说道，他似乎没听到塞内纳克刚刚在问什么。

洛朗斯·塞内纳克迟疑了一下，搜寻着合适的词语：

“心烦意乱！你呢，你在鲁昂美术博物馆收获怎么样？”

这次换成贝纳韦德迟疑了：

“很受教育……”

“你就是为这个才给我打电话的吗？”

“不是。我在美术博物馆获得了很多新的信息，但是有些信息与我们掌握的情况相矛盾，还需要再筛选一下……”

话筒里响起一阵脚步声，后面的话有几秒都听不清了。

“等一下，老大，他们用担架抬进来一个小女孩儿，我感觉担架太大了上不去电梯……”

塞内纳克耐心地等了一会儿，随后，不耐烦地说道：

“好了吗？你的新消息是什么？快说！”

“老大，这件事很有趣……”

塞内纳克叹了口气。

“担架进电梯了吗？”

“是啊，终于进去了，进电梯了……是竖着放的。”

“我看你开心得很啊，西勒维奥。”

“我得适应一下，老大。”

“不错，不错。那么，我们就继续猜谜吧，一直猜到天亮？”

“我找到阿丽娜·梅雷塔丝了。”

洛朗斯·塞内纳克低声爆了句粗口。

“你说的是那个毛赫瓦勒的情妇，那个在波士顿艺术画廊工作的人？”

“对啊，就是那位。由于时差的关系，我无法在白天与她联系上，那是不可能的。但是总之，一刻钟以前，我成功地追踪到了她，她的面前放着两杯鸡尾酒，在东海岸，现在应该已经将近晚上 20 点了。”

“那又怎样？她跟你说什么了吗？”

“她倒没跟我说与毛赫瓦勒的死有关的事情，她似乎有着无懈可击的不在场证明。案发当天早上，她刚从纽约郊区的一家夜总会出来，等一下……”

他读道：“夜总会的名字叫‘疯狂的坏脑袋’，她有众多目击证人。我得去核实一下，但是……”

“我会叫人查的，西勒维奥，但是她不像能自己回农场的母鸡，这点也是真的。那么在她的工作、绘画、画廊和收藏方面呢，你能看出这些与毛赫瓦勒之间有什么关系吗？”

“据她所说，并没有。她已经十年没与我们的眼科医生联系过了。”

“对此你是怎么想的？”

“之前，她挺忙的。她把头发剪短了。她只记得毛赫瓦勒对克洛德·莫奈的油画如痴如醉，她当时觉得这个，怎么说呢，很‘正常’——她会使用这个词。”

“她一直在为罗宾逊基金会工作吗？”

“是的，据她所说，她负责法国和美国之间的艺术品交换活动。展览，接待大西洋两岸的艺术家，交换油画……”

“她负责什么层级的活动？”

“她的言外之意是，她和两岸所有的知名画家都很熟，她可以直接到艺术家的工作室去，将他们的画作夹在胳膊底下带走；如果有需要的话，她也很愿意出席一些画展和会客活动，为宾客们斟香槟酒，她会穿着低胸装站在白桌布后面……”

“好吧……看来我们真得对这个该死的西奥多·罗宾逊基金会多了解一点儿了……”

他又打了一个哈欠。

“西勒维奥，这么说吧，不是我说你啊，这位美丽的阿丽娜也没告诉你什么大事啊。为了这么点儿信息，你真的值得大半夜给我打电话？”

西勒维奥又一次压低了声音：

“老大，还有别的事情。”

“啊……”

塞内纳克没有打断自己的助手，他竖起耳朵听着。

“据阿丽娜·梅雷塔丝说，她总共和热罗姆·毛赫瓦勒一起出去过十五次，照片上的那次是在巴黎第五大区英国大街的仔德俱乐部里。那都是十年前的事情了。那时候，阿丽娜·梅雷塔丝二十二岁。当时她很开放，毛赫瓦勒挺有钱，一切都发展得很自然，直到……”

“妈的，你能不能大点儿声……”

“直到有一天，阿丽娜·梅雷塔丝怀孕了！”

“什么？”

“没错，她怀孕了。”

“那……她把小毛赫瓦勒留下来了吗？”

“没有。”

“怎么会这样，怎么会‘没有’呢？”

“没有。她把孩子流掉了。”

“是她确实把孩子流掉了，还是她说她把孩子流掉了？”

“是她告诉我的，她把孩子流掉了。当时她才二十二岁，单亲妈妈的命运对她来说是无法想象的……”

“那当时毛赫瓦勒知道这件事吗？”

“知道。阿丽娜说，他在医疗行业托了些关系，并支付了所有的医药费。”

“那我们再回到起点……事情还是没有任何进展啊，阿丽娜也没有杀人动机。”

又一阵脚步声响彻医院大堂。远处响起急救车的声音。贝纳韦德顿了顿，继续说道：

“只是，如果这个孩子还活着的话，那么他现在就十到十一岁了。”

“没有孩子，她把孩子流掉了……”

“是的，但是如果……”

“西勒维奥，没有什么孩子。”

“或许她说谎了呢？”

“如果她说谎了，那她为什么告诉你说她当时怀孕了呢？”

电话那头一阵沉默。贝纳韦德的声音又上升了一个音调：

“或许她不是唯一一个呢？”

“唯一一个什么？”

“唯一一个怀上热罗姆·毛赫瓦勒孩子的人！”

又是一阵长久的沉默。贝纳韦德继续说道。他的声音更大了。

“老大，我在想，比如说第四个情妇，那个毛赫瓦勒家客厅里的女佣，那个穿着蓝色工作服的女孩儿，我们一直都没能查明她的身份。或许，是时候要破解一下密码了，也就是照片后面那组该死的数字……”

话筒里，塞内纳克听见一阵渐渐逼近的脚步声，似乎护士长跑到大厅来，是想警告贝纳韦德警官他的结论过于武断了。

“妈的，西勒维奥，我都被你搞糊涂了，还有你的假设和那三栏傻×分类……”

他叹了口气。

“还是睡一会儿吧，明天我们还要起早去打捞吉维尼的河底呢。别忘了带上渔网啊。”

第十天

2010 年 5 月 22 日　大麻磨坊

沉积物

46

当年，那些建造大麻磨坊的人，特别是建造城堡主塔的人，他们的脑袋里肯定暗藏着这样一个想法：透过四楼的窗户监视整个村庄——没有别的可能。这座塔就位于枝繁叶茂的大树下，您随便管它叫什么都可以：瞭望台、监视塔或传达室，但有一点是确定的，或许是因为有着教堂式的钟楼，这里是吉维尼的最佳观察点。

相信我，这里的视野无与伦比，可以看清整座村落，从草原到荨麻岛，从小河到莫奈花园，全都一览无余。您大概会想，这里一定是观看凶杀案的最佳也是最隐蔽的地点，也就是热罗姆·毛赫瓦勒的凶杀案。

瞧啊，警察们卷起裤腿在河水里蹚着，到目前为止还一无所获。他们可真不明智啊，光着脚，还不穿靴子……他们的脚肯定受伤了。就连警官的助手——西勒维奥·贝纳韦德，也在水里走着。塞内纳克是唯一一个待在河岸上的警察，他在和一个好奇的人交谈着，那人戴着眼镜，将一些奇怪的装备放进河水里，并把沙子倒入叠放着的漏斗中。

当然啦，尼普顿也在。您知道，它是不会错过任何事情的。它从一根蕨菜旁跑到另一根蕨菜旁，我也不知道它在嗅着什么。这只狗，一有热闹它就兴奋。并且我觉得它现在也知道塞内纳克警官对它好了，他会抚摩它很久。

瞧啊，我光顾着嘲笑那些警察了，其实清理河底这个主意倒也不赖……换句话说，他们早就应该想到清理河底了。您可以就此推断出，这些省内警察的反应并不敏锐，我们可以得出这样一个简单的结论……但是您别忘了，负责这起案件的帅气警官最近还被别的事情扰得心神不宁呢。要我说的话，这不是他选择打捞的第一条河流。好吧，您知道的，我只是一个不再跟任何人说话的老巫婆而已，我只是自言自语地玩儿着文字游戏，没有什么实际意义。我还是悄悄地在窗帘后面观看吧。

47

维农警局的三位警官仔细搜查着河床。他们一平方分米一平方分米地搜寻着。他们对此不是很有信心。吉维尼的市长对他们说，城镇的清洁工每个月都会清理一次河底。他又补充说道：“把这条小河称作法国印象派第一河那是远远不够的！它还应该受到更多关注……”

市长没说错。警员只从河底深处的淤泥中打捞上来一点点垃圾——几张油纸、几个汽水瓶盖和几块鸡骨头……

所有打捞上来的垃圾都会被送到法医那里检验……

西勒维奥·贝纳韦德勉强支撑着双眼。他心里暗自想道，再这么打捞下去，他就要在水里睡着了。他感到自己的脑袋昏昏沉沉的，马上就要睡着了，稍有不慎，就会跌倒，将脑袋撞在石头上，摔出一道不深的伤口。但是说到底，谁会趁机砸烂你的脑袋，将你的脑袋浸入水中，把你的整个身体浸泡在水里呢?

今天早上，西勒维奥的想法有些消极。昨晚挂了洛朗斯·塞内纳克的电话之后，他便睡不着了。护士们想让他回家，那怎么可能呢?警察还是有些特权的！他整晚都在守护着熟睡的贝亚特丽斯，自己只在候诊室的两把椅子上打了个盹儿。对面墙上的海报提醒着抽烟和酗酒对孕期妇女的危害。他利用这段时间一遍又一遍地梳理着自己那三条线索，它们之间总是那么互不搭界。

情妇，《睡莲》，孩子。

是时候了，该给这几天不断累积的谜团画上一个句点了。怎么理解《黑色睡莲》的传说呢？当然，阿玛度·康提应该是知道的。毛赫瓦勒也是。1937 年，阿尔贝·罗萨尔芭这个小孩儿在同一地点意外身亡，与毛赫瓦勒这个案子有什么关联呢？那张睡莲的图案、写着阿拉贡的诗句、要送给十一岁孩子的明信片又是怎么一回事呢？为什么要选择阿拉贡的诗呢？为什么引用了这一句呢？——“我赞同将做梦立罪”，这句话有什么含义呢？毛赫瓦勒情妇照片背面的数字又是怎么一回事呢？他猜测着，所有信息交织在一起，他不能忽略任何一个细节，每个信息都有其自身的价值。

他观察着塞内纳克。很难判断他是在集中精力寻找着推测沉积物日期的方法，还是对这次打捞根本就不抱希望。问题是，像个闷葫芦似的独自思考，这可不是老大的风格。至于捕捞网，塞内纳克似乎只会用力、非常用力地拉扯网上的一根线。西勒维奥觉得这样做不妥，这么做一切都会乱成一团，塞内纳克很可能会将捕捞网扯烂。这些连西勒维奥都能预料到。

西勒维奥注意到，卢韦尔刚刚清理出了第三个塑料瓶。这只瓶子是在泥沙深处挖出来的，它可不像印象派的王牌河岸那么干净。沉积学专家用专业设备检测了所有打捞上来的物件，最后得出结论：即便这些物件不是克洛德·莫奈生前那个时期的，它们也不可能与热罗姆·毛赫瓦勒的尸体有什么关系。

西勒维奥又想到了塞内纳克。试着跟上司沟通一下想法也没有错啊。塞内纳克自己也对这一切表示赞同：三条线索的分类、谜团，以及一切乱象。但是这一切也没能阻止他将自己禁锢在直觉中：对他来说，所有的一切都是围绕着斯特凡妮·迪潘展开的。女教师处于危险之中，这种危险有个名字，叫作雅克·迪潘。他无法从这种思路中走出来。客观地说，如果仔细琢磨一下最近发生的事情，西勒维奥觉得女教师斯特凡妮更像嫌疑人，而不像潜在的受害者。他把这些想法告诉了塞内纳克，但是这头蠢驴宁可相信自己的直觉，也不愿意相信客观事实。他又能怎样呢?

那一夜，西勒维奥想了很多，西勒维奥和贝亚特丽斯一样，他内心深处是喜欢塞内纳克的。与之相矛盾的是，纵使他们两人个性不同，他也很愿意与塞内纳克做搭档。或许是他俩性格互补的原因吧。但是他总觉得塞内纳克在维农警局干不长。他似乎是突然之间上任的！在北方地区，直觉并不是判断问题的方法，尤其是在警察的想法战胜不了情欲的情况下，直觉就更不靠谱了……

"看来我有新的发现了！"

卢韦尔喊道。所有警察一下子都围了上来。

卢韦尔将双手插进沙子里，从沙子中掏出一个长方形的物体，形状扁平。沉积学专家递过来一只塑料盒，让沙子流到里面去。渐渐地，就可以猜出警察手里拿的是什么了。很快，便显而易见了。

卢韦尔警官发现的是一个木制的颜料盒。

西勒维奥叹了口气。又做了一次无用功，他心想。或许是某位画家想离河水近一些，而将颜料盒掉在这里的。它可能是任何一位画家掉下去的。总之，不会是毛赫瓦勒的，他收藏油画，却不画画。

卢韦尔警官将他的新发现放在岸边，沉积学专家将颜料盒里的沙子倒入过滤筛和漏斗中，沙子流了出来。

"这个颜料盒沉入水底多久啦?"莫利警官问道，他对这个问题很关心。

沉积学专家观察着小漏斗里的刻度盘。

"还不到十天，顶多十天。这个盒子是昨天或者更早的时候掉进河里的，并且是在毛赫瓦勒被杀以后……我相信是 5 月 17 日那场大雨的缘故。暴雨期间，被河水冲刷过的沉积层是很有特点的。这些沙石来自上游，5 月 17 日之后就再没下过雨了。我会把时间范围扩大到暴雨那天的前五天和后五天。”

西勒维奥没有靠近河岸。现在，这个发现倒是让他好奇起来。这个颜料盒沉入河底的泥沙中最多十天……这个时间段还是会让人联想到凶杀案的。塞内纳克也走了过来，他俩都距离木制颜料盒不足一米远。

“你来吧，西勒维奥。”塞内纳克说道，“机会留给你……你是有资格打开这件宝物的第一人。他一边说着，一边向助手眨了眨眼。但是我们要把战利品平均分成五份。”

“就像海盗那样？”

“没错……”

他们身后的鲁多维克·莫利警官哈哈大笑起来。贝纳韦德警官没有祈祷，就把颜料盒拿到距眼睛几厘米的地方。木头很古老，上面刷着漆，奇特的是，虽然这个盒子之前沉到了水底，但是它几乎完好无损，只是接合处的铁铰链似乎生了一层铁锈。西勒维奥辨认着，字迹有些模糊不清了，那似乎是一个牌子——“WINSOR&NEWTON”，字母都是大写的，商标就像一条长着翅膀的龙。商标下方有一行更小的文字，用小标题工整地写着：世界顶尖画家的绘画装备。贝纳韦德对这个牌子一无所知，但是他觉得这是一个好东西，是个大品牌，是美国的一个老品牌，他得去查查。

“来吧，把这个盒子打开好吗？我们都想知道里面装着什么东西。是金条啊，珠宝啊，还是通往黄金王国的地图啊……”塞内纳克急不可耐地说道。

鲁多维克·莫利又哈哈大笑起来。不知道莫利警官是真能欣赏上司的幽默，还是表现得比较夸张。西勒维奥不慌不忙地转动着生锈的锁链，盒子打开了，像新的一样，似乎昨天还有人用过它。西勒维奥看到盒子里有几支毛笔、浸湿了的颜料、一个调色盘和一块海绵。没什么特别的……

我的天啊！

贝纳韦德警官差点儿失手将颜料盒扔进河里。我的天啊……他的大脑思绪万千。或许从一开始，他就搞错了，或许是塞内纳克说对了？

他的手指紧紧蜷缩在木盒上，惊叫道：

“我的天啊，老大，快来看看这个！快，快过来看看啊！”

塞内纳克向前迈了一步。莫利和卢韦尔也向前迈了一步。贝纳韦德警官的惊愕倒是吓了他们一跳。西勒维奥·贝纳韦德将打开的盒子拿到他们面前。两位警官屏气凝神地盯着木盒的盒盖，就像东正教的教徒站在具有拜占庭风格的图像面前一样虔诚。

他俩都看到了同样一行文字，是用刻刀刻上去的，刻在颜料盒的浅色木头上：在这里，她是我的，现在是，永远都是。

在这些文字后面，有两处交错的刀痕。那是一个叉。是死亡的威胁……

“妈的！”塞内纳克警官喊道，“有人在十天之内将这个盒子扔进了河里！或许正是毛赫瓦勒被杀的那一天！”

他用袖子拂去额头上的汗水，继续说道：

“西勒维奥，你立刻帮我找一位字迹鉴定专家，并且，将刻在木盒子上的笔迹与村里所有被妻子戴了绿帽子的丈夫的笔迹对照一下。将雅克·迪潘列为第一嫌疑人！”

塞内纳克看了看表。11 点 30 分。

“今天天黑之前我就要结果！”

他久久地注视着对面的洗衣池，又兴奋了起来，对自己身边的四个男人真诚地笑了笑。

“干得漂亮，小伙子们！现在停止对河岸的搜寻，我们撤吧。我觉得我们已经钓到河底最大的鱼了。”

“鲁多，你那蠢主意还真挺棒——打捞河底。小伙子们，我们终于找到了一个物证！”

莫利忍不住笑了起来。就像取得了好成绩的小孩儿似的。至于西勒维奥·贝纳韦德，他通常不太相信这种突如其来的兴奋感。对他的上司来说，“在这里，她是我的，现在是，永远都是”这条信息里的这个“她”，他认定是个女人，那么这个威胁必然出自一个嫉妒的丈夫之手……于是雅克·迪潘有很大嫌疑。但是，西勒维奥心想，这句话里的“她”可以指任何事物、任何人啊，不一定指女人。“她是我的”，也可以指一个十一岁的小孩儿啊，或者任何一个阴性名词。比如说，一幅油画。

警察们继续有条不紊地搜索着河岸，他们越来越没有信心了。他们只清理出少量垃圾。太阳缓缓地落山了，大麻磨坊主塔的倒影覆盖住警察们刚刚离去的犯罪现场。在离开之前，西勒维奥·贝纳韦德抬头看了好几眼城堡的塔楼：他一定是看到了四楼飘荡着的窗帘。但是下一秒，他就把塔楼的事给忘掉了。他还有别的事情要想。

48

“克洛德·莫奈有子嗣吗？我想说，有没有现在还在世的？”

洛朗丁警官的问题吓了阿基里斯·吉约坦一跳。鲁昂美术博物馆的秘书说，这位退休老警察说话很直接。之前，他给博物馆打过电话，要求跟研究克洛德·莫奈最有建树的专家聊一聊。总之，他的意思，就是要拜见阿基里斯·吉约坦！秘书急忙给阿基里斯·吉约坦打了电话。吉约坦当时正在出席一个由文化部主办的关于“印象派诺曼底”的研讨会。又是一场没完没了的会议。他几乎是面带喜悦从会场来到走廊的。

“克洛德·莫奈，他的子嗣……呃，警官，这可难说……”

“为什么‘难说’？”

“是这样的……我尽量解释得清楚一点：克洛德·莫奈跟他的第一个老婆卡米耶·唐希尔生了两个孩子——让和米歇尔。后来，让娶了布朗什，也就是莫奈的第二任妻子爱丽丝·奥修德的女儿。让死于 1914 年，布朗什死于 1947 年，这对儿夫妇没有孩子。米歇尔·莫奈死于 1966 年，他是克洛德·莫奈的最后一位后裔。几年前，在米歇尔·莫奈的遗嘱中，他将自己的全部遗产捐献给了马尔莫丹艺术陈列馆，也就是美术协会。巴黎的马尔莫丹艺术陈列馆如今收藏着《莫奈和他的朋友》系列作品，总计有一百二十多幅。其中，最重要的一幅作品是……”

“这么说，就是再没有后代了？”洛朗丁打断了他，“克洛德·莫奈只有过一代子嗣？”

“话也不能这样说。”吉约坦喜形于色地解释道。

洛朗丁在话筒里咳嗽了一下。

“您说什么？”

吉约坦抛出一个短暂的悬念，随即说道：

“米歇尔·莫奈与他的情人加布里埃尔·博纳旺蒂尔有过一个私生女，他的情人很迷人，是个模特。后来，米歇尔·莫奈将自己与情人的关系合法化了。父亲死后，他于 1931 年在巴黎娶了加布里埃尔·博纳旺蒂尔。”

电话里，洛朗丁警官激动地说道：

“照这么说，这个私生女就是莫奈的最后一位继承人啦！她是克洛德·莫奈的小孙女啊……”

“不，”吉约坦平静地回答道，“不是这样的。奇怪的是，米歇尔·莫奈从来都没承认过自己的私生女，即便婚后也没有承认。因此，她没有碰过自己祖父那庞大遗产中的一分一毫。”

洛朗丁警官的声音变得苍白无力：

“那么，他的私生女叫什么名字？”

吉约坦叹了口气。

“在关于莫奈的任何一本书中，都能看到她的名字，她叫昂里埃特，昂里埃特·博纳旺蒂尔。另外，我不知道为什么每当说到她的时候自己都要使用过去时态。至少我觉得，她应该还活着。”

49

16 点 31 分，放学的铃声响了。

刚一走出校门，法奈特就争分夺秒地跑了起来。她跑过布朗什－奥修德－莫奈大街，径直朝博迪旅馆跑去！她知道，莫奈时期的美国画家都住在这里：罗宾逊、巴特勒、斯坦顿·扬……她知道这段历史，老师给他们讲过。现在，肯定也会有美国画家住在这里的。她瞥了一眼街道另一端露天咖啡座的绿色桌椅，随后一溜烟地跑进这家旅馆。

旅馆的墙壁上挂满了水彩画、油画和素描，就像在博物馆里一样！法奈特意识到，这是她第一次走进博迪旅馆。她想再多花一点儿时间仔细看看角落里的海报上那些名人的签名，一位服务生在柜台后面看着她，法奈特径直走了过去。柜台很高，是浅橡树色的，法奈特需要踮起脚尖才能看到柜台的另一侧。她扶着柜台，踮起脚，服务生就在她面前。他蓄着一副黑色小胡，有点儿像莫奈的雷诺阿画像。

这人看上去好无趣啊！

法奈特说得很快。她思绪不清，说话结结巴巴，但是这位“雷诺阿”

倒是听懂了，小女孩儿是想找一位美国画家“詹姆斯”，不，她都不知道詹姆斯姓什么。他很老，长着一脸大白胡子，他有四个画架。

“雷诺阿”流露出一副抱歉的表情。

“不好意思，小姐。我们这里没有您所说的那位詹姆斯。”

他的胡子盖住了嘴唇，无法轻易分辨出他是在开玩笑还是不耐烦了。

“小姐，您知道的，很长一段时间以来，住在我们这里的美国人不像莫奈时期那么多了……”

蠢货！雷诺阿，你可真是个蠢货！

法奈特走上克洛德－莫奈大街。保罗在外面等她呢，在课间休息的时候，法奈特把一切都跟他说了。

“怎么样？”

“没找到，没有这个人！”

“那你想怎么办？去别的旅馆找找？”

“我也不知道。总之，我甚至连他姓什么都不知道。此外，我觉得詹姆斯经常睡在外面。”

“或许我们可以跟其他人说说啊。文森、卡米耶、玛丽。如果大家都知道这件事，我们就可以……”

“不！”

法奈特几乎喊了出来。博迪旅馆对面，露天座位上的几位客人都转过身来看着她。

“不，保罗。文森总是一副狡猾的样子，最近几天，我都看不懂他了……卡米耶，如果你让他知道的话，他能从史前讲起，把来过吉维尼的美国画家都说一遍。这可够我们受的。”

保罗哈哈大笑起来。

“玛丽呢，她就更糟糕了。她会哭，哭完就会把一切都告诉警察。你想让我妈妈跟我发疯吗？”

“那我们该怎么做啊？”

法奈特出神地注视着博迪旅馆前方的公园，一直看向罗伊大街：一捆捆干草摞成了堆，在修剪过的草坪上投射出一抹阴影，草垛后面的草原一直延伸到埃普特河和塞纳河的河口处，延伸到著名的荨麻岛。

这样的景色让她想起了詹姆斯……他已经离开了这片景色，他离开了他的康涅狄格州，离开了他的妻子和孩子。他和我说过这些。

“保罗，我不知道你是怎么想的。你是不是觉得我疯了？”

“没有……”

“他死了，我保证……”

“具体地点在哪里？”

“他死在麦田里，在洗衣池后面，在巫婆的磨坊后面。”

“我们去看看吧……”

他们走过大花园、大街。房屋表面高高的石头墙似乎全部经过精确测算，使得房屋的最大阴影面积正好可以覆盖整条街道。这股清凉几乎让法奈特瑟瑟发抖。

保罗试图安慰一下他的朋友：

“你跟我说过，詹姆斯画画要摆四个画架！除此之外，还有他的绘画工具：调色板、小刀和铅笔盒。一定会找到蛛丝马迹的，那片麦田里肯定还会有痕迹的……”

法奈特和保罗在麦田里找了一个多小时，他们只找到了那些坍塌的麦穗，就像有人死在了那里一般……

至少，这口稻草棺材不是我想象出来的……

保罗分析着，或者有人几分钟前在这里睡过啊。如果有人在这里睡过觉，那又有什么区别呢？

保罗和法奈特最终找到了一些染上了色彩的麦穗。有些麦穗染上了红色，或许那是血迹，他们也不知道那到底是什么。怎样才能分辨出这到底是血滴还是红色的颜料呢？麦田里还有一些颜料管的碎片，但是这什么都证明不了，任何事情都不能证明，只能证明有人经常来这里画画……但是这一点，法奈特早就知道了啊。

我没疯。

“还有谁见过你说的那位画家呢？”保罗问道。

“我也不知道，文森见过吧？”

“那除了文森呢？还有哪个成年人见过他？”

法奈特朝磨坊的方向看了一眼。

“我也不知道，某一位邻居……或许磨坊里的老巫婆看见过……从她那高高的塔楼上，她应该什么都看得见！”

“咱们走！”

拉着我的手，保罗。拉着我的手。

50

我可不能错过他们！我看见孩子们向我这里走来！他们走过河上的小

桥，只朝陡峭的河岸瞥了一眼，就是警察们刚刚打捞上来一只装满沙土的颜料盒的地方。

现在，这里一个警察都没有了，没有黄色的警戒带，也没有那个拿着漏斗、戴眼镜的家伙了。这里只剩下埃普特河、杨树和麦田。就像什么都没发生过一样，似乎大自然并不在意发生了什么。

这两个孩子对一切都没有产生怀疑——对于即将发生的一切。但愿他们能够意识到身边的危险，可怜的傻孩子啊。过来啊，孩子们，过来吧，别害怕，到巫婆这里来吧……就像童话故事那样，就像《白雪公主》里讲的那样，别害怕巫婆。来吧，孩子们……但还是要当心一点儿，我的苹果没有毒，有毒的却是樱桃。

只是味道的问题……

我慢慢离开窗边。我已经看够了。

从外面看，没人能够发现我，没人知道我到底在不在窗边，也看不出我的磨坊是空着的还是住着人。一丝光线都不会出卖我。昏暗并没有使我感到不安，事实恰好相反。

我向《黑色睡莲》走去。现在，我越来越喜欢在昏暗中欣赏这幅画了。在屋子幽暗的光线里，画卷中的水光几乎消失了，池塘中微弱的倒影也变得模糊不清，什么都无法分辨，只能看到夜色中睡莲那黄色的花朵，犹如遥远的银河中飘散着的点点繁星。

51

“我跟你说，这里没有人。”法奈特说。

小女孩儿仔细观察着磨坊的院子。陈旧的桨板泡在河水里，石井的围栏上放着一只锈迹斑斑、引人注目的铁锁，上面沾满了青苔。大樱桃树的影子几乎笼罩了整个院子。

保罗坚持说道：

“我们还是进去看看吧……”

他敲了敲沉重的木门。这一次，他站在了院子地面上的阴影里。似乎那些物品、墙壁、石头都是被遗弃在那儿的，被遗弃在太阳下烘烤，被永远地遗弃在那里。

“你说得对，这地方让人感觉挺害怕的。”保罗说。

“实际情况并不是这样的。”法奈特回答道，“说真的，我以后倒是很想住在这样的地方，住在这样一所与众不同的房子里，应该感觉特棒。”

有时候，保罗可能会觉得我怪怪的。

保罗绕过磨坊，试着透过窗子看看一楼的房间。他抬起头，看了看城堡的主塔，随后向法奈特转过身去。他歪着嘴，蜷缩着手指，笨拙地向法奈特比画着。

“法奈特，我确定这里住着一个巫婆……她讨厌画画，她会将我们……”

“别这么说！”

保罗害怕了。我能看出来。他强装着好汉，可实际上，他却吓得心惊肉跳！

突然，磨坊另一头的狗叫了起来。

“妈的，我们走吧。”

保罗拉起法奈特的手，可是小姑娘却哈哈大笑起来。

“傻瓜！那是尼普顿啊，它总是在樱桃树的阴凉下睡觉。”

法奈特说得没错。下一秒，尼普顿就跑了过来。它又叫了起来，在小姑娘的腿上蹭来蹭去。法奈特倾身看着这只德国牧羊犬。

“尼普顿，你很清楚对不对，昨天在麦田里，你看到了詹姆斯。你找到了他，还闻过他的气味儿。可现在，他去哪儿了呢？”

尼普顿啊，现在至少你知道，我没疯！

尼普顿坐了下来。它看了法奈特很久。它的目光跟随面前飞过的蝴蝶移动了一下，随后，就像趴在石头墙上的壁虎一样，径直走到樱桃树的阴影下。她惊愕地发现，保罗爬到树上去了。

“你疯啦，保罗！你干什么呢？”

保罗没有回答。法奈特坚持说道：

“这些樱桃还都没熟呢。你疯了吧！”

“才不是呢，我并不是要吃樱桃！”保罗喊道。

下一秒，小伙子就已经从树上爬了下来。他的右手握着两条耀眼的银丝带。

有时候，保罗可真是个白痴，他以为自己要扮演人猿泰山才能赢得我对他的爱……

“这是……”保罗气喘吁吁地解释道，“这是用来驱赶那些想靠近这些美丽果实的鸟儿的！”

他从树上跳了下来，掀起一阵轻轻的尘土，随后，走到法奈特跟前，单膝跪地，像中世纪的骑士那样举起手臂。

“我的公主，这是给你的，无论将来你走多远，无论你在世界的另一端会有多大的名气，都愿这抹银色能够润泽你的秀发，愿它能够永远保佑你，使你远离坏人的伤害。”

法奈特努力抑制着眼中的泪水，对她这个年纪的小女孩儿来说，最近发生的事情真是太多了：詹姆斯的失踪，她与妈妈关于画画、关于爸爸、关于一切的争吵，罗宾逊基金会大奖赛，她的《睡莲》，尤其是保罗这个傻子，竟然做出这么古怪却又浪漫的举动。

保罗，你怎么这么傻！你怎么这么傻！

法奈特将银丝带在自己的手心里展开，另一只手抚摩着保罗的脸颊。

“傻瓜，快站起来呀。”

但是，她却倾下身去，到保罗的嘴边，给了保罗一个吻。

这个吻很长，很长，很长。就像永恒。

现在，她又抑制不住地哭了起来。

“傻瓜。你可真是个大傻瓜。你要让这些银丝带一辈子都扎在我的头发上。我说过，我们会结婚的！”

保罗轻轻地站起身来，将法奈特抱在怀里。

“好啦，我们走吧。我们疯了。之前死了一个人，现在又死了另一个人，凶杀案已经过去好几天了。我们应该让警察来处理这些事情。太危险了，我们不应该留在这里……”

“那詹姆斯怎么办？我得……”

“不是在这里，不是在这里……这里一个人都没有。法奈特，如果你确定昨天你看到的是真的，我觉得我们应该去报警！现在我们都不知道是怎么回事，或许詹姆斯的死和前几天被杀的那个人有关系呢，我说的你能听懂吗？就是那起大家都议论纷纷的凶杀案啊。”

法奈特的回答坚定得不留余地：

“不！”

不！不！我才不会将疑惑放在自己的脑袋里呢，保罗。才不会呢！

“法奈特，可是，谁会相信你呢？没有人！詹姆斯之前的生活就像流浪汉一样，没人注意过他。”

他们在罗伊大街的前方停留片刻，等这条公路上没车了，就穿越过去。几朵稀疏的云在塞纳河的山丘顶上聚集到一起。他们不慌不忙地向吉维尼走去。突然，保罗停了下来。

“那老师呢？你为什么不跟老师说呢？她很爱油画，还发起了未来之星绘画大赛和罗宾逊基金会大奖赛什么的。她也有可能遇到过詹姆斯啊……总之，她是会理解你的……她一定知道该怎么办……”

“你觉得是这样吗？”

大街上，几个行人从两个孩子身边走过。保罗转过身去。

“我确定！这绝对是个好主意。”

他的身子向法奈特倾了倾，像是为了给她信心。

“法奈特，告诉你一个秘密。我发现老师的头上也扎着一条银丝带……这么跟你说吧，那是吉维尼公主的标志，即使走在大街上都能被人辨认出来。”

法奈特拉住他的手。

我真希望时间就停在这里。真希望我和保罗就这样静止，成为永恒，只让身后的景象围绕着我们一直在变，就像电影中演的那样。

“法奈特，你要答应我。”

他们的手指像藤条似的缠绕在一起。

“法奈特，你要把画画完。无论发生什么，你都要赢得这个罗宾逊大奖赛！这个是最重要的。”

“我不知……”

“法奈特，詹姆斯也会这样说的，你很清楚。这也是詹姆斯希望看到的……”

52

两个孩子向水之城堡大街的方向走去。透过拉起的窗帘，他们的身影有些模糊……尼普顿对这一切漠不关心，它就在樱桃树底下睡着觉。

这个可怜的小姑娘还以为自己能够逃脱。您要发笑了！她想画一幅杰作，就是她藏在洗衣池底下的那幅，她觉得自己能够从莫奈的池塘上方飞过去，从吉维尼的上方飞过去。她要向自己的艺术、向她反复听到的自己有点儿小天分的失重状态发起挑战。

彩虹上的《睡莲》！可怜的小法奈特。

这是多么讽刺！

我又转过身去，看了看我的《黑色睡莲》。在绝望的画笔下，黄色的花冠在哀伤的笔触下发着光。

这是怎样的虚无感啊！

自己跌落到池塘里，这就是等待着小法奈特的一切。她会淹死，漂浮在睡莲的上面，就像漂在冬天湖面冰层上一样。

很快，就快了。

每个人都有份。

第十一天

2010年5月23日　大麻磨坊

顽抗

53

这一次，我没有在窗边观望。怎么说呢，虽然看上去，我每天都在偷偷地观望着周围发生的一切，其实并不尽然。总之，不仅仅如此。

何况，今天早上，窗外锯木机的声音真的让人难以忍受。我最近才得知，他们已经决定要锯掉这里十四公顷的杨树了。是的，砍倒杨树！砍倒我们吉维尼的杨树！据我所知，这些杨树是20世纪80年代初栽种的，当时，它们还是不起眼儿的小灌木。栽种这些杨树，大概是为了使吉维尼的风景更加具有印象派的感觉吧。只是，从那以后，专家（当然，是另一些专家）解释说，莫奈时期是没有这些杨树的，莫奈透过自家窗子观察到的风景是没有任何遮挡的；可是随着这些杨树的生长，树荫会日渐覆盖住莫奈花园、池塘和睡莲……这样一来，对游客来说，莫奈作品的背景就不那么具有辨识度了。所以，看来就这样决定了——在栽种了这些杨树之后，现在，又要将它们砍掉！总之，如果他们愿意这样做的话，又有什么不妥呢？一些吉维尼人抗议着，另一些却鼓着掌。而我呢，我想说的是，如今，我才不在乎呢。

我还有别的事情要做。今天早上，我整理了一下陈旧的纪念品：有战前时期的物件，也有黑白照片。除了像我这样的老年人，没人会对这些“珍贵”的纪念品感兴趣了。您了解了吧，最后，我决定清空车库来寻找那个古老的压膜纸盒箱，箱子上还缠绕着一根亚麻线。它就藏在三层录像带、一层唱片和十厘米高的农业银行信用卡账单的底下。我规规整整地折叠起小桌布，将照片在桌上摊开。

锯木机的马达声响了一个小时，随后，一阵警笛声突然将我拉回现实，就像闹铃声打断了您清晨的梦境一般，我说的您能理解吗?

警笛声响彻整条罗伊大街。

前一秒，我还在眼泪汪汪地看着这唯一一张珍贵的照片，实际上，那是一张班级的集体照。吉维尼，1936—1937 年。我承认，这不是昨天刚拍的照片！我仔细地瞧着这二十多名乖乖坐在三层木质台阶上的学生。这些孩子的名字都写在照片的背面，但是我根本不需要将照片翻过来。

当然啦，阿尔贝・罗萨尔芭就坐在我旁边的座位上。

我盯着阿尔贝的脸看了很久。这张照片肯定是刚开学不久拍的，在万圣节的时候或在万圣节的前后两星期。

在悲剧发生之前……

就在这时，警车的警笛声响彻我的耳畔。

我站起身来。您一定对此表示怀疑，我像监狱的看守似的，虽然精神涣散，但是听到警笛声，也会匆忙起身跑到瞭望台上！于是，我跑到窗边。“跑”，我只是这么说而已。我拿起拐杖，艰难地向窗边走去，用拐杖悄悄掀起窗帘。

我什么都没有错过。想不看到这些警察都难！所有警员都出动了，三辆警车，警笛鸣响，警灯闪烁。

没什么可说的，这次，塞内纳克警官可要大动干戈了！

54

西勒维奥・贝纳韦德抬头看了看磨坊的塔楼，塔楼在他的右侧全速晃过。

“您瞧啊，”西勒维奥一边打着两个哈欠，一边断断续续地说道，“我去过磨坊了，老大，您瞧，您说过的，不要错过任何一个目击证人，尤其是这附近的邻居……”

“然后呢？”

“说来也怪，这座磨坊看起来像是空的，或者说，像是废弃的。”

“你确定吗？看起来，花园有人在保养，房屋表面也是。在犯罪现场、在河边，我好几次感觉自己看到了磨坊中移动的影子，特别是在高层，在塔楼的顶层……有一面窗帘在窗边飘动，差不多是这个样子。”

“我也是，老大，我跟您有同样的感觉，我也是。可是，没人给我开门。邻居们说，几个月前，这里就不住人了。”

“怪了……上次你说是村民在集体说谎，这次，对于这个十一岁的孩子，你不会又说是村民集体拒绝做证吧？”

“不会……”

西勒维奥犹豫了一下。

“那就全都告诉您好了，村民们把这个地方叫作巫婆的磨坊。”

塞内纳克微笑地看着塔楼的倒影消失在汽车的后视镜里。

“这么说来，我们看到的那个身影可能是个鬼魂喽，不是吗？先不想这个问题了，西勒维奥，我们现在还有其他的任务。”

塞内纳克仍在加速。半秒前，莫奈花园从他们的左侧闪过。从来没有一位游客见过莫奈花园如此印象派的一面。

“你瞧啊，”洛朗斯继续说道，“说到村民拒绝做证……关于莫奈故居和莫奈工作室，你知道昨天斯特凡妮·迪潘跟我说了什么吗？”

“不知道……”

“她说，只要我们试着找一找，就能找到藏在莫奈故居里的十几幅真迹。雷诺阿、西斯莱、毕沙罗……当然啦，还有莫奈未曾面世的《睡莲》。”

“您找到那些画了吗？”

“或许我看到了一幅雷诺阿的作品……”

“她这是没把您放在眼里呀，老大！”

“当然……但是她为什么要跟我讲述这样的故事呢？她甚至还补充说，这是吉维尼公开的秘密……”

西勒维奥又渐渐想起他同阿基里斯·吉约坦会面时说到的莫奈丢失作品的事情。丢失的画卷，可能被某位陌生人找到，这有何不可呢？比如那些著名的《黑色睡莲》，足有十几幅呢！

“她跟您闹着玩儿的吧，老大？我看她是编瞎话骗您呢。从一开始我就跟您说过……而且我觉得她不是村里唯一一个骗您的人。”

塞内纳克没有反驳，他重新专注地行驶在道路上，丝毫没有减速。西勒维奥将他那苍白的脸贴在敞开的车窗上，他的鼻孔试着吸入些许新鲜空气。

“西勒维奥，你还好吧？”塞内纳克关切地问。

“已经到了极限了……昨晚我灌了十几杯咖啡才挺到现在。今天早上，医生决定将贝亚特丽斯留在医院直到分娩。”

“我还一直以为你只会喝无糖的茶呢。”

“我也是，我也一直这么以为……”

“既然你老婆都要生了，那你还来这里干吗？”

“如果有新情况的话，医生会给我打电话的……妇产科医生应该是去看过了……宝宝一直都在温暖的子宫里，惬意着呢，他们说宝宝还会在妈妈的肚子里待几天……”

“这么说，你是因为这件事又折腾了一个晚上？”

“没错……我还是要管我老婆的，不是吗？后半夜，贝亚特丽斯就开始在房间里像睡鼠似的打鼾了。”

塞内纳克一个急转弯，转到吉维尼的山地，布朗什－奥修德－莫奈大街。西勒维奥看了一眼后视镜，两辆警车跟在后面——莫利和卢韦尔警官的车紧紧跟在后面。西勒维奥在最后关头抑制住了呕吐。

“别担心，”塞内纳克继续说道，“再过不到三十分钟，毛赫瓦勒的案子就可以初见分晓了。你可以在医院放一张折叠床啊！不管是白天还是晚上都可以休息一会儿。笔迹鉴定专家已经明确告诉我们，木颜料盒上刻着的该死文字‘在这里，她是我的，现在是，永远都是’与雅克·迪潘的笔迹一致……西勒维奥，我之前说得没错，我一眼就能看出是谁干的。”

西勒维奥深深地呼吸着外面的空气。沿着山丘的起伏，布朗什－奥修德－莫奈大街一路蜿蜒曲折，塞内纳克一直像疯子似的开着车。贝纳韦德也不知道自己能不能坚持到目的地。他逼着自己深深地屏住呼吸，随后，将脑袋钻进车里。

“三位专家中只有两位那么说，老大……而且他们得出的结论也大相径庭……据他们说，迪潘的笔迹与刻在颜料盒上的字迹确实有一些相似之处，但是也有很多不同啊。我宁愿这些专家什么都不懂……”

塞内纳克的手指烦躁地敲了敲方向盘。

“西勒维奥，你听好了，我跟你一样，我也读了鉴定报告。迪潘的笔迹与颜料盒上的字迹相似，这是专家经过分析得出的结论，不是吗？至于其他，笔迹中有不一样的地方什么的，我只是觉得用刻刀在木头上刻字肯定不会与在支票上签名的笔迹一致。西勒维奥，这一切都说得通，别再把事情复杂化了。迪潘是一个嫉妒得发疯的丈夫，首先，他用明信片上的信息威胁毛赫瓦勒，他使用了阿拉贡的引文，那段引文出自诗篇《睡莲》，‘我赞同将做梦立罪’；其次，他通过刻在颜料盒上的那段话进一步加以威胁；最后，他杀死了情敌……”

布朗什－奥修德－莫奈大街现在变成了一条两米宽的沥青马路，道路一直蜿蜒曲折，直到与维克森高原的交会处才缓和下来。西勒维奥犹豫着要不要再一次反驳塞内纳克，他想解释说，面对笔迹鉴定专家观点的不一致，鲁昂司法机构的专家指出，这也可能是有人对迪潘笔体的拙劣模仿……

左面一个转弯。

塞内纳克在道路中央开着车，与一辆从对面开过来的拖拉机擦肩而过，吓傻了的农夫一个偏转跌进沟里。干得漂亮！他困惑地看着另外两辆蓝色赛车也超他而去。

“我的天啊！”西勒维奥一边惊叫，一边在后视镜里看着。

他长长地吸了口气，随后向洛朗斯·塞内纳克转过身去。

“但是，老大，在这起案件中，颜料盒到底扮演的是什么角色呢？分析表明，这个颜料盒至少有八十岁了。它是一件收藏品！WINSOR&NEWTON 是世界上最著名的品牌，显然，这个牌子已经为画家们提供一百五十年的绘画用品了……那么，这个该死的颜料盒是谁的呢？”

塞内纳克继续在狭小的地带超车。在山丘上吃草的慵懒羊群几乎没有抬头去注意这些飞驰而过的车辆。

“毛赫瓦勒是个收藏家，”塞内纳克说道，“他喜欢那些精致的物件……”

“从来都没有人见过他拿这个颜料盒啊！帕特里夏·毛赫瓦勒——他的妻子可以肯定这一点。也别忘了，颜料盒与整起案件之间的关联并不成立。这个颜料盒可能是任何人掉进河里的，也可能是毛赫瓦勒被杀之后的几天内才掉进去的……”

“我们在颜料盒上发现了血迹……”

“现在下结论还为时过早，老大！我们还没有得到任何分析的反馈资料。没有任何证据能说明这就是毛赫瓦勒的血……抱歉，我觉得您开得太快了……”

作为对西勒维奥的回应，塞内纳克警官关闭了警笛，拉上了手刹，在路边的一个小停车场里停了下来。

“西勒维奥，你听好了，迪潘有作案动机。他将恐吓的话语刻在颜料盒上，他不仅没有不在场证明，还跟我们讲了一个靴子被偷的离奇故事……我开得快，是因为当七巧板的拼块儿在你的头脑中以另一种形状拼凑起来的时候，你那该死的三条线索就会干扰到我。另外，指控迪潘，还有……还有一些我的个人情绪，虽然我知道你不同意我这样做……”

没等西勒维奥回答，塞内纳克就从车里走了下来。西勒维奥的一只脚刚踏出汽车，就感到一阵天旋地转。他想，一定是与往常一样，饮用过多的咖啡使他的身体感到了不适，他想走到停车场尽头的冷杉树后面吐个干净。

只是这样做有些不妥……三辆警车分散在停车场的各个角落，十多名警察一边伸着懒腰一边从车里走了下来。接下来的一秒，卢韦尔和莫利警官也意识到自己不得不找一个石块儿卡住车的前轮，再从沙砾上滑行着走过来。

这群傻子！

警长要放大招了！最起码，今天来了十五个男人，其中包括维农警局的大部分警员、帕西－厄尔警局和艾科警局的警员。这可真是全副武装地出动了，西勒维奥一边想，一边嚼着卢韦尔警官刚刚递给他的叶绿素口香糖，他嚼出一股自己来到现场或许有点儿多余的味道。

他们所做的这一切，都是为了抓捕一个男人。

当然啦，这些警察应当还带着武器！

但是大家还都不能确定这个男人是否有罪。

一只棕色的兔子在石灰质的山地上踉踉跄跄地逃开了。似乎有人告诉过它，它面前的三个手持钢制长管枪的身影，只需一瞬间就能夺去它的性命。

“这只归你了，雅克。”

雅克·迪潘甚至没有举枪。提杜惊讶地看着他，随后，他举起自己的枪去瞄准兔子。然而太迟了，兔子已经在两棵刺柏之间消失了。

每个物种都有自己的魔法。

他们面前什么都没有了，只有近来被突然入侵的羊群啃得光秃秃的青草地。他们继续在阿斯塔加尔小路上沿着吉维尼的方向一路下行。

“我 ×，雅克，你今天好像不在状态啊，”帕特里克突然说道，“我觉得即使冒出来的是只羊，你都未必能打中。”

提杜，另一位猎人，也点头表示认同。可以说，提杜是个好猎手。如果不是将禁猎区托付给了雅克，他绝对不会与雅克之间有任何交集……他的枪法精准，朋友们经常这样说。至于别的，就是敏感话题了。

“你是受到毛赫瓦勒被杀的影响吗？”他一边转向雅克·迪潘，一边问道，“你是怕那个警察把你推进坑里，然后撬走你的斯特凡妮吗？”

提杜自顾自地哈哈大笑起来。雅克·迪潘带着一种克制的愤怒盯着他的脸。帕特里克叹了口气。提杜继续说道：

“不得不说，你和斯特凡妮的情路还真够坎坷的啊，毛赫瓦勒刚死，就又冒出一个追求她的警察……”

阿斯塔加尔小路上的砾石在他们的脚下滚动。在他们身后山坡的草坪上，一只兔子竖起了黑白相间的耳朵。

提杜这个人，一开口说话就……

“不得不说，如果你不是我兄弟的话，我对斯特凡妮也会……”

帕特里克的声音打破了沉寂：

“提杜，闭嘴！”

提杜只好将剩下的半句话咽了回去。他们继续沿着小路向下走，与其说“走”，倒不如说是“滑”。提杜似乎思考了很久，他没说话，却突然哈哈大笑起来：

“雅克，说真的，我的靴子穿在你的脚上还挺合适呢……”

提杜并没有恢复平静，他放声大笑起来，眼泪都笑出来了。帕特里克用疑惑的眼神看着他。雅克·迪潘没有丝毫回应他的意思。提杜用袖子擦了擦眼皮。

“我在开玩笑呢，兄弟们。你明白的，雅克，我是开玩笑的。我知道毛赫瓦勒不是你杀的！”

“我 ×，提杜，别再……”

这次，帕特里克的话憋在嗓子眼儿没有说完。

前方，他们停放小卡车的停车场变成了一座围城。他们看到六辆闪着警灯的警车和将近二十名警察……就站在他们对面，围成了一个半圆形的圈，他们的手放在腰间，手指扣在手枪银白色的扳机上。

塞内纳克警官就站在猎手前方不远处。帕特里克本能地向旁边闪了一步。他的手握紧雅克·迪潘那支冰冷的枪管。

“雅克，冷静。冷静。”

塞内纳克警官向前走了一步：

“雅克·迪潘，关于热罗姆·毛赫瓦勒被杀一案，我们现在要逮捕你，请你放弃抵抗，跟我们走……”

提杜咬了咬嘴唇，将步枪扔到地上，举起颤抖的双手……就像电影里看到的那样。

“冷静，雅克，”帕特里克继续说道，“可别做傻事啊……”

帕特里克很了解他的同伴，几年来，他们都是一起外出、一起走山、一起打猎。他一点儿也不喜欢雅克这张无动于衷的脸。他面无表情，就像没有了呼吸一样。

塞内纳克继续独自一人向前走去。他没拿武器。

他向前走了两步……

“不要！”西勒维奥·贝纳韦德喊道。

西勒维奥警官从那半圈警察的队伍中走了出来，几乎站到了塞内纳克身边。或许那半个圆圈只是个象征吧，但是贝纳韦德却感觉自己打破了这种对称，似乎自己不合时宜地走出队伍就能扰乱这场势不可当的决斗一样。雅克·迪潘握着帕特里克的手腕，一句话都不说。帕特里克明白，雅克·迪潘别无选择，他只有松开钢制枪管这一条路可走。

他希望不要为此感到后悔。一生都不要后悔。

他惊悚地看到雅克的手紧扣着扳机，枪管微微向上抬起。

在通常情况下，雅克的枪法可比提杜准多了。

“停下来，洛朗斯。”西勒维奥小声说道，他脸色苍白。

“雅克，别干傻事。”帕特里克低声说道。

塞内纳克向前走去，又向前迈了一步。他与雅克·迪潘之间只剩不足十米的距离了。警官慢慢举起手，直视着嫌疑人的眼睛。西勒维奥·贝纳韦德惊恐地看到他的上司嘴角挂着一抹挑衅的微笑。

“雅克·迪潘，您……”

现在，雅克·迪潘的枪管对准了塞内纳克。阿斯塔加尔小路上充斥着一种惊人的寂静。

提杜、帕特里克、卢韦尔和莫利警官、西勒维奥·贝纳韦德警官和十五个警察，就算最愚钝、脑子最不灵光的人也能猜得出暗藏在雅克·迪潘头脑中的想法……所有人都在雅克·迪潘的眼神中读到了同样的内容。

恨。

55

站在埃夫勒行政中心档案部服务台后面的女孩儿说出的每一句话，都以九个字开头：“您是否已经核实好了……”她戴着一副金边框眼镜，面前开着两台电脑，正专心致志地工作着，表现出一副忙得不可开交的样子。最后，她看了看眼前那个向她借阅《维农共和国》样刊的老人。《维农共和国》是一本当地的周刊，第二次世界大战以后，它便更名为《民主党人》。这位老人要借的是1937年1到9月间的所有刊物。

“您是否已经核实好了，维农《民主党人》的书架上确实没有您要的杂志？”

洛朗丁警官保持着冷静。为了借阅这些省级档案，他已经在这里纠缠了两个小时。他试着像一个谦恭和蔼的小老头儿那样签字，对一个比他的年龄小得多的女性表现得和蔼可亲。通常，这么做都很管用。

但是今天在这里却行不通！

服务台后面的女孩儿根本就没把他的柔声细语放在心上。需要指出的是，档案咨询服务台木桌子周围的十个男人，都是六十岁开外的老头儿，有七十多岁还孜孜不倦的历史学家，也有善于刨根问底的家谱考古学家……大家都采用了与洛朗丁警官相同的“战术”：表现出一种呆板的彬彬有礼。洛朗丁警官叹了口气，以前，在他可以把三色的警官证放到幡然醒悟的行政人员鼻子底下的时候，一切都简单得多。当然啦，站在服务台后面的姑娘绝对想不到自己是在和一位警官打交道。

“小姐，我已经核实好了。”洛朗丁警官强颜欢笑地解释道，“我在《民主党人》的书架上核实过了，那儿没有1960年之前的档案……”

姑娘又念叨起那套口头禅：

“您是否已经核实过了，维农城镇档案馆也没有？您是否核实过马赛地区和国家档案馆的附属杂志？您是否核实过……”

难道这个姑娘问得越多赚得就越多吗？

洛朗丁警官做出一副拥有大把时间的退休老头儿耐心而顺从的样子。

“是的，我都核实过了！是的！是的！”

到目前为止，关于昂里埃特·博纳旺蒂尔——克洛德·莫奈那可能在世的最后一位后裔的调查，还没有什么结果，这也无关紧要。这是他想追踪的另一条线索——一条与案件没有任何关系的线索。为了找到这条线索，他知道自己应该坚持到让那位站在服务台后面的姑娘意识到：如果想打发走这个顽固的小老头儿，比给他想要的东西需要更多的时间。

他的坚持最终还是奏效了。三十多分钟过后，那套周刊便摆在洛朗丁警官的面前。

《维农共和国》……

最先要找到的，是那行黄色的旧数字：1937 年 6 月 5 日，星期六版。他看了看周刊的头条。头条上，各种国家大事和地方事件混杂在一起。洛朗丁警官粗略地浏览了一则激动人心的社论：墨索里尼庆祝与希特勒结盟，犹太人的财产被没收到德国充公，弗朗哥分子摧毁了加泰罗尼亚的共和党人……在这则激动人心的社论底下，一张模糊的照片显现出让·哈洛白金色的头发和黑色的嘴唇，几天前去世的二十六岁美国偶像。第一页的下半部分是当时的地区性热门话题：下一场开幕式的地点距离维农、布尔热航空站至少一百千米；早上发现一位西班牙农业工人死亡，脖子被切断了，尸体是在一艘开往维雷港的弗雷西内驳船上发现的，就在吉维尼的对岸……

最后，洛朗丁警官翻到第二页。他要找的那篇报道就在中间位置：《吉维尼的意外死亡事件》。

一位匿名记者用两栏、十几行文字详细记述了一个十一岁小男孩儿溺水身亡的悲惨情形。死者是阿尔贝·罗萨尔芭，溺亡地点是“草原”，就在克洛德·莫奈修建的洗衣池和大麻磨坊旁边，在埃普特河分流的河段。发现尸体时，男孩儿只身一人。警察将这起案件定性为意外身亡。当时，他滑倒了，脑袋应该是撞在了河岸边的石头上。阿尔贝·罗萨尔芭失去了知觉，他在水中漂浮了一阵，最后溺亡在二十厘米深的河水中。后来，这篇报道给罗萨尔芭的家庭和小阿尔贝的同学带来了莫大的悲痛。他还读了几行当时社会人士的激进观点——克洛德·莫奈已经去世十多年了，难道我们不应该排空这段人工河流，排干几乎废弃的睡莲池中的脏水吗？

小新闻下面有一张模糊的照片，照片上便是阿尔贝·罗萨尔芭。他穿着一件黑色上衣，上衣的纽扣一直扣到脖领，梳着一头短发，在学校课桌后面笑着。这张乖巧可爱的孩子的照片，真是看得人心都化了。

就是他，洛朗丁警官心想。

他从脚底下的挎包里拿出一张集体照，拍摄时间和地点标注在小黑板上，小黑板就挂在学校院子的树上，“吉维尼城镇学校——1936—1937”。

那天，根据帕特里夏·毛赫瓦勒之前在电话里的指引，莉莉安娜·勒利埃弗尔单击了三下鼠标，就帮他从“旧友”网站上找到了这张封存已久的照片。莉莉安娜对他说，在这个网站上，我们可以从幼儿园的班级开始找起，可以找到我们一生中遇到的所有人。不仅可以找到在学校板凳上站着拍的集体照，也能找到我们在工厂、军队、同一栋公寓、体育俱乐部、音乐学校……或是美术学校认识的所有人……

这可真够超现实主义的！洛朗丁警官心想。似乎我们再也不需要通过自己的大脑来回忆了……老年痴呆症，再见。这个网站似乎把你的一生都归档、整理、公开，甚至敞开了与人分享……差不多是这样的。这个网站上的大多数“摄影师”都是从十岁开始上传照片的；年龄最大的用户有二三十岁。奇怪的是，这张1936—1937年的集体照比其他照片要古老得多。

真奇怪……

似乎这张照片是帕特里夏·毛赫瓦勒刚刚传到网站上的，只为让他看到这张照片。洛朗丁警官又全神贯注地看起这些照片来。

没错，这正是他……

《维农共和国》上的那张照片与这张集体照里，坐在第二排中间的小男孩儿正是同一个人。

阿尔贝·罗萨尔芭。

然而，“旧友”网站上贴出来的那张照片并没有标注孩子的名字。孩子的名字应该会印在原版照片的背面……算了吧。洛朗丁合上1937年6月5日的《维农共和国》，翻开接下来的一期。他读了读当地新闻的版面，仔细看了一下细节。在1937年6月12日那期，提到了阿尔贝·罗萨尔芭的葬礼，葬礼是在吉维尼的圣－拉德贡德教堂举行的。还提到了他的亲人们的悲痛。

总共有三行文字。

在服务台姑娘焦虑的目光下，洛朗丁继续读着，他将这些堆放在一起的报刊打开又合上。

1937年8月15日……

洛朗丁警官终于找到了自己想要的东西。那是一篇很不起眼儿的小文章，虽然只有两段文字，没有照片，但题目却很醒目：

罗萨尔芭的家人离开了吉维尼

她从未接受“意外身亡”这个结论

十五年来，于格和路易斯·罗萨尔芭一直在维农铸造厂当工人，他们已经决定离开吉维尼村。我们还记得，两个月前，他们在一起悲剧事件中深受重创：他们的独生子——阿尔贝先是跌倒，无法解释他为什么会跌倒，最终意外溺亡在罗伊大街沿岸的埃普特河中。由这起溺亡事件所引发的排空埃普特河的分流以及莫奈池塘的观点，在城镇引起了激烈的争论。至于这对儿夫妇为什么要离开吉维尼，罗萨尔芭夫妇说他们无法在他们的孩子死亡的地方继续生活下去了。然而，更加让人困惑的一个细节是，路易斯·罗萨尔芭声称，促使她离开这个村庄的是村民们让人不解的沉默。据她所说，她的儿子阿尔贝从来都不会独自一人在村里散步。她在警察面前多次提到这一点，她对我再次重申：据她所说，“阿尔贝不是一个人去小河边的，当时一定有目击证人，肯定有知情的人”。路易斯·罗萨尔芭还说，“对于这起意外，大家的态度倒是很一致。没人想让吉维尼蒙受什么丑闻，没人想面对事情的真相”。

以上便是来自受害者妈妈的激荡人心的看法……让我们祝罗萨尔芭夫妇好运吧，愿他们远离这段可怕的记忆，重新开始自己的生活。

洛朗丁警官又将这篇报道重新读了几遍，他合上报纸。随后，他又花了很长时间仔细读了读 1937 年出版的《维农共和国》样刊。但是，再没有其他提到“罗萨尔芭事件”的文章了。他呆坐在那里，久久不能动弹。有那么一瞬间，他真不知道自己究竟为什么要来这里。用几天时间来追寻一个空想的后续，那么这个空想就会变得有意义吗？他环视了一下大厅，以及大厅里的十几位档案爱好者，大家都在专心致志地阅读着一摞摞发黄的资料。每个人都有自己的追求……洛朗丁警官的圆珠笔在活页记事本上唰唰地抄写着。2010-1937=73……

他迅速算了出来，1937 年的时候，小阿尔贝十一岁，这么说，他出生于 1925—1926 年……罗萨尔芭夫妇如今应该已经一百多岁了。洛朗丁警官的脑袋里闪出一缕微光。

或许现在他们还活着……

服务台后面的姑娘看着洛朗丁警官走了过来，脸上挂着一副快闭馆的时间看到一位客人滚了出去的神情。只不过，现在才上午 11 点，档案馆一整天都开着……洛朗丁警官像好莱坞黄金时代的老演员似的，尽情施展着魅力，虽然我们并不知道那些老演员还在不在世。那是一种托尼·柯蒂斯和亨利·方达的混搭风格。

“小姐，您的网上有电子通信簿吗？我想查一个地址，非常紧急……”

服务台的女孩儿很久才把头抬起来，问道：

“您是否已经核实过……”

这下，洛朗丁警官完全爆发了，他将身份证放到胸前：

“我是洛朗丁警官！维农警局的警察！我虽然退休了，这点我得告诉您，但是这对我继续从事我的职业没什么影响。所以，小姑娘啊，你的动作要稍快一些了……”

女孩儿叹了口气。她既不惊慌，也没有表现出明显的愠怒。似乎她已经习惯了在这里翻阅档案的老人那些古怪的行为，他们会时不时地发火。但是她的手指在键盘上敲打的速度明显加快了。

“您要找的名字是……？”

“于格和路易斯·罗萨尔芭。”

姑娘在键盘上敲下这两个名字。动作轻快。

“您需要网址吗？”洛朗丁问道。

“于格·罗萨尔芭……这个我倒是不需要，”女孩儿有分寸地说道，“在求助国际刑警组织之前，我总是要核实一下，这是习惯动作！于格·罗萨尔芭死于1981年，他死在了瓦斯格耶……”

洛朗丁强忍着脾气。没什么好说的。服务台的姑娘总是这么有条不紊……

“那他老婆路易斯呢？”

女孩儿还在敲击着键盘。

“没有死亡记录……也没有任何网页提到她。”

她还在世！

洛朗丁仔细观察着身边的白色房间，试图在想办法。突然，他试着投给服务台女孩儿一个肖恩·康纳利所特有的西班牙猎犬式的眼神。

“总之，”女孩儿用疲倦的声音说道，“如果想寻找某个上了年纪的人，与其在电子通信簿上查找，还不如到养老院找找看呢……厄尔地区的养老院可不算少，但是如果您要找的那位路易斯以前住在瓦斯格耶，我们可以从附近的养老院开始找起啊……”

“肖恩·康纳利”微笑起来。服务台女孩儿也有点儿把自己当成了“乌苏拉·安德斯”的意思。女孩儿在键盘上猛敲了起来。几分钟过去了。

“我在谷歌地图上搜索了一下养老院，”最后，女孩儿说道，“毫无疑问，距离瓦斯格耶最近的一家养老院，是一家花园养老院，在里昂－森林这个地方。在这里，我们应该可以找到居住者的信息。您说呢？”

“路易斯·罗萨尔芭……”

女孩儿又噼里啪啦地敲了起来。

“这个养老院肯定会有网址的……啊，找到啦。”

洛朗丁歪着脖子，使劲将眼睛凑向电脑屏幕。又过了几分钟。女孩儿抬起头，一副很得意的样子说道：

“好啦！我终于找到了这家养老院住宿人员的完整名单！您瞧哇，其实也没有多么复杂。我找到她啦，您要找的这个人——路易斯·罗萨尔芭！她是十五年前进入里昂－森林养老院的，她现在还住在那里……她都一百零二岁了！警官，我要提醒您，我可不提供售后服务哦……”

洛朗丁感到自己的心脏猛烈地跳动起来。他的心脏病医生反反复复跟他强调：淡定，淡定……我的天啊！这真的可能吗？还会有活着的涉案证人吗？

会不会还有最后一位涉案证人？

活着的涉案证人！

56

警察总队的三个通讯员从布朗什－奥修德－莫奈大街一路下行，所有警笛都在鸣响。无须绕过整座城市，他们直接抄了近道，布朗什－奥修德－莫奈大街，克洛德－莫奈大街……罗伊大街。

穿越吉维尼……

市政府……学校……

听到警笛声，班里的所有孩子都转过头来，他们只有一个想法：跑到窗边。斯特凡妮·迪潘做了个“肃静”的手势，让他们留在座位上，没有一个孩子注意到她的不安。为了保持身体的平衡，她将一只手撑在办公桌上。

“孩……孩子们……肃静！我们继续讲这个话题……”

她清了清嗓子。警笛声还回荡在她的脑中。

“孩子们，我们刚才说到未来之星绘画大赛，它是由罗宾逊基金会主办的。我要提醒你们的是，还有两天时间，你们就要将自己的作品交上来了……我希望今年，能有更多的同学试试运气……”

斯特凡妮的丈夫今天早上对她微笑了一下，这个画面在她的脑海里挥之不去。当时她还躺在床上，他吻了她，将一只手搭在她的肩上，对她说：“亲爱的，祝你今天有个好心情。”

她继续讲着那些已经反复讲过很多遍的话：

“我知道，还没有吉维尼的孩子获得过这个奖。但是我也能确定，当国际评委看到来自吉维尼的参赛选手的作品时，对你们来说，绝对是有利的！”

斯特凡妮又看到雅克安装子弹夹的样子……看到雅克拿起挂在墙上的猎枪……

“孩子们，‘吉维尼’这个名字是全世界所有画家的梦想……”

另外两辆蓝色赛车也穿过了村庄。斯特凡妮吓了一跳，她感到恐慌，浑身瘫软无力。车辆在村庄里行驶，居然丝毫没有减速。

洛朗斯？

斯特凡妮试着让自己的注意力重新集中起来。她看了看自己的班级，看了看面前的一张张面孔。她知道，在这些学生当中，有些特有天赋。

“我注意到，你们当中有些人很有天赋。”

法奈特低下了头。她不喜欢老师这么看着他们，这让她感到不安。

我觉得赢得这个奖项的人会是我……

“我看好你，法奈特。我特别看好你，我相信你能行！”

我刚刚说什么来着……

法奈特的脸一直红到耳根。下一秒，老师转过身去，面朝黑板。坐在教室后面的保罗向法奈特眨了眨眼。保罗拄着桌子，他就坐在文森前面，伸着脖子想离法奈特更近一些：

“法奈特，老师说得没错！你一定会赢得这次比赛的。只会是你，不会是别人！”

玛丽坐在他们前面，她和卡米耶是同桌。她回头转向他们。

“嘘……”

突然，所有孩子的脑袋都不动了。

有人在敲门。

斯特凡妮不无担心地打开门，她看到了神情萎靡的帕特里夏·毛赫瓦勒。

“斯特凡妮……我有话跟你说……是……是很重要的一件事。”

“啊……孩子们，等我一下。”

斯特凡妮再次试图掩饰住自己，举手投足间，不让任何惊慌的动作在孩子们面前流露出来。

“我只能出来一会儿……”

斯特凡妮走了出来，关上身后的门。她走进市政府的院子，走到椴树底下。帕特里夏·毛赫瓦勒掩饰不住激动的情绪，她穿的那件皱巴巴的上衣和她那条酒瓶绿的裙子很不搭。斯特凡妮注意到她的发髻，平日，她的发髻总是梳理得一丝不乱，可这次却是匆匆绾起的，就差没穿着睡衣匆忙跑到街上了……

“是提杜和帕特里克告诉我的，”帕特里夏上气不接下气地说，“他们逮捕了雅克，在打猎回来的路上，在阿斯塔加尔小路……”

斯特凡妮用手扶住离她最近的一棵椴树树干。她不明白这是怎么一回事。

“什么？你说什么……”

“塞内纳克警官……他逮捕了雅克，他说是他杀死了热罗姆！”

“洛……洛朗斯……”

帕特里夏·毛赫瓦勒不解地盯着斯特凡妮。

“是的，洛朗斯·塞内纳克……那个警察……”

“我的天啊……雅克没有……”

“没有，没有，你要相信，你丈夫什么都没做。据他们所说，幸亏当时帕特里克在场；幸亏塞内纳克的助手贝纳韦德警官也在。要不是有他们在，这次逮捕行动险些酿成杀戮的惨剧。你要知道，斯特凡妮，这个疯狂的塞内纳克认为是雅克杀死了我的热罗姆……”

斯特凡妮一阵腿软，她的腿已经支撑不住自己的身体了，她任由自己的身体靠在浅色的树干上。她需要呼吸，需要安静地想一想。她得回到教室去了，孩子们还等着她呢。她要跑到警察局去。她要……

帕特里夏·毛赫瓦勒扭了扭皱巴巴的上衣衣领。

“斯特凡妮，这是一场意外，从一开始，我就宁愿相信这是一场意外。

但是万一是我搞错了呢？斯特凡妮，万一是我搞错了呢？如果真的有人杀了热罗姆呢？告诉我斯特凡妮，杀死热罗姆的不可能是雅克，告诉我，不可能是雅克……”

斯特凡妮用她那睡莲般的眼神凝视着帕特里夏·毛赫瓦勒：这样的眼睛不可能说谎。

“当然不会了，帕特里夏。当然不会了……”

57

我窥视着这两个女人。说是“窥视”，倒也没那么严重……其实我就坐在她们的对面，坐在马路的另一边，距离艺术画廊学院几米远，离学校不算太近。不能说我是完全隐身的，我只是不引人注目而已。我只是选了一个好地方，我是不会错过这一幕的。在这一点上，我真的很有天赋，我想，您也是这么认为的吧。事实上，做到这些并不难。帕特里夏和斯特凡妮大声交谈着，尼普顿趴在我的脚下，它像往常一样，在等待着孩子们放学。这狗有这样的怪癖……而我呢，我会像老年痴呆患者一样，任由它去，跟着它去学校。我几乎每天都会去，跟它一起看学校放学。

放学前，尼普顿看到有几个班级的学生走了出来，它很开心，连尾巴都摇得不那么厉害了。是艺术画廊学院放学啦，这个班级大约有十五位像参议员一样颇有前途的画家。当然啦，他们推着画车，佩戴着红徽章。有时候，我们会错过这样的人群。老年班的学生们下课啦！这是国际班：有加拿大人、美国人、日本人。

我试着集中注意力去听斯特凡妮·迪潘和帕特里夏·毛赫瓦勒之间的对话。结局即将揭晓，很快就会迎来古典悲剧的最后一幕了：崇高的牺牲……

可怜的斯特凡妮啊，你别无选择了。

你将不得不……

我不相信！

一位画家在我的正前方停了下来，那是一个地道的八十多岁的美国老头儿，他的脑袋上紧紧扣着一顶“耶鲁”式鸭舌帽，轻便的皮质凉鞋里，还穿着一双袜子。

他想让我做什么？

“十分抱歉，小姐……”

他说的每一个词都带着得克萨斯口音。他在每一个音节前，都要停顿三秒，感觉一分钟也说不完一句话……

“小姐，您是本地人吧？那您一定知道去哪儿画画视角会与众不同吧……”

我说话倒是挺不客气！

“往前走五十米，有一个指示牌。指示牌上有一张地图，上面标识着所有街道和城市的全景。”

我说这句话只用了十秒钟，破纪录啦！虽然我对他这般敷衍，但是这个美国人却一直都在笑。

“非常感谢，小姐……祝您今天过得愉快！”

他走远了。我暗自咒骂着这场令人厌恶的打扰！这位得克萨斯人的出现打断了前面的情节。此刻，帕特里夏·毛赫瓦勒独自站在市政府广场上，斯特凡妮已经回教室了。她的内心一定混乱极了。她一定是进退维谷，深受这种两难情形的折磨。

她那忠诚的丈夫被那位帅气的警官送进了监狱！

我亲爱的小可怜啊，但愿你知道……但愿你知道，实际上，你掉进了一个别人为你精心设下的陷阱，你是逃不掉的。

我又一次犹豫了。我不想隐瞒了，其实我也被这种两难的情形折磨着。是保持沉默，还是乘大巴车去把我知道的所有事情都告诉维农警局的警察？如果我现在还不做决定，那么今后就再也不会有勇气这么做了，我很清楚这一点。警察陷入了僵局……他们没有找对目击证人，也没有发现对的尸体。如果把事情交给他们解决，他们将永远找不到真相，也永远不会对事情的真相产生怀疑。您千万别抱任何幻想，任何一个警察，不管他是一个什么样的天才，都无法阻止这场遭到诅咒的恶性连环杀人事件。

美国人在村庄里四散分布，就像商务代表分散在各自的商铺里一样。那位“耶鲁鸭舌帽”倒是一点儿不记仇，他还微微向我挥了挥手。帕特里夏·毛赫瓦勒在市政府广场上想了很久，随后朝自己家的方向走去。

当然啦，她是从我前方经过的。

这张脸可真丑啊！

她一副自怨自艾的样子，似乎除了前些日子刚刚撇下她的热罗姆，她情愿自己从未爱上过任何人。她真应该再想想我和她之间的对话，就是几天前，我们见面时说过的话。我告诉她的秘密……杀害她丈夫凶手的名字。她为此做了些什么呢？至少，她会相信我吗？有一件事是确定的——她没有将这件事说给警察听，我应该料到这一点！

我逼着自己跟她说了几句话，这次我的话不多了，您也看到了，即使是跟我搭讪的美国人，我也没说几句话。

“帕特里夏，你还好吗？”

“是的，还好……还好……”

毛赫瓦勒的妻子啊，她的话也不多。

58

“我丈夫在哪儿？”

“他被拘留在厄尔看守所，”西勒维奥·贝纳韦德回答道，“迪潘太太，你别担心。你丈夫是因为被指控杀人而被逮捕的，法庭还会重新审理……”

斯特凡妮·迪潘定定地依次看了看站在她面前的两个男人——西勒维奥·贝纳韦德和洛朗斯·塞内纳克警官。与其说她是在“说话”，倒不如说她是在叫喊：

“你们有什么权利这样做？”

塞内纳克抬头看着办公室的墙壁，随后，他的目光落在墙壁的画布上：图卢兹－洛特雷克画的一位红棕色头发女子的裸背那蜿蜒曲折的光线。他任由西勒维奥来回答。他的助手做得很棒，他说的都是自己想说的话。

“迪潘女士，我们应该面对现实。越来越多汇集在一起的证据将嫌疑的目标指向了您的丈夫。首先，是那双丢失的靴子……”

“有人偷了那双靴子！”

“我们在犯罪现场发现了这个颜料盒，”贝纳韦德不动声色地继续说道，“颜料盒上被人刻上了一些威胁的话。很多专家都证实，上面的笔迹出自你丈夫之手……”

贝纳韦德的话让斯特凡妮产生了怀疑。她好像在思索着这个颜料盒的事情，并在自己的记忆深处搜寻着。她也转过头去，盯着贴在墙上的挂画看了起来。她盯着塞尚《小丑》的复制品看了很久，画中的小丑戴着一顶月亮帽，她似乎是想从小丑这张没有嘴唇的脸上找到拒绝妥协的力量。

“我确实和热罗姆·毛赫瓦勒散过两次步。或许是三次吧。我们只是讨论一些问题而已。他试图对我做出的最大胆的举动，也不过是拉了一下我的手。我当时跟他表明了态度，并且再也没有单独约过他。再说了，我和帕特里夏·毛赫瓦勒从小就是伙伴，你们可以调查一下这一点。警官们，这一切都很荒唐，你们不能这么做……”

“你丈夫没有不在场证明！”

这次是洛朗斯·塞内纳克发的话。在西勒维奥的长篇大论前，他抢先一步，直截了当地说道。

斯特凡妮久久没有说话。从这次会面的一开始，洛朗斯就躲避着她的目光。她咳嗽着，双手垂在裙子两侧，紧紧地握着拳，随后，用苍白的声音说道：

“我丈夫不可能杀害热罗姆·毛赫瓦勒。那天早上，他和我睡在一起。”

贝纳韦德和塞内纳克警官都僵持在了一种愚钝的状态中。贝纳韦德的一只手停放在半空中，手里还握着一支笔。塞内纳克张开掌心将胳膊肘支撑在办公桌上，想托住他那没有刮净胡子的下巴和那个突然变得沉重的脑袋。33号办公室突然变得如同博物馆一般安静。斯特凡妮想进一步扩大这种优势：

“警官们，如果你们想听细节的话，那天早上，我和雅克做爱了。是我主动的。我想要个孩子。热罗姆·毛赫瓦勒被杀的那天早上，我们睡在一起。我丈夫根本不可能是杀人犯。”

塞内纳克站起身来，回答道：

“斯特凡妮，几天前，你跟我说的可正好相反。你跟我说，像所有星期二的早晨一样，你丈夫出去打猎了……”

“后来我又回忆了一下。我……我搞错了。我弄错了日期……”

这回换作西勒维奥·贝纳韦德站了起来，他率先站在了上司这一边：

“斯特凡妮女士，即使改变证词也无济于事。为自己丈夫辩护的证词是不能……”

斯特凡妮提高了嗓音：

“没关系！无论哪一位律师……”

相反，塞内纳克的声音却平静了下来。

“西勒维奥，让我俩单独聊聊。”

贝纳韦德丝毫没有掩饰自己的失望，但是他也别无选择。他摞好一摞纸，夹在胳膊下，走出 33 号办公室，顺手关上身后的房门。

“您……您把一切都搞砸了！”西勒维奥刚一出去，斯特凡妮·迪潘就爆发了。

洛朗斯·塞内纳克保持着冷静。他坐在带轮子的扶手椅上，抬起自己那僵硬的双脚，任由扶手椅轻轻滑动。

“你为什么要这么做？”

“我怎么做了？”

“假证。”

斯特凡妮没有回答，她的眼睛从塞尚的画一直落到红棕色头发女子的裸背上。

“我讨厌图卢兹－洛特雷克……我讨厌这种虚伪的偷窥者……”

她低下了头。在这间办公室里，她的眼神今天第一次触碰到洛朗斯·塞内纳克的目光。

“那您呢，您为什么要这么做？”

“我做什么了？”

“您只追查这一条线索……把我丈夫当成杀人犯抓了起来。他没有罪，我知道的。请放了他！”

“那么证据呢？”

“雅克没有任何杀人动机，这真的很荒唐！我还得再跟您说多少次？我从来都没跟毛赫瓦勒上过床。他没有任何杀人动机，并且相反，他有不在场证明……我……”

“斯特凡妮，我不相信你的话……”

33 号办公室的时间停止了。

“那么，我们要怎么做？”

斯特凡妮在房间里紧张地踱着步。洛朗斯一边看着她，一边又做出那副故作镇定的样子，他歪着脑袋，张开手掌撑住下巴。斯特凡妮深深吸了口气，就像沉醉于图卢兹－洛特雷克的模特裸背上方红棕色的螺旋形发髻似的，随后，她突然转过身来。

“警官，一个悲伤的女人还有什么选择？她到底还能怎样做，才能救出自己的丈夫？还要花费多少时间才能搞懂这是怎么一回事？您知道吗，警官先生，在美国小说描写的黑幕中，警察会将罪责栽赃到一个无辜者身上，这么做的目的，仅仅是为了撬走他的老婆……”

“不是这样的，斯特凡妮……”

斯特凡妮·迪潘向办公桌走去。她慢慢取下那条扎在栗色长发上的银色丝带。她一边轻轻抚乱头发，一边坐在塞内纳克警官的办公桌上。她比塞内纳克坐的位置高出至少一米，如果塞内纳克继续坐着不动的话，就不得不抬起头去看她。

“警官，您想要的就是这个，对不对？您瞧啊，我可不是傻瓜。如果我把自己献给您，那这一切就都结束了，是不是？”

“斯特凡妮，不要这样。”

“警官，您怎么啦？在跨过最后一道门槛的关头，您犹豫啦？您别问太多……我是您命中注定的女人，她已经是您的入网之鱼啦。您活捉了她，她丈夫在监狱里，她也掉进了您的陷阱。她是您的了……”

斯特凡妮只要轻轻抬起腿，裙子便会沿着她那光滑的皮肤滑落下来。一颗白色的上衣纽扣消失在她的指尖，红棕色的雀斑散布在乳沟处，一直延伸到她那裸露着的戴着棉质文胸的胸口。

“斯特凡……”

“除非您命中注定的女人不是她，除非从一开始，牵动着您内心的女人不是她。说到底，我这么做有何不可呢？”

斯特凡妮的双眼圆睁着。洛朗斯·塞内纳克突然在这双眼睛里发现了东方那靛蓝色的天空中太阳的神秘感。他需要保持镇定，他来不及思考。女教师继续说道：

“或许是他们一起做的呢，丈夫和妻子，他们夫妇是同谋。他们都是恶魔，是魔鬼。警官，您只是他们的玩物而已……”

斯特凡妮一直坐着，她将两只脚搭在办公桌下，米色的布裙皱巴巴地缠在腰间。她解开第二颗上衣纽扣。女教师的乳晕在精致的蕾丝内衣底下隐约可见。她的乳沟处流下几滴汗水。

是害怕的汗水，还是激动的汗水？

“赶紧停下来，斯特凡妮。停止这荒唐的游戏，我会采用你的证词。”

他站起身来，抓起一张纸。斯特凡妮·迪潘慢慢扣好上衣，沿着大腿，抚平裙子上的褶皱，将上衣塞到裙子里。

“警官先生，我要告诉您，我是不会改变主意的。我也不会改变任何一句证词。在热罗姆·毛赫瓦勒被杀的那天早上，我和雅克睡在一起……”

警官慢慢写了下来。

“我做了笔录，斯特凡妮。虽然我并不相信你……”

“警官，您还想听其他细节吗？您想证实一下我的证词是否可信吗？想证实一下我们是不是真的做了爱？用了哪种姿势？我高潮了没有？”

“预审法官一定会问这些问题的……”

“那就记录下来，记录下来吧，洛朗斯。不，我没有达到高潮。我们匆匆了事。我的体位是在他上面。我想要个孩子……如果想要孩子的话，跪在男人上方的体位，是最好的姿势……”

洛朗斯依然低着头，安静地记录着。

“您还要听其他细节吗，警官先生？很抱歉，我没有照片，没有证据，但是我可以口述……”

洛朗斯·塞内纳克慢慢地站起身来。

“斯特凡妮，你在说谎。”

警官绕过办公桌，打开第一个抽屉，从里面拿出一本硬皮书。是《奥雷利安》。

“我确定，你是在做伪证。”

他把书翻到折角的一页。

“还记得吗，是你向我推荐的这本阿拉贡的书。因为当时在热罗姆·毛赫瓦勒的口袋里发现了那句奇怪的话：‘我赞同……’以及后面的句子……斯特凡妮，要不然我提醒您一下？第 64 章。奥雷利安在莫奈花园里遇到了贝蕾妮丝，她在吉维尼的一条空旷小路上逃走了，似乎是想逃离命运。奥雷利安追随着她，找到了她，她气喘吁吁地靠在堤坝上……很抱歉，恐怕我记不清原文了，但是我可以给你读一下这个场景……”

这一次，这几乎是第一次，洛朗斯·塞内纳克的眼睛承接住斯特凡妮那淡紫色的目光。

“奥雷利安向她走去，他看到她那高耸的胸脯，扭过去的头，从一侧散落下来的金黄色头发。那受伤的眼皮，瘀青的眼眶使她的眼睛更加动人；那咬紧的牙关使她显得非常柔媚，她的牙齿是那样洁白……”

警官上前一步。现在，他站在了斯特凡妮的前方。她无法后退，她被卡在了办公桌上。洛朗斯又往前走了走，现在，女教师的膝盖触碰到塞内纳克警官的牛仔裤了。她能感受到，警官的骨盆就在她肚子的下方。她只要分开双腿就可以了……

塞内纳克继续读道：

“奥雷利安停住了脚步。他就在她的面前，非常近，他掌控着她，他从来都没有这样看过她……”

他将书暂时丢到一边。

“斯特凡妮，搞砸一切的人是你。”

他将一只手放到斯特凡妮裸露的膝盖上。这种肉体上的接触，让斯特凡妮欲罢不能。她无法控制自己两腿的颤抖，她的两条腿缠绕在一起，就像栏杆上的紫藤萝似的。她的声音无比坚定：

“警官，您这个人真的挺奇怪。您是警察，是油画爱好者……还是诗歌爱好者……”

塞内纳克没有回话，他正翻着几页书。

“还是第 64 章，稍后一些的地方，你还记得吗？”

“我要把您带到一个没人认识的地方去，甚至连警察都没有……在那里，您可以自由选择……在那里，我们可以决定自己的生活……”

书和手臂，沿着腰身一同落下，似乎这本书有一吨重。另一只放在斯特凡妮膝盖上的手慢慢探向斯特凡妮的下体。斯特凡妮的下体颤抖着，他抚摩了很久，就像抚慰着婴儿狂乱的心跳……

他们还在那里，在悄无声息中继续。

塞内纳克率先从这种魔力中挣脱了出来。他后退了一步，紧紧握着的拳头，放在了记录着女教师证词的那张白纸上。

“很抱歉，斯特凡妮。是你让我读的这本书……”

斯特凡妮·迪潘将手拄在额头上方，她的脸上有泪水，有激动也有疲倦。

“您别把这一切搞混了……我也读阿拉贡的书。我明白，我有自由选择的权利。放心好了，我会对我的生活做出选择的……如果您想听的话，洛朗斯，我已经说过了呀。是的，我不爱我的丈夫。我再为您提供一条独家新闻吧：我会离开他的，我已经在考虑这件事了，就好比一条长河，最近这些日子，原本的小旋涡就要汇集成瀑布了。您知道我在说什么吗？但是所有这一切，也无法改变他没有杀人这个事实……一个女人是不会离开自己身陷囹圄的丈夫的；一个女人只会离开一个自由的男人。洛朗斯，您明白吗，我不会改变我的证词。那天早上我在同我的丈夫做爱。我的丈夫没有杀害热罗姆·毛赫瓦勒……”

洛朗斯·塞内纳克没说一句话，他将那张记录证词的纸和笔递给女教师。她看都没看，就在上面签了字，离开了办公室。塞内纳克转移了一下视线，他将目光转向《奥雷利安》第 64 章的最后几行文字：

“他看着她跑掉了，她歪曲着肩膀，像根本走不快似的……他对这让人难以置信的供认状无动于衷。瞧啊，她说谎了！不。她没说谎。”

不知过了多久，西勒维奥·贝纳韦德敲了敲门。是过了几分钟，还是一个小时？

“进来吧，西勒维奥。”

“怎么样？”

“她坚持自己的证词，她包庇自己的丈夫……”

西勒维奥·贝纳韦德咬了咬嘴唇。

“总之，这样或许更好……”

他将一摞纸放到办公桌上。

“刚好有这么个情况。佩利西耶，鲁昂的笔迹鉴定专家，他改变了自己的证词。在做出进一步鉴定之后，他得出的结论是，刻在从河里打捞上来的颜料盒上的文字，不可能是迪潘写的。”

片刻恼人的悬念时光，随后，西勒维奥继续说道：

“老大，拿着，据佩利西耶说，颜料盒上的文字是由一个小孩儿刻上去的！一个十岁左右的小孩儿！很明确……”

“我 ×，”塞内纳克嘟哝着，“这个傻子还想怎样？”

他的大脑似乎拒绝思考。贝纳韦德还没说完：

“并非只有这些，老大，我们还对颜料盒上的血迹做了鉴定分析。法医化验结果表明，这上面的血迹既不是热罗姆·毛赫瓦勒的，也不是雅克·迪潘的。他们还在继续搜寻……”

塞内纳克摇摇晃晃地站起身来。

“另有一起谋杀案，你想跟我说的是这个吗？”

“老大，我们也没有依据。说真的，我们对这一切也是丝毫没有头绪。”

洛朗斯·塞内纳克在屋子里绕圈走着。

“好的，好的。西勒维奥，我明白了。我别无选择，只能先放了雅克·迪潘。预审法官一定会抗议的，我们拘留他还不到五个小时……”

“他宁愿相信这是一场误会……”

“不，西勒维奥。不。我非常清楚你是怎么想的，我兴师动众地匆忙赶到阿斯塔加尔小路去捉拿这个人，然而几个小时之后，所有证据都从我们的指间溜走了……我们现在居然还要放了他。但是这也不能改变我的看法。什么都无法改变我的看法！雅克·迪潘有罪！”

西勒维奥·贝纳韦德没有回答。他明白，理性的土壤已经被他上司的直觉所侵蚀，他不可能再做出任何理性的判断了。贝纳韦德又想到自己那一直折叠着放在口袋里的纸张，想到那一系列与日俱增的、相互矛盾的事件。他无法为这些说不通的、相互矛盾的线索得出一个简单的结论，是的，那是不可能的。调查越往前进行，西勒维奥就越觉得有人在戏耍他们。似乎有人牵着一根线，恣意将他们带到错误的方向，最终不受任何惩罚地实施自己精心安排的计划。

“请进。”

洛朗斯·塞内纳克抬起头。这么晚了居然还有人敲他办公室的门，他感到很意外。他以为警察局差不多就剩下他自己了呢。他办公室的门没关。西勒维奥站在门口，眼睛里闪烁着异样的光芒。那种目光不仅仅是疲惫，还有一些别的内容。

“西勒维奥，你还没走啊……”

他看了看办公桌上的时钟。

“都 18 点多了！我 ×，你现在应该到妇产科去，牵着你家贝亚特丽斯的手。你也应该睡一会儿了……”

“老大，我找到了！”

“什么？”

塞内纳克似乎觉得墙上油画里的人物都转过身来，就连塞尚的小丑和图卢兹－洛特雷克的红棕色头发的女人，都转过头来……

“我找到了，老大。天啊，我找到了。”

59

太阳躲在最后一片杨树帘幕的后面。或明或暗的氛围，似乎在告诉那些作画的人，是时候了，该合上画架，将画架夹在胳膊底下回家了。保罗上了桥，他看到法奈特正在狂热地画着，似乎她的全部生命都依赖于这最后几分钟的光明。

“我就知道在这儿能找到你……”

法奈特用一只手和他打招呼，另一只手仍在不停地画着。

“我能看看你画的吗？”

“看吧，我得加快速度了。从今天放学到明天天亮之前，我肯定是画不完这幅画的结尾了。现在天亮得早了，妈妈还总烦我！明天下午就要交画了……”

保罗大气都不敢喘，似乎他呼出的每一口气，都会干扰到法奈特画画。然而，他却有成千上万个问题想问法奈特。

虽然法奈特没有转向保罗，但她却猜到了他会问什么。

“保罗，我知道，河里是没有睡莲的……我才不在乎事实是什么样的呢，我画的是往昔的睡莲，是莫奈花园中的睡莲。至于其他，我是不可能像他那么画的，我才不愿画一潭平庸的死水呢。我要把我的睡莲放到河水里，放到活水里，那是可以舞动的水。你瞧，是一条真正的流水。它是能动的。”

保罗听得入了迷。

“那你想怎样画呢，法奈特？怎样才能给人一种画面是活生生的、水是流动的、微风吹拂着树叶的感觉呢？这些怎样通过颜料在画布上实现……”

我很喜欢听保罗夸我……

“你知道的，我无能为力。就像莫奈生前所说的那样，创作作品的人不是我，而是我的眼睛。我只要能把我看到的复制到画布上，就会很开心……”

“你真……”

“傻瓜，别说话！我想告诉你，克洛德·莫奈在我这么大的时候，因画来往行人的漫画，就已经成为阿勒弗尔城的著名画家了……瞧啊，看看对面那棵树，那棵杨树，你知道有一天，莫奈问一位农民什么吗？”

“不知道……”

“冬天，他开始画一棵树，画一棵老橡树。但是三个月以后，等他外出回来的时候，这棵树上长满了树叶。于是，他就付钱给这棵树的主人——一位农民，让他把树上所有的树叶一片一片地摘掉……”

“你在开玩笑的吧……”

“没有！两个男人，用了一整天的时间，才把这棵树的外衣脱掉！莫奈还写信对他老婆说，他能在5月画出一幅冬天的景色，他感到非常骄傲！”

保罗开心地看着风中舞动的树叶。

“我也愿意为你这样做，法奈特，改变树叶的颜色。如果你要求我这样做，我就会去做。”

我知道的，保罗，我知道的。

法奈特又画了好一会儿。保罗就安静地待在她的身后。光线又暗了一些，女孩儿最终放弃了。

“这样的光线什么也画不成了……我明天再接着把它画完吧。但愿我能完成……”

保罗向河岸的方向走去，他看着河水在脚下流淌。

“还是没有詹姆斯的消息吗？”

法奈特的声音像是在颤抖着。保罗感到，画画似乎可以让法奈特忘记一切，可是现在，现实又将她拉扯回来。他感到自己很蠢，他真不该问这个问题。

“没有，”法奈特喃喃地说道，“没有任何消息。詹姆斯就像从没存在过一样！保罗，我想我可能是疯了，连文森都说不记得他了，可是他明明看见过詹姆斯的啊，他每天晚上都会偷窥我们啊，我真的不是在做梦！”

“文森可真奇怪……”

保罗从自己的记忆库中搜索出一个最能安抚人心的微笑模样。

“我能确定，在你们两个人当中，如果有一个不正常的话，那个人绝对不是你！你有没有试着跟老师说一说詹姆斯的事呢？”

法奈特走近画布，看看画布干了没有。

“没有，还没说呢。这可不容易，你明白吗……我想明天去试试……”

“那你为什么没有和村里的其他画家说呢？”

“我也不知道，我不敢。詹姆斯总是独来独往。我总觉得，除了我，他并不喜欢和人群接触……”

你知道吗，保罗，我还有一点儿惭愧，甚至是非常惭愧。有时候，我对自己说，应该忘了詹姆斯，就当从没有过他这个人一样。

法奈特紧紧抓住画布，画布似乎比她都大，她将画布放在一大块栗色纸张上，这张纸是保护画布用的。她朝大麻磨坊看了过去，磨坊的塔尖呈现在橙红色的天际，这幅景象很美，却也让人感到害怕。这会儿，法奈特又后悔自己把绘画材料都收拾起来了。

“保罗，你知道有时候我在想什么吗？”

小姑娘倾身看了看自己刚刚仔细叠好的栗色纸张。

“不知道。”

“我觉得詹姆斯只是我想象中的一个人物，现实中，他根本就不存在。他就像……怎么说呢，油画中的人物，他是我想象出来的。你瞧啊，实际上，詹姆斯是西奥多·罗宾逊画中的《特罗尼翁老爹》。他从马背上跳下来，跟我说话，跟我说着莫奈，给我想要画画的冲动，告诉我我很有天赋，随后，他就回到属于他的地方了，回到了那幅画里，骑到马上，钻进河里，回到磨坊脚下……”

你是不是觉得我疯了，嗯？

这次，保罗也倾下身来，帮助法奈特收拾画板。

“法奈特，千万别有这样的想法，别这样。千万别这样。我们把你的大作送到哪儿去？”

“等一下，给你看看我的秘密基地，我不会把它带回家的。因为詹姆斯的事，我妈把我当成了疯子，她也不想再听到跟画画有关的事了，她更不想听到什么比赛……每次说起这些，都会引发一场惨剧！”

法奈特越过桥，跳到洗衣池后面。

“小心点儿，千万别从台阶上滑下来，别掉进水里……”

“把画递给我。”

画卷从一双手转移到另一双手里。

“瞧啊，洗衣池底下，就是我藏宝的地方啦。这里有一个空隙，只有一点儿空间，似乎这地方就是用来为我藏画的！”

法奈特警惕地环顾了一下四周：草原在她的前方蔓延，磨坊的轮廓投射在染色的天上。

“保罗，你是唯一一个知道这个地方的人，只有你和我知道。”

保罗笑了，他喜欢这种默契，他喜欢法奈特对他的信任。突然，两个孩子被吓了一跳，路上有人，好像有人在追赶他们。法奈特一下子跳了起来，回到桥上。一个模糊的身影向他们走来。

有那么一瞬间，我还以为是詹姆斯呢……

“傻瓜，”法奈特喊道，“你可吓死我们啦！”

是尼普顿跑了过来，在她的腿上蹭来蹭去。德国牧羊犬发出呼噜呼噜的声音，就像一只大肥猫。

“保罗，我更正一下。现在，只有你们两个知道我藏宝的地方啦，你和尼普顿！”

60

塞内纳克用惊讶的目光看着助手。西勒维奥的眼里透着疲态，就像一只穿过整个国家才找到主人的忠犬一样。

“妈的，你找到什么啦？”

西勒维奥走了过去，拽出一把带轮子的办公椅，一屁股坐了上去。他将一张纸递到上司面前。

“瞧啊，这些是毛赫瓦勒和情妇照片背面的数字。”

塞内纳克低头看了起来。

23–02. 法比安娜·贡卡尔夫在毛赫瓦勒的眼科诊所。

15–03. 阿丽娜·梅雷塔丝在英国大街的仔德俱乐部。

21–02. 阿丽颂·米雷在萨克海滩。

17–03. 穿蓝色工作服的陌生女子在毛赫瓦勒的客厅。

03–01. 斯特凡妮·迪潘在吉维尼上方的阿斯塔加尔小路上。

“我突然间灵光闪现，才搞清楚这些信息是怎么一回事。您还记不记得刚刚斯特凡妮·迪潘跟我们说了什么？”

“她说了不少呢。”

塞内纳克说完就后悔了。他的助手挥舞着一张纸，毫无疑问，这张纸上记录着斯特凡妮说过的每一句话。

“我给您读读她的原话：‘我确实和热罗姆·毛赫瓦勒散过两次步。或许是三次吧。我们只是讨论一些问题而已。他试图对我做出的最大胆的举动，也不过是拉了一下我的手。我当时跟他表明了态度，并且再也没有单独约过他。’”

“那又怎样？”

“好吧，老大。现在，您想没想起来前天晚上我跟您说什么了，就是我在医院给您打的那通电话？阿丽娜·梅雷塔丝，波士顿的女孩儿？”

“关于哪方面的？”

“关于毛赫瓦勒！”

“你说她怀孕了。”

“在那之前我说什么了？”

“你说她和毛赫瓦勒约会了，当时她二十二岁，挺开放的，毛赫瓦勒比她大十岁，他很有钱……”

西勒维奥·贝纳韦德像如梦初醒的梦游者一般，凝视着他的上司塞内纳克：

“是的，她也强调了她和毛赫瓦勒一起出去过十五次左右！”

塞内纳克盯着办公桌上乱糟糟的几行文字。

15-03. 阿丽娜·梅雷塔丝在英国大街的仔德俱乐部。

03-01. 斯特凡妮·迪潘在吉维尼上方的阿斯塔加尔小路上。

他的助手没给他提供喘息的时间。

“现在，您明白了吧，斯特凡妮·迪潘，03；阿丽娜·梅雷塔丝，15。这些代码再愚蠢不过了：这些假情侣总共约会过多少次，都写在每一张照片的背面了。私家侦探，或者说狗仔摄影师，一定是在自己所拥有的照片中选择了最有代表性的。”

洛朗斯·塞内纳克用一种真心欣赏的目光看着自己的助手。

“那么我猜，既然你来找我，你也肯定核实过其他几个女孩儿了……”

“没错，”贝纳韦德回答道，“您有点儿了解我了。我刚刚跟法比安娜·贡卡尔夫通过电话，她也不知道自己跟老板总共出去过多少次，但是我提示了她一下，最终，她给了我一个范围，在二十到二十三次之间。”

塞内纳克长出一口气。

“那阿丽颂·米雷呢？”

“这位勇敢的小英国人把一切都记在一个小记事本上了，她把前几年的所有记事本都存放在了抽屉里。她在电话里跟我一起数了一下，因为她自己从来都没考虑过这个问题。”

“那最后的结果呢？”

“也巧了，她数了一下，正好约会二十一次！”

“太棒了！我喜欢这种把一切都记录下来的细心人！”

塞内纳克会心地向助手眨了眨眼。但是西勒维奥没有注意到上司的眼神，他继续说道：

“所以说，我们是在和一位同样特别细心的私家侦探打交道。他居然能数清约会的次数……”

“或许吧。阿丽颂·米雷除外。没有什么能够证明那就是确切的数字，这个数字可不小。我觉得这是有人让私家侦探记录下这位丈夫的不忠行为，统计出他最接近的出轨次数。总结一下，西勒维奥，好消息是，我们不用在这些数字上浪费时间了；坏消息是，其实这些数字并没给我们带来什么有用的信息。”

“可是还有后面的数字呢：01，02，03。”

塞内纳克皱了皱眉。

“你对后面这些数字有什么看法？”

贝纳韦德满脸谦虚地说：“当我们拉扯一根绳子的时候，后面的绳子也会跟着出来。我们知道，第一个数字并不是日期，而是毛赫瓦勒与情妇的约会次数，那是摄影师提供给客户的信息。除了与情妇约会的次数，他还有哪些有用的细节可以提供给自己的客户呢？”

“我×！”塞内纳克大声说道，“是啊！他与情妇之间关系的性质……毛赫瓦勒是否与这些女孩儿发生过性关系！西勒维奥，你真是一个……”

西勒维奥·贝纳韦德打断上司的话，抢先一步说出自己的推论：

“阿丽娜·梅雷塔丝怀上了毛赫瓦勒的孩子，照片上记录的是15-03。所以我们可以大胆地推断出，03代表与热罗姆·毛赫瓦勒上过床的女孩儿。”

洛朗斯·塞内纳克的嘴角绽放出一抹微笑：

“那刚才法比安娜·贡卡尔夫和阿丽颂·米雷跟你怎么说的？当然啦，因为你也问过了她俩。她俩的编码都是‘02’……”

西勒维奥·贝纳韦德的脸微微泛红。

“老大，我把能做的都做了，纠缠着女孩子问这种事情真的不是我的强项。总之呢，我们的小英国姑娘——阿丽颂·米雷，就像英国皇后一般高傲地对我发誓，她从来都没跟自己的眼科医生男朋友上过床。这个可怜的姑娘或许期待着能和他去巴黎圣母院或坎特伯雷大教堂举行婚礼呢……至于法比安娜·贡卡尔夫，她差点儿挂断我的电话；我听到她身后有孩子的哭声，为了得到安宁，最后她只好和我确认说自己一直都拒绝和毛赫瓦勒上床。据她所说，她只和自己的老板接过吻、搂搂抱抱。”西勒维奥一边说，一边把手里的纸张当成扇子扇了起来，“如果要我总结的话，这串密码中的第二个数字，从某种意义上来说，是与毛赫瓦勒性关系的发展程度。03，是最高的级别，他睡过那个女人；02，他与那个女人调过情；01 嘛……我们可以推断出，他们之间什么都没发生……毛赫瓦勒只是向对方献过殷勤，但是这位私家侦探白费了力气，他白拿着变焦镜头窥探了，什么都没有看到！没有看到通奸。”

“好的，西勒维奥，你说得有道理。我们面对的是一位负责监视毛赫瓦勒并且数清了毛赫瓦勒出轨次数的人。这个人负责统计毛赫瓦勒与情妇见面的频率，推断他与情妇之间关系的性质，并且需要拍照取证。因此，我们可以推断出，照片后面的数字并不是用来蒙蔽我们的陷阱，它们只是专业人士用来标记照片的一种简写。但是我要问你一个问题，我们知道这些有什么用？”

纸张在西勒维奥的指间扭曲着。

“老大，我也想过这些。可是对我来说，如果我们可以相信这个代码，那么，当然啦，它会带给我们两条重要的信息。第一条是，斯特凡妮·迪潘没有撒谎，她不是热罗姆·毛赫瓦勒的情妇……并且，向私家侦探索要这些照片的人也知道这一点！”

“帕特里夏·毛赫瓦勒吗？”

“或许吧。也可能是雅克·迪潘，为什么不能是他呢？”

“我明白了，我明白了，西勒维奥，我渐渐跟上了节拍。没有作案动机！

也就是说，如果雅克·迪潘没有杀人动机，那么他就不需要不在场证明……”

“但是他有不在场证明啊，”西勒维奥打断上司，“他有一个。”

塞内纳克叹了口气。

“说到底，这是多么狗血的结局。两个小时之前，我已经给预审法官打过电话了，让他从厄尔监狱将雅克·迪潘释放了。从今晚开始，雅克·迪潘就可以在吉维尼自己的家里睡觉啦。”

还没等塞内纳克继续抒发一下个人的看法，西勒维奥·贝纳韦德就迫不及待地继续说道：

“老大，这些代码还告诉了我们另一条重要信息。可以从这些代码推断出，照片上的五个姑娘中，只有两个同毛赫瓦勒上过床：阿丽娜·梅雷塔丝和那位没有搞清楚身份的姑娘，就是客厅里穿着蓝色工作服的姑娘，17-03。”

“没错，”塞内纳克进一步加以肯定，“他们见过十七次面，毛赫瓦勒让这个姑娘跪在他面前。你想说什么呢？”

“如果我们从热罗姆·毛赫瓦勒有一个十来岁的孩子这个假设出发，那么，照片上的这个女孩儿就是五位情妇中唯一可能是这个孩子妈妈的人！”

61

在缬草、风铃草和牡丹花的环绕中，从“诺曼底印象”饭店的露天阳台上观看吉维尼村，确有一番别致。夜幕降临时分，穿插在花草树木之间的路灯，使吉维尼村的景色增添了一抹印象派的风韵。

雅克没有吃前菜。那是一份撒着盐花、配着新鲜鹅肝酱的调汁牛肉。斯特凡妮也点了一份同样的前菜，细嚼慢咽地品尝着，她将自己的进食节奏调整到与丈夫同样的频率。雅克回来差不多一个小时了。晚上 21 点刚过的时候，两名警察将他护送回来，把他送到学校与他家之间的布朗什－奥修德－莫奈大街的马路上。

雅克什么都没说，一个字都没说。他连看都没看一眼，就在警察拿出的纸单上签了字。他抓住斯特凡妮的手，紧紧地握着。从那以后，他的手就再也没有松开过，或者说几乎没有松开过。在吃饭的时候倒是松开了，他那放在桌布上的手看起来有点儿孤单，不停地捻捏着面包屑。

“一切都会好起来的。”斯特凡妮安慰他说。

她在“诺曼底印象”预订了一张桌子，她没有给丈夫选择的机会。这是个好主意吗？她问自己。还有更好或者更坏的主意吗？不，什么都没有，她只有“要用这种方式”以及“要在此时此刻”做这件事情的想法。在“诺曼底印象”产生这样的想法，比在家里产生这样的想法要好得多。但愿这里的环境可以帮到她，因为这么做会有一种仪式感。她希望在露天阳台上、在公众场合，雅克不会大吵大闹、不会倒下。他可以严肃地对待这件事，可以理解她的选择……

“先生，您吃完了吗？”

服务生将装前菜的盘子端走了。雅克一句话都没说。斯特凡妮一个人要说两个人的话，她说着学校的孩子们，说着班级，说着西奥多·罗宾逊大奖赛，以及两天后要上交的画作。雅克像平常一样，眼神温柔地听着她说。斯特凡妮觉得雅克很了解自己。她总是觉得雅克很了解她，她总有这样的感觉，她觉得雅克在很用心地了解她。用心，没错。他总是很喜欢听斯特凡妮跟他讲学校的孩子们，像是一种逃避……狱卒大概特别愿意听犯人跟他讲天空中的鸟儿吧。

服务生在他们面前放上两片由五种调味品腌制的鸭胸肉。雅克微笑了一下，品尝了起来。他含糊其词问了几句学校的事。他对学生、对学生们的性格、对他们的品位很感兴趣。要不是这场荒谬的抓捕，斯特凡妮还毫无知觉地以为，跟雅克生活在一起的日子很简单、很平静，也很安心呢。

但是这并不能改变什么。

她已经决定好了。

就算雅克比任何人都了解她，就算雅克可以保护她，就算雅克不可能伤害她，就算雅克爱她是显而易见的，就算斯特凡妮一刻都未曾怀疑过雅克对她的爱……

她已经决定好了。

她要离开他。

雅克给妻子倒上酒，随后，他自己干了半杯。大概是勃艮第葡萄酒吧？斯特凡妮心想。她看了看标签上的名称，原来是默尔索葡萄酒。她对酒不是很了解，雅克也是，他从来不喝酒，或者说，几乎从来都不喝酒。在他的猎手朋友中，他几乎是唯一一个不喝酒的人。现在，他吃起了东西。奇怪的是，这倒让斯特凡妮感到些许安心。她觉得自己会为丈夫担心，就像担心亲人的健康一样。这种担心是出于关心。雅克渐渐露出了笑容，他说自己在附近看好了一栋房子，他觉得这是一笔好买卖。她知道，雅克工作很努力，甚至可以说特别努力，他尽心尽力地经营着自己的事务所，虽然目前不太走运，没有接到什么大单，但总会时来运转的，会有那么一天的，一切都会好起来的。雅克是个执着的人，雅克值得拥有成功。可实际上，什么房子啊，金钱啊，斯特凡妮对这一切根本不在乎。

雅克慢慢地把手放到刺绣的白色桌布上，他又试着去抓斯特凡妮的手。

女教师犹豫了一下。沉默，是让他理解自己所有想法更有效的方式，只要做出一系列无关痛痒的小动作就可以了。比如，不去握他的手、不去回应他的爱抚、将眼神游移开来。但是，雅克或许没明白。又或许，他明白了，但是他对这些拒绝无所谓，以为他还爱她。甚至比以前更爱。

斯特凡妮将手指移开，她抓了抓头发，碰到了头发上的银丝带，银丝带沙沙作响。她觉得这一幕很滑稽。

为什么呢？

她为什么会这么急不可耐地想逃离现实?

斯特凡妮喝掉杯里的酒，她暗自笑了笑。雅克还在说着厄尔城边的那栋房子，说为了买家具，他要去见见河谷里的旧货商人……斯特凡妮漫不经心地听着。她为什么要逃走……这个问题的答案实在是太庸俗，也太老套了。那是心有向往的年轻女孩儿的通病——是阿拉贡的贝蕾妮丝对爱情的渴望。那是女人对于生活在自己身边的、无可指摘的丈夫的一种忍无可忍的厌倦。没有任何理由，也不需要任何借口，就是因为厌倦，一种对于“生活在别处”的渴望。她坚信，别处一定会有完美的默契。没错，这些怪念头不是次要原因，而是主要原因……没有什么能比在莫奈的画前、在读阿拉贡诗词的时候所产生的共鸣更加美妙了。

服务生小心而又娴熟地撤掉他们的碗碟。

“不，”雅克说道，“我们不想再点酒了，直接上甜点就行。”

斯特凡妮把手放到桌子上，雅克突然抓住她的手。女教师心想，年轻女孩儿总是很容易妥协，她们还会回到以往的生活轨迹。但是这样做，或许会幸福，或许不会，她们渐渐无法分辨自己到底是幸福还是不幸福。总之，当然啦，这么做总会简单一些——妥协。

可是……可是……这种想要逃离的感觉却像钻进了斯特凡妮的身体，那样顽固、那样坚定：她心里的感受是独一无二的、不可言传的、与众不同的。

点缀着薄荷叶的冰激凌和果汁冰糕摆在了他们的面前。雅克又一次沉默了。斯特凡妮决定吃完甜点再说话。她想了想，觉得在“诺曼底印象”这个饭店吃饭的主意并不好，这种阴沉的等待像是被无限延长了，就像电影中被放慢了的镜头一样。雅克应该在想别的事情，想自己被捕、想监狱、想塞内纳克警官。在反复思考着自己遭受的耻辱，他一定在想这些。

那他能猜到自己在想什么吗？是的，大概可以吧。雅克是那么了解她。

斯特凡妮大口吞食着用黄元帅苹果做的果汁冰糕。她需要力量，需要很多力量。难道她已经变成一个连自己都不认识的怪物了吗？

雅克刚从监狱出来，他饱受煎熬，受到了前所未有的羞辱。

为什么偏要选择今天晚上跟他说这些呢？

为了冲向断裂的深渊；为了带着一点儿羞愧冲进横尸遍野的战场。趁着屋子着火，正好可以落荒而逃。她是不是世界上最残忍的妻子？

她需要力量。

当然，她的思绪又转向了洛朗斯·塞内纳克。那是她期待已久的完美默契。这种几乎稍纵即逝的笃定与站在你面前的那个人一样，都是陷阱吗？你必须见到他，只有跟他在一起，你才能感到幸福，跟其他任何人在一起都不行；只有他的双臂保护得了你，只有他的声音能让你颤抖，只有他的声音能让你忘记一切，只有跟他做爱你才会感到满足。

难道这种确信也是生命中的陷阱吗？

不。

她知道不是的。

她扑了下去。

冲进了虚无。

一切都是未知。

没有尽头的深渊，就像刘易斯·卡罗尔在《爱丽丝漫游奇境》中写的那样："闭上眼睛，梦想着美好的国度。"

"雅克，我要离开你。"

第十二天

2010年5月24日　维农博物馆

误入歧途

62

人们大大低估了维农博物馆里宝藏的价值，毫无疑问，这是受到吉维尼令人窒息的阴影的影响。2009年，在这家印象派博物馆开业的时候，一切还都是乱糟糟的。对我来说，比起克洛德-莫奈大街那些博物馆里的喧哗，我更喜欢维农的塞纳河岸边这座豪华的诺曼底式建筑的安宁。您可能会说，这是因为我老了。我在大厅里喘息着，艰难地穿过石板院落，用拐杖支撑着弯曲的身体，艰难地走到入口。

我抬起头。克洛德·莫奈的雕像正襟危坐在入口的前厅。在“印象派诺曼底”活动中，工作人员将《睡莲》放在了一处显眼的位置：一幅圆形的、直径将近一米的画作。这幅《睡莲》镶嵌在一个略显陈旧的金色边框中，可以说，有点儿像祖母的镜框。看来，这应当是莫奈在全世界展出的三座雕像之一了！这座雕像是莫奈于1925年亲自捐献给维农博物馆的，那正是他去世的前一年……

真气派，是不是?

您可以想象一下，这座博物馆是维农的骄傲，它是厄尔省唯一一座拥有莫奈作品的博物馆，而且还都是莫奈的名画。虽说画卷四周的金色边框有点儿恶俗，但我还是会看不起那些不为这画框所散发出的淡奶色、乳白色光芒所吸引的人，它就如同彩色伊甸园的舷窗。当我想到这些游客像痴心的绵羊一样从邻村跑来，趾高气扬地站在画作复制品前面的时候……

我是不会抱怨的，但是如果他们像进山放牧一样跑到维农来，我还是会首先表示不满的。我在大厅炽热的石板路上走了几步，帕斯卡·普桑带着一阵风从我面前经过：我一下子认出了博物馆馆长。据说他是法国研究莫奈和《睡莲》最具权威的专家之一，鲁昂美术博物馆的阿基里斯·吉约坦也是。我在哪里看过来着，说他是“印象派诺曼底”活动的核心人物之一。他是一位举足轻重的人物……可以这样说，您不必强颜欢笑。

普桑和我打了声招呼，但是没有放慢脚步，他大概也记不清我是谁了；但是如果他能仔细想想，便会想起，这位老妇人曾经跟他一起探讨过《睡莲》……

那是很久以前的事了。

“别让别人打扰我！”在入口处，帕斯卡·普桑对他的秘书说道，“我要和维农警局的两位警官见面……不会很久的。”

馆长停下脚步，他无意识地观察着博物馆的大厅。地面上的瓢虫图案标注着通往各个房间的路径。楼梯下方，堆放着一堆雕塑的半成品，那是因为没有别的地方可放。帕斯卡·普桑不快地皱了皱眉，随后带上了办公室的门。透过入口的大门玻璃，我看到塞内纳克警官的悍虎 T100 停在博物馆的前面，停在内院的石板路上……显然，《睡莲》的世界太小了，就像睡莲池一样小。

我叹了口气，像大家一样，按照地面上瓢虫的指示向前走去。整个一楼都是当地的考古学展厅，这让我厌烦透顶。我看了看通往二楼的楼梯，那里摆放着风景画家和当代艺术家的艺术藏品。宏伟的楼梯是这座博物馆的另一个骄傲。可以说，这里什么都有。在那些被人遗忘的没人愿意摆在家里的公爵、统帅和王子的画像底下，杂乱地摆放着尥起蹶子的骏马和拉圆了弓弦的弓箭手大理石雕塑，每隔四个台阶就有一个。我很担心，他们对自己博物馆的楼梯是那样骄傲，以至于都忘了在这座被人遗忘的博物馆里还有电梯……

63

帕斯卡·普桑仔细检查着“WINSOR&NEWTON”颜料盒的每一个细节，塞内纳克和贝纳韦德仔细观察着他的每一个动作。在调查陷入僵局的时候，他们调动了一切可以调动的力量。有人向他们推荐了帕斯卡·普桑，说他是另一位印象派专家，特别是在诺曼底地区，他是鼎鼎有名的专家级人物。博物馆馆长表现出一副忙得不可开交的样子，但他还是同意给警方几分钟时间。和贝纳韦德与他通电话时想象的一样，他们面前的这个人又高又瘦，穿着一身灰色西装，系着一条彩色领带，一副艺术品推销员的样子。这副样子要么是罗浮宫馆长……要么就是路人甲！

“先生，这东西可真漂亮。这个颜料盒保管得非常好，它有一百多年了。它倒不值什么钱，远远谈不上值钱，但是收藏家却可能对这件东西很感兴趣。它是20世纪初，美国画家使用的款式，但是从那以后，带着一条龙的‘WINSOR&NEWTON’商标，就成为世界品牌了。任何一个怀旧的、时尚的画家，都渴望把自己的画笔放进这里。”

贝纳韦德和塞内纳克坐在两把古老的红色天鹅绒扶手椅上，这椅子看起来很舒服，可实际上根本不像他们想象的那样，似乎一个不当的动作，两条黑色的涂漆木腿就会垮塌。

“普桑先生，”洛朗斯·塞内纳克问道，“您觉得现在市场上还有买卖莫奈作品的吗？特别是《睡莲》……”

博物馆馆长将颜料盒放下。

“警官先生，您是想问什么呢？”

“呃，比如说，维农地区的居民有没有可能得到过莫奈馈赠的画作呢？在莫奈的二百七十二幅《睡莲》中，说不定就会有那样一幅呢？”

馆长的回答是：

“克洛德·莫奈刚搬到吉维尼的时候，就已经是一位知名画家了。他的每一幅画都是国宝级的。莫奈很少会把自己的画送人，他的每幅画都价值不菲。”

他露出洁白的牙齿，继续说道：

“可是他却接受了将自己的作品馈赠给我们维农博物馆，他很少会这样做的，这就是我们这幅画价值连城的原因吧。”

塞内纳克似乎对这个答案很满意。可是西勒维奥·贝纳韦德并不买账，他又想起鲁昂美术博物馆管理员那些情绪激昂的话，他说：

“再次说声抱歉。莫奈想画出自己理想中的景致，他一定与邻居、与吉维尼的村民们协商过治理池塘的事情……为了获得邻居们的同意，难道他就不会许诺给他们一幅画吗？”

普桑没有掩饰自己的不快，他不加掩饰地看了看表。

“您听好了，警官。印象派的时代可不是史前！20世纪初，有报纸，有公证处，有市议会……莫奈的所有作品都经十几位艺术历史学家审查过，没发现过一起，绝对没有发现过一起这种以物换物的行为……除此之外，大家愿意怎么说就怎么说好了！”

馆长装出要站起来的样子。这种匆忙想要结束对话的态度，反倒激起了贝纳韦德的好奇心。他徒劳地等待着洛朗斯·塞内纳克说点儿什么好帮他一把。

“那会不会有人偷了莫奈的画呢？”西勒维奥问道。

帕斯卡·普桑叹了口气。

“我真弄不明白您到底想说什么。一直到死，克洛德·莫奈都是一个有条理的、清醒的人。他的画作都是经过清点、归类和记录的。直到莫奈去世，他的儿子米歇尔都从未发现过任何一幅画作遗失……”

博物馆馆长的手指不耐烦地在颜料盒上敲击着。

“警官，虽然您没能侦破一个星期前发生的命案，但是我觉得您倒是可以找到1926年以前可能发生过的偷窃案的突破口……”

他赢了……贝纳韦德感觉自己挨了一记耳光。这次该塞内纳克上场了：

“普桑先生……我想，您一定听说过西奥多·罗宾逊基金会吧？”

面对这突如其来的增援，博物馆馆长此刻似乎非常窘迫。他扭了扭领带。

“当然啦……它是世界上三四个推广艺术的基金会之一。”

“那您怎么看这个基金会呢？”

“什么叫‘我怎么看’？”

“您同这个基金会打过交道吗？”

“当然啦！看这个问题问的！罗宾逊基金会同所有与印象派有关的人员都有着千丝万缕的联系。他们有三个宗旨：探索，保护，推广……”

贝纳韦德点头表示认同，普桑继续说道：

“大约三分之一今后要在世界范围内展出的作品，都要通过这个基金会来实现。这样一个基金会组织，根本不会把维农博物馆放在眼里，或许您能预料到。但是对较大规模的活动来说……瞧啊，十五天前，我在东京参加‘神圣的山峰和小路’国际专题展览会，您猜谁是主办方？”

“罗宾逊基金会！”塞内纳克答道，就像在回答电视游戏的抢答题似的，“这个基金会有点儿贪心啊，是不是？”

博物馆馆长勒紧领带。

“‘贪心’？此话怎讲？”

贝纳韦德接过话来，继续说道：

“呃，对像我这样一个对油画一窍不通的人来说，我可能会觉得这个基金会手里掌管着数以百万计的资金，它只对有油水可捞的活动感兴趣，而对非功利的、捍卫神圣艺术的活动不屑一顾……”

贝纳韦德又站了起来，故作天真地笑了笑。他开心地发现，他与塞内纳克这对儿搭档比从前默契了，就像玩儿双打的网球队友，练得多了就会取胜。干得漂亮！帕斯卡·普桑不耐烦起来，他看了一下手表，气恼地回答道：

“好吧，对像我这样一个对油画有所了解的人来说，西奥多·罗宾逊基金会是一个历史悠久值得尊敬的组织，它不仅可以卓越地适应国际艺术市场，还一直保持着自己的初心，也就是说，发掘尽可能年轻的绘画新星……”

“您想说的是‘未来之星’吗？”塞内纳克打断他说道。

“这算其中的一项……您绝对想象不到如今世界上有多少个绘画天才是罗宾逊基金会发掘出来的！”

“这样就形成了一个链条，”塞内纳克总结道，“总之，罗宾逊基金会既负责举办活动，又负责投资……”

“没错，警官！这样做有何不妥吗？”

塞内纳克和贝纳韦德像二重唱似的不约而同地点了点头。普桑又看了看自己的手表，随后站起身来。

“好了，”他一边说，一边打开颜料盒，“警官，就像我刚才说的，对于你们之前不了解的事情，我真的不能教会你们很多。”

就在这时，西勒维奥·贝纳韦德试图射出“最后一箭”：

“还有最后一个问题。普桑先生，你能给我们讲讲《黑色睡莲》吗？就是莫奈临终前画的最后一幅画。黑色预示着他自己的死亡……”

帕斯卡·普桑满脸抱歉，轻蔑地打量着西勒维奥，那表情就像是看着一个说自己在公园里遇见了小精灵的孩子。

“警官，艺术不是童话或者传说，艺术仅仅是一个事件而已。这种关于自画像的忧伤传言没有任何依据，也没有任何蛛丝马迹可以证明它的存在，一切都只是想象出来的罢了。就像有人说罗浮宫的走廊里有幽灵，说真正的蒙娜丽莎被藏在埃特勒塔小镇！”

下巴上又被猛击了一拳！贝纳韦德被打得晕头转向。塞内纳克犹豫着自己是不是要乖乖地继续站在擂台外了。好吧，他走进了赛场：

“普桑先生，我认为莫奈故居里还留存着几十幅大师的作品，它们或许还沉睡在谷仓和壁橱里，这也是村里传颂的神话……”

帕斯卡·普桑的眼里闪烁着古怪的光芒，似乎塞内纳克泄露了一个最为危险的秘密。

“谁跟您说的？”

“普桑先生，您还没有回答我的问题呢。”

“这是真的。莫奈的故居和工作室可是个私密的地方。作为专家，我经常去参观这些地方，这个你们很容易理解。如果我回答了你们的问题，就会牵扯到我的职业秘密。然而，我还是想坚持问一下，是谁跟你们说的这些？”

塞内纳克咧开嘴微笑起来。

“普桑先生，您也很容易理解，如果我回答了您的问题，也会牵扯到我的职业秘密！”

几秒钟内，一阵沉闷的寂静占据了整个房间。最后，两位警官站了起来，两把古老的椅子一下子释然地发出吱悠悠的声音。博物馆馆长神情紧张地将他们送出门去，随后关上了身后的房门。

“这位博物馆馆长有点儿不善言辞啊。”走到大厅的时候，贝纳韦德一边评价着，一边抬头看了看那幅《睡莲》。

“我想说，他是有些匆忙。欸？西勒维奥，在艺术知识方面，我感觉你有长进了呢……可以说，你的兴趣点不仅仅是围绕着烧烤架了……”

贝纳韦德把上司的评价当作赞美。

“我搜集了一些资料，老大……我也试着整合了一下信息，研究了好多资料。但我并不是因此便了解得更加清楚了，恰恰相反！”

他们走了出来，走到博物馆的石板路上。在他们面前，是几艘漂泊在塞纳河上的驳船。河的右岸是古桥奇怪的房子。几个世纪以来，它就由两只废弃的桥墩支撑着，在河岸上方保持着平衡，似乎随时可能坍塌到灰色的河水里。

“你那张分成三栏的纸，还带在身上吗？”塞内纳克问道。

西勒维奥红着脸，从兜里掏出一张纸。

“呃，老大，昨天晚上，我尝试了些别的方法，一种可以将所有线索整合到一起的方法。这只是一张草稿纸，但是……”

“给我看看！”塞内纳克说道。

没等助手打开这张折叠的纸，塞内纳克警官就一把抢了过来。他低下头，发现了一个潦草的三角形，三角形里装着各种各样的名字。他满脸困惑地挠了挠头。

“西勒维奥，这该死的金字塔是什么？”

“我……我也不知道，”贝纳韦德嘟哝着，“或许只是另一种看待问题的方法吧。从这桩事件一开始，我们就有三条线索，这三条线索指引着三个不同的方向，也就是说，《睡莲》、情人、孩子。瞧啊，这个方法可以将一切线索整合到一起。我们为什么不能这样认为——离三角形的中心越近，这个犯罪线索就越重要……”

塞内纳克靠在博物馆入口处标志性雕塑的底座上。那是一匹铜马。

“把所有线索都整合到一起，这可真够疯狂的。你真的相信用这个该死的笛卡儿坐标就能侦破案件吗？”

他将一只手放到铜马雕像的臀部。

“如果我是你，我会在三角形的中心放上西奥多·罗宾逊基金会和这位波士顿姑娘——阿丽娜·梅雷塔丝……嗯……唯一的问题是，博物馆馆长刚刚严肃地否定了《睡莲》或莫奈的任何一幅画流落民间的可能，即使是他临终前的作品也不可能。”

“这我知道……总之，我觉得他所说的‘职业秘密’值得商榷……”

“我也是。但是我更难相信莫奈死后，会将十几幅印象派画作遗留在莫奈那粉红色房子的谷仓里这种超现实主义的事情。”

“我同意。总之，迪潘夫妇与‘孩子’和‘艺术品非法交易案’没有任何联系，尤其是丈夫雅克·迪潘。我把他们放在了一个死角，就像阿玛度·康提一样……”

塞内纳克还在惊讶地看着那张草图。西勒维奥·贝纳韦德释然地慢慢吐了口气。在绘制这张三角形草图的初期，他曾把洛朗斯·塞内纳克的名字也写在了“情人”和《睡莲》这两个三角形顶点的连线中间。塞内纳克突然抬起头，古怪地盯着他。西勒维奥指着三角形草图。

“还有那个穿蓝色工作服的女孩儿，我们还没有搞清楚她的身份，我会把她放在三角形中的‘情人’和‘孩子’之间的位置……”

“关于孩子的情况，已经成为你的执念了。西勒维奥，你一直纠缠在这个想法上，我们不能说……”

“老大，您还需要什么呢？一张给十一岁孩子的生日卡片，上面写着一句奇怪的阿拉贡的引文……现在，颜料盒上出现的又是孩子的笔体……1937 年，一个十一岁的孩子和毛赫瓦勒以同样的方式死去……在毛赫瓦勒的情妇当中有一个尚未查明身份的人，或许她和毛赫瓦勒有一个十来岁的孩子，而毛赫瓦勒却没有和这个孩子相认，这有什么不可能呢？”

“好吧……总之，一个十一岁的孩子是不可能举起一块二十公斤的大石头砸烂毛赫瓦勒的脑袋的。那么，你打算拿这些大杂烩般的线索怎么做？”

“我也不知道。但我还是一直认为某个吉维尼的孩子可能会遇到危险。我知道这很荒谬，我们又不能把所有吉维尼的孩子都保护起来。但是……”

洛朗斯·塞内纳克深情地在他的后背拍了一下。

“我们不是已经说过了吗，这是‘准爸爸综合征’。怎么样，妇产科那边还没有动静吗？”

“还没有动静。其实已经到预产期了，我会尽可能多地往妇产科跑，贝亚特丽斯总是在读同一摞杂志。‘一切都很好，还要再等等，宫口还没打开，现在还没有必要做剖宫产手术，一切都取决于宝宝，您还想让我说什么……’助产师每天都在不断地重复着说这些话。”

“一会儿还回那儿去吗？”

“嗯，去啊……”

“西勒维奥，我觉得吧……别的男人在当爸爸之前，都会让自己尽情地沉浸在酒精、大麻或扑克牌当中！但是你不会那么做！代我向贝亚特丽斯问好，她是个好姑娘，值得你拥有！”

他拍了拍西勒维奥的肩膀。

“我敢说，你是这个星球上的最后一个乖孩子了！跟你比，我应当下地狱了……”

洛朗斯·塞内纳克看了看表，16 点 25 分。

他戴上头盔，骑上悍虎。

“每个人都有自己的逃逸线……”

西勒维奥·贝纳韦德目送着上司远去。就在悍虎消失在塞纳河岸房屋街角的时候，他暗自想道，自己是否应当真的把洛朗斯·塞内纳克的名字从嫌疑人的名单上抹去呢？

64

维农博物馆二楼，六号大厅的窗子也像一幅画。透过窗子，可以看见塞纳河右岸的山丘，山丘美丽地装点着普尔维尔的风景、沃勒莱罗斯的落日、盖亚尔城堡、小安德里广场、罗莱布斯地区的塞纳河……

当塞内纳克警官的悍虎从这幅画中经过的时候，我想说，他确实打破了这印象派画面的和谐。我看到他的摩托车驶过维农大桥，从河岸的这边驶向另一边，然后向右转去，沿着塞纳河驶向吉维尼。就是在那个转弯处，他驶出了我的视线。

当然啦，这个愚蠢的警官是向他的美人飞去了。

冒冒失失。情不自禁。

我走进了另一间屋子，这间屋子有细木工护壁板，满屋子都是素描画。我要承认，这是我最喜欢的画风！随着年岁的增长，我现在就觉得斯坦伦的素描要比大师的作品更加令我心仪，我爱极了他的讽刺漫画。他用简单的线条勾勒出工人和乞丐的画像、捕捉到那些无名之辈的平凡生活场景，在几分钟的时间里用彩色铅笔速写而成。我不慌不忙，在每一幅速写前都待了好一阵子，细细品味着每一笔线条，就像品尝着在舌尖上融化的糖果似的。因为这是最后一次了，这是我的最后一次参观，我要和斯坦伦说再见了，所以我要仔细地品味每一处细节。

当我用饱含深情的目光看完每一幅陈列的素描之后，我在《吻》前停了下来，这是我这个老疯子五十年来每次来参观维农博物馆的一个习惯。

当然啦，我想说的不是克里姆那幅钢丝球一样缠绕在一起的两个人，那种令人头晕的香水广告上的情景。不，我想说的是斯坦伦的《吻》。

那是一幅用木炭棒速写而成的作品，只有寥寥几笔：一个男人的背影，他几乎什么都没穿，肌肉突起，上半身紧紧拥抱着一个不由自主的女人。她踮起脚，脸颊贴靠在男人的肩膀上，她那羞怯的手臂不敢搂住男人那宽厚的腰身。

他想要她。她沦陷了，无法抗拒。

情人总是对背景的大片阴影不以为意，就像即使身受威胁，也不管不顾。

这是斯坦伦最美的一幅画了，相信我。这幅画才是维农博物馆真正的大师级作品。

65

克洛德－莫奈大街，放学时刻，悍虎摩托车轰隆隆地出现在孩子们中间。孩子们自由奔跑着，当他们经过摩托车的时候，都好奇地回头去看。这群孩子在五到十二岁之间吧，洛朗斯·塞内纳克心想。他情不自禁地想起西勒维奥·贝纳韦德的假设，想起他说的——某个孩子正处于危险之中。一张张面孔从他面前经过，或许是十几张，或许是二十几张。一张张欢快的无忧无虑的笑脸。他们当中的哪一个会有危险呢？哪个小男孩儿，还是哪个小女孩儿？凶手是想问他（她）些什么吗？为了刺探他（她）那不为人知的家庭秘密？还是想像杀死毛赫瓦勒那样，用同样的手段将他（她）杀死？他会以什么样的方式下手呢？

塞内纳克警官将悍虎 T100 停放在一棵椴树的树荫下。尼普顿在树下睡着觉，就像在守护着那棵树。它懒洋洋地站起身来，向警官寻求一些爱抚，警官也是抗拒不了它的。

洛朗斯·塞内纳克走进教室的时候，斯特凡妮正背对着他，她正微微弯着身子，忙着整理木箱中的纸张。塞内纳克什么也没说，他犹豫着，他的呼吸变得急促了。她没听到他的声音吗？还是在故作冷漠？他继续向前走着，将双手放在女教师的髋部。

斯特凡妮颤抖着，她保持着沉默。她的脖子和脸颊都没有转过来。不必转身，她知道是他。

是因为听到摩托车的声音了吗？

还是仅仅因为闻到了他的气息？

她只是把手放在前方斜面木桌的面板上。警官的双手更紧地搂住女教师纤细的腰肢。他的身体也渐渐逼近了，他能感受到这个年轻女子的呼吸。一滴汗珠沿着女教师的耳朵流到了脖子上，他的目光无法从那里游移开。

他的双手慢慢向上移动，他呼吸急促，一只手沿着女教师那弯曲的后背向上抚摩，另一只手平放在斯特凡妮的腹部。他的双手继续向上移动，和这个年轻女子的胸部触碰到一起。他的手指挑逗着她的乳房下端，很久，似乎是想仔细记住这对儿乳房的轮廓，然后再蔓延到上方。

洛朗斯的脸颊贴在女教师温润的侧脸上，贴着她的一只耳朵和湿润的脖子。他们两人融为了一体。警官的牛仔裤贴在斯特凡妮的亚麻连衣裙上，欲望占据了她的身体，她喘不过气来。

他们就这样待了很久。突然，警官的双手迫不及待地潜入女教师的连衣裙和皮肤之间，揉捏起她的乳房。

斯特凡妮低下头，微微低下头，正好可以让洛朗斯的脑袋滑到她的嘴边。她喃喃地、轻声细语地说道：

“我自由了，洛朗斯。我自由了，带我走吧。”

警官的双手慢慢地落了下来，他将张开的双手铺展在女教师的身体上，似乎不想遗漏她的每一寸肌肤。他的双手滑到她的腰间，没有停下来，继续向下滑。

一瞬间，只有一瞬间，洛朗斯弯曲的身体与斯特凡妮的身体分开了一下：两只贪婪的大手紧紧抓住裙子的下摆，将裙子撩起到腰部，随后，她的骨盆又紧紧贴在警官的腰间，皱巴巴的裙子被挤压在他们之间，洛朗斯尽情地抚摩着，轻轻地揉捏着女教师的臀部。

“带我走吧，洛朗斯。”斯特凡妮还在颤抖地喃喃低语，“我自由了，带我走吧。”

“怎么样？”保罗问法奈特，“她和你说什么了？”

法奈特关上身后教室的大门，她面色苍白，保罗有一种不祥的预感。

“你们聊的时间不长啊，老师到底跟你说什么了？她相信詹姆斯的事情了吗？她也没有和你争辩，是吗？”

法奈特一声不吭。

以前，保罗从未在法奈特的脸上看到过那样一种忧伤。突然，法奈特一言不发地跑开了。尼普顿从椴树底下站起身来，跟着她跑了起来。

保罗犹豫着要不要也冲上去追上她。在法奈特消失前，他喊道：

“你和她说了吗？”

“没有……”

这是法奈特说的唯一一个词。她流着悲伤的泪水，这泪水，足以淹没布朗什－奥修德－莫奈大街的斜坡了。

66

省议会的大客车将洛朗丁警官一直送到里昂－森林广场的正中央，在整个路途中，警官都能透过风挡玻璃看到环绕着全城山毛榉林地的美景。一排排带木筋墙的诺曼底式房屋，点缀着这个带有19世纪忧伤的地方，这个保存完好的村庄，完美地再现了莫泊桑和福楼拜小说中的情景。

洛朗丁警官的目光在中央广场的喷泉上停留了片刻，喷泉就修建在巨大的站台棚旁边。美丽的石头喷泉看上去并没有实际那么古老……事实的确如此。这个喷泉已经修建了整整二十年了，当时就是为了拍摄夏布洛尔那部关于艾玛·包法利的电影而修建的。

这是假货！这是赝品！

洛朗丁警官由此联想到艾玛·包法利的悲剧命运——对无聊感习以为常，想过另一种生活却遭到命运的拒绝。他将艾玛·包法利的命运与近日来收集到的所有与斯特凡妮·迪潘有关的信息联系在一起。在离开村庄中央喷泉的时候，洛朗丁警官心里这样想着。这样相似的命运还真是可笑，他已经过了听浪漫故事的年纪了。洛朗丁警官步伐矫健地向前走去。花园养老院在里昂上端，可以沿着森林边缘的笔直斜坡走上去。

前厅的彩蓝色壁纸干净得发亮，就像有人随时都在打扫似的。大多数住在这里的老人都抓住下午的尾巴，抓住这一天中剩余的时光到左边活动室去了。一张巨大的等离子屏幕似乎永远都为这三十多位一动不动的老人开着。他们无精打采，沉浸在自己的思绪中。就算那些性格特别活跃的人，也只是一边有气无力地咀嚼着一个小时前提供的下午茶点，一边等待着晚饭。

行动迟缓得可歌可泣。

一位略显粗壮的护士灵巧地走过房间，向他走来，就像瓷器店的主管似的。

“先生您是……？”

“洛朗丁警官。今天早上给您打过电话了，我想见一下路易斯·罗萨尔芭。”

护士笑了。小小的金色胸牌上写着她的名字——苏菲。

“哦，我想起来了。我已经提前告诉了路易斯·罗萨尔芭，她正在房间等您呢。最近几年，路易斯有一些表达障碍，您别介意，但是她的头脑清醒得很，她很清楚您找她做什么。117 号房间。警官，请您不要对她追问得太紧……路易斯今年一百零二岁，已经很长时间没人探望过她了。”

警官推开 117 号房门。路易斯·罗萨尔芭朝向窗外，望着窗子下方的停车场，目不转睛地看着。一辆奥迪 80 停了下来，一对儿夫妇从车里走出。女士拿着一束鲜花，两个孩子一边嚷着，一边关上车门。洛朗丁觉得，观看别人家属每天成群结队地前来探望，成了这位百岁老人的常态。

“路易斯·罗萨尔芭？”

老太太转过那张堆满皱纹的脸。洛朗丁笑了。

“我是洛朗丁警官。今天早上，苏菲护士告诉您我会前来拜访了吧！

我……我很抱歉，我今天来是想让您回忆一件事。那是非常遥远的记忆了，也是一段非常不愉快的记忆。我来是想和您聊一聊您儿子的死，您的独生子——阿尔贝。那时候是……1937 年……”

路易斯的双手在膝盖上方被子的褶皱上颤抖着，一双清澈的眼睛湿润了。路易斯张开嘴，却发不出声音。

她的墙上没挂一个十字架，没挂任何一张儿女、孙子和曾孙穿着长袍接受洗礼或穿着白色长衣去领圣体的照片，也没挂一张结婚照。光秃秃的墙上只装饰着一幅漂亮的莫奈画作的复制品——《打阳伞的女人》：一位优雅的母亲在田野里带着孩子们散步，田野里开着一大片丽春花，这片田野在阿让特伊周边的某个地方。

“我要……”洛朗丁警官继续说道，“我要问您几个详细的问题。您别动，我……我帮您回忆。”

警官弯下身子，从手提包里拿出一张黑白的集体照：“吉维尼城镇学校——1936—1937”。

他将这张照片放到路易斯的膝盖上。这个百岁老人的眼睛似乎被这张翻印的照片吸引住了。

“这是阿尔贝吗？”警官指着第二排的男孩儿问道，“是他吗？”

路易斯点了点头表示确认。几滴眼泪落在了照片上，就像拍照时学校的院子里下起了雨一般。但是孩子们都很乖，都在细心的摄影师镜头前耐心地等待着。

“您一直都不相信这是一场意外，是吗？是这样吗？”

“不……不……”路易斯发出了急促的声音。

她慢慢地咽了一下口水。

“他当时……不是一个人。不是一个人……在……在河……在河边……”

警官努力地克制着自己内心的烦躁。他又想起了护士的话：别催路易斯。

“那您知道当时是谁跟您儿子在一起吗？”

路易斯轻声地说知道。警官的声音变得更加迟疑了，似乎这间小屋的空气里充斥着一种无法言喻的紧张感，似乎这个装着陈旧记忆的箱子会释放出一种可燃性气体，只要稍不小心，就会把房间引爆。

“是……是当时和阿尔贝一起在河边的那个人，杀死了您儿子吗？”

路易斯认真听着警官说出的每一个字，又表示了认同。她毫不含糊地慢慢动了一下脖子。

“那您为什么当时没有说呢？您为什么当时没有揭发他？”

现在，吉维尼学校的院子里下起了“大雨”，照片都卷翘起来了。照片上的孩子们依然乖乖的，一动不动。

“没……没有人……相……相信……我……就连……就连我……我丈夫……也……不相信……”

这位百岁老人似乎需要透支体力，才说得出每一个词。她脖子下方松弛的皮肤颤抖着，就像家禽那松懈的喉咙一样。洛朗丁警官知道自己应该让她节省些体力，应该由他提出问题，并给出几个答案供她选择，这样，她就可以通过动作或一个简单的音节来告知他的假设到底是对还是不对了。

“然后，您就搬家了，是吗？不能再待在吉维尼了……再然后，您丈夫去世了……就剩下您一个人了，是吗？”

路易斯慢慢地点了点头，表示同意。警官向百岁老人弯下身子，从口袋里掏出一张纸，轻轻擦了擦集体照。

“后来呢？”洛朗丁警官继续问道，他的声音掩饰不住激动的情绪，“那个人，那个跟您的儿子一起去河边的人……后来，那个人又犯罪了，是这样吗？或许，好多次？那个人又犯罪了，是吗？那个人还会再犯罪的，是吗？”

路易斯·罗萨尔芭的呼吸一下子顺畅了许多，似乎警官抬起了压在她胸口一辈子的大石头。

她又点了点头。

我的天啊……

一阵寒战流过洛朗丁警官的整条胳膊。对他来说，这种突然的心跳加快是不允许的，但是这会儿，他根本顾不上心脏病医生的建议了。现在最重要的是这位老人即将揭露的令人瞠目结舌的事实。六十年来，这些记忆一直埋藏在老人的心里。他将这张照片放到离路易斯的手指更近一些的地方。

“那个……您说的那个人，也坐在学校的板凳上，是不是？您能……您能指出来是哪个吗？”

路易斯的手指颤抖得更加厉害了。洛朗丁警官轻轻地将自己的手掌放到这位百岁老人的手腕上，用力握着，帮助她的手腕朝着一个方向或另一个方向移动。路易斯皱巴巴的手指在集体照上移动着，随后，她的食指慢慢地落在了一张面孔上。

洛朗丁警官感到自己的心脏狂跳不已。

我的天啊，我的天啊……

一股巨大的热浪将他包围，他更紧地握住路易斯的手。他的心跳在冲刺，他必须冷静下来。

“谢谢。谢谢……”

他缓缓地喘息着，激动的情绪稍微平复了一些。洛朗丁警官任由这种奇怪的感觉占据着自己：这是一种矛盾的感觉，他既觉得路易斯的揭示、证实和指控不合常理，可又有一种无法抗拒的逻辑。从今以后，他便知道杀死小阿尔贝·罗萨尔芭的凶手是谁了，因此，他也知道杀死热罗姆·毛赫瓦勒的凶手是谁了。他知道了是谁，以及为什么。

他的心率又渐渐恢复到平常的节奏，但是他并不排斥这种微妙的满足感，也不排斥这种莫名的骄傲，他终于有证据可以证明自己没有上当、没有任人摆布了。

他很骄傲，自己能够领先一步知道真相，并保持理智。

他向窗外看去，看向停车场外围，看向幽暗的山毛榉林地，那里似乎是林地的边缘。

现在应该怎么做？

回吉维尼？

回吉维尼去找斯特凡妮·迪潘？事不宜迟！

一想到这儿，他的心脏又开始狂跳不已。他的心脏病医生肯定会气得疯掉。

67

22 点 53 分。我看着月亮。

从大麻磨坊的主塔上看，月亮显得巨大无比，几乎触手可及。

放心吧，我没疯，这并不是视觉的幻象。诺曼底法国频道和地区电视台都报道了，说今晚的月亮是一年中最大的。他们说，今晚月亮到达了近地点，也就是说，如果我没理解错的话，今晚的月亮是一年中离地球最近的……我还记得电视上说过，月亮并不是随着圆形轨道绕着地球运转的，而是椭圆形轨道……因此，会有那么一天，月亮距离地球最远；也会有那么一天，月亮距离地球最近……

就在今晚！据说，今晚用肉眼在地球上看月亮，月亮会显得更大。这是天气预报上说的，历书上记载的就是这个时刻。近地点。每年一次……

夜色的清辉将所有吉维尼的房屋笼罩在一种奇怪的氛围中。有些画家或许会被夜色所感染，摆上画架，将这个夜晚画下来，这样的夜色不带有丝毫人工的光亮。天涯共此时，有多少人在看着月亮呢？有多少人是因为听了广播、看了电视，才来到窗边赏月的呢？他们说，这样的景观不容错过！肯定会有成千上万的人在看着月亮呢。

没错，今天我很忧伤……到维农博物馆朝圣以后，我便在窗子底下度过晚间这段时光。我不会按照这样的节奏继续看很久的。

我是说，我不想看了，相信我。能知道自己生命的最后一天是哪一天，并且可以这样品味着最后的时光、最后的夜色、最后的月光，也算得上是一种真正的特权了。

明天，一切就都结束了！

我已经决定好了。现在，就选择一种离开这个世界的方式吧。

毒药？刀刃？枪支？溺水？窒息？

我可以想出 N 种离开这个世界的方式。

我不缺乏勇气，不缺乏决心，也不缺乏主动性。

我还在观察着这个沉睡的村庄。苍白的夜色中，路灯和村里的最后几盏光亮照亮了《黑色睡莲》中黄色的花朵，就像迷失在黑暗大海中的几个脆弱的灯塔。

警察们失败了，他们什么都没搞清楚，那就算了吧。

明天晚上，所有的一切都将由一具尸体来结束，就像画上最后一个句点。

一切终将结束。

法奈特第一次见到这么大的月亮。它就像一颗行星，或是挂在树梢上、山岗上的飞碟。老师说得没错，要晚些时候看月亮。她为他们解释了椭圆形轨道和近地点，还用箭头和数字作为标志，在黑板上画出复杂的示意图。

法奈特不知道现在几点了，但是她觉得至少23点了。文森回去一个小时了，她心想。

我本来还以为他会在我的窗子底下过夜，听我说话，不愿意放开我的手。

最后，他走了。

唉！

法奈特想一个人待着，与这轮巨大的月亮待在一起，月亮就像她的大姐姐一样。这个大姐姐住得很远，她会邀请法奈特去家里。

今天晚上，法奈特把整幅画都画完了。在通常情况下，她不喜欢做自负的人。实际上，她不太相信大家都说她的画非常了不起，可是……是的，是的，她可以对月亮说，她对于自己画在屋顶上的色彩，对于穿越画卷的河水的动感，对于向各个方向散开的逃逸线都感到很满意。长久以来，这一切都在她的脑海里，但是她从没想过自己能把这些画完成……她把画藏在了洗衣池底下，明天保罗会去找那幅画并交给老师。

保罗，我可以信任他。我只能信任保罗。千万不能信任别人，卡米耶那个自负鬼，玛丽那个小报告精，文森……文森……那只小黏人狗。

也千万不能告诉妈妈，妈妈最近一直在监视我，她每天早上都送我上学，在去巴黎地区的别墅上班之前，她会把我送到学校的栅栏前面。中午也是。她像在监视着我似的！有时候，我觉得很奇怪，好像妈妈害怕我把詹姆斯的事情讲给大家听似的。

詹姆斯。他消失了。他死了。

他在麦田里被杀了。

似乎她害怕大家把她的女儿当成疯子。

詹姆斯……

法奈特伸出手。她觉得只要在窗边略微向前倾一下身子，就可以触摸到月亮的轮廓，就可以把手指伸进月亮的裂缝中。

詹姆斯……

他是我想象出来的吗？

是不是我只是在麦田里捡到了某位画家遗落的几支画笔，只是在草地上看到了几滴颜料……剩下的都是我自己想象出来的？妈妈总说我活在想象的世界中，我会想象出一些事情，会歪曲现实，会按照自己的想象编造现实。

现在，我越想这个问题，就越觉得詹姆斯根本不存在。是我创造了他这个人，因为我当时需要他，我需要有人对我说我很有绘画天赋，说我应该继续画画，说我很有才华，说我应该为自己考虑，并且坚持不懈地画画，画画，画画。

要自私。

妈妈从来都没对我说过这些。詹姆斯却对我说了一切本该由爸爸对我说的话，所有一切我希望爸爸对我说的话……

一位艺术家爸爸，一位画家爸爸，一位为我感到骄傲的爸爸。有一天，在世界的尽头，爸爸会在全世界最了不起的画廊展出的油画一角看到我的名字，他会说："我认识她，她是我的女儿，我的小女儿。她是我所有女儿中最有天赋的一个。"

法奈特看了看幽暗的房屋表面。

不！不！不！我爸爸不可能是那种让我妈妈在家做家务的村民。又胖，又丑，又老，臭乎乎的，还流着汗。不可能。

可是我不在乎。

我没有爸爸。于是我想象着让詹姆斯来替代他……因为他的鼓励，我开始画画，画了我的那些《睡莲》。明天，它们就要去参赛了。这是我的求救信号……

明天。

法奈特笑了。

这轮大月亮或许是另一个好兆头。

明天，就是我的生日啦！

月光下，吉维尼学校的院子染上了一层银色。月亮超级大。斯特凡妮试着用几张简图为自己班里的孩子们解释一下月亮的椭圆形轨道和近地点现象。她建议孩子们如果想好好赏月，就要比平时稍微晚一点儿看月亮。她把一切都写在黑板上了，这轮月亮要比平时看起来大百分之十四，比平时亮百分之三十。

今晚的月亮是圆的，与斯特凡妮家屋子的天窗是同样的形状，就像一块玻璃散落下来，飞到了天上去。布朗什 - 奥修德 - 莫奈大街很空旷。市政府广场上，椴树的树叶在风中慢慢舞动起来，一场银色的雨似乎要降临到整座村落。

雅克躺在床的一边。斯特凡妮无须转过身去，她猜他没睡着，她猜雅克在看着她，她猜雅克什么都不会说，她猜雅克会尊重她的沉默。她与雅克之间的亲密接触变得越来越难以忍受了。雅克没有改变任何习惯。他们还是光着身子睡在一起，几乎贴在一起，虽然雅克没有试图去触摸斯特凡妮，也没有试图重新征服她。至少，在身体上，是这样的。

昨天，他们一起聊了几个小时。

聊得很平静。

雅克说他能理解，他会试着改变一下。

改变什么呢?

斯特凡妮又没有埋怨他。或者说，或许仅仅因为他不是洛朗斯·塞内纳克。

雅克说，他会变成另一个人的。

谁都不会成为另一个人的。这些讨论都不会有什么结果，斯特凡妮很清楚这一点。她已经决定好了。她要离开他。她要离开。

雅克是一个很平和的人。他肯定觉得“耐心”是让斯特凡妮改变心意的最好办法。让暴风雨过去。手里拿着伞，等待，就站在那里等。准备好在斯特凡妮回来的时候，为她撑开这把大大的双人伞。

他错了。

斯特凡妮看着学校的院子，看了很久，这个她教了这么多年书的地方，看着沥青地面上画着的造房子游戏的方格，这座松鼠笼子……她的脑袋里又回响起孩子们课间叽叽喳喳的喊叫声。

明天下午，斯特凡妮就要去约见洛朗斯了。当然了，不是在村里，不是在学校门口，不是在小河边……他们要去一个更远也更加隐秘的地方。这主意是她出的：去荨麻岛，那是埃普特河和塞纳河汇合处的一块著名田野，那块地曾经是莫奈买下来的，他把自己的画作放在那里，他将自己的船形工作间停放在那里……那是一处与世隔绝的好地方，距离吉维尼有一千米。她越想越觉得去荨麻岛是个好主意。洛朗斯也会赞赏这个主意的。对于有关艺术的一切，洛朗斯都有着敏锐的直觉。在莫奈故居那天，难道他没有立刻意识到雷诺阿的那幅《戴帽子的小姑娘》不是复制品吗?即使理智使他无法承认那是一幅真迹，洛朗斯·塞内纳克依然觉得那是一幅真正的大师级作品……其他十几幅安放在莫奈故居的作品也是如此。雷诺阿、毕沙罗、西斯莱、布丹……还有那些不知名的《睡莲》。天啊，如果有时间，如果有机会，斯特凡妮真的很想带着洛朗斯去看看这些画，与他分享那样一种感受……

雅克关上灯，转向一侧，他好像睡着了。月亮的光辉使他们的房间有一种山洞中仙境般的感觉。斯特凡妮盯着床头柜和床头柜上放着的书。

他没有动。

《奥雷利安》。

路易·阿拉贡。

当然啦，那句话又萦绕在她的心头。“我赞同将做梦立罪”，这句话是在毛赫瓦勒口袋里的生日卡片上发现的。

将做梦立罪……

这句话就像是为她而写……

将做梦立罪……

所有没读过接下来的诗的人，所有不熟悉阿拉贡这首长诗——《睡莲》后面诗句的人，都会搞错。不，当然了，阿拉贡没有指责人们的想象力。

这是多么不符合逻辑啊！

恰好相反，这首诗想表达的意思恰好相反。

她在心中诵读起这首每年都会教村里孩子们的诗篇。

我赞同将做梦立罪。

如果我做梦，这是被禁止的……

我会认罪，我为犯罪而高兴。

在理智的眼里，梦就是个强盗。

斯特凡妮默默诵读着这四句诗，带着一种超脱的、亵渎神灵的祷告般的狂热。

如果我做梦，这是被禁止的……

是的，梦可以逍遥于法外。

是的，斯特凡妮为自己是一个残酷的女人而骄傲。

不，她一点儿都不后悔。

是的，在理智的眼里，她的梦才是罪恶的。

但愿明天洛朗斯·塞内纳克可以将她拥入怀抱，但愿他们可以在荨麻岛上做爱，但愿他会把她带走，但愿他会把她带走……

明天……

第十三天

2010 年 5 月 25 日　荨麻岛的路上

结局

68

我慢慢地走在大麻磨坊后面的小路上，径直穿过草原：一条坑坑洼洼的小路，拖拉机的轮子将道路碾出条条沟壑，那是车辙年复一年留下的痕迹。

刚才，骑着悍虎摩托车的塞内纳克警官从这条路上经过时肯定不太开心。我就不为您描述当时的情景了，我不太确定他那辆老古董能否适应这种摩托车障碍赛似的“赛道”。几分钟前，我见他从这儿经过，骑到了磨坊的后面，随后向田野深处奔去，摩托车在干燥的地面上掀起一溜烟尘。

想走出吉维尼进入草原，有好几条小路可走，但是每条小路最终都会通往同一条死胡同：荨麻岛……前方，径直向前，就什么都没有了，只有埃普特河和塞纳河。这条路笔直地通向荨麻岛，在两条河汇流前的几米处、在埃普特河两岸、在莫奈所熟知的杨树林脚下，道路就终止了。这些杨树就像埃及的金字塔一样，被印象派的高棉人保护着……

如果我们想走到塞纳河边上，就需要步行了。

尼普顿在我前方奔跑着。现在，它已经熟悉了这条路，所以根本不等我了。它已经意识到，在这段连接大麻磨坊和荨麻岛的小路上，我走得越来越慢了。地面上的车辙真够可怕的，即使拄着拐杖，我也至少每隔三米就会险些跌倒。

幸运的是，这是我最后一次去那儿了——那个该死的荨麻岛。我都这把年纪了，这种野外农场的远足已经不适合我了。今天下午，热浪包围着一切，一股难以承受的闷热让人窒息。这是 5 月最好的天气了，确切地说，我是沿着引流旁的铁皮墙向前走的，磨坊没在埃普特河上投下一丝倒影。至少，我可以用头巾遮挡阳光。我走在黄色的草场上，感觉自己就像是走在沙漠里的阿拉伯妇女。

我的天啊，您绝对无法想象，我要花一个世纪才能走到埃普特河和塞纳河的交界处，这个该死的荨麻岛啊。

我想，尼普顿都已经到那儿了吧！

69

16 点 17 分。洛朗斯・塞内纳克的悍虎 T100 停靠在一棵杨树下。警官提前来到了荨麻岛，他知道斯特凡妮的班级在 16 点 30 分之前是不会放学的。放学后，她要步行足足一千米才能见到他。

洛朗斯走到一棵树下。这里的风景很奇特：埃普特河被那些成排的、笔直的树木包围着，就像立正站好的兵阵。它看起来不像自然形成的河流，反倒像一条运河。埃普特河和塞纳河的交汇处更是让人产生这样的感觉：浩瀚的河水安静地流淌着，根本不把为它带来涓涓细流的小溪放在眼里，埃普特河的河岸似乎永远都是这个样子。然而，塞纳河河畔却是喧哗的——城市、工厂、驳船、铁路、商铺……塞纳河就像穿越田野的高速公路一般……而埃普特河就像停靠在这里的被省级公路遗忘的灰褐色小路。

有人在他身后走动。

斯特凡妮，她已经到了吗？

他转过身，微笑着。

是尼普顿！德国牧羊犬认出了警官，它跑过来在警官身上蹭来蹭去。

“尼普顿！你跟我来到这儿可真是太好了……但是你知道吗小胖胖，今天我是要和美人约会哦，秘密的约会，你明白吗……你要让我俩单独待在一起哦……”

他身后的树枝“咔嚓”一声折断了。树叶哗哗作响。

这里并非只有尼普顿！

洛朗斯·塞内纳克想都没想，立刻意识到有危险。这是警察的直觉。

他抬起头。

一支枪管顶在了他的头上。

有那么一瞬间，他觉得一切都完了，没有别的可能了。他觉得自己马上就要死了，会像一个猎物一样被人击倒在地；他觉得子弹会击爆他的心脏，他的尸体会漂浮在埃普特河上，随后再漂进塞纳河里，最后会搁浅在河流的下游，甚至更远的地方。

枪上的手指并没有扣动扳机。

他被判处缓期执行了吗？塞内纳克跌入了深渊，但他镇定自若地问道：

“您来这儿做什么？”

雅克·迪潘竟然放下了武器。

“问这个问题的人应该是我……您不觉得吗？”

洛朗斯·塞内纳克的火气立刻蹿了上来，就像是变了个人。

“您是怎么知道我要来这儿的？”

尼普顿坐在距离他们几米远的地方，坐在从杨树间透过来的一缕阳光下，它似乎对他们的对话并不感兴趣。现在，雅克·迪潘的枪指向了地面。迪潘的嘴角挤出一抹不屑的苦笑。

“塞内纳克，您真是太蠢了。当我看见您那一副奉上帝旨意般的嘴脸、身穿皮夹克、脚踩摩托车离开村子的时候，我就知道了。我完全可以预知您要去哪儿，塞内纳克……”

“没人会知道，没有人，只有斯特凡妮知道。但她是不可能告诉您的。您跟踪我，是不是？”

迪潘转向了草原的一方。可以想象，远处的吉维尼村正处于一种可以融化地平线的闷热蒸汽当中。在回答洛朗斯的问题之前，迪潘笑了：

“您是不会理解的，有些事情超出了您的理解能力。塞内纳克，我生在这里，斯特凡妮也是。我们都出生在这座村庄。生于同一天，或者说几乎同一天。我们出生的地方只隔一条街。没有人会比我更了解斯特凡妮。当您开始被斯特凡妮所吸引的时候，我就发现了。最微小的细节、书架上少了哪本书、斯特凡妮看天空时的眼神、她的沉默……我已经学会了解读所有迹象：她上衣的褶皱、皱巴巴的裙子、她与平时穿内衣的不同方式、她化妆风格的细微变化、她脸上任何一个表情的变化。如果斯特凡妮约了您，那我是能够知道的。塞内纳克，我知道她会在何时跟您约会，也知道她会在何地跟您约会……”

洛朗斯·塞内纳克的脸上浮现出一种恼火的厌倦，他转向了埃普特河的那边。说到底，迪潘长篇大论的独白倒使他放下心来。他想，他和这位醋坛子丈夫有的聊了。总之，应该预料到早晚会有这么一天的，这是他应当付出的代价，也是斯特凡妮获得自由的代价。这是他们爱情的代价。

“好吧，”塞内纳克说道，“那下一个节目是什么？我俩一起等着斯特凡妮来吗？要不，我们仨一起聊聊？”

雅克·迪潘的脸上又浮现出一抹不屑，似乎他早已打定了主意。

“不，我可不这样认为……塞内纳克，您提前到这儿来算是对了。您接下来要做的是，写一封简短的分手信，您肯定写得出一封风度翩翩的分手信，您肯定很擅长这个。要是不行的话，我来说您来写也行。您将这封信放在一棵树下，放在一个显眼的地方，然后，就骑上您的摩托车走人……”

“你开玩笑的吧？”

“警官……您已经得到了您想要的。昨天，在吉维尼的教室里，斯特凡妮把自己献给了您，您已经达到目的了，我要向您脱帽致敬。许多人都想那样做，但您是第一个成功的，请您适可而止吧，请您从我们的生活中消失！如果您照我说的做，我就不会散布任何丑闻，也不会请律师，对他说负责毛赫瓦勒案子的警官和嫌疑人的老婆搞到了一起，他在前一天还把这个嫌疑人送进监狱了呢。简单地说，我才不在乎你那虚无缥缈的事业。我俩扯平了。虽然我对您这个出现在吉维尼的人嫉妒得发狂，但是您看，我可是个讲究的玩家，您不觉得吗？”

塞内纳克哈哈大笑起来。风有节奏地吹拂着杨树、榛子树和栗子树的叶子。

“迪潘，我觉得你根本没有搞清状况。这件事与我、与我的事业都没有关系。这件事与你这位被戴了绿帽子的骄傲丈夫也没有关系，这件事与斯特凡妮有关。她现在自由了，你明白吗？我和你之间没什么可聊的……我们不能为她做决定。你应该知道，她是自由的……她有权选择。”

迪潘的两只手又紧紧地握在枪上。

“我来这儿可不是跟您聊天的，塞内纳克。您浪费的是自己的宝贵时间。您写的分手信或许对斯特凡妮非常重要，她今后可能会带着这个生活了……”

洛朗斯感到迪潘激起了自己内心深处的怒火。这个人太恶心了！在他身后，是一直延伸到河水汇流处的荨麻田，这个地方很荒芜，除了斯特凡妮，没人会来。快结束这场对话吧。

“听着，迪潘，别逼我对您动粗。”

“您还在浪费自己的时间，我……”

“迪潘，你这个人真是太没劲了，”洛朗斯·塞内纳克打断了他，“睁开眼睛吧，你配不上斯特凡妮，她值得拥有一个更好的人，而你的身边却只需要一个平庸的伴侣。迪潘，她会离开你的，现在，或是以后。跟我走，或是跟别人走……”

雅克·迪潘耸了耸肩。洛朗斯·塞内纳克的轰击就像落在石板屋檐上的水滴，噼里啪啦，喷涌而下。

“警官，您就是用这些滑稽的话语赢得斯特凡妮芳心的吗？”

塞内纳克向前走了一步，他比雅克·迪潘高多了，至少要高出二十厘米。他突然提高了嗓门儿：

“快结束这场游戏吧，迪潘！马上。我要郑重地告诉你，我是不会写什么分手信的。我才不在乎你那小家子气的勒索，也不在乎你会对你的律师说什么可能影响我所谓‘职业生涯’的话……”

雅克·迪潘第一次犹豫了，他用一种崭新的专注目光注视着塞内纳克。警官移开目光，看向远处的圣－拉德贡德教堂的大钟，吉维尼的房屋散布在大钟周围，就像整座城市的微雕模型。

“看来是我错了，警官，”雅克·迪潘继续说道，“如此说来，我是小看您了？照您这么说，您对斯特凡妮是真心的了？”

他的脸皱在一起，挤出几道沟壑。

“看来您也没给我留什么选择的余地啊，那我就只好借助于更加具有说服力的方式了……”

迪潘缓缓地将枪管对准警官的额头。洛朗斯·塞内纳克一动不动，他的目光盯着枪管。汗珠沿着他的头发流淌下来。警官轻声说道：

“迪潘，你原形毕露了，面具摘掉了，你露出真面目了。你就是杀害毛赫瓦勒的凶手……”

枪管降低到警官眼睛的高度，让人无法不去斜视那阴森的金属枪管的枪口。

“警官，您跑题啦！”迪潘叫道，“别把一切都搅和在一起！我们到这儿来，是要解决我们三个人之间的问题，斯特凡妮、您和我。毛赫瓦勒与这一切没有任何关系……”

迪潘太激动了，枪管已经轻轻滑动到警官耳朵的位置。塞内纳克知道，现在应该与他谈判，争取时间，找到救命稻草。

“那么您想干什么？一枪崩了我，是吗？将我撂倒在这里？在杨树底下？查清枪手是谁并不难啊……这是一把猎枪……您妻子的情人倒在了您的枪下……荨麻岛的约会……所有人都看见我骑着悍虎穿过整个村庄……杀死我，您就要在监狱里度过余生，这可不是将斯特凡妮留在你身边的最好办法……”

枪支还在逼近。现在，枪管降低到他嘴的位置了。塞内纳克试图做些什么。现在，反击变得更容易了，夺过这支枪，结束这一切。他比迪潘更强壮、更灵活。现在可是个好时机。然而，警官却仍然在等待着。

“您可真够鬼的，”雅克·迪潘苦笑着回答道，“这一点算您说对了。塞内纳克，您只有这一点说对了。在这里，我把您冰冷地撂倒真的不是明智之举。那样做，我就犯罪了。但是，时间紧迫，快点儿吧，快给我写分手信！”

枪管一直落到警官的脖子处。塞内纳克的右手慢慢地、慢慢地沿着迪潘的腰移动，随后，突然放开了他的腰。

他的手在空中握起了拳头。

雅克·迪潘见势后退了一米，但是枪口一直指着塞内纳克。

“警官，别玩儿什么牛仔……您是在浪费自己的时间。我还要再跟您重复多少遍？快给我写分手信。”

塞内纳克不屑地耸了耸肩膀。

“想都别想，迪潘。现在，这场闹剧真的演得够久的了……”

“您刚刚说什么？”

“我说这场闹剧已经演得够久的了！”

“闹剧？”

迪潘紧盯着塞内纳克，惊讶得瞪大了眼睛。所有厚颜无耻、蔑视都从他的表情中消失了。

“闹剧？您刚刚是这么说的吗？闹剧……塞内纳克，所以说，您什么都没明白啊！您不想面对现实对不对？有一个……一个问题，您是搞不懂的，塞内纳克……”

冰冷的猎枪指在警官的心脏上。这是第一次，洛朗斯·塞内纳克无法回答。

“塞内纳克，您绝对想象不到，我到底多爱斯特凡妮。为了她，我什么都可以做。塞内纳克，或许您也爱斯特凡妮，或许还爱得很真……但是您绝对想象不到，您对她那可笑的喜欢根本不名一文，比起我的……”

塞内纳克咽下了恶心的口水。迪潘继续说道：

“我的……随便你叫它什么，塞内纳克……疯狂……执念……纯粹的爱……”

他的手指扣在扳机上。

“但是您要给我写分手信，警官，然后从我眼前永远消失！”

70

斯特凡妮·迪潘情不自禁地看了一眼黑板上方的挂钟。

16点20分。

还有十分钟！十分钟后，吉维尼的孩子们就放学了，她就可以快马加鞭地去找洛朗斯了。荨麻岛。她感觉自己激动得像个十多岁的小姑娘，似乎她那满脸青春痘的情郎正在学校门口的候车亭下等她呢。

这种感觉说来有点儿可笑。没错，当然了。但是她有多久没有勇气去倾听这颗心脏激动的怦怦声了；她有多久没有抬起头去看看那让她单纯地感受到万里无云的幸福蓝天了；她有多久没有冒出过这种想把孩子们立刻抛弃在这里的想法了！她想亲吻每个孩子的脸颊，告诉他们她要走了，要去周游世界了，再见时，他们就都长大了。

她有多久没有勇气在孩子们满脸惊愕的父母面前开怀大笑了？

可笑，是的。真是可笑。除此之外，上课时她也不在状态。她被每个孩子做出的一点点蠢事逗得咯咯直笑，笑得像个小傻子……虽然没有一个孩子将罗宾逊基金会大奖赛的参赛作品交给她，但她也没有给他们上那种让人心烦的说教课。即便是那些最有天赋的孩子也没有交……她会再找时间，跟他们好好说说，这是一个不容错过的机会，应该重点培养那些有天赋的小画家，不让欲望死去、不让灰烬熄灭——整整一年来，她给他们提的这些建议，到头来，都是说给自己听的。

她听取了这些建议！

现在还有九分钟，她准备逃走了！

家长们觉得学校应该教孩子们算算术。可是学校却教给他们阿拉贡的诗篇和绘画。有些家长认为斯特凡妮没有教会他们的子女做习题、算算术、学科学……

将做梦立罪……

斯特凡妮那睡莲般的目光飞出教室窗户，望向远方莫奈的杨树林。

“你没交吗？”保罗转向法奈特，小声问道。

法奈特什么都没听见。老师看向别处。

我要去！

她蹿到保罗的书桌旁。

“你说什么？”

“你的画，你参赛的画呢？”

文森诡异地观察着他们，玛丽的手蠢蠢欲动，似乎是想等老师转过头来就举手叫她。

“我没能把画带来，今天早上是我妈妈送我上的学。她可能又犯病了，一会儿她还要来学校门口接我。”

法奈特用余光扫了一眼，老师没有看她这个方向。看看玛丽和大家都在干什么吧，刚刚，玛丽一副想站起来的样子，可是此刻，跟她预想的一样，卡米耶倾斜着身子看了看玛丽的笔记本，给她讲起了练习题。

胖卡米耶现在对我还是很好的，似乎他能够理解发生在我身上的一切。玛丽，她不仅在数学上没有天赋，而且她在任何事情上都没有天赋。卡米耶恰恰相反，他总是炫耀自己，这是他吸引别人注意的方式。他跟玛丽在一起，久而久之，最后真的可以……

法奈特蹲在保罗的书桌前。

“保罗，”小姑娘说道，“你能把我的画取来吗？你知道的，就放在我们的秘密基地。放学后，你就把它拿给老师，行吗？”

“交给我吧……时间刚好够走一个来回，如果我用冲刺的速度，不到五分钟就够了。”

法奈特又在书桌间穿梭起来，她想悄悄溜回自己的座位坐下。皮埃尔这个傻子，他居然把书包放在了地上，法奈特一下撞到了他的书包，凳腿发出一阵撞击声。他书包里的奇怪铁器“叮当”地响了起来，就像响彻教室的钟声似的。

他可真是个傻子!

斯特凡妮·迪潘转向学生这一边。

"法奈特,你站起来干什么?"老师问道,"马上回到自己的座位上去!"

71

雅克·迪潘举起的枪管一直对着洛朗斯·塞内纳克警官的皮夹克,直指他的心脏。这片林中空地就像一座古老的神庙,成排的杨树,石柱般伫立着。可以想象,在这片树林的后面,塞纳河走廊的喧嚣,就像来自远方的回声。

塞内纳克试着迅速思考了一下,很有条理地思考了一下。他面前这个人是谁?这个拿枪指着他的人——雅克·迪潘是杀死热罗姆·毛赫瓦勒的凶手吗?如果是,那他一定是个小心翼翼的罪犯,做事谨慎,精于算计,这样一个人是不会在大白天向警察开枪的,他只是虚张声势罢了。

他从雅克·迪潘的脸上看不到一丝线索。他现在的神情就和他在阿斯塔加尔山丘上打兔子和山鹑时一样:精神专注,眉头紧锁,双手湿润,微微颤抖。这就是一个普通猎手的姿势。他手持猎枪,所对准的,只不过是一个比平时更大的猎物而已。塞内纳克又迫使自己反过来推理,或许,雅克·迪潘只是一个吃醋的、感情受到欺骗的、内心有挫败感的丈夫呢?如果是这样,那他也只是一个可怜虫,他不会如此镇定自若地杀人……

显然,不管雅克·迪潘是不是凶手,他现在都是在虚张声势……

塞内纳克努力让自己采用一种坚定的声音说道:

“你就是在吓唬人，迪潘。不管你有没有疯，你都不会开枪的。”

雅克·迪潘的脸色变得更加苍白了，他的心跳似乎变慢了，好像心脏已经无法为他脖子下方的动脉输送血液了。他一只手扶着枪管，另一只手扣在扳机上。

“塞内纳克，别耍花样、别逞英雄、别打您的小算盘。您还没明白吗，您这是打算清醒地被我杀死，是不是？您宁可被杀也不愿意妥协是不是……”

塞内纳克脑中的信息又混乱起来。警官知道，他应该花几秒钟时间分析一下现在的形势，但来不及了，就随机应变吧。他宁愿利用这些时间想一想他与西勒维奥·贝纳韦德讨论过的所有细节：三条线索、寻找热罗姆·毛赫瓦勒与这起案件中所有不知名女性之间的关系、《睡莲》、油画、孩子、雷同案、1937 年……他每呼吸一次，都能感觉到冰冷的枪口又向他的肉体逼近了一寸。

他们之间只相距半米了，那正是猎枪的长度。

“你疯了，”塞内纳克小声说道，“你是一个危险的疯子。我要控告你，就算我不去，也会有人去。”

尼普顿在杨树底下抖动着身体，似乎被两个男人突然的说话声惊醒了。它抬起睡眼惺忪的头，好像对他们之间的疯狂并不感兴趣。它竖起耳朵，听雅克·迪潘喊道：

“塞内纳克，您听我说，我对天发誓，您抢不走斯特凡妮！我是不会让斯特凡妮走的。如果警察来了，如果您试图耍什么花样，如果您为难我，我保证，我会杀了斯特凡妮，然后自杀。您说您爱斯特凡妮，那就请证明给我看。放弃吧……她会生活得很幸福的，您也是，一切都会很好的。”

“迪潘，你这要挟真可笑。”

迪潘再次加大音量咆哮道：

“塞内纳克，这可不是要挟，我不是在跟您商量！我只想告诉您，如果您不放弃的话，后果是什么。我什么事都做得出来，何况，我也没有什么可失去的了。您明白了吗？您可以把全世界的警察都叫来，但是这也避免不了一场杀戮。”

枪管抵着他的胸口，更紧了。塞内纳克意识到，他现在再想做任何反击的动作都太迟了。迪潘已经摆好了射击的姿势，那扳机上的手指可以将他一枪毙命。现在，警官只能对他的侵犯者劝说一番了：

“真蠢……杀了我，你就会拥有斯特凡妮？”

雅克·迪潘盯着他看了很久。他慢步后退，可是枪口一直指着警官。

“来吧，我们浪费的时间已经够多了。警官，我再跟您说一遍，在分手信上写几句话，然后就从这里消失。这件事没那么难。忘掉一切，永远都不要再回来了。只有您自己可以避免这场杀戮。”

雅克·迪潘的嘴唇突然扭曲了一下，他吹了声口哨。尼普顿开心地跑到他的脚下。

“想想吧，塞内纳克。快点儿。”

塞内纳克一句话都没说。狗狗在他身上蹭来蹭去，他本能地把手放在狗狗柔软的皮毛上。

“警官，我猜您认识尼普顿吧？在吉维尼，所有人都认识尼普顿，这只开心的狗会追着孩子们跑，谁能不喜欢尼普顿呢？谁能不喜欢这只单纯的狗？我也喜欢它，我是最喜欢它的人了，它跟着我去打过一百多次猎了……”

突然，枪管降低到塞内纳克警官膝盖的高度，距离尼普顿的脑袋只有二十厘米远。直到这时，狗狗依然对这两个成年人充满盲目的信任，就像一个对着父母微笑的婴儿。

一声枪响打破了杨树林里的寂静。

枪声渐渐蔓延开来。

尼普顿的脑袋被炸开了，崩得四分五裂。

狗狗像受到电击似的倒下了，塞内纳克的手还抚摩着一撮血淋淋的绒毛。他的袖口和裤腿上沾着尼普顿皮肤的碎屑、内脏、半只碎裂的眼睛和一只耳朵。

一阵深深的恐惧从他的身体里蹿了上来，摧毁了他的所有理智。雅克·迪潘的枪管瞬间抬起，随后，又重新指着警官的上半身。

枪口指向塞内纳克警官从未跳得如此之快的心脏。

“塞内纳克，考虑一下吧，快！”

72

5 月的阳光炙烤着大地，学校就像一座监牢。

16 点 29 分。

孩子们叫嚷着跑出了教室。几个孩子被市政府广场上成群结队的父母捉住，大多数孩子从父母张开的手臂和椴树林间溜走，从布朗什－奥修德－莫奈大街上跑了下来，就像在玩儿老鹰捉小鸡的游戏。

最后一个孩子才出去几秒钟，斯特凡妮就迈出了教室的大门。但愿今天不会有孩子问她问题……但愿今天不会有家长拉着她聊天。

再过几分钟，她就可以投入洛朗斯的怀抱了。他应该已经到荨麻岛了。他们之间只相距几百米。走到走廊的时候，她犹豫了一下要不要去拿挂在衣架上的外衣，然而，她没拿外套便走了出来。今天早上，她穿了一条轻便的棉布裙子，这条裙子是十天前她第一次见洛朗斯的时候穿的。

在市政府广场上，好色的阳光贪婪地舔舐着她那裸露的胳膊和大腿。

似乎这阳光就是为我而灿烂的啊……

斯特凡妮突然发现自己陶醉在小姑娘般的思绪中，陶醉在这微不足道的小浪漫里。

从市政府的玻璃窗可以照见自己的身影。她惊讶地发现，虽然只穿了一条普通的小裙子，但自己还是那么美、那么性感。再过一会儿，在荨麻岛，塞内纳克会把这条裙子扯掉。她克制着想要像孩子们一样从布朗什－奥修德－莫奈大街飞奔下来的冲动。相反，她向窗子走了过去，照了照自己的脸，把头发抚乱，让头发看起来不那么乖顺。她解开银丝带，让头发在阳光下自由飞扬。她心里还想，她要再浪费几分钟时间回到教室去，或者先回趟家，脱下裙子、脱掉内衣，再将裙子裸穿在身上，就这样穿过吉维尼。她之前从没想过自己会变成这样……为什么不呢？她迟疑了一下。

想尽快见到洛朗斯的想法战胜了她。她对着窗子里自己模糊的身影眨了眨淡紫色的大眼睛。今天早上，她化妆的时候刺激到了眼皮，没想到，这样却恰到好处。是的，如果她用这样一双闪闪发光、充满渴求、带着微笑、不带妆容的眼睛去看塞内纳克……是的，到时候她就会得到救赎。

洛朗斯今天会将她带走的。

从此，她的生活就不同了。

斯特凡妮加快了脚步，她几乎是从布朗什－奥修德－莫奈大街一路小跑下来的。当她走到罗伊大街的时候，她决定不走小路在大麻磨坊那里兜圈子了，她要像孩子们一样，抄近道，径直穿过前方的玉米地。

对孩子们来说，在这片玉米地里，所有的玉米穗之间都是路。就像一个巨大的迷宫，她才不在乎呢，她不在乎会在迷宫里走失。她要抄最近的路，她要径直往前走。就这样，一直往前走就对了。

73

保罗小心翼翼地跨过埃普特河上的桥。不知为什么，此时他有点儿缺乏安全感。或许是因为法奈特神秘兮兮地告诉他，他是唯一一个知道她那幅了不起的《睡莲》藏在哪儿的人吧？法奈特很喜欢玩儿这些，什么秘密啊，诺言啊，这些奇怪的东西。他觉得缺乏安全感或许也是因为画家被杀的那件事吧，美国画家詹姆斯。

法奈特真的在田野里看见他的尸体了吗？这一切会是她编造出来的吗？当然，让他感到害怕的还有警察，警察正在村子里四处调查另一个人的死因。

所有这一切都让他感到害怕。在法奈特面前，他什么都不说，他有点儿逞强，他在扮演着骑士的角色。可实际上，所有的一切都让他感到害怕。比如他身边的磨坊，磨坊轮子在水中的倒影，那巨大的塔楼，就像阴魂不散的城堡塔楼一样。

他感觉身后有声音。

保罗突然转过身去，却什么都没看见。

他要当心点儿了。法奈特交给他一个任务，这个任务只交给他一人，她只信任他一个人。好吧，这个任务非常简单，就是到洗衣池下拿一幅画，将它交给老师，并对她说，这是参加罗宾逊基金会的参赛作品。这个任务真的没什么，就算慢慢走，洗衣池距离学校也只有五分钟的路程，一个来回只需要十分钟。

保罗又仔细看了看四周，他确认了一下桥上、磨坊的院子里、身后的麦田里都没有人，随后，他向洗衣池的台阶弯下身去，把手伸向放画的地方。

他吃了一惊。

他在黑暗中摸索着，他很惊惶，那里空空如也，什么都没有！他的脑袋里冒出很多想法：有人来过这里、有人偷走了那幅画、有人想报仇、有人想伤害法奈特……又或许是有人猜到了法奈特的第一幅作品会非常有价值，因为他确定法奈特的画总有一天会值钱，会非常值钱，会和莫奈的画一样值钱……

肯定是这样的，肯定是这个原因。他抓到了一张蜘蛛网，握拳的时候抓空了。不可能啊！那幅画哪儿去了呢？昨天，他明明看见法奈特把画放在这儿了呀……

有人在他身后动了一下！

现在，可以确定，有人走在他身后的路上。保罗推测着。大概是个过路的吧，很多人都会过桥，随时都有可能，这不要紧。保罗回不了头，他不能马上回头，现在最重要的是找到那幅画。保罗趴在地上，将另一只胳膊也伸向洗衣池底那个笔直洞穴的更深处。他挥动着手，在洞穴里摸索着。

他感受到一股巨大的热浪将他包围。他不能就这样放弃，如果这样放弃也太蠢了。他不能就这样回去见法奈特，像个傻子似的跟她说自己没找到，画已经不在那儿了。保罗发现自己现在已经听不到路上的任何声音了。

似乎有人停了下来。

太热了。保罗感到太热了。

突然，他抖动着胳膊，像触碰到裸线似的。在洞穴深处、在黑暗当中，他摸到了纸板。保罗向外拽着，他的手指沿着平坦的纸板盲目摸索着，他摸到了纸板的直角……

毫无疑问，那正是法奈特的画！

保罗感到自己高兴到了极点。画还在，只是放在了更深处。他怎么那么傻，竟然自己吓唬自己！谁会偷这幅画呢？保罗仍然跪在地上，向外拽着那张纸板。最后，终于把纸板拽了出来。

正是那幅画，保罗认得的。40 厘米 ×60 厘米的规格，包裹在画外的栗色纸张也没有变。他想打开这幅画确认一下，他想再看最后一眼，他想让画卷上的色彩在眼前流淌……

“你在干什么呢？”

这声音吓得他浑身冰冷。

有人站在他的身后！有人在跟他说话。这个声音保罗很熟悉，可以说，相当熟悉。

这声音太冰冷了，可以说，已经冰冷到了死亡的边缘。

74

引流处，钢板墙的倒影带给我一丝阴凉，那是一个大蓄水池。我在心里暗骂着自己没用，暗骂着自己这双不中用的腿。对我来说，穿越埃普特河磨坊的草原，就像穿越北极圈那么难。这可是一场真正的远足，虽然只有一千米的路程。真遗憾啊！我想到尼普顿已经在荨麻岛的杨树树荫下等我一个小时了……

加油吧，我得打起精神。

我休息了片刻，又接着出发了。

千万别来训诫我，我知道自己是头老蠢驴。我要到荨麻岛去，再去那里做最后一次朝圣。我要到那里去选择自己离开这个世界的方式，别的地方我哪儿都不去。当然啦，正当我要继续往前走的时候，理查德出现在引流的钢板后面，我认得他停在栅栏后面的蓝色拖拉机。他叫理查德·帕特诺斯特，是吉维尼的最后一位耕农，这片草原的四分之三都是他的。这个农民的长相和名字都很像神父。三十年来，他一见到我就招手和我打招呼，特别是当他在拖拉机顶上看到我的时候，还一边开着那台折磨人的拖拉机，一边向我和尼普顿的肺部输送着各种各样的农药。每次穿越草原，他都要和我玩儿上一场绝命追杀。

当然啦，他也会抓住我，和我讲述他那惨淡的人生，和我分享他那全世界最悲惨的故事。就像我和他那被归为名胜古迹的五十亩田地都会同情他似的！

听他抱怨一通是避免不了的。他会用胳膊把我架到院子里，去享受一下钢板下的阴凉。

我别无选择地向他走去。此时，我看到远处的地面掀起一阵烟尘，就像西部草原上呼啸而过的老火车身后的云烟似的。一辆摩托车毫不减速地从农场前方驶过，速度虽快，可我还不至于认不出这辆车来。

那是一辆悍虎 T100。

75

斯特凡妮气喘吁吁地来到荨麻岛。她刚刚在玉米地里奔跑着，一路径直跑了过来，就像一个迫不及待的小姑娘。似乎她与心上人之间分离的每一秒都是煎熬。

洛朗斯在等着她，她知道的。

她拨开最后一缕和她一般高的稻草，钻进了林中的空地。

荨麻岛的杨树底下，像天主教堂一般沉寂。

洛朗斯没在这儿。

他没有藏起来，他没在和她闹着玩儿。很简单，他没在这儿。如果他来了，他的悍虎会停在某个地方的。

她在穿越田野的时候，并没有刻意去听，但是，她确实清楚地听到了摩托车的声音啊！那声音她是熟悉的，那是洛朗斯的悍虎发出的声响。她看到了远处飘起的烟尘，她多么希望是自己搞错了。她宁愿相信洛朗斯来了，她宁愿相信那渐行渐远的声音是风声，是风声让她产生的幻觉。她无法想象悍虎已经开走了，洛朗斯已经逃走了。

他为什么要逃走呢，为什么要在她到来之前逃走？

洛朗斯没在这儿。

斯特凡妮看到前方第一棵杨树的树干上钉着一张纸，那是一张普通的白纸，上面潦草地写着几个字。

她走了过去，她知道自己不会喜欢上面的文字，她预感到这封信将会是诀别的告白。

她像梦游似的，向前走去。

字迹凌乱而慌张。

有四行文字。

这世间没有幸福的爱情……

我们的甜蜜只是记忆臆造出来的假象。

永别了，再也不见。

洛朗斯

斯特凡妮感到双腿一阵瘫软，她绝望地抓住树皮，手指在树皮上不停地抓挠着，她瘫坐了下来。她身旁的笔直树干，就像围绕着她跳舞的高大的魔鬼。

这世间没有幸福的爱情……

只有洛朗斯写得出这样的文字，她知道的。一场回忆，一场美丽的回忆，难道这就是洛朗斯警官所追求的一切吗？

那身浅色的棉布裙子就坐在潮湿的地面和砂石之间。她的胳膊、腿都脏了。斯特凡妮哭泣着，她拒绝接受这样的现实。

多蠢啊！

一场回忆。

永别了，再也不见。

她应该为拥有这场回忆而高兴。她应该用一生去铭记！她应该回到吉维尼、回到教室、回到自己的家，像往常一样，重新拾掇好一切。关好牢笼，将自己禁闭起来。

多傻啊！

她能相信这一切吗？

她浑身颤抖了起来，在树荫下瑟瑟发抖。她的裙子湿了，怎么会湿呢？她的思绪凌乱极了，让她无法理解。太阳炙烤着草原，这又有什么关系呢？她感到自己很脏。她抬起手，想笨拙地擦去奔涌的泪水。

天啊！

斯特凡妮慌乱的瞳孔无法从自己那两只手掌上移开：她的两只手都被染红了——是殷红的鲜血！

斯特凡妮感到一阵晕厥，她更加困惑了。她的胳膊上也沾满了血迹。她又低头看了看，她那浅色的裙子已经被绛红色的血迹浸透了。

她身处于一片血泊之中！

红色的血，鲜活、新鲜。

突然，她身后的树叶抖动了起来。

有人走了过来。

76

“你在这儿藏了什么？包裹里装的是什么？”

保罗回过头去，深深地、释然地叹了口气，是文森！他应该猜到是文森，他总是监视他们。还好只是文森，虽然这个家伙的声音和眼神今天都怪怪的。

“没什么……”

“什么叫‘没什么’？”

法奈特说得对，文森就是一块狗皮膏药。

“那好吧，如果你想知道的话，那就看看吧！”

保罗倾下身去，打开栗色的纸张。文森走了过来。

你就等着大吃一惊吧，好奇鬼！

保罗打开了包装纸。在阳光的照耀下，法奈特的《睡莲》光芒四射、熠熠生辉。画面上，睡莲随着水波颤动，就像漂浮在水面上的热带岛屿。

文森什么都没说，似乎无法将目光从画卷上游移开。

“来吧，出点儿力吧，”保罗的声音充满了活力，他继续说道，“帮我把这幅画包好，我得把它交给老师。你一定猜得到，这是参加未来之星绘画大赛的参赛作品。”

他看着文森，满眼骄傲。

“你觉得这幅画怎么样？咱们的法奈特，她可真是个天才！她是最有天赋的姑娘……现在，她面临的只是选择的问题。是去东京、纽约，还是马德里，世界上所有美术学校都会抢着录取她……”

文森站了起来。他踉踉跄跄，像喝醉了似的。

保罗担心地问：

“文森，还好吗？”

“你……你不会这样做吧？”男孩子结结巴巴地说道。

“什么？”

保罗用栗色的纸张重新将法奈特的画包裹起来。

“你不会真把……把这幅画交给老师吧？把这幅画送到世界的另一端……让他们把法奈特带走……”

“你说什么呢？来啊，帮帮我。”

文森向前走了一步，他的影子覆盖在一直蹲在地上的保罗身上。突然，文森的声音变得强硬起来，保罗从没听过文森用这样的语气跟他说话：

“把这幅画扔进河里！”

保罗抬起头，有一瞬间，他心里琢磨着文森到底是不是认真的，随后，他哈哈大笑起来。

“能不能别闹了，快来帮帮我啊。”

文森什么都没说。他僵持了几秒钟，随后，突然，他在柏油路上向前走了一步，抬起右脚，将法奈特的画踢下了台阶。

画沿着台阶滚了下去，只差几米就要掉进河里。

就在这紧要关头，保罗上前抓住了包裹。他一边紧紧抓住包裹，一边愤怒地站起身来。

“你疯啦！你把它踢进水里怎么办……”

保罗知道文森并不重，他比文森强壮多了。如果他再这么闹下去，文森，有他好瞧的。

“别挡道，让开。我要把这幅画拿给老师，然后，我再跟你算账。”

文森后退两步，站到了柳树底下。柳树的枝叶都垂到了水里。他在裤兜里翻了翻。

“我不会让你这么做的，保罗。我不会让你抢走我们的法奈特。”

“你这个疯子！让开！”

保罗上前一步。文森一个跳跃，站到他的前面。

他的手里拿着一把刀！

“这是什么……”

保罗吓得浑身一阵痉挛。

“保罗，把这幅画给我，我只想把它毁坏，毁成我想要的样子就可以了……”

保罗可不听文森胡说八道了，他仔细看了看文森挥舞着的尖刀，那是一把扁平而巨大的刀，就和法奈特画画时用的那把刀一样，就和画家清理调色板时用的刀一样。

文森是从哪儿弄到这个工具的？

他是从哪位画家那里偷来的呢？

“把画给我，保罗，”文森坚持说道，“我可没开玩笑。”

保罗本能地感到，现在自己需要帮助。路人、邻居，无论是谁都可以。他望向大麻磨坊主塔的玻璃窗。没有人影，没有猫，没有狗，就连尼普顿也不在。

他身边的河水似乎都急得翻涌了起来。

一个不真实的、超现实的名字在他的脑海中萦绕着。

詹姆斯。

保罗仍盯着文森手里的刀。那是一把脏兮兮的刀，通常画家都会清洗自己的画刀。

但是文森不会。

刀刃上沾满了红色。

那是红色的鲜血。

77

斯特凡妮裸露的大腿在沾满血迹的地面上滑动着，她想在绛紫色的泥土中找到一个支撑点。

有人来了。

她试着用双手紧紧抓住面前的杨树树干，就像紧紧抓住一个可以让她安然入眠的男人的身躯。她艰难地爬了起来。她感到自己浑身沾满了粪便、沾满了人类躯体的残骸，她感到自己被扔进了一个大粪坑，而她在一片尸体中挣扎着想要爬出来。

有人来了。

斯特凡妮紧紧抓住杨树，在树干上蹭着。她扭动着身体，想把身上的血迹擦在树皮上，似乎想从树干上获取力量。

有人来了。

有人沿着埃普特河岸走了过来。她清晰地分辨出，那是脚步声。那脚步声摩擦着蕨类植物，沿着塞纳河的汇流，越走越近。逆着光，在杨树的幕帘中闪出一个身影。

是洛朗斯吗?

有那么一瞬间，斯特凡妮想到了自己的心上人。这里没有什么血污，也没有什么污秽。她想扯下这条肮脏的裙子，扑进洛朗斯的怀抱。

他来了。他会把她带走的。

她的心从来都没跳过这么快。

“我……我看到它时，它就这样了。”

雅克，那是雅克的声音。

冰冷的声音。

斯特凡妮抓挠着树干。她的指甲一个接一个地磨破了，那么疼，像是为了释放这无法忍受的痛苦。

那个身影走到了阳光下。

是雅克。

她的丈夫。

斯特凡妮没有力气去思考，没有力气问他来这里、来荨麻岛做什么，也没有力气将这接二连三的事情理出个头绪。她愿意忍受这些痛苦，愿意像梦游者一样行走，愿意向这接连出现在她面前的障碍物一头撞去。

斯特凡妮一直盯着雅克臂弯里的昏暗身影。那是条狗，一条死狗，它的脸被人打烂了一半，血液还在沿着雅克的大腿往下流。

那是尼普顿。

“我看到它时，它就这样了，”雅克·迪潘用苍白的声音说道，“它肯定是在草原里被打猎的人误伤的。有人杀了它，可能是枪走火了吧，或许是哪个浑蛋干的。它……它没有遭罪，斯特凡妮。它一下子就死了……”

斯特凡妮沿着树干缓缓地瘫坐下来，树皮擦破了她的手臂和双腿，可是她感觉不到痛苦，她再也感觉不到痛苦了。

雅克对她笑了笑。雅克很强大，雅克很淡定。

他轻轻地把尼普顿的尸体放到一片草地上。

“斯特凡妮，一切都会好起来的。”

斯特凡妮感到自己身上所有的意志都被瓦解了，幸好，有雅克在。如果没有他，她会是一副什么样子？她该怎么办？他一直在那儿，没有抱怨，没有埋怨，什么都没有问她。他只是站在那里，就像她身后靠着的那棵杨树一样。雅克就是这样一棵种在她身旁的树，当她走远的时候，也不会发牢骚，他知道她会回来的，会躲到自己的树荫底下。

雅克向她伸出手去，斯特凡妮抓住了他的手。

她信任他，只信任他一个人，他是唯一一个永远不会背叛她的男人。她瘫倒在他的肩膀上大哭起来。

“来吧，斯特凡妮，过来。我把车停在了稍远一些的地方。我们把尼普顿放到后备厢里吧。来吧，斯特凡妮，我们回家吧。”

78

洛朗斯·塞内纳克警官将悍虎随意停靠在警局的白墙上。只用了几分钟时间，他便驶过吉维尼和维农之间的五千米路程，他像一阵旋风似的走进警局。莫利警官正在接待处和三个姑娘说着话，其中一个姑娘几乎歇斯底里，她说自己的手袋丢在了火车站的站台处，两个小伙伴跟着点头。

“你看见西勒维奥了吗？”

莫利警官抬起头。

“楼下呢，档案室……”

塞内纳克一秒都没有迟疑，径直冲下楼梯，推开红色的房门。西勒维奥·贝纳韦德正倾身看着一摞资料，潦草地做着笔记。他将档案盒里的东西倒了出来，铺了一桌子：热罗姆·毛赫瓦勒情妇的照片、犯罪现场的照片、吉维尼学校孩子们的名单、尸检报告、笔迹学专家的鉴定书、《睡莲》的照片、手写的记录……

“老大！您来得正好。我想，我又有进展了……”

塞内纳克没让助手把话说完：

“算了吧，西勒维奥。我们撤……”

贝纳韦德惊讶地看着他，继续说道：

“我刚才是想跟您说，又有新进展了。我终于找到了第四位情妇，就是那个身穿蓝色工作服的女孩儿。我是通过毛赫瓦勒家的工资单找到她的，我已经给她打过十几通电话了。她叫让娜·提布。当然啦，为了保住自己的工作，她和毛赫瓦勒上过床，这是她自己说的。可是她却打错了算盘，两个月前，帕特里夏把她撵回了家，从那以后，她就搬到了巴黎地区。现在她和一位邮递员生活在一起。她有两个孩子，一个三岁，另一个五岁。总之，您瞧，老大，她没有什么嫌疑，从这个角度来讲，我们又一次走到了死胡同！”

塞内纳克沮丧地看了看自己的助手：

“死胡同，我同意。这是……”

“只是……”贝纳韦德打断了他的话，愈加兴奋地说道，“我去了趟省档案馆，我在那里待了好一会儿……我看到了 1937 年《维农共和国》的样刊。这份刊物上记载了那个小男孩儿——阿尔贝·罗萨尔芭的死，甚至还有一段对溺水身亡的孩子母亲的采访。他母亲叫路易斯·罗萨尔芭，她不相信那是一场意外。她……”

塞内纳克提高了音量：

“西勒维奥，你没听懂我的意思。我是说，算了吧！我们的调查不会有任何结果，什么莫奈故居仓库里被人遗忘的《睡莲》、什么发生在战前的孩子溺亡事件、什么戴绿帽子的丈夫……我们简直陷入一片混沌当中！”

贝纳韦德终于将圆珠笔从做着记录的纸张上移开。

“抱歉，老大，我搞不懂了。您说的‘算了吧’到底是什么意思？”

塞内纳克一个反手，推飞桌子上的所有纸张，坐到了桌子上面。

“西勒维奥，我来换一种方式和你说吧……你说得对，在整个事件中，你说得都对。在这个事件中，把案件与个人情感联系在一起，是最糟糕的事情了……我明白得有点儿晚，但我还是明白过来了……”

“您是说斯特凡妮·迪潘吗？”

“如果你这么认为，也是可以的……”

西勒维奥·贝纳韦德会心地对他笑了笑，耐心地捡起散落在地上的纸张。

“这么说来，雅克·迪潘不是我们的头号公敌了？”

“相信我，不是的……”

“可是……”

塞内纳克提高了声调，打了他一拳：

“听我说，西勒维奥。我要给预审法官打个电话，对他说，我在这起案件中陷入了困境；对他说，我是最不称职的人；对他说，如果他愿意的话，可以将案子委任给另一位警官调查……”

“可是……”

西勒维奥·贝纳韦德看了看桌子上的案件资料，又看了看自己的笔记。

“我……老大，我能理解您，这当然是一个不错的决定，可是……”

他望着洛朗斯。

“天啊，您这是怎么了？”

“什么？”

“您的袖子、您的外套是怎么了？您是搬运尸体了还是怎么了？”

洛朗斯叹了口气。

“我找机会再跟你解释……以后的吧。你的‘可是’是什么意思？”

西勒维奥迟疑了一下。最后，他将目光从塞内纳克沾满血迹的衣服上移开。

“可是……我越试着将这副拼图拼接完整，就越觉得一个孩子有危险，一个十一岁的孩子……如果我们就这么算了，会不会……”

西勒维奥·贝纳韦德还没来得及说完，莫利警官就三步并作两步地跑下楼梯，出现在档案室的门口。

“西勒维奥！妇产科那边来电话了，你老婆！快去吧，老兄……我理解他们好像是说，她的羊水已经破了，但是助产师没说更多细节，她只是说孩子的爸爸应该立即赶过去……”

贝纳韦德一下子从椅子上蹦了起来，在他抓起上衣的时候，洛朗斯·塞内纳克亲切地在他的后背拍了拍。

“快去吧，西勒维奥……别的什么都不要想了……”

“好的……那么……”

“笨蛋，快去吧！”

“谢谢你，洛朗……呃，老大，呃，洛朗斯，我……”

他将胳膊胡乱地塞进衣服袖子里，短暂地迟疑了一下。塞内纳克又催促着他：

“还有什么？你还等什么呢？快去啊！”

“呃，老大，在我走之前……这一次，我可以称呼‘你’吗？”

“傻瓜，你早就应该这么叫了。”

他俩都会心地笑了。贝纳韦德警官又看了一眼桌子上的纸张，特别看了看与其他照片混杂在一起的斯特凡妮·迪潘的照片。他一边往外走，一边说道：

“权衡一下利弊，我觉得你放弃调查这起案子，是个正确的选择！”

洛朗斯·塞内纳克听见助手在走廊里跑了起来。沉重的步伐跑远了，关门的声音，随后就再没有了任何声响。塞内纳克将所有文件都慢慢装进红色的档案盒里，照片、报告和笔记。他看了看架子上以字母顺序排放的文件，随后，将红盒子塞了进去。

M……毛赫瓦勒。

他后退了一步。毛赫瓦勒的案子只不过是众多没有调查清楚的案件中的一桩罢了。他不由自主地想起西勒维奥最后的发现。

一个孩子会有生命危险。

一个孩子死了。另一个孩子出生了……

西勒维奥会忘记的……

洛朗斯·塞内纳克开心地发现，这间屋子的一角，放着几双一直没人认领的靴子，大概是因为这些靴子太旧或者已经磨损了吧。在靴子上方的桌子上，一直放着石膏脚印的模型。很明显，这项调查没有任何意义。他尽情地自嘲着。接下来，他的思绪飘向了斯特凡妮，飘向了尼普顿的尸体。

是的，他已经决定好了，死的人已经够多了……

至于其他，斯特凡妮那淡紫色睡莲般的眼睛、那彩陶般的皮肤、那水粉一样的嘴唇和她头发上扎着的银丝带……

他会一一忘记的。

至少，他希望如此。

79

“把画给我。”文森重复道。

文森手里拿着刀，像变了个人似的，似乎比他的实际年龄大了几岁，就像经常在街上打架的少年。保罗将法奈特的画更紧地贴在自己的腰上。

他无比愤怒。

“文森，这把刀是哪儿来的？”

“我捡的！这个不重要。把那幅画给我……你知道我说得对。如果你真的爱法奈特……”

文森的瞳孔放大了，他的眼角布满了血丝。那是一双疯子一样的眼睛，保罗从没看过文森这样。

“你还没回答我呢。这把刀你是从哪儿弄来的？”

“不要转移话题！”

“刀上为什么有血迹？”

这会儿，文森的胳膊微微颤抖着。他虹膜上的红血丝开始逐渐扩散，环绕在瞳孔周围。

“管好你自己的事得了！”

保罗眼看着朋友变成这副模样，变成了一个歇斯底里、什么都做得出来的疯子。他扶着洗衣池的边缘。

“这……这……这不是你啊……”

“快点儿，保罗。放下这幅画。我们是同一个阵营的！如果你爱法奈特，那么我们就是同一个阵营的。”

文森胡乱地挥舞着画刀，保罗后退了一步。

“我 ×……你……你……是你杀死了那位美国画家吗……詹姆斯……法奈特跟我说，有人在他的心脏上扎了一刀，是……是你干的吗？”

“闭嘴！一个美国画家与你有什么关系？最重要的是法奈特，不是吗？我说过了，选好你的阵营！把画给我，或者把它扔进水里……我再说最后一遍！”

文森胳膊僵直，就像手持一把宝剑，随时都会发起进攻似的。

“我再说最后一遍……”

保罗微笑了一下，他蹲下身子，将包裹放在洗衣池旁边的沥青马路上。

“好的，文森。我们冷静一下……”

随后，突然间，保罗站起身来。文森吃了一惊，他来不及做出任何反应，保罗的手紧紧扣住他的手腕。保罗用力抓住他的手腕，拧着文森的前臂。文森迫不得已跪下身来，他咒骂着，但是保罗却越扭越紧。文森别无选择，他那通红的眼睛里溢出了泪水：痛苦、耻辱。他的手松开了。当文森手里的画刀落地的时候，保罗一脚将画刀踢进草丛，踢到柳树底下，距离河水三米远的地方。他的手一直扭着文森的手臂：一个翻转，将文森的手臂扭到背后，随后，他又向上抬了抬手腕。文森大叫道：

“我 ×，我的肩膀，你要把我的肩膀掰下来了……”

保罗还在向上提文森的手臂。保罗是班里最强壮的，他一直都是最强壮的。

“老兄，你病了，你疯了，我们会把你送到精神病院去。你都在想些什么？我要去见你的父母，去见警察，去见所有人。我怀疑你身上有事。但是说到这个……”

文森叫嚷了起来。有时候，课间，保罗也会在院子里和别人打架，但是他从没做得这样过格。他还要扭文森的手腕多久？他还能把文森的手腕扭得多高，文森的肩膀才不会断掉？他感觉自己听到了软骨撕裂的声音。

文森不叫了。现在，他哭了起来，他的身体完全放弃了抵抗，似乎他的所有肌肉都松弛了下来。保罗终于松开手，推开文森，文森像废纸团似的滚出一米远。

文森有气无力，他被制服了。

“我可盯着你呢。”保罗威胁道。

保罗瞄了一眼，画刀离文森很远，他拿不到。文森像个婴儿似的蜷缩着不动。保罗一边盯着文森，一边弯下身去拿起洗衣池旁的画。他的手触碰到了栗色的包装纸。

为了确保拿到画，他的眼睛只离开文森半秒钟。

只有半秒。

但是，半秒钟也太久了！

文森一个箭步跳了起来，径直跑到保罗前面，胳膊肘朝前。保罗向侧面一闪，闪到了洗衣池旁。这一次，他依然比文森速度快，文森的胳膊肘顶到了保罗上半身的位置，但是没有碰到他，也没有弄疼他。文森沉重地径直扑倒在荨麻丛中。

神经病！

保罗没有时间想别的，接下来的一秒，他脚下的一小块泥土滑动了起来。他感到自己在移动的河岸上失去了平衡，他身处于河岸与河水之间，双腿悬空地蹬着。他的手寻找着支撑点，无论什么都可以，洗衣池的顶端、房梁或树枝都可以……

但是太迟了。

他仰面朝天地跌倒了。他本能地蜷缩着，他的背部撞到了洗衣池的砖墙上，那种疼痛生猛而强烈。保罗继续滚动着，向旁边滚动了一米，时间不长。

他的太阳穴撞到了房梁的石井栏上。他睁开双眼，看着天空。他的眼前一片闪亮，像是一道闪电。

他滑动着，滑动着，把一切都看在眼里。他很清醒，只是身体不听自己的使唤，不服从他的指挥。

冰冷的河水碰到了他的头发。

保罗知道自己正一厘米一厘米地滚落到河水里。他只能看到头顶上无云的天空和几根柳条，柳条就像乱涂乱画在蓝色屏幕上的笔触似的。

冰冷的河水淹没了他的耳朵、脖子和颈背。

他还在下沉。

文森的脸出现在蓝色的屏幕中。

保罗向他伸出手去，至少，他觉得，文森可以拉自己一把。他不知道自己的手有没有抬起来，他的手臂没有了知觉。在蓝色的屏幕中，他看不到自己的手臂。文森对着他笑，保罗心里琢磨着这笑是什么意思？这一切，只是为了开怀一笑吗？他是在开玩笑吗？文森会把他从河水里拉出来，再在他的肩上拍一巴掌的。

或者文森真的疯了？

文森走了过来。

现在保罗知道答案了……文森那变形的嘴角并不是微笑，而是形成了一个暴虐的鬼脸。保罗看见一只手，随后是两只手出现在蓝色屏幕上，渐渐向他逼近。这双手不见了，但是他感到这双手按在了自己的肩膀上。

又向下按压了几下。

保罗很想抗争，想用脚踢，想转过身去把这个疯子摔出去，他更加强壮，他比文森强壮，他比文森强壮多了。

可是他根本无法动弹。他瘫痪了，他心里明白。

文森还在向下按压他。

冰冷的河水灌进他的嘴里、鼻孔里和眼睛里。

保罗清醒地看到的最后一幕，是自己上方波光粼粼的水面上浮起了一抹红色。

这让他想起法奈特的画。

这是他最后的知觉。

80

我继续艰难地走在通往荨麻岛的小路上。理查德·帕特诺斯特——这片草原的农户，终于放过了我，临走时他还给了我一些建议。“可怜的老太太，您都这么大岁数了，您想一直走到埃普特河，真是不够理智啊。何况还顶着个大太阳……您去河流交汇口做什么？您确定不需要我开车送您吗？那您可要小心点儿呀，即便在泥土路上，也会有人把车开得很快。会有一些迷路的、没迷路的游客，或是莫奈的粉丝们去寻找著名的荨麻岛……您瞧啊，刚才那辆摩托车，您看它是以什么样的速度穿越草原的……瞧啊，我可没有说谎，您瞧，那边，那辆车……”

赭石色的路面上掀起了一阵烟尘。

一辆蓝色的福特车从农场前驶过。

那是迪潘的车。在尘土的光辉中，我看到了车里坐的是谁。

雅克·迪潘开着车，目光空洞。

斯特凡妮·迪潘坐在他的身边，满眼泪水。

我亲爱的，你哭了吗?

哭吧，哭吧，我的小美人。相信我，这只是个开始。

这条该死的路对我来说简直是没完没了。我继续以我的步伐前行，用拐杖探索着前方的车辙，再走几百米，就到荨麻岛了。我想加快脚步，我迟迟没有找到尼普顿。自打离开磨坊，我就再也没有见到它的身影。我知道这条傻狗会离开家很久的，它会跟着村里的小孩儿、路人或草原里的兔子一起跑掉。

但是在这里……

一种莫名的焦虑涌上我的喉咙。

“尼普顿！”

我终于到了荨麻岛。

奇怪的是，这块夹在两条河流之间的空地总能让我想到世界末日。毫不夸张地说，它并不像一座岛，可以说更像一座半岛。风吹拂着杨树的树叶，这风似乎是从海上刮过来的。这条荒谬的小河——埃普特河，这条不足两米深的沟壑，似乎比海洋更加难以逾越。换句话说，似乎这片寻常的荨麻田可以延伸向世界的尽头，只有莫奈懂得这一点……

“尼普顿！”

我很想在那里待得久一点儿，看看河岸另一侧的风景。我喜欢这个地方，我会为此感到遗憾。

“尼普顿！”

我喊得声音更大了。这里连一只狗都没有，我的担心开始演变成一种真实的恐惧。我的狗会去哪儿呢？这一次，我吹了口哨，我还会吹口哨呢。平常我吹口哨的时候，尼普顿总会跑回来。

我等待着。

岛上只有我一人。

没有声音、没有征兆，也没有一丝尼普顿的痕迹。

我猜测着，我知道自己的担心很荒谬。我的内心出现慌乱的想法是因为到了这个地方。我已经很久都不相信什么诅咒了，也不相信什么传言和无关紧要的闲话。没有什么偶然……只是……

我的天啊……我的狗居然没回来……

"尼普顿！"

我扯着嗓子喊了起来。

我一遍又一遍地呼唤着：

"尼普顿……尼普顿……"

杨树似乎永远保持着沉默。

"尼普顿……"

啊……

这就是我那无论如何都呼唤不回来的狗啊，它的皮毛四分五裂地散落在我的右侧，沾到我的裙子上。它那调皮的眼睛闪烁着顽皮的光芒，似乎在为自己离开得太久而乞求主人的原谅。

"走吧，尼普顿，我们回去吧。"

第二幕

真相

第十三天

2010 年 5 月 25 日　吉维尼草原

离世

81

我从小岛走向荨麻丛。在经过理查德·帕特诺斯特的农场之后，我没有直接回到大麻磨坊，而是向右转去，向呈花瓣形排列的三个停车场走去。尼普顿一路小跑地跟着我。公交车和大客车上渐渐有了许多空位。好几次，几个倒车不看后视镜的傻子都险些把我剐倒。我挥舞着拐杖向车的保险杠打了下去，甚至打到了他们车子的下面。对我这样一个老太太，他们也不敢说什么，甚至还请求我的原谅。

真对不起，这么做能让我心里痛快一点儿。

“过来，尼普顿……”

这些傻子可能会轧死我的狗。

我终于走到了罗伊大街。我继续向前走了几米，径直走到莫奈花园。莫奈花园里种着一簇簇玫瑰和睡莲。我想说，今天可真是个阳光灿烂的日子！现在距离莫奈花园闭园还有一个小时。游客们千里迢迢地来到这里，排着队，乖乖地等待着，在小路上站成规整的一排，一个挨着一个。17 点钟的吉维尼，有一种大家都在排队等候地铁的感觉。

我看向人群。很快，我的眼里便只有她了。

法奈特。

她背对着我，坐在睡莲池旁边，面前放着一幅画，画布放在紫藤萝上。我猜她在哭泣。

“你找她干什么？”

卡米耶站在睡莲池的另一端，站在绿色的小桥上，垂柳的枝条散落到桥上。他看起来傻乎乎的，摩挲着一张纸质卡片。

“你找法奈特干什么？”文森又问了一次。

卡米耶支支吾吾，有些窘迫地说道：

“我是想……我是想……安慰她……我想……给她一张十一岁的生日贺卡。”

文森将卡米耶手里的卡片顺手抢了过来，仔细看了看。这是一张普通的明信片，上面画着一幅淡紫色的《睡莲》，再寻常不过了。只是明信片的背面写着：“十一岁。生日快乐。”

“好的，我给她送过去。现在，让她安静一会儿吧，法奈特现在需要自己安静地待着。”

两个男孩子看着水池对面，法奈特正低头盯着自己的画布，狂怒地胡乱挥舞着画笔。

“她……她怎么样了？”卡米耶问道。

“你觉得呢？”文森回答道。她和我们大家一样，也受到了惊吓。保罗淹死了，葬礼是在雨中举行的。但是一切都会好起来的……有时候确实会发生一些意外……会的，是这样的。

卡米耶落泪了，文森甚至没有做出一个安慰他的动作。他沿着睡莲池走了过去，边走边丢下一句话：

“别担心了，我会把你的卡片交给她的。”

睡莲池旁的小路向左转去，消失在一片紫藤萝丛中。一走出卡米耶的视线，文森就把生日卡片装到了自己的裤兜里。他反手拨开稍稍挡住他去路的鸢尾，向日本桥的方向走去。

法奈特就在那里，背对着他，喘息着。她在调色板里蘸湿了画笔，那是最大号的画笔，几乎有刷墙的刷子那么大，调色板里的所有颜色都混杂到了一起，尽是些暗淡的颜色。

深棕色、深灰色、深紫色。

黑色。

法奈特肆意挥洒着笔触，在画布上画起了彩虹。其实她什么都不想画，只想发泄自己心中的痛苦。似乎只用了几分钟，阴暗就降临在整片池塘，降临在波光粼粼的水面，降临在画布的五彩斑斓上。法奈特只放过了几朵睡莲，那是她用最细的画笔画出来的鲜活的黄色圆点。

就像点缀在夜空中的点点繁星。

文森温柔地说道：

“卡米耶本想过来，但是我跟他说你想一个人静一静。他……他想祝你生日快乐。”

文森将手伸进裤兜，但是没有掏出里面的卡片。法奈特没有回答，又在调色板上挤出一管黑色的颜料。

“你为什么要这么做，法奈特？这……”

最后，法奈特终于转过身来，她已经哭红了双眼。她大概是用画画的那块抹布匆忙擦过脸颊吧，她的脸都黑了。

“都结束了，一切都结束了，文森。这些色彩，结束了。画画，也结束了。”

文森沉默着。法奈特一下子爆发了：

“文森，都结束了……你不明白吗？保罗是因我而死的，他是在去帮我拿这幅该死的画的时候从台阶上滑下去淹死的。是我让他去拿的画，是我让他快点儿的……是我……是我……是我害死了他……”

文森温柔地将手放在法奈特的肩膀上。

“不是这样的，法奈特，那是一场意外，你很清楚的。保罗滑了下来，他滑到河里淹死了，我们大家都无能为力……”

法奈特深吸了一口气。

“文森，你真好。”

她将画笔放到调色盘上，依偎在男孩子的肩膀上，落下了眼泪。

“他们都说我最有天赋，说我应该自私一点儿，说画画会带给我一切……他们都在说谎，文森，他们都在说谎。他们都死了，詹姆斯、保罗。”

“没有都死去，法奈特。我还在。再说了，保罗……”

“嘘！”

文森明白，法奈特想让他安静。文森什么都不敢说了。他等待着，只有法奈特的喘息声，垂进池塘里的柳叶和紫藤萝轻轻的沙沙声，会时不时地打破这水池边的宁静。最后，女孩儿颤抖的声音传进了文森的耳朵：

“这场游戏，也……也结束了。我给你们每个人取的印象派画家的名字，也结束了。这些假名字，从此没有任何意义了……”

“法奈特，如果你愿意这样做的话……”

文森搂着小姑娘，将她靠到自己身上，让她可以这样睡去。

“我在呢，”文森轻声说道，“我会一直都在的，法奈特……”

“这也结束了，不要再叫我法奈特了。任何人都不可以再叫我法奈特了。无论是你，还是别人。那个叫法奈特的有画画天赋的小姑娘，那颗未来之星，她也死了，死在了麦田边的洗衣池旁。世界上从此再也没有法奈特这个人了。”

男孩儿犹豫了一下，将手搭到女孩儿肩上，从上到下抚摩着她的胳膊。

“我明白……我是唯一一个能够理解你的人。你知道的，我一直都在……法奈特……”

文森咳嗽了一声。他还在抚摩着女孩儿的胳膊。

“我会一直在的，斯特凡妮。”

男孩儿的手镯沿着胳膊滑落下来，他不禁低头看了看这件饰物。他明白，从今以后，斯特凡妮再也不会用画家的名字称呼他了：文森。

她会叫他的真名，叫他接受洗礼时的名字，叫他领圣体时的名字，这个名字用银色的字刻在他的手镯上。

雅克。

水流沿着斯特凡妮的裸体流下。她站在滚烫的水流下，歇斯底里地冲洗着自己的身体。她将那条淡黄色的、沾满红色血污的裙子揉成一团，扔在了地砖上。水流像瀑布一样冲洗着她的身体，她已经这样洗了很久，可她依然觉得自己身上有在尼普顿的血泊中沾染的血迹。那股血腥味儿、那片血污。

这世间没有幸福的爱情……

她不由自主地想起刚刚在荨麻岛上所经历的疯狂瞬间。

她的狗——尼普顿，被人杀死了。

还有洛朗斯的诀别。

这世间没有幸福的爱情……

雅克坐在隔壁房间的床上。床头柜上的收音机循环播放着一首流行歌曲，让人头晕，那是弗朗索瓦丝·阿迪的《爱的时刻》。为了能让冲着淋浴的斯特凡妮听到自己的声音，雅克提高了嗓门儿：

“再也不会有人伤害你了，斯特凡妮，再也没有人。我们会永远在一起。再也没有人会闯入我们中间。”

这世间没有幸福的爱情……

我们的甜蜜只是记忆臆造出来的假象。

斯特凡妮哭泣着，眼泪与滚烫的淋浴水混合在一起。

雅克继续在床头念着独白：

“你等着，斯特凡妮，一切都会好起来的。我会给你买一栋大房子，一栋新的真正的房子，你一定会喜欢的。”

雅克是那样了解她。雅克总可以找到话题。

“哭吧，亲爱的。哭吧，哭吧，想哭就哭吧。明天我们就去奥特耶农场，领养一只小奶狗。尼普顿是个意外，一场愚蠢的意外。在乡下，有时确实会发生这样的事情。但是，尼普顿没有遭罪。斯特凡妮，我们明天就去。明天，一切都会好起来的……”

水流声停了下来。斯特凡妮用一条紫色的大浴巾将自己裹了起来。她向复式屋顶的房间走去，光着脚，头发往下滴着水。她很美，真的很美。在雅克的眼里，她是那么美。

爱一个女人真的会爱到这种程度吗?

雅克站起身来，将妻子搂在怀里，将她紧紧拥入臂弯。

“我在呢，斯特凡妮。你知道的，我一直都在，有危险的时候，我会一直和你在一起……”

斯特凡妮的身体一瞬间僵直了，只是一瞬间，随后，她完全放弃了抵抗。雅克吻着妻子的脖子小声说道：

“我的小美人，一切都会重新开始的。明天，我们就去领养一只小奶狗，这会帮你忘掉一切……我了解你的。到时候，我们再给这只小奶狗取个名字！”

潮湿的浴巾滑落到地上，雅克轻轻按倒妻子，将她平放在双人床上。斯特凡妮浑身赤裸，任由雅克摆弄。

她明白了。她不再抗争了。命运已经为她做出了选择。她知道自己余生的时光都不重要了，她会在这个陷阱中，在一个体贴但是自己并不爱的男人身边慢慢变老。她之前那种想逃离的心情会随着时间淡去，渐渐消散。

斯特凡妮闭上了双眼。从今以后，这是她唯一可以做出的抵抗。收音机里，《爱的时刻》最后几个吉他音符被雅克嘶哑的呻吟声所淹没。

斯特凡妮真想堵住耳朵。

一阵短暂的广播预告曲过后，主持人用欢快的声音介绍起第二天的天气：“明天，天气晴，我们将会迎来本季度最炎热的一天。祝所有戴安娜生日快乐[①]。太阳将会在5点49分升起，比之前又提前了几分钟。明天是1963年6月9日。”

这世间没有幸福的爱情……

我们的甜蜜只是记忆臆造出来的假象。

永别了，再也不见。

洛朗斯

我打起精神。如果这样站着一直不动，会被太阳灼焦的。我站在罗伊

① 法国大革命时期，政府颁布的法令（loi du 11 germinal an XI）中有这样一条规定：新生儿登记名字时，只允许使用在日历上出现的圣人或古代历史上有名人物的名字。这项法令直到1993年才被废除。——译者注

公路边，沉浸在一个老疯子的思绪中。

我得往前走，我要为这一切画上一个句点。在整个故事的框架中，就只差这么一个字了——“完”。

这是一个美丽浪漫的故事。不是吗？但愿您会喜欢这个幸福的结局。

至少，他们结了婚，他们没有分开，他们没有孩子。

他生活得很幸福。

她觉得自己也是。人总会习惯的。

她拥有过一段时光……一段近五十年的时光。准确地说，是从 1963 年到 2010 年。一生的时光，仅此而已……

我决定再向前走几步，沿着罗伊大街，一直走到大麻磨坊。我从桥上穿过小河，在栅栏门前停了下来。我的信箱里塞满了愚蠢的广告单，都是一些附近超市的促销广告，我从来都没迈进过那些超市。我一边咒骂着，一边将这些广告单扔进院子门口的垃圾桶中。这垃圾桶是我特意放在那儿的。垃圾桶还远远没有装满……我突然骂了句脏话。

在这些广告单中，还夹着一个信封，我险些把它也扔进垃圾桶里。信封上的收件人是我的名字，那是一个小号的牛皮纸信封。我将信封翻过来，看了看这封信是从哪儿寄来的。“贝日医生。波旁 - 邦提埃尔大街 13 号。维农。”

贝日医生……

这只吸血鬼很有可能寄给我一张发票，再向我勒索一些额外的费用。我看了看这个信封的大小。或许，这只是一封稍稍迟到了的哀悼信。总之，他是我丈夫活着的时候，最后一个见过我丈夫的人了。确切地说，那是……十三天前的事情。

我笨拙地拆开信封，里面是一张灰暗的浅灰色卡片，卡片左上角画着一个黑色的十字架。

贝日潦草地写了几行字，勉强可以辨认出写的是什么。

亲爱的朋友：

我悲伤地得知，您丈夫于2010年5月15日辞世了。几天前，我最后一次去看望您的时候，就对您说过，这个结果是难以避免的。你们是一对儿感情稳固、情投意合的夫妻。一直都是如此。这点真的难能可贵。

致以我最深切的哀悼。

埃尔韦·贝日

我烦躁地将这张卡片揉成一团，不由自主地想到了最后一次会诊。那是在十三天前。这十三天漫长得无穷无尽，漫长得像是又过了一生。往昔的记忆又一次涌现在我的心头。

那是2010年5月13日。那天，一切都颠覆了；那天，一个老头儿在他临终的病床前向我坦白。临死之前，他只是承认了一些事情……

他说那些话，只用了一个小时；听他讲，也只用了一个小时。而我却用了十三天的时间，去回忆那一个小时。

我的内心挣扎着要不要将这张纸板撕掉。在我再次迷失在记忆的迷宫之前，我的目光落到了信封上。

我看了看信封上的地址。那是我的地址。

斯特凡妮·迪潘

大麻磨坊

罗伊大街

27620吉维尼

第一天

2010年5月13日　大麻磨坊

遗言

82

我在大麻磨坊的客厅里等候着。医生就在隔壁，他和雅克待在一起，我是凌晨4点钟把医生紧急叫过来的。就像耗光了燃油的发动机在停止运转之前总要抽搐一番，雅克在被子里痛苦地蜷缩成一团，似乎他的心跳都变慢了，他的血液即将停止流动。开灯的时候，我看到了他那苍白的胳膊，胳膊上遍布着清晰的蓝色血管。几分钟后，贝日医生来了。他把诊所开在了维农的波旁－邦提埃尔大街，然而他却在吉维尼附近的塞纳河边上买了一栋漂亮的别墅。

足足过了半个小时，贝日医生从房间里走了出来。我坐在椅子上，什么都没做，只是等待着。贝日医生声名狼藉，这只蠢猪建造了游廊，修建了游泳池，所花的钱都是通过盘剥本地的老人得来的。但是坦率地说，至少，他也有别人无可取代之处。正是因为这样，几年来，村民们纷纷请他做家庭医生。有请他的，也有请别人的……

“他已经走到了生命的尽头，雅克明白这一点。他知道自己只剩下……顶多几天的时间了。我给他的静脉注射了一针。再过几个小时，他会感觉好一些。我给维农的医院打过电话了，他们已经预留出一间病房，他们会派救护车过来的。”

他拿起一个皮质的小手提包，似乎有点儿迟疑：

“他……他想见您。我想给他吃点儿安眠药让他入睡，但是他坚持要和您说话……”

我应该显得很惊讶，可能比“震惊”看起来还要夸张。贝日觉得需要补充一句：

“您怎么样？身体还行吗？需要我为您开点儿药吗？”

“我可以的，可以的，谢谢。”

现在，我只是迫不及待地希望他赶紧出去。他又向幽暗的房间看了一眼，随后，将一只脚迈出房门。他再次转过身去，脸上带着一些沉重。可以说，他的表情还是发自内心的。或许想到即将失去一位主顾，他怎么也笑不出来吧。

“很抱歉。斯特凡妮，加油。”

我慢慢地向雅克的房间走去，一秒不停地想象着，等待着我的将会是什么？我丈夫的忏悔？埋藏了多年的秘密？

实际上，事情非常简单。

全部案件只有一个凶手，只有一个杀人动机，只有一个地点和为数不多的几个当事人。

凶手杀了两个人，一次是在 1937 年，一次是在 1963 年。他唯一的目的，就是捍卫自己的财富、宝藏：一个女人的一生，从她出生到死去的一生。

我的一生。

只有一个罪犯。那就是——雅克！

雅克对我坦白了一切，一点儿都没落下。最近几天，记忆从我生命的一个阶段跳跃到另一个阶段，就像一个不可思议的万花筒……然而，所有细节都只不过是精密齿轮的一部分、是被一只怪兽精心策划好了的命运。

那是十三天前的事情了。

那天早上，我推开雅克的房门，当时，我并不知道我会将这扇门关闭在命运的阴影上。

彻彻底底。

“过来，斯特凡妮，到我床边来。”

贝日医生将两只大耳朵贴到雅克的背上。他没有躺着，是靠坐在床上。血流涌到他的脸颊，他那涨红的脸与苍白的胳膊形成了鲜明的反差。

“过来，斯特凡妮。贝日都跟你说了吧……过不了多久……我们就要说再见了……我……我……我要跟你说点儿事……趁着我还有气力，我要告诉你。我让贝日给我扎了一针，这样，在救护车到来之前，我就能撑得住……”

我坐到床边。他皱巴巴的手沿着被单的褶皱滑落下来。他胳膊上的汗毛被剃光了十厘米长，上面缠绕着一层厚厚的乳白色绷带。我握起他的手。

“斯特凡妮，车库里、储藏室里，都有一些我们很多年没碰过的东西。比如，我打猎的东西，几件旧上衣，一只袋子和一些返潮的子弹，还有我的靴子，都是一些发霉的旧东西。你把所有的东西都拿出来，然后，踢开地上的砾石。在那些东西下面，你会看到一个地板门、一个空药箱，类似这样的东西。如果不把上面的东西都移走，是看不到这个地板门的。你把地板门拉开，会看到一个铝制的小箱子，跟鞋盒的大小差不多。斯特凡妮，你去把它拿给我。”

雅克紧紧地抓着我的手，随后，他放开了。我不明白这是怎么一回事，但我还是站了起来。我觉得很奇怪，搞神秘？玩儿游戏？这可不是雅克的风格。雅克是一个简单、直白、没有悬念的人。我心里还想着，会不会是贝日医生给他注射的药量太大了？

几分钟后，我回来了，我丈夫的表述一点儿都没错。我找到了那个铝制的小盒子，盒子的接缝处已经生锈了，闪亮的铝皮上到处都是突起的、暗淡的斑斑锈迹。

我将盒子放到床上。

“盒子……盒子上还挂着一把锁呢。”我说。

“我知道……我知道。谢谢。斯特凡妮，我要问你一个问题，一个重要的问题。我不太擅长讲话，你是了解我的，但是你要告诉我，斯特凡妮，这么多年来，你在我身边感到幸福吗？”

要怎样回答这个问题呢？要怎样答复这个生命还剩几天时间，和我一起生活了五六十年的人呢？除了“是的……是的，雅克，当然了，雅克，这些年……在你身边，我感觉很幸福”，我还能说些什么呢？

似乎他对这个回答并不满足。

“斯特凡妮，现在我已经走到了生命的尽头，我们可以敞开心扉了。你有没有……怎么说呢……你有没有遗憾？我不知道该怎么说，你想没想过，如果生命可以有不同的轨迹，你的生活或许会更好……别处……和……”

他顿了顿，咽了口唾液。

“和别人在一起？”

我有一种奇怪的感觉——这些年来，雅克已经将这些问题思考过成千上万遍了，他只是在等待着一个合适的时机，选择合适的一天将它们说出口。我没有……我没问过自己这样的问题，天啊，我从没问过自己。现在，我都是个老太太了。今天早上起床的时候，我可没做好回答这些问题的准备。以后，迷雾会在我疲惫的精神世界里慢慢消散。我也曾经问过自己这样的问题，我耐心地将这样的疑惑装进小匣子，然后强迫自己永远都不要再将盒子打开。我丢掉了钥匙。我得去找找看……那是很久以前的事了。

“我不知道。”我回答道，“雅克，我不知道。我不明白你想问什么……”

“你明白的，斯特凡妮。你肯定明白……斯特凡妮，你要回答我，这很重要，你想过另一种生活吗？”

雅克对我笑了笑。现在，他的整张脸一直到脖子下方，都涨红了。贝日的药还真管用……但是他的药只是对血液循环有帮助……五十年来，雅克从没问过我这样的问题。我真说不上这是一种什么样的心情。这既不像他的风格，也说不上是一种什么样的感受。这是他结束自己生命的方式吗？在八十多岁的高龄，去问自己的伴侣，他的一生是不是真的一文不值？面对这样的问题，谁会忍心回答“是”呢？就算她想过，就算她真的想过，谁会对那生命垂危的伴侣回答说“是”呢？我感觉这是一个陷阱，我也不知道自己为什么会这样想。我觉得眼前发生的一切，都是陷阱。

“什么‘另一种生活’，雅克？你说的‘另一种生活’是哪一种？”

“斯特凡妮，你还没有回答我……你是不是更愿意……”

陷阱里的毒气味道更加浓重了，就像一股久违的味道又回到了我的身边，那是一股消散已久的让人透不过气的熟悉味道，我从没忘记过这种味道。我别无选择，只能像护士一样温柔地回答他：

“雅克，我过的是我自己选择的生活，你想听的是这个吗？这是我值得拥有的幸福生活。雅克，这种生活是你给我的。是你给我的。”

雅克长舒了一口气，就像圣·皮埃尔亲自前来通知他，他的名字在通往天堂的人员名单上一样。似乎现在，他可以安详地离去了。他很让我担心。他伸出手，在床头柜上摸了摸，不知道在找什么。他碰到了床头柜上的玻璃杯，杯子掉到地上，打碎了。水洒在地板上，形成一条细细的水流。

我起身去擦，想捡起地上的玻璃碎片，这时，他的手又抬了起来。

“等一下，斯特凡妮。只是打碎了一只杯子而已，不要紧的。帮我一下，看看我的钱包，在床头柜上……”

我向前走去。玻璃碎片在我脚下咯吱作响。

“打开它吧。”雅克继续说道，“在我的社保卡旁边，有一张照片，斯特凡妮，你看见了吗？摸摸这张照片底下……”

我已经不知道有多久没有打开过雅克的钱包了。我的照片出现在眼前，这张照片至少有四十年了。这是我吗？这双淡紫色的大眼睛是我吗？这发自内心的微笑，这吉维尼灿烂的阳光下珍珠一样洁白的皮肤都是我吗？我是不是已经忘记自己曾经有多美了？是不是一定要到八十多岁变成白发苍苍的老太太，才敢承认自己曾经有多美？

我的食指伸到照片下，摸了摸，掏出一把平整的小钥匙。

“斯特凡妮，现在我放心了，我可以安心地死去了。我可以跟你说这件事了。以前我很不确定，或者说非常不确定。斯特凡妮，我已经尽全力了，你可以用这把钥匙打开箱子上的挂锁了。这些年来，我一直把这把钥匙带在身边，我想，你会明白的。但是我希望自己能坚持住，亲自解释给你听。”

这会儿，我的手指颤抖了起来，比雅克的手指颤抖得还要厉害。一种可怕的预感压得我喘不过气来。我费力地将钥匙插进锁孔，转动一下。过了好几秒，锁头和钥匙才落到床单上。雅克依然轻柔地将手臂放在我的胳膊上，似乎是在示意我“等一下”。

“斯特凡妮，你值得拥有一个守护天使，我就是那个守护天使，我尽可能将自己的职责做好。请你相信我，这可不容易。有时候，我真怕自己做不到……但是你瞧，最终……你还是让我安心了。我这一生表现得还不赖。你……你还记得吗，我的斯特凡……”

雅克的眼睛闭上了很久……

“我的法奈特……这么多年过去了，你允许我最后叫你一声法奈特吗？从 1937 年开始……七十多年了，我从来都不敢这样叫你。你瞧啊，我什么都记得呢，我是一个听话的、忠诚的、懂规矩的守护天使。”

我什么都没说，我感到一阵呼吸困难。我只有一个愿望：打开这个铝盒子，确认这个盒子是空的。雅克自言自语的一切只不过是在贝日医生药物作用下的胡言乱语。

“我俩是同一年出生的，”雅克以同样的语调继续说道，“1926 年，法奈特。你出生于 6 月 4 日，在克洛德·莫奈去世前六个月。说来也巧，我是 6 月 7 日出生的，比你晚了三天。你出生在水之城堡大街，我出生在哥伦比亚大街，我们之间只隔了几栋房子。我一直都知道，我们的命运是连在一起的。我来到这儿，来到人间，就是为了保护你。为了，怎么说呢，拨开你人生道路上的树枝……”

拨开树枝？我的天啊，这样的形象很难与雅克对接到一起。我要疯了，我坚持不住了，我打开了那个盒子。就在开启的一瞬间，盒子立刻从我手中掉落下来，似乎这个铝盒热得烫手。盒子里的东西散落在床上，我的过去一股脑儿地展现在眼前。

我惊愕地看见三把美工刀，是 WINSOR&NEWTON 牌的，我认得刻在刀把上的飞龙。飞龙两边有两个暗红色的污迹，由于时间久远，污迹已经干枯了。我的目光流转，落在了一本诗集上，那是路易·阿拉贡的《法文诗集》。我手里的那一本从来都没有离开过我房间的书架，我怎么能想象到雅克手里还有一本呢？以前，我经常给吉维尼学校的孩子们读这本诗集的 146 页，那首叫作《睡莲》的诗。我像抓住《圣经》似的紧紧抓着这本书，书页在我的指尖起舞，我停在了 146 页。这页被人折了起来，我看了看底端，这页被人裁剪过。有人仔细地裁剪过，只有一厘米宽，只缺了一行文字，是第十二节诗的第一句，大家都耳熟能详的一句……

我赞同将做梦立罪

我不明白，我什么都没明白。我想不通了，我拒绝将这所有元素排好顺序。

雅克苍白的声音将我冻结：

“你还记得阿尔贝·罗萨尔芭吗？是的，你当然记得了。小时候，我们三个总在一起。你给我们每个人都取了一个画家的名字当外号，都是你喜欢的印象派画家的名字，他叫保罗，我叫文森。”

雅克抓着床单，我的眼睛死死地盯着那些美工刀。

“那次……那次是个意外。他想把你的画拿给老师，你的《睡莲》。法奈特，就是你放在谷仓里的那幅画，那幅你一直都不愿意扔掉的画。你记起来了吗？但这并不重要，保罗，不，阿尔贝他滑倒了。是的，在他滑倒之前，我们打过架，但那是场意外，他滑倒在洗衣池边，他的脑袋撞到了洗衣池边的一块石头上。法奈特，我没想杀他，我没想杀保罗。虽然他对你的影响很不好，虽然他并不是真的爱你。他滑倒了……所有这一切，都是那幅画的错。这一点你是明白的，事情发生不久后，你就明白了。”

我握着一把美工刀的刀把。这把刀刀身宽大，是刮画板用的。自1937年以后，我就再也没有碰过画笔了。这些都是埋藏在我头脑中的记忆，在我脑袋上张开的巨大缝隙中不断拥挤着。我握紧刀柄，感到自己一句话都说不出来了：

“那……詹姆斯……”

我的声音微弱得就像一个十一岁的小姑娘。

“那个老疯子？那个美国画家？法奈特，你觉得他是个好人吗？”

是的，我的心里默默地回答着。

“詹姆斯……”雅克继续说道，“詹姆斯，没错。这么多年来，我一直试着想起这个名字，但是我却想不起来，我把他忘掉了。我甚至还想问问你来着……”

雅克放声大笑起来。他的后背从枕头上稍稍向下滑落了一些。

“我开玩笑的，法奈特。我知道，我应该把这一切都说给你听。所有你不知道的事情。但是守护天使就应该守口如瓶，对不对？一直保守秘密到最后，这是需要遵守的首要法则。或许，你还记得吗，他对你说过，你应该自私一点儿，他说你应该离开家、离开所有人，远走高飞。当时，他让你疯狂了，当时你还不到十一岁，你很容易受到影响……一开始，我吓唬了他一下，我趁他午睡，在他的画笔盒上刻下一句威胁他的话。他几乎整天都在睡觉，就像一只大毛虫，什么都不管不顾。他继续折磨着你，东京、伦敦、纽约。法奈特，当时我别无选择了，那时候，你会离开的，你听不进去任何人的话，甚至听不进去你妈妈的话。我别无选择了，我得救你……”

我张开手指。我的记忆一个接着一个不断从那可怕的裂缝中涌现出来。这把刀，这把放在床上的刀，这把红色的刀，这是詹姆斯的刀。

雅克将这把刀插进了詹姆斯的心脏。那时，他才十一岁……

他继续着他那令人憎恶的“忏悔”：

“我没想到，尼普顿会在麦田里找到那个该死的画家的尸体。在你和你妈妈到来之前，我转移了尸体。我想，只是转移了几米而已，那是很久以前的事了。你知道吗，我本以为不会成功，我从没想到那个瘦骨嶙峋的老头儿居然那么重。说来你可能都不相信，你和你妈妈就从我的身边经过。你们只要回一下头，就会看到我，但是你没有回头。我觉得，实际上你根本不想知道真相。你没看到我，你妈妈也没看到。你知道吗，这可真是个奇迹。这就是上天的旨意！从那天起，我就知道自己不会有事了，我应该完成自己的使命。接下来的一个晚上，我将他的尸体掩埋在草原的中央。你要相信我，这只是一个孩子做了一件疯狂的事。接下来，我一点点地烧毁了他留下的一切：画架、画布。我只留下了他的颜料盒，把它当作证据，当作我可以为你付出一切的证据。你知道吗，法奈特，那时我还不到十一岁！那时候，我就已经很笃定了，现在你知道谁是你的守护天使了吧？”

雅克没有留给我回答的时间。他绝望地试图往枕头上靠了靠，但是他仍然一毫米一毫米地往下滑。

“我开玩笑呢，法奈特。其实即使一个孩子，杀死他也不是很难。你的詹姆斯是个老废物，是个外国人，比莫奈小了十岁，是个谁都不会放在眼里的流浪汉。1937 年，大家都在担心着别的事情，几天前，一个西班牙工人在吉维尼对面的驳船里被人杀害了，当时，所有的警察都在处理着那个案子，几星期之后，他们才将凶手锁定在一个孔夫朗船员的身上。”

雅克想用满是皱纹的手去寻找我的手，却抓了个空。

“法奈特，你知道吗，我把这些说出来，感觉很好。从那以后，我俩都没有提过这件事。好多年……你想起来了吗？我们一起长大，只是在你去厄尔读师范学院的时候分开过，然后，你又回到了吉维尼当老师，回到了我们的学校！我们是 1953 年在吉维尼的圣 - 拉德贡德教堂结的婚，一切都那么完美，我成了名副其实的守护你的天使……”

雅克又一次放声大笑起来。我几乎每天都会在我们的房子里听到这样的笑声，他会在看电视或者看报纸的时候哈哈大笑。我怎么就没意识到，这是个怪物发出的笑声呢？

“但是魔鬼却在盯着你……嗯，斯特凡妮？热罗姆 · 毛赫瓦勒又缠在了你的身边。你还记得吗？热罗姆 · 毛赫瓦勒，我们吉维尼小学的伙伴，那个叫卡米耶的，那个大卡米耶……他是班里的第一名！他骄傲着呢。法奈特，你上学的时候不太喜欢他，但是他变了很多。久而久之，他居然能把爱打小报告的帕特里夏弄到自己的床上。就是那个之前外号叫作玛丽的，玛丽 · 卡萨特的那个‘玛丽’……但是很快，大卡米耶就不再满足于自己的帕特里夏了，他变了很多，这是肯定的。金钱会改变一个人。他买了吉维尼最漂亮的房子，在一些女孩儿眼里，他自大而有魅力……此外，他还堂而皇之地出轨，对自己的老婆毫不隐瞒。吉维尼所有人都知道，就连帕特里夏自己都知道，她甚至还雇用了一位私人侦探来追踪毛赫瓦勒。可怜的帕特里夏啊！毛赫瓦勒就用油画、赚钱和收藏现代艺术家的作品为由来敷衍她。但是，斯特凡妮，你听我说，热罗姆 · 毛赫瓦勒是巴黎地区最好的眼外科医生，他回到吉维尼只为一件事，他只有一个目的。不是为了莫奈，也不是为了《睡莲》，不……是为了漂亮的法奈特，为了那个小学时从没正眼看过他的姑娘。现在时来运转了，大卡米耶想复仇……”

我的喉咙堵塞着，说不出一句话来。

“你……你……”

“斯特凡妮，我知道，热罗姆·毛赫瓦勒没有得到你的心……至少可以说，他那时还没有得到你的心。我得在你动心之前行动起来。热罗姆·毛赫瓦勒住在村里，他有的是时间，他鬼得很。上学那会儿，他就知道怎样赢得你的芳心，《睡莲》、莫奈的记忆、景色……”

这个怪物又一次试图去抓我的手。他放在被单上的手慢慢向前伸了过来，就像一只爬行着的臭虫。我真想握住画刀把他的手刺穿，就像扎死一只害虫那样。

“斯特凡妮，我没有责怪你什么。我知道你和毛赫瓦勒之间什么都没发生。你只是同意跟他一起散散步、聊聊天而已。但是他很可能会吸引到你的，斯特凡妮，时间久了，他一定会成功的。斯特凡妮，我不坏，我本来根本没想杀死热罗姆·毛赫瓦勒，那个大卡米耶。我很有耐心，特别有耐心。我想让他明白，让他非常明确地知道，如果他继续围着你转，我能做出什么事来。我先是给他寄了这张生日卡片，印着《睡莲》的生日卡片。毛赫瓦勒可不笨，他清楚地记得这是多年前他让我交给你的卡片，那是1937年，在莫奈花园，那时你十一岁，就在阿尔贝死去不久。我把阿拉贡的诗从书上裁了下来，粘在生日卡片上，就是那句你经常给班里孩子们朗诵的诗，我很喜欢这句话，它的意思大概是说‘做梦就是罪过，做梦就该和其他罪过一样受到惩罚’。毛赫瓦勒不是傻子，这句话传递的信息非常明确：所有试图接近你的人、想伤害你的人，都会给自己带来麻烦……”

雅克试着去拿床上的阿拉贡诗集。他触摸到了那本书，但是他没有力气抓住它。我一动不动。雅克又咳嗽了一声，清了清嗓子，继续说道：

“斯特凡妮，你知道热罗姆·毛赫瓦勒是怎样回答我的吗？他居然肆无忌惮地嘲笑我！如果我想杀他的话，当时我就把他杀了。我的内心深处还是很爱他的，大卡米耶。我又给了他一次机会。我把那个颜料盒邮到了他巴黎的诊所，就是詹姆斯的那个颜料盒，那个颜料盒上一直刻着我对他的威胁：**在这里，她是我的，现在是，永远都是**。后面还画了一个叉！这次，毛赫瓦勒没明白……那天早上，他约我在大麻磨坊旁边的洗衣池前见面，你知道吗，我还以为他是想跟我说，他想放弃了呢。结果恰恰相反，他当着我的面，将颜料盒扔进河里，扔进了泥水里。斯特凡妮，他看不起你，他并不爱你，你对他来说，只不过是个猎物，只不过是他的另一个猎物。斯特凡妮，他会让你痛苦的，他会让你失望的……我能做什么？我要保护你啊……他看不起我，他对我说我没能耐，他说我的这双打猎的靴子不可能给你带来幸福，他说你从没爱过我，他一直是这一套说辞……”

他的手又向前伸去，握紧那把画刀：

“斯特凡妮，我别无选择了，我就在那里把他杀掉了，用的就是从詹姆斯那里夺来的画刀。他死在了那里，死在小河边。很多年前，阿尔贝也死在了那里。接下来，我用石头砸烂了他的脑袋，把他的脑袋浸到河水里。我知道这很荒谬，当时，我还怕你会起疑心，特别是后来警察又将詹姆斯的颜料盒打捞了上来，幸好你没看到那个颜料盒……我必须在你不知情的情况下默默地保护你，我甘愿为你冒一切风险……你当时选择了信任我，你做得对。我的法奈特，现在你可以承认了，你从没怀疑过我有多爱你，你从没怀疑过为了你我到底能做出什么。你还记得吗，毛赫瓦勒死去几天以后，你还去告诉警察案发当天早上，我们在床上做爱……大概在你的内心深处，你是知道真相的，但是你却不愿意承认。我们都能感觉到自己拥有一位守护天使，是不是？这个无须感谢……”

我浑身麻痹地看着雅克敏巴巴的手指抚摩着刀柄。他可真是个偏执狂，似乎这个苍老的身体还在为用这个武器杀死了两个人而沾沾自喜。我控制不住了，我再也受不了了。我脱口而出：

“我……我本想离开你来着。正因为这样，我才做了伪证。你当时进了监狱。我……我有罪恶感。”

他的手指在刀柄上扭动着。那是杀人犯的手，是疯子的手。他慢得不能再慢地松开了手指。雅克还在往下滑，现在他几乎是躺着的了。一声大笑撼动着他的身体，那是神经错乱般的狂笑。

“当然啦，斯特凡妮。你有罪恶感……当然啦，当时你的神经完全是错乱的。但是我的神经没有错乱，没人比我更了解你。毛赫瓦勒一死，我就觉得我们得到了安宁，再也不会有人让你离开我了。随后，事情发展到了高潮！今天回想起来，这简直太滑稽了。毛赫瓦勒的尸体却将洛朗斯·塞内纳克警官吸引到了你的石榴裙下，这是所有危机当中最棘手的！我当时不知如何是好了。这可怎么办呢？怎样才能将他杀掉，我又不会受到起诉、不会被捕、不会永远和你分开呢？如果我被困在监狱里无法保护你，而你身边又出现了另一个塞内纳克、另一个毛赫瓦勒可怎么办呢？从一开始，这个警察就怀疑我，似乎他能看透我……他跟着自己的直觉走。他是个好警察，斯特凡妮，我和他发生过激烈的争吵。幸运的是，他从未发现我和1937年男孩儿溺水身亡事件之间的联系，也从没听说过那位美国画家的失踪……当年，1963年，他和他的助手贝纳韦德已经触及了事件的真相……当然啦，但是他们根本想不明白这到底是怎么一回事。又有谁会明白这是怎么一回事呢？就在这时，那个该死的塞内纳克开始怀疑我，那个该死的塞内纳克爱上了你。我和他之间势不两立，我反复思考着这个问题……”

我的手慢慢放到了床单上。雅克现在躺下了，他无法坐直了，他看不见我，只能对着天花板说话。我又握紧刀柄。此刻，与他在一起，我有种变态的快感。似乎刀柄上干枯的血迹渗透到了我的血管里，这些血管充斥着想要杀人的冲动。

雅克紧张的笑声变成了一阵嘶哑的咳嗽声。他费力地重新喘息均匀。

当然，他还是坐着能舒服一些。但是雅克没有要求我将他扶起来。他的声音比之前衰弱了一些，他继续说道：

“我快说完了，斯特凡妮。说到底，塞内纳克跟别人一样，我威胁了几句，他就逃掉了……我对他的威胁确实有效……”

他又在大笑了，或者说在咳嗽，或者两者都有。我慢慢将画刀移近我黑裙子的褶皱。

“斯特凡妮，男人真是弱爆了……所有男人都是如此。比起对你强烈的爱慕，塞内纳克更爱他那小小警察的职业生涯。斯特凡妮，我们都没什么可抱怨的，是不是？这正是我们想要的结果，不是吗？最后，塞内纳克做出了正确的决定。谁知道如果他固执下去的话，究竟会发生什么……斯特凡妮，那是我们之间的最后一抹阴影了，最后一片云朵，最后一根需要拂去的树枝……现在，这件事已经过去四十年了……”

我将双臂交叉在胸前，画刀紧贴着我的心脏。我真想说，我真想呐喊：“雅克，你说你是我的守护天使，那你告诉我，杀人是不是很简单？将尖刀插进一个人的心脏，是不是很简单？”

“斯特凡妮，如果我没有在正确的时机采取行动，如果我没有一个接着一个地扫清障碍，如果我不保护你，如果我没有像双胞胎一样出生在你的身旁，如果我不知道自己的使命是什么……我们的生活会是什么样？斯特凡妮，我可以愉快地离开这个世界了，我成功了！我是那么爱你，从今以后，你便有了我爱你的证据。”

我站起身来，惊恐万分。我将画刀夹在两臂之间，紧紧贴在我的胸膛上，他看不到。雅克看着我，他似乎已经筋疲力尽了，似乎现在他睁开眼睛都很费力。他用脚支撑着，试图直起身。原本平放在床上的铝盒掉到了地板上，发出一阵刺耳的声音。雅克费力地眨了眨眼。相反，那尖锐的声音却在我的脑海中回响，就像一阵令人头晕目眩的回声。我感到整个房间都在围着我转。

我吃力地向前走去，可是我的腿却支撑不住身体。我张开双臂，逼着这双腿往前走，雅克一直盯着我。他还是看不见那把刀，还是看不见。我慢慢地举起了这把刀。

尼普顿在外面叫，就在我们的窗子底下。接下来的一秒，救护车的警笛声穿越磨坊的院子传进屋来。汽车轮胎轧得沙砾咯吱作响。在救护车旋闪灯的光芒下，两个模糊的身影从我的窗前经过，敲了敲门。

他们把雅克接走了，我连看都没看，就签署了一摞文件，也没去询问医生这都是些什么文件。当时还不到早上 6 点钟。他们问我要不要一起上救护车，我说不，我要再过几个小时自己乘大客车或者出租车去。护士们什么都没说。

铝盒子掉到地板上，敞开了。美工刀放在了床头柜上。阿拉贡的诗集就放在床单的褶皱里。不知为什么，救护车开走以后，我想做的第一件事就是爬上顶层，到顶楼翻出那幅落满灰尘的老画——我的《睡莲》，我十一岁时的《睡莲》。

我总共画过两次睡莲，第一次画的是让人难以置信的美丽色彩，是参加罗宾逊基金会大奖赛的参赛作品；后来，保罗死后，我把它涂成了黑色。

我摘下雅克挂在墙上的猎枪，把自己的画挂到了那个位置上，挂在同一根钉子上。那个角落，除了我，谁也看不到。

我走了出去，我得出去透透气。我带着尼普顿一起出了门。还不到早上 6 点钟。在几个小时之内，吉维尼还会很空旷。我要去磨坊前的河边走走。

去回忆一下过去。

第十三天

2010 年 5 月 25 日　罗伊大街

后续

83

那是十三天前的事了——5 月 13 日。自打那天起，我就整天都在编织着雅克在我生命中偷走的时光，我要重新过一遍电影，才能理解那些无法想象的事情。在与这一切说“再见”之前，我想再回忆一遍。

我独自一人在村里游荡，您一定把我当成幽灵了吧？实际上，恰好相反。

我是个活人！

别人才是幽灵呢，是我记忆中的幽灵。这个我住了一辈子的地方，我走过的每一个地方，我回忆起的每一个地方，都挤满了鬼魂：磨坊、草原、学校、克洛德 - 莫奈大街、博迪旅馆的露天咖啡座、墓地、维农博物馆、荨麻岛……

我也回想起 1963—1964 年，我与西勒维奥 · 贝纳韦德之间的一次长谈，那是在热罗姆 · 毛赫瓦勒的案子查不出个所以然之后的事情。西勒维奥 · 贝纳韦德警官已经尽了全力，他执着得很，却一直没能找到蛛丝马迹的新线索。我们彼此都很有好感，至少，雅克对我和这位警官之间的交谈是不会吃醋的。西勒维奥是个忠诚的丈夫，也是小卡丽娜暖心的爸爸。当年，小卡丽娜是那么不愿意离开妈妈的肚子啊。西勒维奥给我讲述了他汇报给洛朗斯的所有案件细节，关于在维农警局、在科契尔、在鲁昂和维农博物馆里发生的一切……随后，1970 年，西勒维奥被调到拉罗舍尔地区工作了。十多年前，确切地说，是1999年9月，您瞧啊，我的记忆力还是那么好，我收到了一封贝亚特丽斯·贝纳韦德寄给我的信。那是一封手写的短信。她小心翼翼地对我说，一天早上，西勒维奥·贝纳韦德离开了她和卡丽娜，死于心肌梗死。秋末时节，他们全家在奥雷昂岛租了一套度假屋，像往常一样，西勒维奥骑着单车在奥雷昂岛上遛弯……他是笑着离开的。那天的天气好极了，刮着微风，他倒在了大海边，倒在了拉布雷雷班和圣托尼奥雷昂之间的一块空地上。去世时，西勒维奥七十一岁。

苍老就是这样，看着他人离去。

几天前，我给贝亚特丽斯写了一封信，想把一切都跟她解释清楚。在想起西勒维奥的时候，我觉得必须做这件事。富有的罗宾逊基金会与这几起凶杀案之间没有任何联系，阿玛度·康提的非法贸易，莫奈那些被人遗忘的画卷以及毛赫瓦勒的情妇也与此案无关。洛朗斯·塞内纳克的直觉从一开始就是对的，这是一场激情犯罪。只有一个无法想象的细节妨碍了他找到真相：嫉妒的凶手不仅仅满足于铲除可能抢走他妻子的人，其实他从小就爱上了现在的妻子，他还杀掉了当年那个十一岁小姑娘的朋友。我还是没把这封信寄出去，最后，我想了想，还是算了。

现在，这一切都已经不重要了。

来吧，行动起来！

我恶心地把贝日医生的来信扔进了垃圾桶，让它与那些令人心烦的广告单待在一起。我抬头看了看磨坊的塔楼。

我犹豫了一下。

我的腿几乎支撑不住我的身体了。这最后一次前往荨麻岛的徒步旅行让我感到筋疲力尽。我犹豫着是要再去村子里一趟呢，还是直接回自己的家？刚刚在埃普特河边，我想了很久。既然一切都已经回到了正轨，那么，我将怎样结束自己的生命呢？

我已经决定好了，我不想用雅克的猎枪。我的天啊，我想您现在可以理解这是为什么了吧？我也坚决不吃药片，那样会使我像雅克一样，在维农医院痛苦地忍受几个小时甚至几天的折磨，却不会有人来帮我拔掉点滴管。不，结束生命最高效的方法，就是和其他人一样，安静地结束这一天，回到磨坊，爬上磨坊主塔四楼，走进自己的房间，慢慢地整理好自己的物品，然后打开窗子一跃而下。

我决定回到村里。说到底，我的腿还可以支撑我走一千米——最后一千米。

“尼普顿，过来！”

如果有人对我感兴趣的话，无论是谁，路人也好，游客也罢，他或许会发现我在笑。或许他没有错，我生命中的最后几天是和保罗、洛朗斯一起度过的，我心中的愤怒已经平息了。

我又沿着罗伊大街向前走去。一会儿的工夫，我走到了睡莲池前。

1926 年，克洛德·莫奈去世的时候，这座花园就几乎废弃了。他的儿子——米歇尔·莫奈住在吉维尼的这栋粉红色房子里，直到 1931 年他同模特加布里埃尔·博纳旺蒂尔结婚，有了一个女儿——昂里埃特。1937 年，十岁的时候，我和村里的孩子们经常从草原边栅栏上的小洞钻进莫奈花园。我去那里画画，男孩子们在水池边玩儿捉迷藏，只有园丁布兰先生和莫奈的女儿布朗什照看着这片花园。他们放我们进去，我们也不会搞破坏。布兰先生根本抗拒不了小法奈特，她是那么漂亮，长着一双淡紫色的眼睛，头发上扎着银丝带，还那么有绘画天赋……

布朗什·莫奈是 1947 年去世的。她的最后一位继承人——米歇尔·莫奈，依然开放花园和莫奈故居，但只为外国国家领导人、艺术家和一些特殊的纪念日开放……还有吉维尼学校的孩子们！我成功说服了他，这并不难……他怎么拒绝得了呢？曾经的小法奈特出落成美丽的斯特凡妮，目光中带着睡莲般色彩的小学教师；对于绘画的一切，她都是那么了解，她年复一年地激发着村里的孩子们对印象派画作的热情，鼓励他们去拿罗宾逊基金会的艺术大奖，她是那么有力量、那么真诚，似乎她的生命都寄托在对学生们的情感当中了。米歇尔·莫奈为我的班级敞开了花园的大门，每年一次，在 5 月，那是花园最美的时节。

我转过身去，看了看玫瑰教堂底下排着队的人群，十几张面孔正贴在莫奈故居的窗子上往里面看。我想说的是，1963 年 6 月，我和洛朗斯曾单独待在这间屋子里、走廊里、楼梯里、房间里……毫无疑问，那些都是我一生中最美好的记忆。那是我唯一的、仅有的一次尝试着想要逃离……

三年后，米歇尔·莫奈死在了维农，他死于一场车祸。1966 年年初，在公布了他的遗嘱之后，一大拨人向吉维尼的莫奈故居拥来。警察、公证员、记者、艺术家……与其他吉维尼村民一样，当时我也在场。在莫奈故居和莫奈工作室里，执达员惊讶地发现了一百二十多幅画作，有八十幅克洛德·莫奈的作品，其中便包括从未展出过的《睡莲》，以及莫奈朋友的四十余幅作品，画作者有西斯莱、马奈、雷诺阿、布丹……您知道这是什么概念吗？那意味着一座巨大的宝藏，一笔无法估量的财富！克洛德·莫奈死后，这些作品几乎都被人遗忘了。是的，被遗忘了……1966 年以前，许多吉维尼人都了解存放在粉红色莫奈故居里画作的价值。四十年间，米歇尔·莫奈一直将这些画作搁置在这里，所有有机会进入莫奈故居的人都看到了这些画。当然，我也看到了……然而，从 1966 年开始，便只能到巴黎的马尔莫丹艺术陈列馆参观这一百二十多幅画了。那里是世界上展出莫奈作品最全的地方……

至于我呢，1966 年以后，就再也没有带孩子们去过莫奈花园了。1980 年，莫奈花园才再次对外开放。总之，将这样一座宝藏分享给更多人，让每一个可以感知到这份美的灵魂去体会这震撼人心的美丽，也是大自然的恩赐。

这里并不仅仅属于那个被花园的美丽冲昏了头脑、在花园里燃烧着梦想的小姑娘。

我向右边转去，从水之城堡大街向村里走去。

我童年的房子已经不在了。

1975 年，我妈妈死后，这栋房子便演变成一片真正的废墟——它被夷为了平地。隔壁的巴黎人买下了这块地，建起一堵两米多高的白色石墙。在我家老房子的地方，他们大概种了一坛鲜花、安了一架秋千、修建了一个游泳池吧……实际上，我也不知道里面都有些什么，我再也无法知道墙里都有些什么了。只有爬到那堵墙上，才看得见里面啊。

最后，我终于走到了水之城堡大街的尽头。实际上，这是相当困难的！十一岁时，在这条大街上，我跑得比尼普顿都快！现在呢，可怜的尼普顿却要花时间来等我。我又转到了克洛德 - 莫奈大街，那是游客们走的高速公路！我甚至不想跟在人群后面抱怨了，等所有往昔的灵魂都消散之后，吉维尼也会以一种不同的方式，永远随我而去：阿玛度 · 康提，他的画廊和非法买卖；帕特里夏 · 毛赫瓦勒，我……

我还在向前走着。我忍不住拐了一个二十米的小弯，想从学校的门前经过。这么多年了，市政府广场一直没变，就连白色的石子和椴树的树荫都没变。只是，1980 年年初，学校被重新修建了，那是我退休前三年的事！他们建起一所可怕的粉白相间的现代化学校，是棉花糖的颜色。在吉维尼，这简直是一种耻辱！我已经很久都没有力气去与这些糟糕的事情争辩了……他们开设的幼儿园更糟，是用预制件搭建起来的，就在小学对面。总之，这一切都与我没什么关系了……现在，孩子们每天从我面前跑过，连看都不看我一眼，我还要吼尼普顿，让它别追那些孩子，只有一些美国老画家还会偶尔向我打探一些信息。

我走到布朗什－奥修德－莫奈大街。我的公务住房就在学校上方，现在，它变成了一个古董商店。我那复式的带着圆圆老虎窗的房间和另外几个陈旧的博物馆房间，已经成为村民们所谓的真正具有乡土气息的建筑了。这千真万确，再也不会有人透过这扇圆圆的老虎窗看近地点的月亮了！我的天啊，我向这扇窗外望了多少年、多少个夜晚啊……从我的童年开始，仿佛还在昨天……

在古董店前面，一群成年人在讲着日语、韩语和爪哇语，我什么都听不懂。我是动物园里的恐龙。我继续沿着克洛德－莫奈大街往上走，只有博迪旅馆没有变。无论是露天咖啡座、旅馆的门面，还是内部的装潢，都还是欧洲鼎盛时期的样子，由旅馆的继承者悉心照料着。或许明天，西奥多·罗宾逊还会回到博迪旅馆。时光已经在这里静止了一个世纪。

克洛德－莫奈大街 71 号。

热罗姆和帕特里夏·毛赫瓦勒的家。

我迅速从这栋房子的前面经过。四天前，我曾来过这里。当时，我想和帕特里夏说说话。除了我，她是往昔吉维尼的最后一位“幸存者”了。我一直都不是很喜欢帕特里夏，现在您知道这是为什么了吧？对我来说，她一直都是那个爱哭鬼玛丽，那个爱打小报告的玛丽。

真可笑，我要承认这一点。她受了很多苦，至少，和我一样多。最终，她向大卡米耶屈服了，与他结了婚，也因此陷入了一场残酷游戏的沼泽。大卡米耶变成了热罗姆·毛赫瓦勒，医学方向的高才生；热罗姆越是试图勾搭别的女人，她越是对他爱得死心塌地。1963 年，这样的生活，在这栋房子里戛然而止，克洛德－莫奈大街 71 号。曾经，那是吉维尼村最漂亮的房子，从那以后，它便成为一片废墟。市长迫不及待地等着老寡妇毛赫瓦勒死去，好来征收这块土地。

我得让帕特里夏知道，我得让她知道杀死她丈夫的凶手是谁。我应该让她知情……最终，这个爱打小报告的帕特里夏倒是让我吃了一惊。从与她见面的第二天起，我便开始等待警察的到访了。1963 年，她毫不犹豫地将热罗姆・毛赫瓦勒情妇的匿名照片寄给了维农警局。我也在她的怀疑之列。

奇怪的是，这一次，她却没有那么做。要相信，生活会改变你……我知道。自她外甥教会了她怎样上网之后，她就几乎不怎么出门了。七十岁之前，她从未开启过电脑！我并不是因为这个才找她喝茶的，我只是想与她一起宣泄一下对那个怪物的怨恨——在我跳楼自杀之前。

我加快了脚步，最终，我的表情变得非常糟糕。尼普顿在我前方三十米处碎步小跑，克洛德－莫奈大街微微向上延伸，就像一条通往天际的漫漫大道。《通往天堂的阶梯》——我想起了这首吉他曲，那是奶奶辈的歌曲了……

最终，我走到了教堂。克洛德・莫奈十五米高的巨幅画像俯视着我。圣－拉德贡德教堂被翻新了，施工设施和脚手架都被一块巨大的画布遮住——克洛德・莫奈的黑白画像，大师的手里还拿着调色板。我没有勇气到墓地去，我生命中遇到的每一个人，我生命中所有重要的人，都埋葬在那里。奇怪的是，几乎每一次葬礼，吉维尼都会下雨，似乎葬礼之日，吉维尼灿烂的阳光不合时宜。1937 年，我的保罗——我的阿尔贝・罗萨尔芭下葬那天下着雨，当时，我崩溃了。1963 年，热罗姆・毛赫瓦勒下葬的时候，也下着雨，全村人都来了。还有厄尔地区的主教、合唱团、记者，甚至连洛朗斯也来了。当时来了几百人，多么奇特的命运！一个星期前，我独自一人将雅克葬在了这里。

我的回忆闪现，墓地里似乎站满了人。我那滴着雨的记忆啊！

“来啊，尼普顿！”

只剩最后一条直路了。我走下蒂姆大街，径直朝着罗伊大街走去。罗伊大街的尽头便是我的磨坊了。我等了很久才穿过罗伊大街。车辆川流不息地从省际公路驶离吉维尼。尼普顿在我身旁耐心地等待着。一辆牌照复杂的红色敞篷车向左打了个转向，让我先过了马路。

我穿过小桥，不由自主地在小河上方停了下来：我想再看一眼洗衣池的瓦片和红砖，看看绿得像颜料一般的金属小桥，看看右侧磨坊院子的墙壁，它比我的磨坊顶楼和樱桃树的顶峰还要高。最近几个星期，洗衣池被人涂上了黑色和白色的鬼脸。从没有人清洗过这些砖瓦。或许是被忽视了，也或许是故意的……总之，如果说有那么一个地方，用强力清洗车都洗不掉匿名画家那叛逆的涂鸦，那里便是吉维尼，您说是不是？

小河清澈的细流涓涓流淌，似乎在嘲笑着河岸上躁动不安的人们。僧侣们曾手工挖掘了这条水渠；辉煌的画家莫奈将这条小河改造成池塘，并在水池边潜心作画；雅克这个疯子杀死了所有接近我的人，那些我会爱上的人。

如今，还有谁会对这些感兴趣？我该对谁诉说？这个世界上有能将失去的生命找回来的人吗？

我又向前走了几米。我的目光扫过草原，大概这也是最后一次了。停车场几乎是空的。

不，说到底，这片草原只不过是一家大型超市的点缀罢了。不，当然啦，它是鲜活的、变幻的，它会随着季节、时间、光线而变幻，这变幻震撼人心。我真的要对自己的死亡时间如此确定、要那么确信这是我最后一次来看这片草原、完全理解这片草原、为这片草原而叹息吗？克洛德·莫奈、西奥多·罗宾逊、詹姆斯和其他的画家，都不是偶然驻足于此的……当然了，它已经成为我记忆中的圣地，没有什么能夺走这片草原的美丽。

恰恰相反。

“尼普顿，你说呢？”

我的狗摇了摇尾巴，似乎在倾听着我最后的妄语。实际上，它已经知道接下来的路要怎么走了，随着时间的印记，它已经渐渐养成了习惯。我很少不去磨坊后面的小空地就直接回磨坊的院子的，这个它是知道的。一棵柳树，两棵冷杉。如今，这片空地用栅栏围了起来，走在路上是看不到这片空地的。我继续向前走去。

尼普顿又一次走在我的前面。它趴在草地上等我，就像明白此处意味着什么似的。最后，我又向前走去，拐杖拄在松动的泥土上，我依偎在拐杖上。我看着前方插着五个十字架的小坟头。

我想起来了，我怎么会忘记呢？当年我十二岁，我紧紧抱着尼普顿，它死在了我的怀里，就在保罗溺水一年之后。妈妈对我说，尼普顿是老死的。

“它没有遭罪，斯特凡妮。它只是睡着了，所有老狗都会这样……”

我还是闷闷不乐。无法放开我的狗。

“斯特凡妮，我们再去买一只狗吧。一只小奶狗……明天就去……”

“一模一样的！我要一模一样的……”

“好的，斯特凡妮，一模一样的。我们去欧特耶农场……这只小奶狗，你想……你想叫它什么？”

“尼普顿！”

我一生共养了六只狗，都是德国牧羊犬，都叫尼普顿。那个孤独又不幸的小姑娘任性而忠诚地希望自己的狗狗可以永生，它，至少它是可以永生的！

我又抬起头，慢慢地从右向左看去。每个十字架底下，都有一块小木板，木板上刻着同一个名字：尼普顿。

只是名字底下的数字各不相同。

1922—1938

1938—1955

1955—1963

1963—1980

1980—1999

尼普顿站起身来，在我身上蹭了蹭，似乎它明白，这一次，要离开的是我，而不是它。欧特耶农场会接收尼普顿的。欧特耶农场世世代代养狗，它的妈妈应该还生活在那里。在那儿，它会过得很好的。我会留下一封信，详细记录它的饮食习惯，让它可以跟孩子们一起玩儿，让它以后死去时，也可以埋葬在这里。

我摸了摸尼普顿，它从来都没有像现在这样紧紧依偎在我身边过。我越来越想哭。我得快点儿了，再这样拖下去，我就没有勇气去死了。

我将拐杖留在那里，插在五个墓碑前。现在我不需要这根拐杖了。我径直走到院子里，尼普顿寸步不离地跟着我，动物该死的第六感！通常，尼普顿都会回到大樱桃树底下睡觉，可是今天它却没有走，它没有离开我，它这样会让我跌倒的。有那么一瞬间，我真后悔刚刚把拐杖留在那里了。

“慢点儿，尼普顿，慢点儿。”

尼普顿让开了一些。樱桃树的叶子上很久没有系银丝带了，鸟儿们在树上尽情地玩耍……我抚摩着尼普顿，抚摩了很久。我抬起头，看了看大麻磨坊的主塔。

雅克是在 1971 年买下这个磨坊的，他兑现了自己的诺言。我相信了他，天啊，我当时居然相信了他！他买下了我梦中的房子，买下了这栋我十一岁时梦寐以求的不规则磨坊。后来，巴黎人拥到吉维尼，这处房产还升了值。之前，他一直在观望，等待着好的时机。这栋磨坊闲置了很久，最终，房主决定将它卖掉，他率先买下了这栋磨坊。他用了很多年，把一切都翻新了一遍：磨坊轮、水井、主塔……

他觉得这会让我开心，真可笑……这样做就像狱卒自娱自乐地装饰着监狱的墙壁。如今这座大麻磨坊已经不是曾经吸引我的那栋坍塌了的老房子了。以前，我们把它叫作“巫婆的大麻磨坊”。石子清洗过，树干上涂着漆，树木被修剪得整整齐齐，阳台上鲜花盛开，院子打扫得干干净净，院子的大门涂着油漆，院子周围修起了栅栏。

雅克有强迫症，他的强迫症是那么严重。

我怎么会想象得到呢?

我一直不让他砍掉樱桃树！于是他便没有砍。对于我所有的小任性，他都会妥协。是的，是的，这点我真的相信。

随后，房地产的形势发生了变化，要还清这笔房款很困难。一开始，我们出租了磨坊的一部分，后来，我们将磨坊卖给了村里的一对儿年轻夫妇，只留下了主塔。最近几年，他们把大麻磨坊改造成了宿营地，显然，生意还不错。我想，现在他们只是在等待着一件事，那就是等我死了，再收回其他几个房间。现在，院子里有秋千，有一个大烧烤架，有几把太阳伞和茶点桌。他们甚至还说，想把磨坊后面的场地改造成动物园，他们已经引进了羊驼、袋鼠、鸵鸟和鸸鹋，我也不知道那是些什么物种。

您能想象得到吗?

用异国动物来逗孩子们开心……走过罗伊大街，从维农走到吉维尼，便会看到那些动物。

我想说的是，几十年来，这里一直被人称作“巫婆的磨坊”……

现在，这里只剩下巫婆了。

那就是我。

您放心，巫婆活不了多久了。巫婆会挑一个月圆之夜永远消失……第二天一早，人们会在樱桃树下发现她那具摔烂了的尸体。发现她尸体的人会抬起头，他会说：“她大概是从巫婆的扫帚上摔下来的吧？这很正常，巫婆老了。”

我最后一次紧紧地、紧紧地将尼普顿的毛发抓在手里，随后关上了身后磨坊主塔的大门。在听到尼普顿的叫声之前，我迅速走上了磨坊的楼梯。

第十四天

2010 年 5 月 26 日　大麻磨坊

银丝带

84

我打开窗子，时间刚过午夜。我本打算，夜幕一降临便从楼上跳下去，事情会简单得多。可我偏要像个老强迫症似的，把房间里的一切都安顿好。似乎随着时间的影响，雅克那糟糕的强迫症也传染给了我。我在桌子上留了一封信，让人好好照顾尼普顿。我没有勇气摘下那幅《黑色睡莲》。

我并不是在胡思乱想，厄尔山谷贪婪的旧货商真的会来我家将东西搬走。家具、餐具、小件古玩。或许有些物品会被送到布朗什－奥修德－莫奈大街的古玩店，就是以前学校公务房那里的古玩店……但是，他们应该不会对我的《睡莲》感兴趣——这幅涂满了黑色、奇丑无比的油画。谁能想到，这黑色底下曾经蕴藏着色彩斑斓的人生？

把这幅粗劣的油画扔进垃圾箱吧！

生活在监牢里，生活在她的好丈夫身边……老太太已经将自己的身体探向窗外。

这个恶毒的老太太已经不跟任何人讲话了，她从不微笑，也几乎不跟别人打招呼。谁能想到，在这具皱巴巴的皮囊下，还隐藏着一个曾经那么有天赋的小姑娘？或许，甚至可以说，她是个天才……

没有人，永远都不会有人知道这件事了。

法奈特和斯特凡妮都死了很久很久了……她们都被一个偏执的守护天

使杀死了！

我透过窗子看了看磨坊的院子，门庭前的灯光照亮了灰色的细砂石。我不害怕了，心中只有一个遗憾：小法奈特曾经是那么热爱生活。

我不相信她的生命就该以这样惨烈的方式结束。

85

一辆毕加索·雪铁龙汽车停在了我的窗子底下，那是一辆出租车。我都习惯了，出租车经常深夜造访，将游客拉到宿营地。游客们会乘坐巴黎的最后一班火车抵达维农火车站，行李箱里塞得满满的。

当然，尼普顿跑了过去。通常，出租车的后门打开后，会跑出一群激动无比的孩子，尼普顿很喜欢迎接他们！

今天尼普顿可不走运，这一次，出租车里一个孩子都没有。

车里只有一个男人——一个老男人。

他连行李都没带！

真奇怪……

尼普顿站到他的跟前。老男人弯下腰，抚摩着我的狗，很久很久，就像遇到了久别重逢的老朋友……

我的天啊！

这怎么可能？

我的心、我的眼睛、我的脑袋，通通都要爆裂开来。

这怎么可能啊？！

我又向前探了探身子。这一次，不是为了跳下去。哦，不！一股热浪吞没了我的身体。我在另一间屋子的窗口看到了自己，那是一栋粉红色的房子，是莫奈的房子，那情景出现在另一条生命里；我身旁站着一个男人，一个非常有魅力的男人。当时，我跟他说了些奇怪的话，一些我从没想过会从我的嘴里说出来的话。

那些话就像阿拉贡的诗……一首从没有人听过的诗……

“我爱上的，只是您的悍虎啊！”

我当时笑了，又补充道：

“又或许是您停下来抚摩尼普顿的样子吧……”

我在窗边，又将身子向外探了探。一个声音沿着塔楼传了上来。这声音没有变，五十年了，可以说，这声音几乎没有变：

“尼普顿……我的大宝贝儿，这么多年了，我真没想到还能在这里见到你……见到你还活着！”

我回到房间，靠在墙上。我的心怦怦乱跳，快得几乎要碎裂开来。我试着理清思绪、试着去思考。

再也不见。

从那以后，我就再也没有见过洛朗斯·塞内纳克。洛朗斯·塞内纳克警官是一名很好、特别好、非常好的警察。1963 年年末，在毛赫瓦勒的事情过去几个月之后，我听西勒维奥·贝纳韦德说，洛朗斯申请将工作调到了魁北克，似乎他想逃到世界的另一端。当时我还觉得，他这是想躲开我，可实际上，他是想躲开雅克那个疯狂的杀人恶魔。这些年，在加拿大，大家都习惯了叫他的外号——洛朗丁。在魁北克，从蒙特利尔到渥太华，大家都是这样称呼圣－劳伦斯河谷居民的。他的同事们应该是迫不及待地将他那西式名字“洛朗斯”改成了颇具魁北克特色的“洛朗丁”吧。我从《国家日报》上得知，1985年，马尔莫丹艺术陈列馆莫奈画作失窃后，他又回到了维农警局。当时，我在《国家日报》上看到了几张他的照片。我怎么可能认不出他来呢？虽然对别人来说，洛朗斯·塞内纳克变成了特派员洛朗丁警官。阿玛度·康提跟我说，在洛朗斯退休后的二十年里，维农警局的警察一直都没有摘下他挂在办公室墙上的几幅油画：塞尚的《小丑》、图卢兹－洛特雷克的《红棕色头发的女人》……

我像一片树叶似的瑟瑟发抖。我不敢再次走到窗边……

洛朗斯来这儿做什么？

这可真让人难以置信……

我需要冷静下来。我在客厅里转来转去。

洛朗斯来这儿做什么？

这不会是偶然……我不由自主地向镜子走去。

楼下有人敲门！

我紧张得就像一个刚刚洗完澡、心上人却意外到访的少女……我的天啊，这真可笑……有那么一瞬间，我想到了帕特里夏·毛赫瓦勒、小玛丽报告精、热罗姆的寡妇。一个星期以前，她瘫坐在我的怀里说……生活会改变您的。有时候，会让您变得更好。是她给洛朗斯打的电话吗？是谁把他带入了真相的轨道，为他揭开了可怕的真相？我没时间弄清楚这一切了。

楼下有人敲门。

我的天啊……

我照了照镜子，看了看这张冰冷的满是皱纹的脸，我的头发包裹在一条黑色的纱巾里，我从来都没摘掉过这条纱巾，我看了看自己这张暴躁的泼妇一样的脸。

难以想象，我没有勇气去为他开门。

我听见了塔楼大门的声音，有人推开了它。在我进来的时候，没有随手锁上，就是为了方便给我收尸的人……

真尴尬!

螺旋楼梯里传来了他的声音：

“尼普顿大宝贝儿，你就待在这儿吧，我觉得你的主人应该不会让你上去的。”

我的天啊！我的天啊!

我摘下了黑纱巾，头发像瀑布一般散落在我的肩膀上。这一次，我几乎跑了起来，这双老腿任由我指挥着。这两根老拐棍儿居然还愿意为我效劳!

我打开第二层橱柜，有几颗纽扣、几只线卷和几根针散落到地上，我才不管这针会不会扎到我呢。

我知道它们就在那里!

我十指交叠着握紧两根银丝带，几幅画面瞬间闪现在我的眼前：我又见到了保罗站在磨坊院子的樱桃树下，摘下银丝带，把它们献给我，还叫我公主；我又见到了我第一次拥吻他的情景，我答应他会一辈子都戴着这两根银丝带；我又见到了洛朗斯，他抚摩着我头发上的银丝带，那时候，我还是个年轻的女子。

我的天啊，我要让自己的注意力集中起来。

我又跑到镜子前。是的，我发誓，我确实是跑了起来。我激动万分，随手用银丝带扎起了一个发髻。

我紧张地笑了起来。

这是公主的发髻，是的，保罗说过，这是公主的发髻……我怎么会这样疯狂？

脚步声慢慢逼近。

有人敲门了，这次敲击的是我卧室的门。

敲得太早了！我还没来得及转过身去，还没有。

他还在敲门，敲得很温柔。

“斯特凡妮？”

我听得出来，那正是洛朗斯的声音。和从前相比，那声音几乎没变。或许，与我记忆中的声音相比，这声音比以前更加深沉了。似乎就在昨天，他想把我带走。我的天啊，我的整个身体都在颤抖。这是真的吗？这还可能是真的吗？

我把脸凑近镶着鳞片状金边的镜子。

我还会微笑吗？我已经很久没有笑过了……

我试了一下。

我看了看镜子里的自己。

我在镜子里看到的，不是一个老太太。

我看到的，是法奈特幸福的微笑。

是斯特凡妮睡莲般的双眼。

它们是鲜活的，那样鲜活。

著作权合同登记号：图字 18-2019-287

图书在版编目（CIP）数据

黑色睡莲 /（法）米歇尔·普西（Michel Bussi）著；刘天爽译．—长沙：湖南文艺出版社，2020.4
ISBN 978-7-5404-9509-1

Ⅰ．①黑… Ⅱ．①米… ②刘… Ⅲ．①长篇小说—法国—现代 Ⅳ．① I565.45

中国版本图书馆 CIP 数据核字（2020）第 013141 号

上架建议：畅销·外国文学

HEISE SHUILIAN
黑色睡莲

作　　者：[法] 米歇尔·普西
译　　者：刘天爽
出 版 人：曾赛丰
责任编辑：刘诗哲
监　　制：邢越超
策划编辑：马冬冬　闫　雪
特约编辑：尹　晶
版权支持：辛　艳
营销支持：傅婷婷　文刀刀　周　茜
版式设计：李　洁
封面设计：棱角视觉
内文排版：百朗文化
出　　版：湖南文艺出版社
（长沙市雨花区东二环一段 508 号　邮编：410014）
网　　址：www.hnwy.net
印　　刷：北京天宇万达印刷有限公司
经　　销：新华书店
开　　本：880mm × 1270mm　1/32
字　　数：332 千字
印　　张：12.5
版　　次：2020 年 4 月第 1 版
印　　次：2020 年 4 月第 1 次印刷
书　　号：ISBN 978-7-5404-9509-1
定　　价：49.80 元

若有质量问题，请致电质量监督电话：010-59096394
团购电话：010-59320018